Weitere Titel des Autors:

Was mich fertig macht, ist nicht das Leben,
sondern die Tage dazwischen

Wenn das Leben ein Strand ist, sind Frauen das Mehr

Beziehungswaise

Michel Birbæk

nele & paul

Weitere Titel des Autors:

Was mich fertig macht, ist nicht das Leben,
sondern die Tage dazwischen

Wenn das Leben ein Strand ist, sind Frauen das Mehr

Beziehungswaise

Michel Birbæk

nele & paul

Roman

Gustav Lübbe Verlag

Dieser Titel ist auch als Hörbuch bei Lübbe Audio lieferbar

Gustav Lübbe Verlag
in der Verlagsgruppe Lübbe

Originalausgabe

Lektorat: Gerke Haffner
Satz: Kremerdruck GmbH, Lindlar-Hartegasse
Gesetzt aus der DTL Documenta Oldstyle
Druck und Einband: GGP Media GmbH, Pößneck

Printed in Germany
ISBN 978-3-7857-2350-0

5 4 3 2 1

Sie finden uns im Internet unter: www.luebbe.de
Bitte beachten Sie auch: www.lesejury.de

prolog

Es roch nach Frau. Ich schlug die Augen auf und lächelte. Bis ich sah, wo ich war. Ein fremdes Schlafzimmer. Über mir hing eine Wanduhr, deren Ticken mich die ganze Nacht genervt hatte. Auf der Kommode neben dem Bett lag kein Zettel. Es duftete nicht nach Kaffee. Niemand küsste mich wach. Niemand legte sich noch mal zu mir. Niemand verpasste mir einen süßen Blick wegen letzter Nacht.

Nachts ließen One-Night-Stands einen bisweilen vergessen, dass es nicht die Frau des Lebens war, die da so schön seufzte. Doch das Morgenlicht rückte das Verhältnis zurecht. Bloß zu Besuch.

Ich rollte mich aus dem Bett, griff nach meiner Hose und dachte an Nele. Sie war immer noch die Frau, an die ich dachte, wenn ich mich bei einer anderen einsam fühlte. Vielleicht fühlte ich mich auch bei den anderen einsam, weil ich immer noch an Nele dachte. Das ist das Problem mit der großen Liebe – sie versaut einen für die kleinen.

zehn

Das Thermometer zeigte siebenunddreißig Grad. Es waren Gewitter angesagt, aber der Himmel blieb blau, und der Wind hatte nachgelassen. Eine schwere Schwüle lag über allem, als sei die Welt aus Sirup. Das Bürofenster stand sperrangelweit offen, dennoch drang kein Lüftchen zu uns herein. Ich blätterte in einem Frauenmagazin und versuchte, mich nicht totzugähnen. An manchen Tagen konnte man die Anrufe kaum entgegennehmen, und dann gab es Tage wie heute. Seit fünf Stunden hatte sich im ganzen Landkreis kein Unfall zugetragen, niemand hatte sich geprügelt, jemanden verletzt oder sonst wie geschädigt. Eine Nachricht, die nie in den Medien auftauchen würde.

»Hör dir das an …«, sagte Rokko und fächelte sich mit einer Zeitung Luft zu, während er auf seinen Monitor starrte. »Klassefrau sucht Klassemann für Klassesachen. Kein B und B. Keine Spinner, Frustrierten und … oh, schade.« Er warf mir einen bedauernden Blick zu. »Keine Muttersöhnchen.«

»B und B?«, fragte ich.

»Bauch und Bart«, sagte er und ließ seinen Finger über den Monitor gleiten. Bei jeder Bewegung spielten die Muskeln unter seiner Haut. »Hm, das könnte passen: Ich, dick, 63, Freude am Essen und Kochen, suche dich, lustig, mit Spaß am Zuhören … Zuhören kannst du ja.«

Er grinste, und wie zum Beweis blinkte die Telefonanlage und mit ihr die Lichterkette, die wir letztes Jahr Weihnachten angeschlossen hatten.

Die Nummer einer Telefonzelle im Nachbardorf. Ich ging ran.

»Polizeinotruf.«

»Ich bin mit dem Fahrrad gestürzt. Ich glaube, ich habe mir den Arm gebrochen.«

»Ich schicke Ihnen einen Krankenwagen. Ich sehe, Sie stehen in einer Telefonzelle, bleiben Sie bitte da, bis der Krankenwagen eintrifft. Wie ist Ihr Name?«

»Das können Sie wirklich sehen?«

»Nein, darum frage ich ja.«

»Was?«

»Ihren Namen, den kann ich nicht sehen. Dass Sie in einer Telefonzelle stehen, wird angezeigt.«

»Wirklich?«

Die Wunder der Technik schienen ihn mehr zu interessieren als seine Verletzung. Schließlich verriet er mir seinen Namen, ich schickte ihm den Rettungswagen und eine Streife. Kaum hatte ich aufgelegt, blinkte die Lichterkette wieder. Eine Festnetznummer aus dem Ort. So war es oft. Stundenlang nichts, dann alle auf einmal.

»Polizeinotruf.«

Ein Kind kicherte unterdrückt.

»Ich will fiiiickennn!«

Ich drückte den Anruf weg und lehnte mich wieder zurück. Bei Hitze und Vollmond nahmen die Anrufe der Verrückten zu. Das war wie Ebbe und Flut. Kinder waren davon allerdings ausgenommen, die kannten zu keiner Zeit Pardon.

»Spinner?«, fragte Rokko, ohne den Blick vom Bildschirm zu lösen.

»Kind.«

Ich las einen Artikel über die Probleme moderner Großstadtfrauen, einen Mann zu finden, und versuchte, mich dabei möglichst wenig zu bewegen. Die Hitze war überall, und wenn man sich zu schnell bewegte, spürte man sie auf der Haut wie nach einem Saunaaufguss. Als ich aufstand,

löste mein Rücken sich mit einem Klettgeräusch von der Rückenlehne des Bürostuhls.
»Was aus dem Kühlschrank?«
Rokko winkte ab, ohne den Blick vom Bildschirm zu nehmen. Ich ging raus auf den leeren Flur. Vorne am Empfang plärrte ein Radio, ein Ventilator lief, sonst war nichts zu hören. Die Dienstküche war ein vier Quadratmeter großes Loch ohne Fenster, dafür mit einer Espressomaschine, die wir beim Polizeibingo gewonnen hatten. Ich holte eine Flasche Wasser aus meinem Kühlschrankfach und trank einen halben Liter auf ex. Man sollte meinen, dass man sich an Temperaturen gewöhnte, aber auch nach zehn Wochen Hochsommer schwitzte man die Flüssigkeit genauso schnell wieder aus, wie man sie aufnahm. Ich trank noch einen Schluck und lauschte der Trägheit im Revier. Das Radio spielte die allergrößten Hits der wirklich allergrößten Hits, zwischendurch hörte man leisen Funk und gelegentlich eine Antwort von Karl-Heinz, der die Wagen koordinierte, sonst war alles ruhig. Die Temperaturen lähmten sogar das Verbrechen. Alles, was die schweren Jungs momentan wollten, war hitzefrei und ein schattiges Plätzchen.
Als ich in unser Kabuff zurückkehrte, blinkte die Lichterkette. Rokko machte keine Anstalten, seine Lektüre zu unterbrechen. Ich ließ mich auf meinen Stuhl sinken und griff nach dem Hörer.
»Polizeinotruf.«
Ich nahm den Hinweis entgegen, dass zwei junge Männer sich auf einem Parkplatz an einem Wagen zu schaffen machten. Der Anrufer war etwas älter und half mit einer Wegbeschreibung, die die Kollegen ins Ausland verfrachtet hätte. Während ich versuchte, die korrekte Adresse in Erfahrung zu bringen, blinkten die Lichter erneut, und Rokko nahm notgedrungen einen Notruf auf der zweiten Leitung entgegen. Ich schickte einen Streifenwagen los

und lauschte mit einem Ohr, wie Rokko seinen Anrufer mit Paragraf 145 zusammenstauchte. Er beendete das Gespräch, schwang sich auf seinem Stuhl herum und grinste mich an.
»Bingo!«
»Lass hören.«
Er musste einen Augenblick warten, weil die Lichterkette wieder blinkte. Unfall auf dem Zubringer. Ein Verletzter. Ich schickte Streife und Rettungswagen los und wendete mich Rokko zu, der die Aufzeichnung laufen ließ. Eine weibliche Stimme wünschte ihm einen guten Tag und sagte, dass ihr Handy soeben in die Badewanne gefallen sei und sie nur sehen wollte, ob es noch funktionierte. Rokkos Entgegnung, dass sie gleich herausfinden würde, wie eine Strafanzeige funktioniert, kannte ich schon. Die Frau fing an zu stottern, entschuldigte sich kleinlaut und versprach ihm, so was nie wieder zu tun. Zum Schluss flehte sie ihn förmlich an, keine Anzeige zu erstatten. Er sampelte den Anruf in unserem Best-of-Ordner. Eigentlich waren Notrufe vertraulich und sollten nach sechs Monaten aus Datenschutzgründen gelöscht werden, aber wir archivierten die schrägsten Anrufe und brannten zu Weihnachten Best-of-CDs, die wir im Revier verschenkten. Eine Aktion, die super ankam. Mittlerweile kamen schon im August die ersten Anfragen.
»Hör dir das an … « Rokko klopfte mit einem Fingernagel gegen den Bildschirm. »Schöne, kluge Frau, 37, alleinerziehend mit vierjährigem Sohn, voll berufstätig. Happy, aber irgendwie einsam. Es muss doch da draußen noch … hm … vergiss es.«
Ich hob die Augenbrauen.
»Bauch und Bart?«
»Nee, der Typ soll klug sein.«
»Immerhin bin ich klug genug, keine Kontaktannoncen zu lesen, wenn ich liiert bin.«
»Aber doof genug, keine zu lesen, wenn du Single bist.« Er

verzog das Gesicht. »Mann, Dicker, ich bin in einer Beziehung und hab mehr Sex als du. Du bist 'ne echte Schande für alle Singles.«

Wenn man nicht mit seinen Eroberungen prahlte, hatte man in Rokkos Welt keinen Sex. Für einen Augenblick überlegte ich, ihm von letzter Nacht zu erzählen, aber ich war nicht stolz darauf, mit Simone nach Hause gegangen zu sein. Als ich noch Streife gefahren war, hatte ich ihren Mann zweimal wegen kleinerer Dealereien drangekriegt. Jetzt, wo er länger im Gefängnis saß, fühlte sie sich einsam und tat manchmal was dagegen. Vielleicht war es okay, dass sie das tat. Vielleicht war es aber nicht okay, dass ich mit Frauen schlief, deren Männer ich zuvor verhaftet hatte. Vielleicht würde ich bald den Ehemännern attraktiver Frauen gefälschte Beweise unterjubeln.

Die Lichterkette blinkte, und ich beruhigte eine alte Frau, deren Katze sich in Luft aufgelöst hatte. Unter freundlicher Anleitung stellte die alte Dame den brüllend lauten Fernseher ab, und in der folgenden Stille hörte sogar ich das klägliche Maunzen einer eingesperrten Katze. Die alte Frau fand das Tier im Schrank, legte den Hörer weg und vergaß mich auf der Stelle. Ich hörte eine Zeit lang zu, wie sie sich freute, dass Maxi wieder da war, und sie sanft ermahnte, so etwas ja nie wieder zu machen. Schließlich wünschte ich dem Hörer einen schönen Tag, legte auf und bekam Kopfschmerzen. Das Büro war eine Sauna, und wir hatten immer noch keine Klimaanlage, ein Zustand, den Rokko als die *wahre* Klimakatastrophe bezeichnete. Der Antrag war vor zwei Jahren bei der Zentralverwaltung eingereicht worden, doch seitdem hatte keiner was gehört. Alles, was man tun konnte, war flach zu atmen und sich gelegentlich kalte Tücher in den Nacken zu legen.

Ich las den Artikel über die Probleme moderner Großstadtfrauen zu Ende und hoffte, ich würde in den Genuss kommen, meine neu gewonnenen Erkenntnisse irgendwann am lebenden Objekt anzuwenden, als die Lichterkette wieder blinkte. Rokko machte keine Anstalten, sich zu bewegen, doch ich starrte so lange in mein Magazin, bis er ranging und den Namen meiner Mutter sagte. Mein Puls hüpfte. Mein Bauch wurde hart. So musste der Anruf damals reingekommen sein. Autounfall. Eine Schwerverletzte. Der Name meiner Mutter.

Rokko verabschiedete sich artig und legte mir den Anruf rüber. Ich nahm das Gespräch an.

»Polizeinotruf«, sagte ich streng.

»Hallo, mein Schatz.«

»Ist das ein Notruf?«

»Wenn du nachher was essen willst, ja. Es waren wieder Kaninchen im Garten, wozu haben wir eigentlich einen Hund? Bringst du bitte Mohrrüben vom Markt mit? Und Chilischoten. Und Olivenöl. Außerdem brauchen wir noch Rotwein. Und spar nicht wieder beim Öl. Bis später, Schatz.«

Sie küsste in den Hörer und legte auf. Ich nickte vor mich hin und tat, als sei sie noch dran.

»Weißt du eigentlich, dass Rokko den ganzen Tag Krüppelwitze macht?«

Am Nebentisch zuckte Rokkos Kopf hoch.

»Was? Echt …?«, sprach ich weiter und hob die Augenbrauen. »Ach so.« Ich warf Rokko einen kurzen Blick zu und nickte. »Ja, gut, sag ich ihm. Bis nachher.«

Ich unterbrach, lehnte mich zurück, nahm das Magazin und tat, als würde ich lesen. Von Rokko drang erwartungsvolle Stille zu mir. Schon bald nannte er mich einen Penner und las mir weitere Annoncen vor. Vielleicht hätte ich besser zuhören sollen, denn es war schon einige Zeit her, seitdem ich eine feste Beziehung gehabt hatte. Vielleicht lag es an mir. Vielleicht lag es auch an dem knappen Angebot in der Gegend. Die Frauen waren entweder verheiratet, oder man kannte sich seit Jahrzehnten. Vielleicht sollte ich in die Großstadt ziehen, um meine Chancen zu erhöhen. Vielleicht aber auch nicht, denn wenn die Exdörfler Weihnachten einfielen, um bei ihren Familien zu feiern, konnte man feststellen, dass die meisten von ihnen auch Singles waren, obwohl sie in Städten lebten mit Singlepartys, Kontaktannoncen und Kneipen. Die Großstadt schien auch nur ein leeres Versprechen zu sein.

Hundert gefühlte Aufgüsse später war die Frühschicht zu Ende, und Gernot und Schmidtchen kamen zur Spätschicht herein. Schmidtchen nahm meine Liste mit den eingegangenen Notrufen ohne zu murren entgegen und nickte, als ich ihn bat, das Protokoll für die Kriminal- und Unfallstatistik zu schreiben. Er machte sich gleich an die Arbeit, während Gernot sich über unsere Unordnung aufregte. An ihm sah man, was eine Beziehung mit der falschen Frau anrichten konnte. Seit Jahren tauschte er seine Früh- und Spätschichten gegen Nachtschichten. Wenn er morgens nach Hause kam, war seine Frau schon in der Bäckerei. Wenn sie nachmittags von der Arbeit kam, schlief er noch. Wenn er aufwachte, schlief sie schon. Bald hatten sie goldene Hochzeit, und jeder war gespannt, ob sie feiern würden, und wenn ja, ob zur selben Zeit.
Gernot meckerte, Rokko nannte ihn Spießer. Die Lichterkette blinkte. Ich ging ein letztes Mal ran.
»Polizeinotruf.«
»Hallo, mein Schatz.«
»Du sollst mich nicht unter dieser Nummer anrufen.«
»Es ist ein Notfall.«
»Lass mich raten, wir haben keinen Rhabarber, und es könnte jemand zu Besuch kommen, der Lust auf Rhabarberkuchen hat?«
»Ich stecke mit dem Rollstuhl fest.«
»Wo?«
»Oben am Steinbruch.«

»Du sollst doch damit nicht ins Gelände fahren.«
»Hilfst du mir nun, oder soll ich hier verenden?«
»Bleib, wo du bist.«
Sie lachte nicht. Ich schnappte mir das Funkmikro.
»Zentrale an alle. Ist ein Wagen in der Nähe des Steinbruchs?«
»Wagen vier ist in der Nähe«, meldete sich eine weibliche Stimme.
Im Kabuff war schlagartig Stille. Alles starrte zum Funkgerät, aus dem die einzige weibliche Stimme gesprochen hatte, die es im Revier gab. Die Kollegin war erst vor kurzem aus Köln zu uns versetzt worden. Über die Gründe zerriss sich das ganze Revier das Maul. Was auch immer der Grund sein mochte – unser Revierleiter Hundt würde sie fertigmachen. Eine Frau. Aus der Großstadt. Die mehr Berufserfahrung hatte als er. Jetzt war schon mal eine Frau im besten Alter hergezogen, und dann das. Nicht nur die Junggesellen wetzten die Messer, sogar ein paar der Liierten waren bereit, die Scheidung zu riskieren, um mal an der Superbulette zu naschen. Man musste sich ranhalten, denn Hundt schikanierte sie, wo er konnte, und alle befürchteten, dass sie sich bald wieder in die Großstadt zurückversetzen lassen würde.
Ich gab ihr Mors Aufenthaltsort durch. Sie nahm die Sache an sich. Ich bedankte mich. Sie sagte, kein Problem. Ich legte das Funkmikro weg.
Nach einem Augenblick der Starre erwachte das Kabuff wieder zum Leben. Rokko drückte Gernot noch ein paar Sprüche über putzgeile Untote rein, schob Schmidtchen das Wachtagebuch rüber, dann winkten wir Karl-Heinz, der im Empfangsraum eine Anzeige aufnahm, und traten ins Freie.
Wir schnappten nach Luft. Obwohl es Nachmittag war, biss die Hitze immer noch auf der Haut wie ein aggressives Insekt. Der Parkplatz flimmerte, am Himmel war trotz der

Gewitterwarnung nicht eine einzige Wolke, um die Lage zu entschärfen.

»Scheiße«, stöhnte Rokko, »geht denn dieser verfluchte Sommer nie zu Ende?«

»Doch, und dann wirst du dich aufregen, dass es so verflucht kalt geworden ist.«

»Haha«, sagte er und schimpfte dann auf die Bande. Die Bande bestand aus drei, vier Mann und räumte seit Monaten sporadisch Häuser aus. Bis vor zwei Wochen war es bloß eine gewöhnliche Einbrecherbande gewesen, doch dann hatten sie einen der Hausbesitzer gezwungen, zum Geldautomaten zu fahren. Dort hatten sie ihn mit Kopfverletzungen zurückgelassen. Diese Strategie gefiel ihnen offenbar so gut, dass sie beschlossen, sie zu manifestieren. Sie hatten es schon dreimal durchgezogen und sich so zum Dorfthema Nummer eins gemacht.

Wir erreichten Rokkos gelben Opel GT, den er vorausschauend im Schatten geparkt hatte. Ein Zivilwagen rollte auf den Parkplatz und hielt neben uns. Zwei Drittel unserer Kripo stieg aus. Schröder fluchte über Hundt, der keine Gnade mit der Dienstkleidung kannte, und verfluchte dann uns, die wir in Shorts, T-Shirts und Baseballkappen vor ihm standen. Er verfluchte die Sonne, den Sommer, das Mittagessen, seine Prostata, die Raststättenklos und noch ein Dutzend weiterer Sachen, während der Schweiß unter seinem Toupet hervortropfte. Schröder war ein Stradivari der Verdammungen, er erhob Fluchen zur Kunstform. Gerade hatte er eine Orientphase. In seinen Flüchen wimmelte es nur so von exotischen Tieren und Familienangehörigen.

»Einen Dromedarschiss auf Hundt ... seine Eltern waren Geschwister ... einen Kamelpimmel in den Mund seiner Mutter!«

Telly schüttelte lächelnd den Kopf und setzte sich die Dienstmütze auf, um seine Halbglatze zu schützen.

»Hast du schon die Neue gesehen?«

»Nein.«
Er nickte eifrig.
»Sie hat wirklich gute Referenzen. Da fragt man sich, was sie hier draußen auf dem Land will.«
»Vielleicht das nächste Fernsehding: Frau sucht Bauer.«
Er lächelte.
»Willst du darauf wetten?«
Es liefen Wetten auf Telefonnummer, erstes Date und ersten Sex. Rokkos Quote stand bei allem 229 zu 1. Wenn man 229 Euro auf ihn setzte, bekam man einen Euro zurück, falls er die Neue als Erster rumkriegte. Ich reichte Telly einen Zehner und sagte ihm, er solle ihn auf Schröder setzen. Bei 1 zu 1112 konnte man da richtig Geld machen, und die Chancen standen nur ein bisschen schlechter als beim Besuch von Marsmenschen. Die hatten 1 zu 1000.
Schröder ging allmählich der Atem aus. Rokko fragte ihn, ob er sich in die Hosen gemacht habe, was einen neuen Lavastrom an tierischen Verwünschungen auslöste, der sich auf Rokkos Vorfahren und deren Berufe bezog.
Ich ging zum GT und klopfte aufs Dach. Rokko folgte mir, doch bevor er einstieg, prüfte sein Blick die Stelle, auf die ich geklopft hatte. Kein Kratzer. So musste er seinen besten Freund nicht töten. Schwein gehabt.

Als wir vom Dienstparkplatz runterfuhren, begann er, von der Neuen zu schwärmen, die er am Tag zuvor zum ersten Mal gesehen hatte. Sie musste ziemlich attraktiv sein. Allein die Aussicht, dass eine Frau herzog, die er noch nicht gehabt hatte, ließ Rokko aufblühen. Während wir für Mor einkauften, beschrieb er feuchte Träume. Hauptdarsteller: die Neue und er. Es war mir ein Rätsel.
Seit fünfzehn Jahren war er mit Anita zusammen. Anita war schön, versaut und schlau – und sie liebte ihn. Alle Junggesellen in der Gegend gruben sie permanent an, aber sie wollte nur den Einen. Doch der wollte sie alle. Oder zumin-

dest die Option. Und so bestand die Beziehung der beiden aus Ruhepausen zwischen Streit und Versöhnung. Immerhin wurden die Pausen länger, denn in den letzten Jahren war Rokko ruhiger geworden. Er hatte sich ewig nicht mehr auf einem Schützenfest geprügelt oder ein Autorennen geliefert und war, soviel ich wusste, seit mindestens einem Jahr nicht mehr fremdgegangen. Nach seinem letzten Seitensprung hatte es zwischen den beiden so gekracht, dass Anita zum ersten Mal seit elf Jahren ohne ihn in Urlaub gefahren war. Das hatte ihm zu denken gegeben. Sein Ende als Dorfhengst vom Dienst war eingeläutet, aber nach außen hin klammerte er sich weiter an seinen Machoruf wie ein Obdachloser an seine Pulle.

Auf dem ganzen Heimweg kannte er nur ein Thema. Das Radio spielte Blues, und neben mir malte mein ältester Freund begeistert Sauereien in den Sommertag, während er uns mit leichter Hand durch den Feierabendverkehr lenkte. Ich genoss den Fahrtwind, der mit meinen Haaren spielte wie ein neugieriges Kind, und machte mir so meine Gedanken. Als Nele ging, war ich Anfang zwanzig und dachte, dass es normal ist, ein Mädchen zu haben, das man bedingungslos liebt. Ich dachte, dass irgendwann die Nächste kommt, mit der es dann genauso wird. Der Irrsinn solcher Annahmen wird einem erst später bewusst. Seine große Liebe zu verlieren wirft ein neues Licht auf die Dinge.

Aber diesbezüglich hatte das Leben Rokko bislang ungeschoren davonkommen lassen. Anita verließ ihn nicht, egal was er anstellte. Ihm passierte nicht mal im Straßenverkehr etwas, obwohl er auch da nicht zurücksteckte. Wir schossen über die Landstraße, überholten Trecker, schnitten PKWs und ließen erschrockene Kurortbesucher hinter uns zurück. Eine Zeit lang hatte ich versucht, ihm den Zusammenhang zwischen zu schnellem Fahren und dem fehlenden Bein meiner Mutter zu erklären, aber auf dem Ohr war er taub.

Als wir in die Einfahrt einbogen, kam November aus dem

Haus gerannt und führte einen Freudentanz auf. Rokko erinnerte mich an die wöchentliche Pokerrunde und scheuchte mich aus dem Wagen, damit die Töle ihm nicht den heiligen Lack zerkratzte. Der GT schoss in einer Staubwolke vom Hof. Ich packte die Einkäufe und kämpfte mich in Richtung Haus, während ich versuchte, nicht über November zu stolpern, der mit wedelnden Ohren um mich herumhüpfte wie eine Wolke Flöhe.

»Hast du mich vermisst?«

Er legte einen schrägen Sprung hin. Man brauchte nur fünf Minuten wegzugehen, um empfangen zu werden, als kehre man von einer Weltreise zurück. So eine Frau wollte ich.

Mein Blick blieb an dem Rollstuhl hängen, der neben der Garage stand und auf den ersten Blick okay aussah. Als ich näher kam, sah ich, dass sich lange, vertrocknete Grashalme in der Radachse verflochten hatten. Mit dem, was da noch so alles rumhing, hätte man ein Naturkundemuseum eröffnen können. Langsam hatte ich die Nase voll.

In der Küche roch es nach Béarnaisesoße. Mor stand am Herd und rührte in einem Topf. Sie trug einen grünen Trainingsanzug, der einen starken Kontrast zu ihren roten Haaren bildete, die sie sich beim Kochen hochgesteckt hatte. Dort, wo ihr rechtes Bein sein sollte, pendelte ein leeres Hosenbein – zusammengeknotet, um nicht im Weg zu sein. Der Beinstumpf ruhte auf dem Griff einer Krücke.

»Hast du sie angesprochen?«

Ich stellte die Einkäufe auf den Küchentisch, drückte Mor einen Kuss auf die Wange und sah in den Topf.

»Wen?«

»Die Neue. Sie sieht wirklich klasse aus, oder?«

»Keine Ahnung. Der Rollstuhl ist übrigens nicht fürs Gelände geeignet.«

»Sehr attraktiv. Und so freundlich.«

»Kein Grund, das Ding zu zerstören.«

»Sie trug keinen Ring.«

»Dann werde ich mal nach dem Gartenzaun schauen, aber zuerst geh ich duschen.«
Ich marschierte los.
»Wenn du sie nicht anrufst, tu ich es!«, rief sie mir nach.
»Wusste gar nicht, dass du lesbisch bist!«, rief ich und ging die Treppe hoch in mein Reich. Eine ganze Etage für mich. Großes Zimmer, Bad mit Wanne, Gästezimmer, Abstellraum. Ich hatte mehr Platz, als ich brauchte. Ein weiterer Luxus, den das Dorfleben mit sich brachte.
Als ich wieder runterkam, summte Mor mit dem Radio, und der wunderbare Duft von frischem, warmem Essen trieb mir das Wasser in den Mund. November hatte den Kopf gesenkt und schielte erwartungsvoll zum Herd hoch, jederzeit bereit, aus den Startlöchern zu springen, wenn der Topf einen Fluchtversuch wagen sollte. Das Radio spielte *Unforgettable*. Wir sangen mit. Wie immer dachte ich dabei an Nele. Wer weiß, an wen Mor dachte.

Im Garten war es still. Der Wind machte Siesta. Kein Blatt bewegte sich. Die Nachmittagssonne knallte erbarmungslos auf den Sonnenschirm, unter dem wir ein frühes Abendessen zu uns nahmen. Mors Haut glänzte vor Schweiß, und sie war schwer genervt von den Fliegen. In der Küche hatte sie einen Handstaubsauger, mit dem sie Fliegen, Mücken und Motten entsorgte, doch hier draußen erwischte sie sie nicht. Ich pellte Kartoffeln und lachte über ihre vergeblichen Versuche, einerseits die Viecher zu verjagen und anderseits mir den Ernst der Lage zu erklären.
Sie hatte mich geboren und alleine großgezogen, jetzt musste sie mich nur noch verheiraten, dann würde sie von der Vereinigung kompetenter Mütter die goldene Ehrennadel erhalten und könnte sich endlich entspannen. Vor meiner Geburt hatte sie in Dänemark als Köchin gearbeitet. Sie hatte sich von einer Auszubildenden zur Assistentin des Küchenchefs in einem Fünfsternerestaurant hochgedient,

dann verliebte sie sich in einen deutschen Musiker und wurde schwanger. Mor zog zu meinem Vater nach Deutschland, lernte ihn besser kennen, und als er sie sitzen ließ, um mit einer Band auf Tour zu gehen, beschloss sie, mich alleine aufzuziehen. Sie meinte, dass mein Vater für eine Frau gut wäre, aber nicht für eine Familie. Also zog sie aufs Land und brachte mich zur Welt.

Als ich drei war, begann sie, Kochworkshops anzubieten und erwischte den Kochboom. Ihre Workshops waren voll, sie hatte Spaß an der Arbeit, und auch wenn sie meine Mutter war, wusste ich schon als Kind, dass sie gut aussah – rothaarig, lebensfroh und voller Energie. Die Männer machten mir Komplimente für sie. Sie verschwand gelegentlich auf Kurzreisen und kam gut gelaunt zurück. Einmal glaubte ich sogar, dass es über einen längeren Zeitraum derselbe Mann war, mit dem sie loszog, aber sie redete nie darüber, und ich fragte nicht. Der Einzige, der je bei uns übernachtet hatte, war immer noch mein Vater.

Als ich sieben war, stand er plötzlich vor der Tür. Ein fremder, großer, tätowierter Mann, der nicht still sein konnte. Er verbrachte den Nachmittag mit uns, den Abend in der Küche bei Mor und die Nacht im Gästezimmer. Er erzählte mir, dass er Mor liebe und alles gut werden würde. Als ich am nächsten Tag von der Schule nach Hause kam, war er weg. Ich habe Mor nie stiller erlebt. In der Folgezeit kam sie mehrmals mit verweinten Augen zum Frühstück, und ich hasste ihn dafür. Sie erklärte mir noch mal ausführlich, dass mein Vater ein netter Mensch, aber kein guter Vater sei, und da machten wir den Deal. Ich konnte jederzeit Bescheid sagen, dann würde sie mir seine Nummer geben. Bis dahin würden wir so tun, als wäre er nie aufgetaucht. Daran hielten wir uns. Er kam nie wieder. Genauso wenig wie irgendein anderer Mann. Und das gefiel mir. Fakt war: Ich war ihr Ein und Alles, dann kam der Job, dann kam lange nichts, und erst dann kamen irgendwann die Männer.

Und dann kam der Unfall. Über Nacht wurde aus einer attraktiven Unternehmerin ein Krüppel. Über Nacht wurde aus einer Wählerischen eine Ungewählte. Mor hatte gelernt, wie schnell sich alles ändern konnte, und wollte, dass ich mir eine Frau suchte, solange ich die Wahl hatte, denn später würde es schwerer werden, jemanden zu finden. Ich fragte mich, ob es nicht schon später war, als sie dachte.

Beim Dessert war ich immer noch Single. Mor verlor auch den Kampf gegen die Fliegen, und so nahmen wir den Zitronenfromage in der Küche zu uns. Während ich im Nachtisch schwelgte, lag der Handstaubsauger griffbereit. Sie brannte darauf, es ein paar Viechern heimzuzahlen, doch die Fliegengitter, die ich letzten Sommer angebracht hatte, funktionierten, so konnte sie sich leider ganz auf mich konzentrieren.

»Ich mach dir da keinen Vorwurf, du bist jung, du kannst es nicht wissen, wie es ist, alt zu sein, aber glaub mir – besser man entscheidet sich zu früh als zu spät. Mit der Liebe ist es wie mit der Altersvorsorge: Man muss früh investieren, damit man später etwas davon hat. Und du weißt, wie selten gute Frauen hierher ziehen.«

»Woher weißt du, dass sie 'ne gute Frau ist?«

»Sie ist ledig.«

»Vielleicht ist sie ja ledig, weil sie nicht gut ist.«

Von solchen Kleinigkeiten ließ sie sich nicht beeindrucken. Erst beim Abwaschen wechselte sie das Thema.

»Schaust du nach dem Rollstuhl? Der macht Schwierigkeiten.«

»Kein Wunder, das Getriebe ist total verdreckt. Du warst wieder im Gelände.«

Sie hüpfte zum Kühlschrank und holte eine Flasche Weißwein heraus.

»Soll ich etwa mit dem Hund auf der Hauptstraße hin- und herfahren? November ist ein Jagdhund, er muss jagen.«

»Und das Ding ist ein Rollstuhl, er muss rollen, und das tut er am besten, wenn er nicht bis zur Achse im Dreck steckt. November musst du einfach laufen lassen, der kommt schon zurück.«

November hörte seinen Namen und hob den Kopf. Als er merkte, dass es nichts zu essen gab, legte er ihn mit jämmerlicher Miene wieder auf den Boden. Mor reichte mir die Flasche und den Korkenzieher.

»Was für Menschen stellen diese Dinger bloß her? Kennen die überhaupt einen Behinderten, kannst du mir das sagen?«

Ich zuckte die Schultern und schwieg aus gutem Grund, denn nächste Woche war ihr sechzigster Geburtstag, und ihr Geschenk stand schon in Rokkos Garage.

Ich öffnete die Flasche und füllte Mors Glas. Sie nahm einen tiefen Schluck, löste ihr Haarband und schüttelte die roten Haare.

»Um aufs Thema zurückzukommen ...«

Ich stieß das Fliegengitter auf und ließ ein paar Viecher in die Küche, bevor ich in den Garten hinaustrat. November folgte mir. Nicht mal er ertrug Mors Kuppelversuche. Noch bevor wir den Zaun um den Gemüsegarten erreichten, ging der Handstaubsauger in der Küche an. Ich hockte mich hin und besah mir die Sache. Der Zaun war hoch genug, aber was das Eingraben der Pfosten anging, da war ich nicht in Topform gewesen. Die Kaninchen hatten sich unter dem Maschendraht durchgegraben und sich dabei wahrscheinlich schiefgelacht.

Während ich in der Sonne schwitzte, lag November im Schatten und sah neugierig zu, wie ich die Löcher für die Pfosten vertiefte, einen kleinen Graben aushob und den Maschendraht mit Querstreben versah. Das Küchenfenster öffnete sich, Mor steckte den Kopf heraus.

»Wie sieht's aus?«

»Immer noch Single.«

»Und der Zaun?«
»Mach ich dicht.«
Sie sah zu November hinüber.
»Das ist doch ein Jagdhund, oder?«
»Denke schon.«
November sah uns unter seinen Schlabberohren an und schien zu grinsen.
»Wieso jagt er keine Kaninchen?«
Ich zuckte noch einmal die Schultern. Mor verpasste November einen Blick.
»Böser Hund.«
November legte seinen Kopf aufs Gras und schloss die Augen. Ich fand derweil noch ein Loch auf der anderen Seite. Die Kaninchen hatten es sich nicht nehmen lassen, sich an zwei Stellen durchzubuddeln. Ich versprach Mor, den Gemüsegarten in Fort Knox zu verwandeln, und schließlich zog sie sich zurück, um ihre Lieblingsvorabendserie zu sehen. Als sich das Fenster schloss, öffnete November ein Auge.
»Ja, sie ist weg. Aber die Frage ist berechtigt.«
Er schloss das Auge wieder. Ich grub weiter und dachte an die Neue. Vielleicht war sie meine letzte Chance, eine Frau zu küssen, mit der ich nicht aufgewachsen war. Vielleicht hatte das Schicksal sie hergeschickt und uns füreinander bestimmt. Wahrscheinlich dachte jeder Junggeselle im Landkreis in diesem Moment dasselbe.
Im Haus begann eine Frau zu weinen. Ich ging in die Küche, trank einen Schluck Wasser, schnappte mir die Weinflasche und ging ins Wohnzimmer. Mors linkes Bein lag ausgestreckt auf einem Fußschemel. Ich schenkte ihr das Glas voll. Auch nach all den Jahren suchten meine Augen automatisch den Schemel nach dem zweiten Bein ab. Ohnmacht der Gewohnheit.
»Danke«, sagte sie, als ich ihr Glas füllte und es auf den Tisch neben ihrem Fernsehsessel stellte.

Ich deutete auf den Bildschirm, auf dem eine Frau verzweifelt weinte.
»Ist die verheiratet?«
»Dir wird das Lachen noch vergehen.«
»No woman, no cry …«, begann ich und marschierte singend in die Küche.
Hinter mir hörte ich Mor lachen. Ich stellte die Flasche in den Kühlschrank und ging wieder in den Garten. November hob den Kopf und überprüfte meine Hände auf Essbares.
»Kaninchen«, erklärte ich ihm. »Das sind so Tiere. Bei anderen Hunden auf der Speisekarte.«
Er hörte mir aufmerksam zu, aber ich machte mir keine Illusionen. Aus irgendeinem Grund hatte er beschlossen, Kaninchen aus seiner Nahrungskette zu streichen. Für einen Augenblick verdächtigte ich ihn, die Löcher selbst gegraben zu haben, damit seine besten Freunde an den Salat konnten, aber ich hoffte, er kannte die Grenzen.

Als die Erde festgeklopft war, richtete ich mich auf und stützte mich auf den Spaten. Aus dem Haus drangen hysterische Streitdialoge. Die Sonne hing mittlerweile zwei Handbreit über der Erde, bald würde es dunkel, doch immer noch war kaum Abkühlung spürbar. Ende September, und man konnte sich täglich einen Sonnenbrand holen.
Ich schnipste mit den Fingern. November öffnete ein Auge.
»Tja, was meinst du? Laufen wir 'ne Runde? Hast du Lust? Vielleicht treffen wir unterwegs ein paar Kaninchen, mit denen du kuscheln kannst.«
Als ich die Küchentür öffnete, strich er an mir vorbei. Ich nahm die Weinflasche mit ins Wohnzimmer. Sich ein Glas Wein aus der Küche holen. Eines der Dinge, um die man sich keine Gedanken machte, wenn man zwei Beine hatte.
»Wir drehen eine Runde«, sagte ich und füllte Mors Glas.
»Und der Zaun?«, fragte sie, ohne ihre Augen von dem Drama auf der Mattscheibe abzuwenden.

»Ist erst mal dicht. Ich mache den Rest, sobald die Selbstschussanlage eintrifft.«
»Gut«, sagte sie und warf einen Blick auf ihr Glas.
»Soll ich die Flasche stehen lassen?«
Ihr Blick verschleierte sich.
»Wozu?«
»Vielleicht möchtest du noch ein Glas?«
»Dann gehe ich in die Küche und hole mir eins«, sagte sie und wandte sich wieder dem Elend zu.
Ich blieb neben ihr stehen, bis ich verstanden hatte, dass die Tragödie aus einer Frau bestand, die ihren Job verloren hatte. Als ich rausging, dachte ich darüber nach, wie dieses Problem für jemanden, der auf einen Schlag Beruf, Bein und Attraktivität verloren hatte, Relevanz haben konnte. Mir war klar, dass sie sich langweilte. Mir war nicht klar, was man dagegen tun konnte.

Auf halber Strecke versank die Sonne hinter dem Steinbruch. Die Dämmerung nahm Gestalt an. Ich trabte den Hügel hoch. Die Luft war immer noch zu warm, und Insekten schwirrten besoffen herum. November hüpfte voller Energie neben mir her. Manchmal vollführte er diese seitlichen Sprünge, die Mor *Kragehop* getauft hatte. Es sah aus wie ein Megaschluckauf. Er war schon als Welpe merkwürdig gewesen. Ein Sechserwurf. Als wir uns die Kleinen ansahen, taumelten sie neugierig auf uns zu. Die Eltern braun gefleckt, fünf Welpen braun gefleckt, nur einer war schwarz und kam seitwärts auf uns zugesprungen wie ein bockendes Pony. Mor lächelte, Nele lächelte, und ich hatte einen Hund. Seit neun Jahren war Nele weg, aber November war immer noch da und erinnerte mich an sie. Auch nach all diesen Jahren war es schwer, etwas in meinem Leben zu finden, das mich nicht an sie erinnerte. Das Joch des Zurückgebliebenen.
Als ich oben auf dem Hügel ankam, warf ich automatisch einen Blick zum Nachbargrundstück hinüber. Wie immer

wirkte die Villa ausgestorben. Das Fenster in Neles altem Zimmer war dunkel. Doch der Ausblick von hier oben war überwältigend. Das Haus stand genau richtig. Es hatte Sonne von allen Seiten, dennoch strahlte der Ort eine Verlorenheit aus, als wäre er schon vor hundert Jahren verlassen worden. Dabei war es noch kein Jahr her, dass Neles Vater ausgezogen war. Hans, ein ruhiger Mann, der uns Kindern Eis spendiert hatte, ein Schauspieler, der mit uns kleine Theaterstücke einstudiert hatte, ein Nachbar, der nie über den Tod seiner Frau hinweggekommen war. Neles Mutter war vor über zwanzig Jahren bei einem Unfall umgekommen, seitdem war Hans mit Nele allein. Wir hatten uns immer gewünscht, dass er und Mor sich mehr als nur anfreunden. Es hätte perfekt gepasst; er und Mor, Nele und ich. Aber es war nicht passiert. Vor zehn Monaten hatte ein Schlaganfall ihn zum Pflegefall gemacht, und er war in ein Kölner Luxuspflegeheim übergesiedelt. Seitdem gab es einen Grund weniger für Nele, sich je wieder hier blicken zu lassen.

Ich spürte einen flüchtigen Stich, lief auf der anderen Seite des Hügels wieder runter und nahm den Aufstieg zum Steinbruch in Angriff. Hier und da begegnete ich vereinzelten Spaziergängern, die vom See zurückkamen, aber außer mir lief niemand, ich hatte die Strecke für mich. Der Abend war still. Ein paar Grillen zirpten. Der feine Schotter knirschte leise unter meinen Schuhen. Ich lief und genoss das Gefühl, wie mein Geist sich entspannte. November trabte locker neben mir her. Zwischendurch sauste er ins Gebüsch, um ein Kaninchen zu knutschen, kam wieder hinausgesaust und legte einen Kragehop hin.

Ich lief eine Runde um den Baggersee, aus dem wir früher oft Teenager rausgefischt hatten, damals, als die Klippen noch der Treffpunkt für die Jugendlichen gewesen waren. Immer, wenn ein Jugendlicher hineingesprungen war, ohne wieder aufzutauchen, kamen Taucher von der Bundeswehr und suchten den Steinbruch ab. Sie hatten topografische Karten und Unterwasserfotos, die unterirdische Landschaften zeigten mit plötzlich aus der Tiefe hervorschießenden Felsspitzen.

Jedes Mal fanden die Taucher geklaute Mofas, Schrottwagen, alte Kühlschränke und kaputte Herde, und egal, wie oft wir hier Streife fuhren – die Umweltsäue ließen sich genauso wenig davon abhalten, ihren Müll im See zu versenken, wie die Jugendlichen sich davon abhalten ließen, die Klippen für Partys, Entjungferungen und andere Mutproben zu nutzen. Vor allem eine Felsplatte, die in zwölf Metern Höhe über allem thronte, hatte es ihnen angetan. Von dort hatte man einen wunderbaren Ausblick auf den See und konnte sich in die Tiefe stürzen. Schaute man genau hin, bevor man sprang, tauchte man ins eiskalte Wasser, doch wenn man in der Hierarchie aufsteigen wollte, sprang man in den Sonnenuntergang. Wenn die Sonne auf der anderen Seite des Sees unterging, wurde die Wasseroberfläche zu einem Riesenreflektor und blendete jeden, der auf der Felsplatte stand. Wer dann sprang, konnte nur hoffen, dass sein Anlauf stimmte. Das hatte vielen Ruhm, anderen den Tod und manchen noch Schlimmeres eingebracht.

Die Stadt hatte alles versucht, um die Jugendlichen von hier fernzuhalten. Verbotsschilder, Zäune, Kontrollen, Strafen – nichts hatte funktioniert. Bis man auf der anderen Seite des Sees Sand aufgeschüttet hatte. Seitdem wurde drüben auf dem künstlichen Strand gefeiert und entjungfert, aber nicht mehr gestorben. Nur die Umweltsäue kippten immer noch ihren Müll von den Klippen. Wie tief der See war, konnte man daran erkennen, dass die Wasserqualität bei jeder Probe erstklassig blieb.

Wir waren halb um den See herum, als November plötzlich regungslos verharrte, den Körper senkte und ein Gebüsch anknurrte. Ich blieb sofort stehen und schaute mich nach einem Baum mit niedrigen Ästen um, auf den ich mich notfalls flüchten konnte. Manchmal liefen hier noch Wildschweine herum. Ich gab November das Zeichen. Er stellte sich geduckt neben mich und knurrte weiter. Was auch immer da im Gebüsch war, ein Kaninchen konnte es ja dann nicht sein.

»Verdammt, halt den Köter fest«, keuchte eine Stimme.

Es raschelte im Gebüsch, und Schröder kam hervor. Er trug eine kurze Jogginghose, unter der weiße, wabblige Beine zum Vorschein kamen, und ein Bayerntrikot, das über seiner Wampe spannte. Sein Gesicht war puterrot und schweißüberströmt, seine Haare waren staubtrocken. Ich starrte ihn an.

»Was soll das werden?«

»Was wohl? ... Scheiße«, keuchte er. Er kämpfte sich aus dem Gebüsch auf den Pfad hinauf, wo er stehen blieb, sich vornüberbeugte, seine Hände auf die Knie stützte und nach Luft schnappte.

»Bist du in Ordnung?«, fragte ich. »Ich meine, klar, ich sehe, du bist Bayernfan, aber davon abgesehen ...«

»Leck ... mich ... verflucht. Mir ... geht's ... verdammt noch mal ... bestens!«

»Wusste gar nicht, dass du joggst. Halten deine Gelenke das aus?«

Er schnitt Fratzen und versuchte durchzuatmen. Bevor er sich erholen konnte, kam jemand leichten Schrittes den Pfad entlanggelaufen. Zuerst sah man einen drahtigen Körper mit einer erstklassigen Körperhaltung, dann eine Baseballkappe, aus der hinten dichtes blondes Haar hervorquoll. Ich hielt sie für ein Mädchen, doch als sie näher kam, sah ich, dass sie Anfang dreißig sein musste. Sie blieb neben uns stehen, trabte auf der Stelle, nickte mir zu und heftete ihren Blick dann auf Schröder, der sich aufrichtete und versuchte, das Trikot unten zu halten. Jedes Mal, wenn er losließ, rollte es wie ein Rollo über seine Wampe zurück.

»Kollege Schröder, sind Sie in Ordnung?«

Schröder nickte, zog das Trikot wieder runter und sah zu Boden. Ihn verlegen zu erleben war fast ein größerer Schock, als ihn in Sportsachen zu sehen.
»Wir sind zehn Kilometer gelaufen«, sagte ich. »War vielleicht zu viel nach dem Boxtraining.«
Sie warf mir einen Blick zu, aus dem nichts herauszulesen war, und sah wieder Schröder an.
»Haben Sie Kreislaufprobleme? Ich habe mein Handy dabei. Wenn Sie wollen, rufe ich einen Arzt.«
»Mir geht's gut«, murmelte Schröder und musterte ausgiebig den Boden vor seinen Füßen. Neben ihm ließ November sich gelangweilt auf den Hintern plumpsen. Die Neue musterte Schröder, dann nickte sie.
»Na gut. Aber lassen Sie es ruhig angehen. Am besten gehen Sie langsam weiter. Guten Abend.«
Wir schauten ihr nach. Der Pferdeschwanz wippte im Takt, als sie leichtfüßig und locker weiterlief. Man hörte ihre Schritte kaum. Ich tippte auf Leichtathletik.
»Was meinst du?«
»Geiler Arsch«, sagte er.
»Trottel.«
Er schaute beleidigt drein.
»Als hättest du verflucht noch mal nicht hingeguckt.«
»Sie ist Polizistin und wollte dir helfen. Wärst du umgefallen, hätte sie erste Hilfe leisten müssen. Es wäre ihre Pflicht gewesen, dir Mund-zu-Mund-Beatmung zu verpassen. Aber du musstest ja einen auf taff machen.«
Sein Mund öffnete sich schlapp.
»Scheiße ...«, flüsterte er.
»Jaja, ich lauf dann mal weiter, du kannst dich ja wieder im Gebüsch verstecken, vielleicht kommt sie morgen noch mal vorbei.«
Ich setzte mich wieder in Bewegung. November folgte mir, erleichtert, dass es endlich weiterging. Mir fiel auf, dass er keinmal geknurrt hatte.

»Soso, Kaninchen und Polizistinnen, was?«
Er belohnte mich mit einem Kragehop, bevor er ins Unterholz verschwand, um einen Höllenkrach zu veranstalten, ein paarmal zu bellen, zurückzukommen und zufrieden zu wirken. Automatismen. Hunde bellten, um Eindruck zu schinden, Männer machten sich lächerlich, um Frauen zu beeindrucken. Mir war nicht danach, mich an diesem Spiel zu beteiligen.
Als ich auf dem Rückweg an der Villa vorbeikam, wanderte mein Blick wieder zu Neles Fenster. Ich weiß nicht, ob es der Vollmond war, aber zum dritten Mal an diesem Tag dachte ich an sie. Das Fenster war immer noch genauso dunkel wie auf dem Hinweg, und zum ersten Mal seit langem schwang in dieser Erkenntnis die alte Enttäuschung mit. Kein flüchtiger Stich, sondern das alte Verlustgefühl. Es war lange her, seitdem ich so empfunden hatte, und ich hatte dieses Gefühl nicht vermisst. Es erinnerte mich daran, wie wir uns am Ende gestritten hatten, als sie dieses verdammte Modelcasting gewann. Es erinnerte mich daran, dass ich nicht mitgegangen war, als sie loszog, die Welt zu erobern. Es erinnerte mich an das Grundvertrauen, das wir hatten. Alle Beziehungen, die ich nach ihr führte, gingen an den Vergleichen zu Grunde. Ich hatte immer das Gefühl, dass etwas fehlte. Ein Zweifel, der jede Beziehung effektiver beendete als ein Schuss ins Herz.

Mor schlief vor dem Fernseher, in dem eine Talkmasterin verbissen versuchte, einem Politiker eine Antwort abzuringen. Auf dem Tisch stand eine Weinflasche. Es war nicht die von vorhin. Einerseits war ich froh, dass Mor von den Schmerzmitteln runter war, die sie manchmal komplett ausgeschaltet hatten, andererseits war ich genügend Alkoholikern im Außendienst begegnet, um zu wissen, dass Alkohol keine Bagatelle war. Wer jahrelang zu viel trank, verlor erst den Faden, dann den Respekt und dann meistens noch den Verstand. Vielleicht sollte ich es ansprechen, aber ich wollte auch nicht, dass sie heimlich trank und sich schuldig dabei fühlte. Sie sollte das Leben genießen. Das hatte sie verdient.

Der Politiker schlug eine weitere Minute tot. Ich ließ den Apparat laufen, füllte Mors Glas, brachte die Flasche in den Kühlschrank, duschte und ging in die Garage, um mir den Rollstuhl vorzunehmen.

Als ich ihn mir ansah, verlor ich die Lust. Keine Ahnung, wo Mor sich wieder herumgetrieben hatte. Um die Radnaben und die Speichen hatten sich lange Halme geschlungen, die die Räder völlig blockierten. Auch wenn ich ihn wieder hinkriegen würde, war es bloß eine Frage der Zeit, bis er wieder kollabierte. Das Ding war ein normaler Rollstuhl, an dem Rokko und ich einen schwindsüchtigen Hilfsmotor angebracht hatten. Man konnte damit zwar über die Straße rollen, aber um mit November durchs Gelände zu sausen, brauchte man ein anderes Kaliber. Eines wie das in Rokkos Garage. Er hatte ein wenig daran herumgeschraubt – ich hoffte, es würde Mor nicht wie der Besatzung der Challenger ergehen, wenn sie das Ding startete.

Ich ging wieder rein, fütterte November, genehmigte mir ein Bier und setzte mich in den Sessel neben Mor. Die investigativen Angriffe der Talkmasterin prallten weiterhin an der politischen Rhetorikwand ab. Niemand schien es zu stören. Mor schlug die Augen auf und gähnte.

»Wie spät?«

»Kurz vor zehn.«

Sie leckte sich über die Lippen. Ihr Blick huschte zu dem vollen Glas.

»Ich hab Schröder beim Laufen getroffen. Er joggt. In kurzen Hosen. Ich glaube, er hat 'ne Midlife-Crisis.«

»Hatte er schon immer.«

Sie nahm das Glas und nippte dran. Sie nippte noch mal, dann nahm sie einen tiefen Schluck. Als sie das Glas abstellte, war es halb leer. Wir schalteten passenderweise um auf eine Sendung über gesunde Ernährung. Die Fenster standen sperrangelweit offen. Insekten mühten sich an den Fliegengittern ab, während ein gut gelaunter Moderator uns erklärte, dass man ist, was man isst.

Als Rokko draußen hupte, holte ich die Weinflasche ein letztes Mal, um Mors Glas aufzufüllen, und küsste sie zum Abschied.

»Warte nicht auf mich.«

»Gut, und wenn du die Neue siehst…«

»… erst schwängern, dann reden.«

Sie lächelte.

»Das ist mein Sohn.«

Im Schaukelstuhl empfing uns der übliche Eau-de-Dorfkneipengeruch, eine Mischung aus Qualm, verschüttetem Bier und abgestandener Luft. Vorne waren alle Tische voll, die Theke quoll über vor Stammgästen. Überall sah man die Zeichen langer, auswegloser Nächte. Im hinteren Raum stand der Pokertisch, an dem das Revier die Gehälter neu verteilte. Wie immer saß Gunnar, der Wirt, an seinem Ecktisch, von dem aus er den Raum überblickte. Er hatte das Gesicht eines Kapitäns, der im Krieg zur See gefahren war und dabei mehr gesehen hatte, als ein Mensch je sehen sollte. Bloß, dass er das Dorf nie verlassen hat. Er hörte nur seit sechzig Jahren Besoffenen zu. Konnte einem zu denken geben.

Wir quetschten uns an die Theke und riefen nach Bier. Als Anita uns sah, glaubte ich ein kleines Lächeln zu sehen, konnte aber auch Wunschdenken sein, denn sie ignorierte Rokko komplett, obwohl er sie butterweich anschaute. Immerhin stellte sie zwei Bier vor uns, bevor sie zur nächsten Bestellung weiterzog. Das Bier war nicht richtig kalt. Der Kühlschrank funktionierte nicht, aber da kein Lebender je mitbekommen hatte, dass die Zapfanlage gereinigt wurde,

trank man besser aus der Flasche. Die Quoten standen 1 zu 2, dass die TÜV-Plakette der Zapfanlage noch das Reichssiegel trug.
Ich sah Rokko an.
»Habt ihr Streit?«
Er zuckte die Schulter und sah zum Pokertisch hinüber, an dem Schröder, Telly und Karl-Heinz saßen. Schröder tat, als würde er mich nicht sehen. Karl-Heinz trug etwas, das wie ein Tweedanzug aussah. Tweed. Bei dreißig Grad. Eine einzige neue Frau reichte, um ein ganzes Dorf um den Verstand zu bringen.
»Okay, Dicker, machen wir sie fertig.«
»Ich komme gleich nach.«
Rokko packte seine Flasche und schlenderte zum Pokertisch. Ich blieb an der Theke stehen und kippte das Bier, bevor es noch wärmer wurde. Udo Jürgens begann sich bei Chérie zu bedanken, und jemand schlug fluchend auf die Musikbox ein. Sie hatte die Angewohnheit, selbst zu entscheiden, welche Titel sie spielte. Auch in dieser Angelegenheit kam niemand auf den Gedanken, sich bei Gunnar zu beschweren. Man ging ja auch nicht zum Kreuz Jesu und bat ihn herunterzukommen, um etwas zu reparieren.
Anita blieb auf der anderen Seite der Theke stehen und stellte mir eine neue Flasche vor die Nase.
»Brennst du mit mir durch?«
»Was wird dann aus diesem Palast hier? Hast du schon mit Gunnar über die Pacht gesprochen?«
»Ich hab grad andere Baustellen.«
Sie begann Gläser zu spülen. Ihr schwarzer Pony hing ihr in die Stirn, als sie zum Pokertisch rüberschaute, wo Rokko mir Zeichen machte, mich auf den freien Stuhl neben ihm zu setzen.
»Was hat er diesmal angestellt?«
Sie heftete ihre blauen Augen auf mich.

»Was er angestellt hat?« Sie wischte sich einen Tropfen Spülwasser von der Wange. »Gestern Abend hat er vor meinen Augen die Neue nach ihrer Telefonnummer gefragt.«
»Das ist bloß eine Wette.«
Sie funkelte mich an.
»Erspar mir den Scheiß, Paul.« Sie warf einen Blick zum Pokertisch. »Ich frage mich langsam, ob er überhaupt je erwachsen wird.«
»Irgendwann erwischt es jeden.«
»Die Frage ist nur, wann.« Ein Gast rief nach Bier. Sie nickte als Zeichen, dass sie es gehört hatte. »Die Neue sieht toll aus und wirkt nett, wär die nichts für dich?«
»Oh, bitte, nicht du auch noch. Mor macht mich schon wahnsinnig.«
Für einen Augenblick lächelte sie, dann wanderte ihr Blick wieder zum Pokertisch, und ihre Miene verdüsterte sich. »Einen Konkurrenten bist du jedenfalls los. Sie hat ihn gestern voll auflaufen lassen.«
»Ach, wirklich? Hat er irgendwie vergessen zu erwähnen.«
Wir tauschten einen Blick. Ein weiterer Gast rief seine Bestellung. Anita legte wieder los. Ich ging zu Gunnar rüber, vor dem ein Herrengedeck stand. Er konnte die Klaren stundenlang in sich reinkippen, ohne dass man ihm etwas anmerkte. Ich hielt meine Bierflasche hoch.
»Was ist das?«
Sein Blick huschte über die Bierflasche, suchte den Haken. »Ein Scheißflaschenbier«, sagte er mit seinen von tausend Kettenrauchernächten gefolterten Stimmbändern.
»Ein lauwarmes Scheißflaschenbier«, korrigierte ich. »Der Kühlschrank ist im Arsch, die Musik ist scheiße, die Klos sind 'ne Katastrophe, dein Laden geht den Bach runter, ist nur 'ne Zeitfrage, bis das Gesundheitsamt ihn schließt. Also, wieso verpachtest du ihn nicht an Anita? Sie macht doch eh schon die ganze Arbeit.«
»Zwingt sie ja keiner.«

»Du hast ihr vor einem Jahr versprochen, dass du ihr den Laden verpachtest.«
»Hab ich?«
»Vor Zeugen.«
Er schaute an mir vorbei durchs Lokal wie ein Kapitän über die See.
»Hab ich auch gesagt, wann?«
»Ich würde dir ja androhen, dir die Bude anzuzünden, aber das würde den Verkaufswert steigern, also denk doch mal darüber nach, ob du nicht dein Wort halten willst.«
Ich ging zum Pokertisch rüber, und zwei Bier später legte ich drei Asse auf den Tisch. Schröder fluchte. Dazu gab es keinen Grund, denn vor ihm lagen die meisten Münzen. Aus irgendeinem unerfindlichen Grund war er beim Pokern allen überlegen. Ein Polizist, der einen Psychopathen nicht mal erkennen würde, wenn der ihm die Beine mit einer Axt rasierte, las uns am Pokertisch wie offene Bücher und zockte uns gnadenlos ab. Es gab schon Überlegungen, ihn in richtige Pokerrunden einzuspannen und damit unser aller Rente aufzubessern.
Ich zog den Pott mit beiden Händen an mich, als plötzlich eine Frau leidenschaftlich stöhnte. Jeder am Tisch erstarrte. Die Frau stöhnte wieder. Wir sahen uns an. Karl-Heinz legte seinen Kopf schief und öffnete den Mund, um besser hören zu hören. Die Frau stöhnte wieder. Und hatte einen Orgasmus. Ich bemerkte, dass mein Handydisplay aufleuchtete.
Ich sah Rokko an.
»Lass, verflucht noch mal, die Finger von meinen Klingeltönen!«
Rokko brach zusammen. Er schmiss sich fast vom Stuhl. Alle anderen am Tisch stöhnten genervt. Letzte Woche hatte er einen Furz auf mein Handy geladen, war aufs Klo gegangen und hatte mich angerufen.
Die Frau kam noch mal. Ich schnappte mir das Handy.

»Hansen.«
»Paul«, flüsterte Mor, »es ist jemand im Haus.«
»Wie meinst du das, jemand im Haus?«
»Hier schleicht jemand rum.«
Meine Körpertemperatur sank schlagartig ab.
»Schließ dich im Bad ein. Bin gleich da.« Ich ließ das Handy sinken und sah in die Runde. »Es ist jemand in unserem Haus.«
Der Tisch erstarrte.
»Verfluchte Scheiße ...«, flüsterte Schröder.
»Die Bande«, sagte Karl-Heinz.

Von der Fahrt merkte ich nichts. Endlich machte Rokkos Fahrstil mal Sinn. Als er den Motor ausmachte und mit Restschub auf den Hof rollte, war der Hof leer. Wir waren die Ersten. Ich sprang aus dem Wagen und lief aufs Haus zu. In Küche und Wohnzimmer brannte Licht, der Fernseher flimmerte, sonst war alles dunkel. Von November war weit und breit nichts zu sehen. Ich griff nach der Türklinke. Rokko riss mich an der Schulter zurück.
»Warte!«, fauchte er leise.
Er glitt neben die Tür und lauschte. Seine Dienstwaffe schimmerte in seiner Hand.
»Wieso bist du bewaffnet?«, flüsterte ich.
»Allzeit bereit. Los, rein.«
Er entsicherte die Waffe. Die Bilder alter Tatorte schossen mir durch den Kopf. Mein Herz klopfte bis zum Hals.
»Lenk sie ab«, flüsterte er glücklich. »Los geht's! Jetzt!«
Ich atmete durch und öffnete die Tür. Ich spazierte in die Küche, als sei es das Normalste der Welt. Hinter mir glitt Rokko geduckt herein und suchte den Raum mit der Waffe ab. Nichts. Das Wohnzimmer war ebenso leer. Die kleine Tischleuchte brannte. Der Fernseher lief ohne Ton. Wir schlichen zu Mors Schlafzimmer und wiederholten dort unser Entree. Nichts. Rokko warf mir einen Blick zu: *Wo?*

Ich spreizte die Hände und schaute mich um. Mors Krücken standen an die Wand gelehnt, direkt neben der Badezimmertür. Ich trat einen Schritt vor und lauschte. Nichts. Ich schaute Rokko an. Er nickte und hielt die Waffe im Anschlag. Ich atmete durch und drückte die Türklinke runter. Die Tür schwang auf. Das Badezimmer war dunkel. Mor saß im Bademantel auf der Toilettenschüssel. Neben ihr lag November. Er sprang auf und begrüßte mich mit Schwanzwedeln, doch Mor machte das Handzeichen, er fiel neben ihrem Fuß zu Boden und blieb regungslos liegen. Ich sank auf die Knie und umarmte sie.

»Was ist los?«, flüsterte ich.

»Oben ist jemand«, flüsterte sie.

»Sicher?«

Sie nickte an meiner Wange.

»Ich war mit November draußen, und als ich zurückkam, hörte ich Schritte. Hast du die Neue getroffen?«

Die Frage ließ mich fast kichern. Mein Nacken schmerzte vor Anspannung. Rokko hatte die Waffe auf die Tür gerichtet und sicherte den Weg ins Wohnzimmer.

»Lass uns hochgehen und ihnen in den Arsch treten, bevor sie abhauen«, flüsterte Rokko.

»Wir sollten auf Verstärkung warten«, flüsterte ich.

»Die Wichser sind in *deinem* Haus!«, fauchte er.

»Wir haben keine Chance, über die Treppe unbemerkt da hochzukommen. Falls überhaupt noch jemand da ist.«

»Ach, scheiße«, flüsterte Rokko, blieb aber stehen.

Draußen kamen mehrere Fahrzeuge auf den Hof geschossen. Wagen kamen schlitternd zum Stillstand. Mehrere Wagen. Türen klappten auf und zu, entschlossene Schritte liefen aufs Haus zu, Stimmen riefen Kommandos. Wer auch immer oben im ersten Stock sein mochte, der wusste jetzt, dass er in der Klemme saß, und würde vielleicht etwas Blödes machen. Ich stand auf.

»Warte hier«, flüsterte ich.

Mor hielt meine Hand fest.
»Du auch«, flüsterte sie.
Ich befreite meinen Arm sanft aus ihrem Griff, gab November noch mal das Zeichen, liegen zu bleiben, und griff nach der Türklinke. Als ich die Tür öffnete, spürte ich Rokko dicht hinter mir. Wir schlichen durch das Wohnzimmer in den Flur und gaben uns Mühe, in der Dunkelheit nirgends gegenzurennen. Wir waren fast bei der Treppe angelangt, als die Holzdecke über uns knarrte. Da oben war *wirklich* jemand! Ich kniff die Augen zusammen, starrte die Treppe hoch und versuchte, in der Dunkelheit etwas zu erkennen. Die Haustür wurde aufgestoßen, und grelles Licht erfasste uns.
»POLIZEI! STEHEN BLEIBEN!«
Ich blieb stehen, Rokko lief gegen meinen Rücken.
»WAFFE RUNTER!«
Mehrere Personen kamen in die Küche gepoltert.
»Es ist Rokko«, sagte eine Stimme.
»Und Paul«, sagte eine andere.
Ich erkannte die Malik-Brüder aus der Nachtschicht hinter dem gleißenden Licht.
»Wo sind sie?«, schnarrte Hundt.
Bei dem Krach längst aus dem Fenster und über alle Berge, wollte ich gerade sagen, als die Holztreppe knarrte und das Licht angeknipst wurde. Wir standen wie erstarrt da und blinzelten uns im Licht an. Hundt, Karl-Heinz, Schröder, Telly, die Malik-Brüder, Rokko und ich. Wie auf Kommando schwangen die Waffen zur Treppe hin, und November bellte. Mir fiel auf, dass er bisher noch nicht mal geknurrt hatte. Im selben Moment fiel mir ein, dass der Hof leer gewesen war. Waren die zu Fuß gekommen?
Bevor ich den Gedanken weiterverfolgen konnte, wurden ein paar nackte Füße auf den oberen Treppenstufen sichtbar. Es folgte ein Paar lange, schlanke Frauenbeine, die in einen weißen Slip mündeten, dann kam mein AC/DC-Tour-Shirt

zum Vorschein, unter dem sich Brüste abzeichneten. Nach weiteren Stufen folgte ein Hals, und schließlich wurde ein Frauengesicht sichtbar. Die Frau rieb sich gähnend die Wange und erstarrte, als sie die Phalanx an Waffen sah, die auf sie gerichtet war. Meine Kinnlade klappte nach unten, und ich musste mich auf einen Stuhl stützen. Es gab wohl keinen im Flur, der nicht nach irgendwas suchte, woran er sich festhalten konnte. Wo wir die Bande erwartet hatten, kam eine halb nackte Schönheit zum Vorschein. Und nicht irgendeine. Nele stand auf der Treppe, in Slip und Shirt und mit kurzen Haaren.

Niemand bewegte sich.

Dann schoss November an uns vorbei, nahm mehrere Stufen auf einmal und sprang winselnd an ihr hoch.

»November!« Sie sank auf die Knie und umarmte ihn. »Oh, Süßer … oh, Süßer …«

Sie drückte ihn an sich, und November drehte durch. Er winselte und leckte ihr übers Gesicht und drehte sich und wusste nicht, auf welchem Bein er stehen sollte. Ich klammerte mich an die Stuhllehne, während mein Puls auf mich einschlug.

Mor kam aus dem Wohnzimmer gehüpft, blieb am Fuß der Treppe stehen und strahlte über das ganze Gesicht.

»Engelchen.«

Nele hob den Kopf aus Novembers Fell. Ihre Augen glänzten, sie sahen fast schwarz aus. Sie lächelte kläglich.

»Mor.«

Plötzlich riefen alle durcheinander. Hundt bellte Kommandos und verlangte eine Erklärung. November winselte um Nele herum, die die restlichen Stufen hinunterlief und Mor in die Arme schloss. Schröder fluchte, Rokko erklärte, Hundt wollte einen Ausweis sehen, und ich klammerte mich immer noch an die Stuhllehne. Nele warf mir über Mors Schulter einen Blick zu. Ich hob mein Kinn als Zeichen, dass ich ihren Blick gesehen hatte. Herrje, wir waren

uns näher als zwei Meter. Eine Welle von Übelkeit raubte mir den Atem. Mein Herz schlug wie eine Kirchenglocke. Das Pochen setzte sich in meinen Knochen fest. Ich sackte schwer auf den Stuhl, während ich nach Luft schnappte.
Alles, was ich von den folgenden Minuten weiß, ist, dass wir uns nicht berührten und dass ich mich fühlte, als würde mir jemand unentwegt elektrische Schläge verpassen. Hunderte Male hatte ich mir ausgemalt, wie es sein würde, so hatte ich es mir nicht vorgestellt. Da stand sie, nur ein paar Schritte entfernt, aber der Raum war voller durcheinanderrufender Menschen, und alles, was ich tun konnte, war, auf dem Stuhl zu sitzen und sie anzustarren.
Nach und nach klärte sich die Lage. Nele war mit dem Taxi gekommen, es war niemand da gewesen. Sie war hineinspaziert, hatte einen Zettel an den Kühlschrank geklebt, war in ihr altes Zimmer gegangen, hatte ihr Bett freigeräumt, es bezogen und sich hingelegt, um ihr Schlafdefizit wettzumachen. Den Zettel hatte Mor übersehen, dafür hatte sie gehört, wie sich oben jemand bewegte. Nele wurde von dem Krach geweckt und war heruntergekommen, um nachzuschauen, was der Aufstand sollte und … Hundt ließ sich die Sache noch ein zweites und ein drittes Mal erklären. Er ließ sich ihren Ausweis zeigen, rief bei der Taxizentrale an, ließ sich Neles Aussage von dem Taxifahrer bestätigen, und dann musste Nele ihre Geschichte noch ein viertes Mal erzählen. Es dauerte, bevor er einsah, dass es hier nie eine Bande gegeben hatte. Er ließ noch Garten und Garage durchsuchen, doch schließlich konnte ich ihn und die Kollegen endlich auf den Hof hinausbugsieren, wo ich ihm ein weiteres Mal erklärte, dass Nele früher bei uns gewohnt hat und wir nicht wussten, dass sie zu Besuch kommt. Schließlich stieg er in seinen Wagen und rollte vom Hof. Schröder verfluchte mich, weil er seinen ganzen Pokergewinn auf dem Tisch liegen gelassen hatte. Auch die restlichen Kollegen kommentierten die Lage gepflegt

und gingen zu ihren Wagen. Ich brachte Rokko zum GT und versprach ihm, dass ich nie wieder über seinen Fahrstil meckern würde. Er machte eine Kopfbewegung zum Haus hin.
»Ich dachte, sie ist in Amerika…«
»Dachte ich auch.«
»Was will sie dann hier?«
»Weiß ich nicht.«
»Ich dachte, ihr habt keinen Kontakt.«
»Hatten wir auch nicht, bis eben.«
Er schaute zum Haus rüber und schüttelte den Kopf.
»Ich muss dich nicht daran erinnern, wie die Sache letztes Mal endete, oder?«
»Beziehungstipps? Von dir? Hast du wirklich die Neue nach ihrer Nummer gefragt, während Anita dabei war? Alter, verlierst du allmählich den Verstand?«
Er stieg wortlos in den Wagen und ließ den Kies fliegen, als er vom Hof rauschte. Während ich dem Wagen nachsah, hatte ich ein Déjà-vu. In den Monaten bevor Nele damals abgereist war, hatte Rokko dauerhaft schlechte Laune. Erst später wurde mir klar, dass er die ganze Zeit befürchtet hatte, dass ich mitgehe. Vielleicht stand uns jetzt dasselbe bevor. Es konnte aber auch an Anita liegen. Immer, wenn sie sauer auf ihn war, wurde er sauer auf alle.
Die Motorengeräusche wurden leiser. Die Nachtstille kehrte zurück. Es wehte kein Lüftchen, der Sternenhimmel war wie gemalt. Grillen zirpten, draußen auf den Feldern meldete sich eine Eule zu Wort. Irgendwann sah ich ein, dass Rumstehen die Sache nur hinauszögern würde.

Als ich hereinkam, hob Nele den Kopf und strahlte mich an. Ihr braunes Haar lag wie ein Helm um ihr Gesicht und ließ es kleiner erscheinen, als ich es in Erinnerung hatte. Der einst wilde Lockenschopf war einer Kurzhaarfrisur gewichen.

Ich ging um den Küchentisch herum, und dann stand sie vor mir. Und zum ersten Mal seit neun Jahren umarmte ich das Mädchen, mit dem ich aufgewachsen war. Das Nachbarmädchen, das fünfzehn Jahre lang meine beste Freundin und meine erste Frau gewesen war. Sie war wieder da. Nele war wieder da. Ich spürte, wie sie an meinem Hals lächelte. Als wir uns voneinander lösten, glänzten ihre Augen.

»Ich hab euch vermisst.«

»Ach, deswegen haben wir seit Jahren nichts mehr von dir gehört?«

Mor gab mir einen Klaps auf den Hintern.

»Jetzt lass sie doch erst mal ankommen. Du kannst sie morgen beschimpfen, heute wird gefeiert. Setzt euch, setzt euch.«

Sie hüpfte zum Kühlschrank und holte eine Flasche Champagner hervor, die sie für besondere Augenblicke aufgehoben hatte. Ich holte drei Gläser aus dem Schrank und stellte sie auf den Küchentisch. Nele setzte sich und sah uns zerknirscht an.

»Ich möchte mich bei euch entschuldigen.«

»Wahnsinn«, sagte ich und ließ mich gegen die Rückenlehne sinken.

Mor warf mir einen strafenden Blick zu.

»Nun, lass sie es doch wenigstens versuchen.«

Nele hob die Schultern.

»Ich weiß nicht, wie ich euch erklären kann, was in den letzten Jahren los war. Es war wie ein Traum. Alles ging so schnell, tausend neue Dinge, New York, die Sprache, die Reisen, die Jobs, das ganze Drumherum ... Ihr ahnt nicht, wie oft ich an euch gedacht habe, aber ... irgendwann konnte ich nicht mehr anrufen. Es hat mich zu traurig gemacht.«

»Ach so«, sagte ich.

Diesmal bekam ich einen Klaps in den Nacken. Mor stellte die Flasche vor mich und setzte sich zu uns an den Tisch.

»So, Engelchen, Entschuldigung angenommen, jetzt her mit den Geschichten, wir wollen alles wissen. Wie ist denn George Clooney so?«

»Ja, wie war denn Georgie?«, sagte ich und schnappte mir die Flasche.

Nele warf mir einen Blick zu.

»Seit wann lest ihr denn Klatschmagazine?«

Mor lächelte.

»Ich hab das beim Friseur in der *Gala* gesehen. Als ich es Paul gezeigt hab, hat er am nächsten Tag jedes Boulevardblättchen aufgekauft, und dann haben wir alle Bilder von dir ausgeschnitten.«

»Du hast Bilder ausgeschnitten«, erinnerte ich sie und zog an dem Korken.

»George Clooney!« Sie seufzte theatralisch. »Kann er gut küssen? Ja, oder? Mit diesem Mund ...« Sie schmachtete kurz die Decke an, dann fixierte sie wieder Nele. »Wie ist er denn sonst so?«

Nele lächelte verlegen.

»Nett. Aber ich kenne ihn eigentlich nicht. Wir waren nur einmal auf derselben Party.«

»Aha«, sagte ich und ließ vielsagend den Korken knallen. Der Champagner schäumte heraus. Ich hielt den Flaschenhals über Neles Glas, ohne sie aus den Augen zu lassen. Der Champagner sprudelte hinein. Ihr Gesicht nahm einen dunkelroten Farbton an.

»Wirklich«, murmelte sie und heftete ihren Blick auf die Tischplatte. »Die Journalisten erfinden diese Sachen einfach.«

Mor blieb dran.

»Aber es stimmt doch, dass du eine Rolle in diesem Hollywoodfilm kriegen solltest, aber rausgeflogen bist, weil die Dings, die ... wie heißt die denn noch, die mit dem Mund ... Angst hatte, neben dir unterzugehen?«

Nele schüttelte den Kopf.

»Es gab Gespräche, aber ich hatte nicht mal Probeaufnahmen. Eigentlich bestand mein Job zum Großteil daraus, mich ins Gespräch zu bringen und dann auf Anrufe zu warten, die nicht oder zur falschen Zeit kamen.«

»Und was war mit diesem Musiker? Dem mit der Villa am Strand? Das war eine tolle Fotoserie. Was war mit dem?«

Nele zog die Schultern hoch.

»Nichts.«

»Auf den Fotos sahst du aber glücklich aus«, hakte Mor nach.

»Hast mit seinem Kind gespielt«, erinnerte ich.

»War nicht sein Kind. Die Kleine war nur für das Fotoshooting gebucht. Das Haus gehörte ihm auch nicht, das war alles von der Agentur arrangiert.«

Mors Augenbrauen berührten fast ihren Haaransatz.

»So etwas wird arrangiert?«

Nele zog wieder die Schultern hoch.

»Es gibt Agenturen, die denken sich Geschichten aus, wie sie dich in die Boulevardpresse bekommen. Eine Promiaffäre zu arrangieren ist der leichteste Weg, wenn man sonst nichts kann. Das, oder ein Skandal.« Sie musterte den Tisch ausgiebig. »Die meisten Geschichten habe auch ich erst aus der Presse erfahren. Ich hatte einen Agenten und einen Manager, die haben sich um alles gekümmert.«

Ich hob mein Glas.

»Na dann, willkommen zu Hause, Sklavin. Hier erfährt man alles sofort. Wetten, das ganze Dorf weiß längst, dass du wieder da bist und keine Haare mehr hast?«

Als ich mein Glas hob, zitterte meine Hand leicht, aber alles noch im Rahmen. Es sind die kleinen Siege, die man sich merken muss.

»Auf dich«, sagte ich.

»Auf euch«, sagte Nele.

»Auf uns«, sagte Mor.

Wir stießen an und tranken. Ich schmeckte nichts. Irgendwas stimmte mit meinen Geschmacksnerven nicht. Aber sonst war alles in Ordnung. Die beiden plauderten über das Modelleben und Amerika, als wäre Nele vier Wochen in Urlaub gewesen und nicht neun Jahre verschollen. Ich erfuhr nichts über ihre Gefühle. Nichts von ihrem Privatleben. Nichts von Hans. Nichts, außer fröhlich vorgetragenen USA-Anekdoten. Von Zeit zu Zeit blinzelte ich. Jedes Mal saß sie noch da.

Irgendwann unterdrückte sie ein Gähnen.

»'tschuldigung.«

Mor winkte ab.

»Du kannst dich jederzeit hinlegen, Kind. Wir können morgen reden. Wie lange bleibst du?«

»Na, mindestens bis zu deinem Geburtstag, wenn es euch nicht stört.«

Mein Herz verdoppelte seine Schläge. Mors Geburtstag. Das waren immerhin Tage.

Mor strahlte.

»Im Gegenteil, Engelchen, du bist das schönste Geburtstagsgeschenk, das ich mir wünschen könnte.«

Die beiden lächelten sich an, sie schienen stumm Zwiesprache zu halten. Dann nickte Nele und stand auf.

»Ich gehe ins Bett, ja? Ich bin total erledigt.«

»Neun Jahre weg, erledigt, klar.«

Beide schauten mich an. Mor legte ihre Hand auf meine. Sie tätschelte meinen Handrücken und lächelte Nele an.

»Geh nur, er schafft das schon.«

Nele umarmte Mor und küsste sie auf die Wange.

»Schön, wieder da zu sein«, flüsterte sie.

»Schlaf schön, Engelchen.«

Sie ließ Mor los und warf mir einen Blick zu, der mich beinahe in die Knie gezwungen hätte.

»Gute Nacht.«

»Ja, klar.«

Mor tätschelte wieder meine Hand. Nele ging zur Treppe

und verschwand nach oben. Als die Zimmertür oben zufiel, forschte Mor in meinem Gesicht. Ich meinte, ein kleines Lächeln zu sehen.
»Was sagt man denn dazu?«
»Sie sieht müde aus.«
Mor nickte und tippte mit einem Fingernagel vor mir auf die Tischplatte.
»Willst du einen Rat, Schatz?«
»Sicher.«
»Gib ihr ein bisschen Zeit anzukommen. Du weißt ja, warum Frauen sich die Haare abschneiden.«
»Wegen der Frisur?«
Sie sah mich milde an, und, klar, ich wusste Bescheid. Frisurwechsel = Trennungszeichen. So was lernt man, wenn man Frauenmagazine liest, da wird man zum Fachmann. Was ich jetzt brauchte, war ein Tipp zu Wiedersehenszeichen. Früher bedeutete ein »Gute Nacht« mit einem solchen Blick: Lass mich nicht zu lange warten. Was bedeutete es nach neun Jahren? Konnte irgendetwas nach neun Jahren noch dasselbe bedeuten?
Ich trank einen weiteren Schluck, ohne etwas zu schmecken. Ich sah mein Glas an.
»Verdammt, was ist das hier? Das schmeckt nicht.«
Mor tätschelte meine Hand. Wir hörten die Dusche oben angehen, und ich reiste durch ein Wurmloch in alte Bilder. Tausende Male hatte ich in der Küche gesessen und oben die Dusche angehen hören. Ich hatte mit Mor geredet und gewusst, dass ich gleich da hochgehen würde, um möglichst leise mit Nele zu schlafen. Das Geräusch des Wassers, das durch die alten Leitungen in der Wand lief, war wie auditives Viagra.
Wir plauderten ein bisschen über Mors Geburtstag nächste Woche und versuchten, den Schock zu verarbeiten. Nele. Im Haus. Da oben. Plötzlich wurde ich müde. Ich gähnte, küsste Mor und zog mich zurück. Meine Füße wogen Ton-

nen, als ich die Treppenstufen hochging, und ausgerechnet vor dem Gästezimmer ging mir die Luft aus. Ich blieb stehen, um zu verschnaufen. Vor der Tür standen ein paar Kartons, die sie aus dem Zimmer geräumt hatte, um Platz zu haben. Unter der Tür sah man kein Licht. Ich lauschte. Außer meinem Puls, der wild um sich schlug, war nichts zu hören. Ich lauschte noch einen Augenblick. Eine Etage unter mir hüpfte Mor herum. Eine Tür neben mir schlief meine große Liebe. Oder auch nicht.

Ich lauschte angestrengt. Vielleicht war sie umgefallen. Herrje, vielleicht lag sie da drin und röchelte leise um Hilfe? Vielleicht war ich der Einzige, der ihr Leben retten konnte? Vielleicht sollte ich auch einfach wieder runterkommen.

Ich ging ins Badezimmer. Ich duschte, wickelte mich in ein Handtuch und lauschte noch mal an der Gästezimmertür. Nichts. Vielleicht stand sie auf der anderen Türseite und hielt ebenfalls lauschend die Luft an. Vielleicht lag sie aber auch schon im Bett und träumte von Georgie. Ich atmete durch und ging in mein Zimmer.

Und da war sie.

Sie saß im Dunkeln auf dem Fenstersims, hatte die Beine angezogen und schaute aus dem offenen Fenster. Das war früher ihr Lieblingsplatz gewesen. Sie hatte oft dort gesessen, über die Felder geschaut und ihren Gedanken nachgehangen.

Sie drehte mir ihr Gesicht zu.

»Hey…«

Es war zu dunkel, um ihren Gesichtsausdruck zu erkennen, aber schon ihre Stimme ließ mich schwanken. Ich lehnte mich von innen gegen die Tür. Mein Mund fühlte sich seltsam trocken an. Ich befeuchtete meine Lippen. Mein Magen sackte ein paar Etagen ab. Da saß sie. Es war lächerlich, dass es mich so verunsicherte, aber ich konnte mich kein bisschen bewegen.

»Ich hab so schöne Plätze gesehen, aber nirgends fand ich meine Fensterbank. Ich kann dir nicht sagen, wie oft ...«
Ihre Stimme versandete. Ihre Brust hob und senkte sich. Ohne die wilden Locken wirkte die Silhouette ihres Kopfes schmaler und zerbrechlicher. Sie hatte sich tatsächlich ihr schönes Haar abgeschnitten. All ihre üppigen Locken, ihre Mähne, die ihr bis tief auf den Rücken reichte und sich über ihr Kopfkissen ergossen hatte, wenn sie im Bett lag, ihr Haar, das sie manchmal eine Stunde gebürstet hatte, es war nicht mehr da.
Mir wurde komisch. Ich begann wieder zu atmen, ging zum Bett, ließ das Handtuch fallen und rutschte unter die Bettdecke.
»Soll ich wieder gehen?«
»Wieso?«
»Na, weil ...« Sie machte eine Handbewegung. »Du gehst einfach ins Bett und sagst nichts.«
»Ich kann dir meine Freude nicht so richtig zeigen, weil ich gerade einen Herzinfarkt habe.«
Draußen auf dem Feld bellte ein Hund. Ein anderer antwortete. Ich wollte was sagen. Mir fiel nichts ein. Ich hob die Bettdecke. Sie trat einen Schritt näher. Noch einen. Mit jedem Schritt verwandelte das Mondlicht den Schatten in Nele, nur ihr Gesicht blieb unsichtbar. Keine Ahnung, was sich dort abspielte. Sie rutschte neben mich unter die Decke und streckte sich neben mir auf der Matratze aus. Ihr Geruch überrollte mich wie eine Welle.
Die Hunde bellten noch ein paarmal, ohne dass sich jemand bewegte. Herrje, wenn sie mich jetzt berührte, würde ich mich einfach in eine Wolke Quarks auflösen, und das wäre völlig in Ordnung. Wirklich völlig in Ordnung.
»Schau nicht so«, flüsterte sie. »Manchmal braucht man eine neue Frisur.«
»Ach so. Und die ganze Zeit denk ich, wann nimmst du den Helm ab.«

Sie gab mir einen Klaps auf den Arm. Ich räusperte mich.
»Wie geht es dir denn so?«
»Ganz gut.«
»Klingt ja furchtbar.«
Sie stieß Luft zwischen ihren Zähnen aus, und ich meinte, ein leichtes Zittern an ihr zu spüren, aber ich musste mich täuschen. Im Zimmer waren es noch an die fünfundzwanzig Grad, obwohl das Fenster offen stand. Vielleicht war ich es, der zitterte. Lange würde mein Herz das nicht mehr mitmachen.
Das Zittern kam wieder. Ich war es nicht. Ich legte ihr eine Hand auf die Schulter. Sie rutschte an mich heran, klammerte sich an mich und versteckte ihr Gesicht an meinem Hals. Ich drückte sie an mich und streichelte ihren Nacken. Das Zittern nahm zu. Ich wusste nicht, warum sie weinte, ich wusste nicht, warum sie wieder hier war, alles, was ich wusste, war: Sie war hier. Nele war wieder da. Es war nicht zu fassen.
Hinter dem offenen Fenster hing der Nachthimmel voller Sterne, und ich ahnte, dass dies einer dieser Augenblicke war, von denen man später sagen würde, sie hätten das Leben verändert.

neun

Durch das Fenster sah man einen diesigen Himmel, aber dahinter war der Horizont tiefblau. Die Wolken hatten sich über Nacht verzogen, wie ein Verheirateter nach einem One-Night-Stand. Neben mir schlief Nele mit geöffnetem Mund. Ihr Gesicht sah still und friedlich aus. Vor ein paar Stunden hatte sie einen Albtraum gehabt. Seitdem ruhte ihr Kopf auf meinem Arm, der ebenso tief schlief. Vor Jahren ein ganz normaler Morgen, doch das Morgenlicht verriet, dass die alten Zeiten vorbei waren. Ich sah Falten, wo früher keine gewesen waren. Unter ihren Augen zeichneten sich Ränder ab, und neben ihren Mundwinkeln befanden sich kleine Furchen. Neben den alten Narben vom Klettern, den Kämpfen und Fahrradstürzen sah ich eine kleine gezackte Narbe am Hals, die ich nicht kannte.

Das AC/DC-Shirt war hochgerutscht und entblößte unter den Tourterminen einen kleinen Bauch. Ihre Schenkel schienen ebenfalls zugelegt zu haben. Früher hatte ihr Körper schlaksig gewirkt, jetzt wirkte er fülliger und satter, als hätte man ihm einen Teil seiner nervösen Energie genommen. Ihr Temperament hatte uns früher ständig auf Trab gehalten, immer musste etwas passieren, besser Blödsinn machen, als gar nichts erleben. Als sie fort war, hatte mir ihre Energie gefehlt wie einem Junkie der Stoff. Ein Jahr lang hatte ich nicht gewusst, wie ich das Vakuum füllen sollte. Bis ich das Laufen entdeckte. Das Laufen brachte mir die Balance zurück. Ich hatte mich gefangen, doch ich hatte mich nie wieder so gut gefühlt wie mit ihr. Und jetzt lag sie neben mir …

Ihre Augenlider flatterten. Sie schlug die Augen auf und kniff sie gegen das Morgenlicht zusammen. Einen Augenblick schien sie nicht zu wissen, wo sie war. Auf ihrem Gesicht lag eine tiefe Müdigkeit. Dann kehrte sie in ihren Blick heim und lächelte. Ein Hauch ihres morgendlichen Atems drang mir in die Nase.

»O Mann«, sagte sie und schaute mir in die Augen. »Ich bin wirklich hier.«

Meine Mundwinkel strebten auseinander.

»Komisch, hab ich eben auch gedacht.«

»Danke, dass ich bei dir schlafen konnte. Das tat gut.«

Ich streckte ihr meine Hand entgegen. Als sich ihre Finger auf die alte Art zwischen meine schoben, sog ich Luft in die Lunge und schaute an die Decke. Mein Herz fühlte sich doppelt so groß an. Niemand sagte etwas.

Schließlich räusperte ich mich.

»Schön, dich wiederzusehen.«

»Dito.«

Ihre Augen waren groß und dunkel. Man konnte in ihrem Blick herumschweben wie im All. Überall gab es was zu entdecken … neue Sterne … fremde Welten … intelligentes Leben …

Ich hätte für immer so liegen bleiben können und ihre Hand halten, doch so surreal die Vorstellung sein mochte: Es gab da draußen ein Leben, und in dem musste ich zur Arbeit. Second Life.

Ich ließ ihre Hand los, rollte mich aus dem Bett und griff nach meiner Unterhose. Sie schaute mich überrascht an.

»Was machst du?«

»Frühschicht.«

»Jetzt?« Sie stöhnte. »Ich komme nach hundert Jahren nach Hause, und wir frühstücken nicht zusammen?«

»Kannst ja in die Küche kommen, dann mache ich dir einen Kaffee.«
Sie schnitt eine Grimasse.
»Was ist denn aus dem galanten jungen Herrn geworden, der alles ans Bett brachte?«
»Der Typ«, sagte ich und stieg zur Feier des Tages in eine lange Jeans. »Der ist jetzt emanzipiert. Der liest Frauenmagazine. Der weiß Bescheid.«
Das entlockte ihr ein Lächeln. Sie schaute zu, wie ich mich anzog. Ihre Augen glitten über meinen Körper.
»Du bist gut in Form.«
»Ich laufe.«
Sie kräuselte ihre Stirn.
»Du und Sport ... Was kommt als Nächstes?«
»Kaffee. In fünf Minuten in der Küche.«
Ich schlüpfte in ein paar Mokassins, verließ das Zimmer und ging runter in die Küche, wo November auf seiner Decke lag. Das Haus war still. Mor schien noch zu schlafen. Ich füllte die große Espressokanne, stellte sie auf die Herdplatte, warf November einen Hundekeks hin und holte zwei Tassen aus dem Schrank. In die eine kamen drei Löffel Zucker und ein Löffel Kakao. In die andere zwei Löffel Kakao und viel Milch. Manche Dinge vergaß man nie.
»Nie«, sagte ich.
November hob den Kopf und sah mich an.
»Nein, nein, ich meinte nicht dich, ich ...«
Ich stellte die Tassen auf den Tisch und legte mich auf den Küchenboden. Die Milchflasche auf dem Bauch, grinste ich die Decke an. November kam rüber, um mir ins Gesicht zu starren. Er wirkte besorgt.
»Alles in Ordnung«, erklärte ich ihm. »Sie bleibt ein paar Tage.«
Er trottete zurück und ließ sich auf seine Decke fallen, behielt mich aber im Auge. Ich stand auf, schaltete das Radio ein und begann, den Tisch zu decken. An den Schwingun-

gen des Bodens spürte ich, dass Mor wach und auf dem Bein war. Bei jedem Sprung, den sie zwischen Bett und ihrem Badezimmer zurücklegte, zitterte die Milch wie die Pfützen in *Jurassic Park*.

Im Haus klappten Türen, und fünf Minuten später saßen wir zu dritt am Küchentisch, als sei es das Normalste der Welt. Mor schmierte sich ein selbst gebackenes Kürbiskernbrot. Nele hatte die Füße auf den Stuhl gezogen und ihr Kinn auf ihre Knie gelegt. Sie hielt ihre Tasse in beiden Händen und schlürfte vom Rand. Ich tat, als würde ich die *Süddeutsche* lesen. Das Radio plauderte. November behielt das Brot im Auge, obwohl er es nicht mochte. Jeder hing seinen Gedanken nach. Von Zeit zu Zeit ertappten wir uns dabei zu gucken, dann sahen wir wieder weg.

Ich trank meinen zweiten Kaffee, als November die Ohren spitzte. Wenig später fuhr der GT blubbernd in unsere Einfahrt. Ich leerte meine Tasse und stand auf.

»Also, bis später.«

Wir schauten uns an und mussten alle lächeln. Ich kam nicht umhin, beide zu umarmen, als ich mich verabschiedete.

»Bis nachher«, sagte Nele.

Nachher.

Ich ging schnell raus und auf den Wagen zu, aus dem die Red Hot Chili Peppers dröhnten. Als ich auf den Beifahrersitz rutschte, war mir danach, Rokko zu umarmen. Ich konnte mich gerade noch beherrschen.

»Morgen.«

Rokko musterte mich durch seine verspiegelte Sonnenbrille.

»Deinem dämlichen Grinsen entnehme ich, dass sie noch da ist.«

»Hättest zur Kripo gehen sollen.«

Er trat aufs Gas. Wir schossen vom Hof. Wir erwischten einen Bremser. Vor uns tuckerte ein Traktor mit einem An-

hänger voller Zuckerrüben und zwanzig Stundenkilometern her. Während Rokko nach einer Lücke im Gegenverkehr suchte, ging das Verhör weiter.
»Und was will sie hier?«
»Weiß ich nicht.«
»Bleibt sie lange?«
»Grundgütiger, versöhn dich bloß bald wieder mit Anita.«
»Leck mich.«
Er schaltete runter und zog an dem Traktor vorbei. Wir schafften es kurz vor dem entgegenkommenden Schulbus wieder in unsere Spur. Der Schulbus hupte wild. Willi, der Busfahrer, war für sein sonniges Gemüt bekannt, doch jetzt klebte er Grimassen schneidend an der Scheibe und fuchtelte sich vor dem Gesicht herum. Rokko zeigte ihm den Finger und warf mir einen Blick zu. »Und, habt ihr schon gebumst?«
Ich zog eine Grimasse.
»Sag mal, ist deine Mutter aus Marokko?«
»Was?«, sagte er genervt.
»Ma – Rokko.«
Ich wackelte mit den Augenbrauen. Er sah nach vorne und drehte die Musik auf.

Auf dem Revier herrschte dicke Luft. Ich hatte mich auf allerhand dumme Sprüche eingestellt, aber dafür hatte niemand Zeit. Hundt hatte alle Fahrzeuge von der Straße geholt, die Nachtschicht dabehalten, die Spätschicht einberufen und eine Einsatzbesprechung anberaumt. Die Einsatzzentrale summte wie ein Bienenstock. Die Bande hatte wieder zugeschlagen. Während gestern Abend alle bei uns draußen gewesen waren, hatte sie sich eine Spielhalle in Weyerbusch vorgenommen. Obwohl der Spielhallenleiter kooperiert hatte, hatten sie ihm wieder Kopfverletzungen zugefügt, anscheinend bekamen sie langsam Lust auf Gewalt. Viertausend Euro Beute hatte es der Bande eingebracht. Auch das sprach gegen die Profithese, denn welcher Profi würde schon für tausend Euro pro Nase eine zentral gelegene Spielhalle ausnehmen? Es musste sich um Amateure handeln, und jedem von uns war klar, dass mindestens einer der Jungs von hier sein musste.

Hundt wies uns an, auf alte Bekannte zu achten, die plötzlich Geld hatten oder sich irgendwie merkwürdig verhielten. Er hatte eine Liste aller Männer zwischen achtzehn und fünfzig zusammengestellt, die derzeit im Landkreis wohnten oder bis vor kurzem hier gewohnt hatten. Die Liste war lang und die Aufgabe verrückt. Wie überprüfte man eine Liste auf Verdächtige, wenn die einzigen Anhaltspunkte ungefähre Schuhgröße, geschätztes Gewicht und Alter plus minus dreißig Jahre waren? Aber Hundt drehte am Rad. Zweimal in einer Woche – die Bande erhöhte die Schlagzahl. Entweder sie wurde übermütig, oder sie hatte Torschlusspanik. Vielleicht würde sie bald weiterziehen und Hundt wie einen Trottel zurücklassen. Um dem Ganzen die Krone aufzusetzen, hatten ein paar Reporter angerufen, und ein TV-Team vom Regionalfernsehen hatte über den Bruch berichtet. Hundt schob volle Paranoia: War uns die Bande einen Schritt voraus? Hatte sie uns gestern abgehört und bewusst zugeschlagen, als die komplette Polizeiwache auf unserem Hof versammelt war? Während er das sagte, musterte er mich. Sein Blick glitt über meine Kleidung. In dem kleinen Raum waren Rokko und ich die Einzigen, die Freizeitkleidung trugen, aber er sagte nichts. Die ganze Zeit wartete ich auf die These, dass Mor die Polizei bewusst aus der Stadt gelockt hatte, um den Weg für die Bande freizumachen. Ich ertappte mich dabei, ihn anzulächeln.

Die Einsatzbesprechung endete damit, dass wir angewiesen wurden, den Funk nicht mehr zu benutzen, wenn es um die Bande ging. Ab sofort sollten wir über Handy kommunizieren. Es wurden noch verschiedene Zuständigkeiten diskutiert, dann löste sich die Versammlung auf. Beim

Rausgehen kassierte ich die fälligen Kollegenkommentare; Verdächtigungen bezüglich meiner möglichen Bandenzugehörigkeit, gefolgt von Vermutungen wegen meines dämlichen Grinsens und dem genauen Verlauf der letzten Nacht. Ich lächelte bloß, nickte der Neuen zu und drückte ihr die Daumen. Für die heutige Schicht war ihr Schröder zugeteilt worden. Er grinste fast so breit wie ich.
Ich folgte Rokko ins Kabuff, wo Mattes uns schlecht gelaunt erwartete. Wegen der Besprechung hatte er eine Überstunde schieben müssen, dabei litt er eh schon unter dem von Hundt verordneten Schichtwechsel. Nachtschicht war nicht ideal, wenn man Kleinkinder hatte. Hundt arbeitete wirklich hart daran, jedem das Leben zu versauen, und würde erst dann ruhen, wenn alle so verbittert waren wie er selbst.
Mattes verabschiedete sich. Ich riss das Fenster auf und holte einen Lappen aus der Küche, um die Rücken- und Armlehnen der Stühle abzuwischen. Kaum hatte ich mich hingesetzt, blinkte auch schon die Lichterkette zum ersten Mal an diesem Tag.
»Polizeinotruf. Schönen guten Morgen.«
Ich nahm einen Einbruch entgegen und gab die Fahrt an Schröder raus. Er nahm gut gelaunt an, ohne das Ganze auch nur mit einem einzigen winzigen Fluch zu garnieren. Ich legte den Hörer auf, lehnte mich gegen die Rückenlehne und blätterte die Anzeigen und Dienstprotokolle der Nacht durch.
Am Nebentisch schüttelte Rokko den Kopf.
»Schönen guten Morgen …«, äffte er mich nach. »Glaubst du wirklich, irgendjemand, der hier anruft, hat gerade einen schönen Morgen?«
Bevor ich antworten konnte, blinkte die Lichterkette wieder, und ich meldete mich förmlich. Auch Glück braucht Timing.
»Polizeinotruf.«

»Haaaallllooo! Ich brauche die Feuerwehr – mir brennt der Arsch!«
Das Kind kicherte unterdrückt.
»Hat das mit dem Ficken gestern geklappt?«
Das F-Wort löste hysterisches Prusten am anderen Ende der Leitung aus. Der Hörer wurde aufgeknallt. Rokko warf mir einen Stift an den Kopf.
»Mann, red nicht mit den kleinen Scheißern!«
Ich verdrehte die Augen über seine Laune, aber er hatte recht. Kinder und Verrückte. Wenn man zu nett zu ihnen war, wurde man ihr allerbester Freund, und schon hingen Schwerverletzte stundenlang in der Warteschleife, weil die allerbesten Freunde ständig die Leitungen blockierten. Auf die Art hatte ich Rastamann kennengelernt. Einen szenebekannten Junkie, den ich in einer ruhigen Stunde beraten hatte, wie er sich bei der Drogenhilfe verhalten solle, um seine Chancen zu erhöhen, ins Methadonprogramm aufgenommen zu werden. Das war jetzt vier Jahre her, und er rief immer noch wöchentlich an – immer noch auf Junk und fröhlich vertraut, wenn er mir verriet, dass er scharf auf Halle Berry sei und sie besuchen würde, wenn er die Kohle zusammen hätte, was bestimmt bald der Fall sei.
Die Neue meldete sich über Funk und fragte, ob ich mir sicher sei, dass ich ihr eben die richtige Adresse gegeben habe. Ich kontrollierte meine Notizen, korrigierte mich und gab ihr die richtige Anschrift durch. Sie tat, als hätte sie sich vorher verhört. Kaum hatten wir das Gespräch beendet, ging Rokkos Kopfschütteln wieder los.
»Was – willst du mich einbuchten, weil ich mich mal in einer Adresse irre?«
Er sagte nichts.
»Gut«, sagte ich. »Du bist doch eh bloß neidisch, weil ich heute Nacht eine Frau im Bett hatte und du nicht.«
Bevor ihm dazu was einfiel, trat Hundt ins Kabuff. Er trug volle Uniform, trotz der Hitze war der Kragen seines Hem-

des ordnungsgemäß zugeknöpft. Obwohl er hager und nur eins fünfundsechzig groß war, wirkte der Raum mit ihm sonderbar voll. Sein Gesicht war ausdruckslos, doch ihn umgab eine deutlich spürbare Aura unterdrückter Aggression. Ein kleiner wütender Mann, jederzeit bereit, die Welt zu schlachten.

Rokko schob unauffällig eine Zeitung über das Lenkrad, das er manchmal an den PC anschloss, um Formel-1-Weltmeister zu werden, doch Hundt hatte nur Augen für mich. Sein lebloser Haifischblick huschte über meinen nackten Oberkörper und heftete sich dann in meine Augen. Ich spürte die Wut in seinem Blick wie kleine Stromschläge, aber seine Stimme blieb tonlos neutral.

»Sie haben gestern einen Dienstwagen für Privatzwecke entfremdet und das Einsatzteam geschwächt, ist das korrekt?«

Einen Augenblick lang wusste ich nicht, wovon er sprach, dann schüttelte ich den Kopf.

»Nein.«

Seine buschigen Augenbrauen hoben sich.

»Nein?«

»Richtig.«

Er starrte mich an, ohne zu blinzeln.

»Haben Sie nun oder haben Sie nicht?«

»Es kam ein Notruf, dass eine behinderte Mitbürgerin mit ihrem Rollstuhl von der Straße abgekommen war und feststeckte. Ich schickte einen Wagen hin.«

»Und diese behinderte Mitbürgerin«, seine Stimme troff vor Sarkasmus, »war nicht zufällig Ihre Mutter?«

»Doch, schon. Aber sie verliert deswegen ja nicht ihre Bürgerrechte.«

Neben mir atmete Rokko ein. Hundt musterte mich mit seinem Taser-Blick. Ich merkte, dass ich meine Hände umschlungen hielt, und öffnete sie.

»Wo ist Ihr Diensthemd?«

Ich zeigte zum Fenster, wo mein Diensthemd neben Rokkos auf einem Bügel hing.
»Durchgeschwitzt und zum Trocknen aufgehängt.«
»Wir warten auf die Aircondition«, warf Rokko ein.
»Seit Längerem«, sagte ich.
»Seit Jahren«, ergänzte Rokko.
Hundt ließ seinen Blick durchs Büro gleiten.
»In Zukunft erwarte ich vorschriftsmäßige Dienstkleidung und einen aufgeräumten Dienstraum.« Sein Kopf wandte sich Rokko zu »Und ein Vibrationslenkrad verbitte ich mir. Haben Sie das verstanden?«
Er drehte sich um und ging raus. Wir hörten, wie seine Schritte auf dem Flur verhallten. Mir fiel auf, dass ich nichts gehört hatte, bevor er ins Kabuff kam. Wer weiß, wie lange er vor der Tür gestanden hatte.
Rokko musterte den leeren Türrahmen nachdenklich.
»Mann, ich kenn da einen, der mal dringend 'ne Nummer schieben sollte.«
»Ich hätte nie gedacht, dass er weiß, was ein Vibrationslenkrad ist.«
»Vielleicht jagt er nachts zu Hause Verbrecher. Vielleicht erwischt er da ein paar«, lästerte er, während er sich das Hemd anzog.
Ich grinste ihn an.
»Wow, wir reden ja wieder miteinander.«
Worauf er prompt damit aufhörte. Und dann ging es los. In den folgenden Stunden hörte die Lichterkette gar nicht auf zu blinken. Die Welt nahm Fahrt auf, und wir kamen weder dazu, über Hundt zu lästern, noch dazu, das Thema Frauen zu vertiefen. Ein Ladenbesitzer meldete einen Einbruch. Eine Fußgängerin erlitt bei einer Kollision mit einem PKW leichte Verletzungen. Auf einem Zubringer hatte es einen LKW aus der Kurve geschleudert. Jedes Mal, wenn ich einen Anruf entgegennahm, die Enttäuschung, dass es kein Anruf von zu Hause war. Man hätte mir ruhig stündliche Zwi-

schenberichte liefern können, das wäre nur fair gewesen. So aber zogen die letzten Stunden meiner Schicht an mir vorbei wie eine betrunkene Zugfahrt.

Als wir auf den flimmernden Parkplatz hinausgingen, fühlte ich mich so frisch und erholt wie lange nicht mehr. Durch das Chaos am Morgen hatte Rokko keinen Parkplatz im Schatten gefunden, der GT hatte den ganzen Tag in der prallen Sonne gestanden. Als wir die Türen öffneten, kam uns ein glühend heißer Luftschwall entgegen, der uns nach Luft schnappen ließ. Die Recaro-Sitze kochten, nur die lange Hose rettete mich vor Verbrennungen dritten Grades. Ich kurbelte mit spitzen Fingern das Beifahrerfenster runter.
»Also, wie willst du das mit Anita einrenken?«
Statt zu antworten, schob er den ersten Gang rein. Als er losfahren wollte, kam Schröders Dienstwagen auf den Parkplatz gerollt. Die Neue saß hinter dem Steuer, Schröder saß auf dem Beifahrersitz und sah unglücklich aus. Noch bevor der Motor richtig aus war, flog die Beifahrertür auf, und Schröder kam wütend auf uns zumarschiert. Er blieb vor meinem Fenster stehen.
»Sag mal, biste im Arsch oder was? Was sollte die Scheiße mit der falschen Adresse? Wir sind in der Scheißhitze rumgelaufen wie die kackverdammten Idioten!«
Er stand in der prallen Sonne und schwitzte. Ein kleiner dicker Mensch, dem sein Hemd am Oberkörper klebte wie ein nasses Zelt. Darüber thronte die trockene Perücke auf seinem roten Schädel wie ein Vogelnest auf einem Feuermelder.
»Ist die Orientphase vorbei?«
Er starrte mich aufgebracht an.
»Was laberst du da?«
Ich lächelte freundlich.
»Ich meine, wird das jetzt so 'ne schlichte Scheißkackphase? Die Orientphase fand ich irgendwie origineller.«

Er schnappte nach Luft. Hinter ihm stieg die Neue aus dem Dienstwagen. Ihr Hemd war fast trocken, die Hose sah aus wie gebügelt, und sie trug eine verspiegelte Sonnenbrille. Sah cool aus.
»Mund zu«, sagte ich, ohne Rokko anzuschauen.
»Echt«, sagte Schröder und watschelte in Richtung seines Privatwagens, eines alten Fords, der ebenso ungesund aussah wie er.
Ich bezweifelte, dass diese Masche ihm bei der Neuen Punkte einbrachte, aber vielleicht hatte er sein Blatt sowieso schon verspielt, denn von hinten sah seine Hose aus, als hätte er es zwischendurch laufen lassen.
Die Neue blieb vor meinem Fenster stehen. Ich nickte ihr zu.
»Ich weiß, es ist verlockend, aber ich muss Sie warnen – kein Sex mit Kollegen. Da sind wir hier streng.«
»Danke für die Warnung«, sagte sie, ohne eine Miene zu verziehen. »Aber ich kann den Kollegen verstehen. Im Ernstfall wären wir zu spät gekommen.«
»Tut mir leid.«
»Kann mal vorkommen.« Ihre Lippen kräuselten sich etwas. »Schönen Feierabend.«
»Ihnen auch.«
Sie nickte Rokko zu, drehte sich um und verschwand federleichten Schrittes im Gebäude. Ich sah zu Rokko rüber. Sein Blick klebte an der Tür, hinter der sie verschwunden war. Ich räusperte mich, und er schob den Gang rein, als Schröder gerade seinen Wagen aufschloss, der ebenfalls den ganzen Tag in der Sonne gestanden hatte.
Wir drehten uns auf unseren Sitzen und beobachteten durch das Heckfenster, wie Schröder in den Ford stieg, die Tür zuzog und die Hände dann aufs heiße Lenkrad legte. Sogar durch die geschlossene Tür hörte man seine Flüche. Wir grinsten uns an, Rokko trat das Gaspedal durch, und wir schossen vom Parkplatz.

Als wir uns auf der Landstraße in den Verkehr eingefädelt hatten, warf er mir einen Blick zu.
»Du gräbst die Neue an, obwohl Nele wieder da ist?«
»Nein, ich bin bloß nett.«
»Typisch«, murmelte er. Er überholte zwei Fahrzeuge und scherte kurz vor dem Gegenverkehr wieder in unsere Spur ein. »Und wenn ich mal nett bin, gibt es gleich einen Aufstand.«
»Weil du immer Hintergedanken hast, beziehungsweise, Vordergedanken.«
Er zog eine Grimasse, als hätte er in einen Cheeseburger gebissen und dort ein Ohr gefunden.
»Na und? Was ist eigentlich so schlimm daran, dass ich noch keine Kinder will? Ich meine, schau dich um, die Leute in unserem Alter haben alle Kinder und Häuser und ...«
Er überholte einen weiteren Wagen und setzte sich kurz davor in eine Lücke, in der ein Smartfahrer klaustrophobische Anfälle bekommen hätte. »... keiner von denen hat je Zeit für irgendwas. Sie können nicht ausschlafen, nicht verreisen, alles ist sauteuer, sie machen sich ständig Sorgen. Mann, willst du so leben?«
Ich grinste.
»Anita will ein Kind von dir?«
Er warf mir einen Blick zu.
»Dicker, dreh mir nicht die Worte im Mund um. Sie hat nur gesagt, dass ich mal über Kinder nachdenken soll, aber ich will halt noch keine.«
»In meinen Augen geht das total in Ordnung.«
Das überraschte ihn.
»Echt?«
»Klar«, sagte ich. «Ist doch deine Entscheidung. Sag ihr das, damit sie sich einen Kerl suchen kann, der so leben will wie sie.«
Das brachte ihn zum Schweigen. Er trat aufs Gas. Vor uns zog es mehrere Fahrzeuge dicht an dicht wie an einer Ket-

te über die Straße. Rokko riss das Lenkrad herum, und wir schossen aus unserer Lücke auf die Gegenfahrbahn. Der Gegenverkehr kam uns in Form eines LKWs entgegen. Rokko tippte auf die Bremse und rutschte so gerade noch mal in die Lücke zurück, die ein Opa versucht hatte zu schließen. Seine Lichthupe bombardierte uns, als wir uns wieder in die Spur einordneten. Rokko zeigte ihm den Mittelfinger.
Auf der Gegenspur fuhr in diesem Moment der Schulbus an uns vorbei. Willi sah zu uns rüber und schüttelte den Kopf. Diesmal konnte ich nichts gegen mein Grinsen tun. Herrje, fühlte Rokkos Fahrstil sich gut an. Jede Sekunde brachte mich ihr näher.
»Hm, sag mal, kommt es nur mir so vor …?« Ich beugte mich rüber und warf einen irritierten Blick auf den Tacho. »Korrigier mich, aber mir scheint's, wir kommen kaum voran. Ist die Karre Schrott, oder warum fährst du wie 'ne Tucke?«
Rokko senkte das Kinn, schaltete hoch und verwandelte die Landstraße in ein Videospiel.

Als wir auf den Hof rollten, kam November aus dem Haus gesprungen. Rokko scheuchte mich aus dem Wagen, aber nicht, ohne mich beiläufig an unseren Kegelabend zu erinnern. Ebenso beiläufig äußerte ich, dass ich heute Abend womöglich etwas anderes vorhaben könnte. Er nickte, als hätte er es geahnt. Ich riet ihm, sich mit Anita zu versöhnen. Er zeigte mir einen Finger und schoss aus der Einfahrt. Ich verpasste November ein paar Streicheleinheiten und ging auf schwachen Beinen zum Haus, während November um mich herumkragehopte. Als ich die Haustür öffnete und Neles Stimme in der Küche hörte, musste ich mich für einen Moment gegen den Türrahmen lehnen. Sie war noch da.
Mor lehnte am Herd und schob Gemüse von einem Brett in die Pfanne. Nele stand vor der Arbeitsplatte und raspelte

Möhren. Sie trug eine weite grüne Khakihose, Sandaletten und mein Lovesexy-Tourshirt.
»Hi, Mädels.«
Beide drehten sich mit einem Lächeln um.
»Wie war dein Tag?«, fragte Mor.
»Wie immer.«
Sie lächelte wissend. Ich lehnte mich mit dem Hintern gegen die Kante des Küchentisches und musterte Nele. Es war neun Stunden her, seitdem wir uns gesehen hatten. Ihre Augen funkelten.
»Was?«
»Tolles T-Shirt.«
Sie schielte an sich hinunter.
»Ja, war 'ne gute Tour.«
»Ja, die Lovesexy war vielleicht seine beste.«
»Auch die Anreisen.«
»Wegen der Anreisen.«
Ich sah in ihren Augen, dass ihr dieselben Dinge einfielen wie mir.
Mor räusperte sich.
»Denkst du an den Rollstuhl?«
»Tag und Nacht.«
Auf halber Strecke zur Treppe warf ich einen Blick über die Schulter zurück. Zwei Frauen in der Küche. Nicht mehr. Nicht weniger. Es war echt nicht zu fassen.
Nachdem ich geduscht hatte, warf ich einen Blick in den Garten, kontrollierte den Zaun, klaubte eine Tomate von einem Strauch und ging auf den Hof, um mir den Rollstuhl anzuschauen. Die Tomate schmeckte aromatisch. Ein Holländer hätte das nicht für möglich gehalten. Gegen mein Grinsen war auch nichts zu sagen. Ich musste aufpassen, keine Fliegen zu verschlucken, als ich mich neben den Rollstuhl kniete, um den Antrieb auseinanderzunehmen und die Achse zu reinigen. November streunte rastlos umher. Er wollte los, sein Revier markieren und ein paar Langohr-

freunde treffen, doch er wusste, dass er nicht alleine vom Hof durfte. Die Sache mit den Fahrzeugen auf der Straße hatte er immer noch nicht verstanden. Wenn ein Auto auf ihn zukam, lief er nicht weg, sondern blieb stehen, um zu spielen. Rokkos Angst um seinen Lack war also nicht ganz unbegründet. Vor einem Jahr war November ihm mal auf die Motorhaube gesprungen und hatte ein paar Kratzer hinterlassen. Es war ein Rätsel, dass bei der Sache niemand ums Leben gekommen war.

Ich vertröstete ihn auf später und fand einen besonders langen Grashalm, der sich um die Achse gewickelt hatte. Mor fuhr gerne noch zehn Meter weiter, wenn der Motor schon jaulte. Jeder dieser Meter kostete mich ein paar Minuten Arbeit. Als ich die Achse endlich von ihren Fesseln befreit und alles wieder zusammengeschraubt hatte, setzte ich mich zum Verschnaufen in den Rollstuhl und schaute mich zum ersten Mal an diesem Tag bewusst um. Über den Feldern hing ein leichtes Flimmern. Circa einen Kilometer entfernt kreiste ein Bussard in der Luft. Die Medien nannten es einen Rekordsommer, was normalerweise kein Grund zur Freude war, sondern ein weiteres Zeichen der globalen Erwärmung. Doch das Thema, das mir sonst graue Haare verpasste, perlte heute an mir ab. Heute war es nur ein schöner Sommertag.

Ich zog mir das Hemd aus und genoss das Gefühl der Sonne auf der Haut. Während ich dasaß, trat Nele auf den Hof. Als sie mich im Rollstuhl sitzen sah, verzog sich ihr Gesicht zu einem schiefen Grinsen. Sie kam feixend näher, drückte mir ein kaltes Bier in die Hand.

»Ich dachte, du könntest was Kaltes gebrauchen.«

»Danke.« Ich trank einen Schluck. Das Bier drang in meine Brust wie eine vereiste Schwertklinge. »Genau richtig.«

»Ich hab die Flasche kurz ins Eisfach gelegt.«

Ich sah über die Felder und brauchte einen Augenblick. Eine Flasche Bier rechtzeitig zum Feierabend kurz ins Eisfach legen. Mir kam es vor, als hätte ich in den letzten Jahren nichts Intimeres erlebt. Ich musste aufpassen, dass ich mich nicht völlig lächerlich machte.

»War wirklich eine großartige Tour damals. Weißt du noch – Dortmund?«

Sie packte das Shirt und zog daran, um sich die Tourtermine anzuschauen. Ich erhaschte einen Blick auf ihren Bauch, der einst flach und hart gewesen war. Jetzt wies er eine Rundung auf. Wäre bestimmt schön, seine Wange draufzulegen.

»Kopenhagen war auch gut«, sagte sie. Sie schnappte sich mein Bier und nahm einen Schluck. »War 'ne schöne Zeit. Einfach den guten Bands nachreisen.«

»Jeden Abend ein großes Konzert.«

»Jeden Tag eine Anreise.«

Sie lächelte und tippte mit dem Finger auf den Hamburgtermin. Wir sahen uns an, und ich spürte eine überwältigende Sehnsucht danach, sie in den Arm zu nehmen. Sie senkte ihren Blick und gab mir die Flasche wieder.

»Essen in einer halben Stunde.«

Sie ging zum Haus.

»Hey«, rief ich. »Gehen wir nachher Sonnenuntergang gucken?«

Sie hielt an, drehte sich um, legte eine Hand über ihre Augen und kniff sie gegen die Sonne zusammen. Wie sie so dastand, war sie vielleicht die schönste Frau, die ich je gesehen hatte.

»Au ja.«

Sie lächelte und verschwand ins Haus. Ich trank einen Schluck Eisbier und schaute über die Felder. Der Bussard kreiste noch immer, und ich erinnerte mich an tausend Dinge. Es war, als hätten meine Nerven und Synapsen schlagartig Alzheimer überwunden. Zum ersten Mal seit Jahren machte ich mir nichts vor: Ich hatte nie die Hoffnung aufgegeben, dass sie wiederkommt. In der ganzen Zeit hatte ich nichts anderes gewollt, als diesen Tag hier zu erleben. Vielleicht konnte ich es mir erst jetzt eingestehen, weil sie wieder da war. Sie war da. Es fühlte sich an, als würde ich mich aus einem Kokon befreien. Das Leben durchströmte mich wie ein Gebirgsbach. Kaltes Bier lief durch meine Kehle. Der Bussard tauchte ab und kam wenig später mit leeren Krallen wieder hoch. Es hätte schlimmer kommen können.

Wir überstimmten Mor und aßen im Garten unter dem Sonnenschirm. Mor grummelte wegen der Viecher, aber das legte sich, denn das Abendessen eroberte einen Platz in der Hall of Fame. Lachs, Kroketten, Remouladensoße und Crème fraîche, gefolgt von Birne auf Eis. Wir zelebrierten jeden Bissen, bis wir schließlich stöhnend gegen die Rückenlehnen der Gartenmöbel sanken und schnauften. Mor winkte unser Lob lächelnd ab und zündete sich eine ihrer seltenen Zigarren an, um die Insekten zu verjagen. Ich trug ab. Nele verschwand die Treppe hinauf und kam gleich darauf mit meiner Gitarre wieder. Sie blieb vor mir stehen und hielt sie hoch.

»Was ist das denn?« Sie pustete. Eine Staubwolke löste sich vom Korpus und schwebte durch die Luft. »Spielst du nicht mehr?«

»Seit neun Jahren nicht mehr«, sagte ich und sah ihr direkt in die Augen.

»Na, dann wird's Zeit.«

Sie drückte mir die Gitarre in die Hand und setzte sich auf ihren Stuhl. Ich senkte den Blick und ließ meine Hände über den Korpus gleiten, wischte den gröbsten Schmutz ab und griff ein paar Akkorde, ohne die Saiten anzuschlagen. Es war ein abgenudeltes Ding. Ich hatte es wirklich seit Jahren nicht mehr angerührt. Die Saiten waren durch. Wahrscheinlich würden sie gleich reißen und davon ablenken, dass ich keine Akkordfolge mehr zusammenbekäme.

Früher hatte ich jeden Tag geübt, damals, als wir mit unserer Coverband auf Schützenfesten und Hochzeiten gespielt hatten. Es schien mir tausend Jahre her zu sein.
»Hast du einen bestimmten Wunsch?«
»Ja, verspiel dich nicht«, sagte Mor.
Ich lachte, und Nele wünschte sich *Just the way you are*. Ich schraddelte ein kleines Intro. Klang furchtbar. Mor fabrizierte Rauchwolken und musterte mich mit zusammengekniffenen Augen. Nele begann zu singen. Ihre Stimme löste kleine Gänsehauteruptionen auf meinen Armen aus. Ihre Gesangsstimme hatte mit ihrer Sprechstimme nichts gemein. Es war, als würde eine zweite Nele in ihr erwachen, wenn sie sang. Das Timbre kroch einem unter die Haut und biss sich in die Seele, wie ein Krokodil in einen Touristen. Mor begann mitzusingen. Ich versuchte, hier und da eine kleine improvisierte Melodie einzustreuen – und verhaute einen Lauf. Beide sahen mich an. Ab da spielte ich Grundakkorde. Die Stimmen der beiden breiteten sich über den Garten aus und drangen über die Felder.
Nach dem letzten Ton saßen wir da und grinsten uns an. Der Moment wurde davon getrübt, dass November ein Geräusch von sich gab, aufstand und ins Haus verschwand. Mor begann zu gickeln. Sie versuchte, es zu unterdrücken, und machte alles nur noch schlimmer. Nele stieg prustend ein. Die beiden gickelten und brachen schließlich in lautes Gelächter aus. Keine Chance, sich rauszuhalten. Wir saßen da, klammerten uns an die Gartenstühle und hielten uns die Bäuche. So ein Augenblick war das.

Wir joggten gemächlich den Weg zum Steinbruch hoch. November pirschte durchs Unterholz auf der Suche nach einer Kaninchendame, die er zum Kichern bringen konnte. Die Sonne hing auf halbmast, doch noch immer brach uns der Schweiß aus. Als wir den Hügel hochgelaufen waren, hatte Nele mehrmals zur Villa hinübergeschaut, doch ihr kam keine Frage über die Lippen. Vielleicht fehlte ihr dafür die Luft. Sie schnaufte und wirkte nicht mehr so fit wie früher. Vielleicht kam es mir auch bloß so vor, weil ich jetzt fitter war. Früher hatte ich am liebsten abgehangen. Mein Tag bestand aus Nele, Gitarre und Mors Essen. Ob es zehn oder fünfzehn Kilo zu viel gewesen waren, jedenfalls hatte ich damals leichte Komplexe und fragte mich an schlechten Tagen immer wieder, ob Nele mich wegen meines Körpers verlassen hatte. Diesmal machte der Gedanke mir nichts aus. Sie war wieder da und ich in Topform. Wenn sie diesmal gehen würde, dann nicht wegen meines Körpers. Prima.

Sie schnaufte schwerer. Ich drosselte das Tempo. Wir trabten bis zur Felsplatte, wo wir stehen blieben und die Augen gegen die untergehende Sonne zusammenkniffen. Sie stützte sich auf die Knie, atmete schwer und schaute über den See. Die untergehende Sonne spiegelte sich auf der Wasseroberfläche, die funkelte und blitzte. Außer uns waren nur noch ein paar Angler da, die auf ihren festen Plätzen zwischen den Klippen auf Klappstühlen saßen und von Riesenwelsen träumten.

»Wow …«, sagte Nele ehrfurchtsvoll. »Ich hatte ganz vergessen, wie schön es hier ist.« Sie trat einen Schritt auf die Felskante zu, hielt sich eine Hand über die Augen und schaute in die Tiefe. »Sterben hier immer noch so viele?«

»Nein, die sind jetzt da drüben am Kunststrand.« Ich zeigte zu dem aufgeschütteten Strand hinüber, der sich um diese Uhrzeit schon fast wieder geleert hatte. »Aber da sterben auch noch zu viele«, fügte ich hinzu und dachte an die Alleinerziehende, der ich die Botschaft vom Tod ihrer Tochter überbracht hatte. Es war jetzt acht Jahre her, aber immer noch nicht lange genug, um sie zu vergessen. Maria Schneider. Damals zerbrach ein Mensch vor meinen Augen, und es gab nichts, womit ich ihren Schmerz hätte lindern können. Ich hatte sie danach noch einige Male in der Stadt getroffen, und immer, wenn sie mich sah, fiel ihr Gesicht in sich zusammen. Sie wirkte, als hätte sie Satan persönlich getroffen. Ein Leben lang würde ich sie daran erinnern, dass sie ihr Kind verloren hatte. Wie musste es erst sein, wenn man sein Leben lang Polizist im Außendienst war. Traf man dann überall Leute, die man an Leid und Schmerz erinnerte? Noch ein Grund, im Innendienst zu bleiben.

»Unglaublich«, sagte Nele, die immer noch mit zusammengekniffenen Augen übers Wasser schaute. »Man fühlt sich wie Ikarus.«

»Ist der nicht böse abgestürzt?«

»Kann ja mal passieren, wenn man was riskiert.«

Ich verzog mein Gesicht.

»Was denn – Querschnittslähmung?«

»Manchmal muss man was riskieren«, beharrte sie und wandte mir ihr erhitztes Gesicht zu, über das Lichtreflexe tanzten. »Sonst erfährst du nie, ob die Götter dich lieben.«

Ich schirmte meine Augen vor der Sonne ab und versuchte, ihre Mimik in dem gleißenden Gegenlicht zu erkennen. Sie trat einen kleinen Schritt nach vorn und sah in die Tiefe.

»Was glaubst du?«

»Dass du zu nah an der Klippenkante stehst.«

»Ich meine, lieben mich die Götter?«

»Nicht, wenn du doof genug bist, da runterzuspringen.«

Sie nickte. Dann trat sie sich die Laufschuhe ab und bückte sich, um sich die Strümpfe auszuziehen. Ich ging einen Schritt auf sie zu.

»Nele.«

Sie warf ihre Strümpfe auf die Schuhe und richtete sich auf.

»Wer als Letztes im Wasser ist, ist ’ne Lusche.« In dem gleißenden Licht konnte ich ihre Augen nicht sehen, aber ich hörte die Herausforderung in ihrer Stimme. Bevor ich etwas sagen, geschweige denn tun konnte, breitete sie die Arme aus und lief los. In einem Moment stand sie vor mir, im nächsten war sie bereits in der Luft und strampelte mit den Beinen, den Oberkörper vorgelehnt. Dann war sie weg. Ich schaute auf den leeren Fleck. Weg. Der Schock nahm mir den Atem. Ich hörte einen Aufschrei, der abrupt abbrach, als etwas unten aufklatschte. Mein Blut sank in die Füße. Mein Gesicht wurde eiskalt. Ich taumelte, ohne nachzudenken, nach vorne.

Die Klippen unter der Wasseroberfläche etwas rechts. Das Wasser links. Anlauf, Sprung nach links. Ich schloss die Augen gegen das grelle Licht und sprang. *Links!* Die Sonne blitzte durch die Lider in mein Gehirn. Sekunden Fall, dann schlug ich hart auf. *Wasser!* Ich tauchte metertief unter. Mit jeder Sekunde wurde das Wasser kälter und dunkler. Ich drehte mich, paddelte hektisch hoch ans Licht und durchdrang die Wasseroberfläche. Ich schaute mich um und sah zwei Meter neben mir einen Kopf aus dem Wasser ragen.

»O Mann …!«, prustete sie. »Dein Gesicht!«

Sie schwamm lachend näher und spuckte Wasser in meine Richtung. Ich trat auf der Stelle und starrte sie stumm an, während meine Kleidung sich mit Wasser vollsog. Um uns herum glitzerte und funkelte es. Ein Grab aus Diamanten.

Sie blieb vor mir im Wasser stehen und lachte mich an.

»Geht doch nichts über ein kleines Abenteuer, um den Puls in Schwung zu bringen …«

Ich kämpfte mit meinem Puls.

»Hey, schmollst du jetzt? Die Götter lieben uns, ist das nichts?«

Endlich bekam ich Luft.

»HAST DU DEN VERSTAND VERLOREN?!!«

»Ach, komm schon …« Sie hängte sich an mich, was uns fast untergehen ließ. »Ich bin hier aufgewachsen, schon vergessen? Niemand kennt diesen Tümpel besser als ich.«

Ich rang nach Luft.

»Was meinst du, wie viele Kids wir hier schon rausgefischt haben, die dasselbe gesagt haben, bevor sie starben?«

Ihre Freude nahm sichtlich ab.
»Tut mir leid, ich wollte dich nicht erschrecken.«
»Super. Zum ersten Mal gehe ich mit einem Model aus, und schon versucht es, uns verdammt noch mal beide umzubringen.«
»Exmodel.«
»Wird ja immer besser.«
Sie lächelte.
»Aber du lässt dich trotzdem abschleppen, oder?«
Nele schwamm um mich herum und legte mir ihre Hand auf die Brust. Sie wählte den Fesselschleppgriff, den wir zusammen beim DLRG gelernt hatten. Sie hielt mich unter dem Kinn und begann, in ruhigen Zügen an Land zu schwimmen. Ich glitt schwerelos in Rückenlage durchs Wasser und dachte an die tausend Male, da wir uns auf diese Art gegenseitig durchs Wasser gezogen hatten. Ich spürte, wie meine Wut verflog, schloss die Augen und entspannte mich. Sich zu entspannen und trotzdem nicht unterzugehen war ein großartiges Gefühl. Treiben lassen. Ein altes Gefühl. Vertrauen. Über mir hörte ich November bellen und spürte, wie meine Schuhe sich endgültig mit Wasser vollsogen. Die Restsonne wärmte mein Gesicht, und der Geruch des Wassers war so intensiv frisch, dass ich fröstelte. Treibgut.
Als sie Boden unter den Füßen hatte, fuhr ich meine Beine aus, kam ebenfalls auf Grund und folgte Nele an Land zu der alten Grillstelle. Die Feuerstelle lag an einer kleinen geschützten Lichtung und war nur vom Wasser einsehbar. Damals hatten wir hier oft gefeiert, doch seitdem es den künstlichen Strand gab, kam keiner mehr her. Nele lächelte.
»Abgeschleppt.«
Sie begann, an ihrem nassen T-Shirt zu zerren, und zog es sich mit Mühe über den Kopf. Ihr Oberkörper dehnte sich direkt vor meinen Augen, und einen Augenblick später fie-

len mir ihre Brüste entgegen. Auch die schienen voller geworden zu sein; sie hingen eine Spur tiefer als damals, falls mich meine Erinnerung nicht täuschte. Sah schön aus.
Sie legte ihr Shirt auf einen Busch, begann ihre Sporthose auszuziehen und warf mir einen Blick zu.
»Behältst du die nassen Sachen an?«
Die Sonne war fast untergegangen. Wir würden so oder so in nassen Klamotten nach Hause laufen.
»Tja, nicht jeder traut sich, sich neben einem Model auszuziehen.«
»Exmodel.«
»Feigling«, sagte sie und zerrte ihre Hose runter.
Ich trat meine vollgesogenen Schuhe ab und zog die Socken aus. Nele warf ihre Sporthose auf einen Busch, den Slip behielt sie an. Ich zerrte derweil an meiner Jogginghose. Sie klebte an mir wie ein eifersüchtiger Tintenfisch. Während ich damit kämpfte, begann Nele, herumliegendes Holz einzusammeln.
»Und wie willst du Feuer machen?«, fragte ich und zerrte an den nassen Klamotten.
Sie warf mir einen Besserwisserblick zu und ging zu zwei verkanteten Steinen, die neben der Felswand in den Boden gerammt waren. Sie ließ sich auf die Knie fallen und grub ihre Hände in den Sand. Ihr Hintern spannte sich unter dem nassen Slip aufs Süßeste. Nach wenigen Sekunden zog sie ein Überraschungsei aus dem Loch, ploppte es auf und holte triumphierend ein Minifeuerzeug hervor.
»Dadaaa!«
Ich schüttelte den Kopf.
»Nie im Leben.«
Sie ratschte mit dem Daumen. Das Feuerzeug flammte auf.
»Ha!«, triumphierte sie.
Der Anblick, wie sie dasaß, halb nackt in der untergehenden Sonne mit einer erhobenen Hand wie die Freiheitsstatue ... Man konnte auf Gedanken kommen.

Ihre Augen funkelten.
»Hör auf zu gucken, Perverso. Hilf mir lieber.«
»Jawoll.«
Ich nutzte einen Augenblick der Unachtsamkeit, um meine Hose zu überlisten. Gemeinsam sammelten wir Gestrüpp und kleine Äste. Als wir einen Scheiterhaufen aufgeschichtet hatten, setzte ich mich in den warmen Sand und schaute zu, wie Nele das Feuer in Gang brachte.
Oben auf der Klippe kläffte November. Ich rief seinen Namen. Das Kläffen hörte auf. Auch nach all den Jahren hatte er noch immer nicht den Weg nach unten gefunden. Er würde dort oben warten, bis ich ihn holte. Er lief nie allein nach Hause, sondern wartete immer an dem Ort, an dem ich ihn zurückgelassen hatte, voller Vertrauen, dass ich wiederkommen und ihn holen würde. Man konnte Parallelen ziehen.
Das trockene Zeug fing Feuer. Nele schichtete zufrieden Holz um, bis alles gleichmäßig brannte. Ich ließ meinen Blick über ihren Körper laufen, über ihren Hals, ihren Rücken, ihren Hintern, die Beine hinunter bis zu ihren schmalen Füßen und wieder zurück. Sie setzte sich auf einen abgesägten Baumstamm und lächelte mich an.
»Schwimmen, Feuerchen machen, die gute alte Zeit, was?«
»Fehlen nur Rokko und Anita ...«
»Eine Boombox ...«
»'n paar Kartoffeln und kaltes Bier.«
»Und Zeit.« Sie schüttelte den Kopf. »Ich fasse es nicht, wie viel Zeit wir damals hatten ... Manchmal, wenn es besonders stressig war, hab ich mir vorgestellt, wie du und Mor im Garten sitzt und einfach zuguckt, wie es dunkel wird.« Sie breitete die Arme aus. »Es ist so schön, wieder hier zu sein. Ich hatte immer Angst, nach Hause zu kommen und alles hätte sich geändert.«
»Keine Angst, hier ändert sich nichts. Hier kann man sich in Ruhe zu Tode langweilen.«

»Ach, herrlich«, stöhnte sie und ließ ihre Arme sinken. »Langeweile. Ich kenne das Wort gar nicht mehr.«
Ich nickte und versuchte, ihr nicht auf die Brüste zu starren. Sie warf mir einen Blick zu.
»Was guckst du so, das kennst du doch alles.«
»So nicht. Du hast mindestens sieben Kilo mehr auf den Rippen.«
Für einen Moment sah sie mich perplex an. Dann prustete sie los.
»Na, vielen Dank, willkommen zu Hause!«
»Ja, hier kriegst du eben die Wahrheit, nicht so ein Küsschenküsschenblabla.«
»Soso.« Sie legte ihren Kopf schief. »Na, dann erzähl mir die Wahrheit ...«
»Tja, die Wahrheit ist, wenn man dich zu lange anschaut, trifft einen der Schlag.« Scheiße. Ich hob eine Hand. »Entschuldige. Wie geht es Hans?«
»Er ist tot.«
»Was ...?«
Ich stemmte mich auf die Ellbogen. Sie nickte und umfasste ihre linke Hand mit der rechten.
»Ein Schlaganfall. Vor zwei Wochen.«
»Zwei Wochen?« Ich richtete mich weiter auf. »Dann ist er schon beerdigt?«
»Letzte Woche«, sagte sie und starrte ins Feuer.
Ich wusste nicht, was ich dazu sagen sollte.
»Tut mir leid. Ich wusste das nicht. Ich glaube, keiner hier weiß es, sonst wären bestimmt viele zur Beerdigung gekommen.«
»Er hat verfügt, dass nur ich dabei sein sollte. Ein letztes Mal nur wir beide. Er ...« Sie zog die Schultern hoch. »Er wusste, dass er sterben wird. Nach dem zweiten Schlaganfall war ihm klar, dass er keinen weiteren übersteht.«
»Und, kommst du klar?«
»Geht so. Ich wusste, dass es jederzeit passieren konnte,

aber dennoch …« Wieder zog sie die Schultern hoch, als sei ihr kalt. »Papa ist nicht mehr da. Er war immer da.« Sie klemmte ihre Hände zwischen die Knie und atmete wieder durch. »Ich muss die Villa verkaufen.« Sie starrte ins Feuer. In der beginnenden Dunkelheit warfen die Flammen Schatten auf ihr Gesicht. »Ich verkaufe mein Elternhaus. Alle Spuren meiner Kindheit verschwinden.«

»Warum behältst du es nicht?«

»Kann ich mir nicht leisten.«

Ich hob meine Augenbrauen.

»Verdienen Models kein Geld mehr?«

Sie seufzte, und als sie mich ansah, wirkte ihr Blick resigniert. »Was weißt du eigentlich von meiner großen Karriere?«

Ich zog die Schultern hoch.

»Nur das aus den Zeitungen und was uns Hans erzählt hat.«

»Und das wäre?«

Ich überlegte. Hm. Je mehr ich drüber nachdachte – ich hatte sie nur in zwei Kampagnen gesehen, der Rest waren Party-, Premieren- und Paparazzifotos gewesen.

Die Pause ließ sie nicken.

»Siehste«, sagte sie. »Und das war meine Karriere. Himmel, ich war ja schon zu alt, als ich rüberging.«

»Mit achtzehn??«

»Und zu dick, sagten sie.« Etwas Zynisches schlich sich in ihr Gesicht. »Aber ich hatte ja noch mein tolles Gesicht. Ich fand eine mittelprächtige Agentur und bekam mittelprächtige Aufträge. Von dem Geld, was die einbrachten, sah ich so gut wie nichts. Weißt du, was das Leben in New York kostet? Die Agentur, die Miete, die Kleidung, der Style?«

»Ich dachte, die Sachen kriegt man gestellt.«

Sie zog eine Grimasse.

»Bei den Shootings wirst du angezogen, klar, aber wenn du abends in deinen alten Klamotten ausgehst, kommst du nicht in die richtigen Clubs, in die all die wichtigen Leute gehen. Also gibst du einen Haufen Geld für Kleidung aus, gehst tanzen, trinkst was und fährst mit auf eine Party von irgendwem, weil dort später ein paar ganz heiße Scouts und Agenturchefs auftauchen sollen. Du tanzt in Millionenvillen mit Leuten, die du aus dem Kino kennst. Du kriegst alles für lau, die angesagtesten Clubs, die heißesten Partys, die größten Premieren, und alles nur, weil du ein hübsches junges Ding bist.«

»Klingt nach Spaß.«

Sie holte tief Luft und sah wieder ins Feuer.

»Ja, eine Zeit lang macht das Spaß. Eine Zeit lang ignorierst du deine Füße, die von den fünfzehn Zentimeter hohen Absätzen schmerzen, die überhitzten Warteräume, in denen es nichts zu trinken gibt, die sexuellen Belästigungen, die Aufputschmittel und die Achtzehn-Stunden-Arbeitstage ohne Essen. Eine Zeit lang ist das alles ein großes Abenteuer, aber der Punkt ist der, dass man dabei zu wenig Geld verdient. Die Anfängerverträge sind, gelinde gesagt, undurchsichtig. Es gab Jobs, da verdienten alle an dem Tag Geld, nur ich nicht. Tja, und irgendwann fressen dich die laufenden Kosten auf, und du merkst, dass du eigentlich kein Model bist, sondern ein Partyhäschen, und auf einmal bist du auch nicht mehr *hot*, sondern *dead*. Du hattest deine Chance, und hinter dir stehen tausend hübschere Mädchen, die deinen Platz einnehmen wollen. Die Agentur lässt dich fallen, und um über die Runden zu kommen, nimmst du Jobs an, die dir den Ruf endgültig versauen. Und bevor du Oklahoma sagen kannst, kellnerst du und wohnst in einer Zehn-Mann-WG, wo siebenmal die Woche eingebrochen wird.« Sie sah mich an. »Klinge ich verbittert?«

»Nur ein bisschen. Wird man so, wenn man sich hochgeschlafen hat, ohne oben anzukommen?«

»O Mann.« Sie musterte mich kopfschüttelnd. »Das hatte ich vergessen.«

»Meine schlauen Fragen?«

»Deine blöden Sprüche«, sagte sie, kratzte sich am Bein und starrte wieder in die Flammen.

Schon früher hatte Feuer sie fasziniert. Sie konnte vor einem Lagerfeuer sitzen wie andere Leute vor dem Fernseher. Ich nutzte die Gunst der Stunde und ließ meinen Blick in Ruhe über ihren Körper wandern. Man musste aufpassen. Sie hatte überall Stellen, vor denen man versacken konnte wie ein Kunstkenner vor einem Monet.

Sie drehte ihren Kopf und sah mich an.

»Das mit dem Hochschlafen ist übrigens gar nicht so verbreitet, wie alle sagen.«

»Aber wenn du es nicht tust, kriegst du dann trotzdem Jobs?«

»Nee.« Sie lächelte schief. »Vielleicht war ich ja deswegen so erfolglos.«

Eine Aussage, mit der ich leben konnte.

»Wenn es so schlecht lief, wieso bist du dann so lange drüben geblieben?«

Sie zog die Schultern hoch.

»Die ersten Jahre vergingen wie im Flug, und da dachte ich ja auch noch, dass es was wird. Weißt du, die Amis glauben wirklich, dass sie jeden Tag entdeckt werden können. Das ist echt ansteckend. Als ich merkte, dass ich mir was vormache, waren ein paar Jahre rum und dann ... die restliche Zeit ... Vielleicht falscher Stolz?«

»Ich dachte, das wäre 'ne Männermacke.«

»Die Gleichberechtigung greift eben.«

»Und wieso hast du uns nicht mal besucht?«

Sie zog die Schultern noch mal hoch und ließ sie wieder fallen.

»Als ich am Anfang Geld hatte, hatte ich keine Zeit, und später war es andersrum.« Sie warf mir einen kleinen Blick zu. »Außerdem hatte ich ein bisschen Schiss, dass ich hier vielleicht nicht wieder wegkomme. Aber genug von mir«,

sagte sie, »was ist mit dir? Mor hat mir erzählt, du schiebst seit Jahren Innendienst. Was ist denn aus dem feschen jungen Polizisten geworden, der die Welt retten wollte?«
Ich zuckte die Schultern.
»Der trank eine Zeit lang zu viel, zersägte einen Streifenwagen, verlor den Führerschein und wurde in den Innendienst versetzt. Da geht's ihm ganz okay.«
Sie sah mich wissend an. Ihr Blick kroch mir unter die Haut und brachte dort alle Nervenenden durcheinander. Ich zuckte die Achseln.
»Es hätte mich halt jemand drauf vorbereiten müssen, dass Trennung scheiße ist. Hätte ich mich wenigstens bei meiner besten Freundin ausheulen können! Aber die war auch weg.«
»Ich weiß«, sagte sie leise. »Tut mir leid.«
»Braucht es nicht. Ich hätt's schneller auf die Reihe bekommen, wenn nicht alle total Verständnis gehabt hätten. Der Arme, seine Freundin hat ihn verlassen, jammer, heul, schnief. Man ließ mir alles durchgehen, also hab ich mich so richtig hängen lassen.«
Sie musterte mich einen Augenblick.
»Kam bei dem Unfall jemand zu Schaden?«
Ich schüttelte den Kopf.
»Nur ein Baum. Hab einen neuen gepflanzt.«
Aus irgendeinem Grund brachte sie das zum Lächeln.
»Wirklich?«
Ich nickte. Ein Ast explodierte im Feuer mit einem trockenen, wütenden Knacken. Ein Funkensturm erhob sich kurz in die Luft und erlosch sofort wieder. Ich warf einen Blick auf unsere Klamotten. Ein einziger Funke, und wir würden nackt nach Hause laufen.
»Und wie lange hast du dich hängen lassen?«
»Nach circa einem Jahr fragte ich mich nicht mehr ständig, was du gerade treibst und mit wem. Ehrlich gesagt wurde alles einfacher, als du nicht mehr anriefst. Da hab ich we-

nigstens nicht immer auf diese Scheißanrufe gewartet, die sowieso nie kamen, wenn ich sie brauchte, und wenn sie dann kamen, war ich anschließend völlig fertig.«

»O ja«, sagte sie und nickte. »Die Telefonate waren furchtbar. Jedes Mal, wenn ich zu Hause angerufen hatte, hab ich mich in mein Zimmer verkrochen. Allein in diesem Moloch von Stadt, und die Menschen, die ich liebe, tausende Kilometer weit weg.« Sie schob einen Ast weiter ins Feuer. »Aber die Frage ist: Wenn du nach einem Jahr drüber weg warst, was machst du dann noch im Innendienst?«

Zu viele Unfallorte. Zu viele Hinterbliebene. Zu viel Gewalt. Zu viel Dummheit. Zu viel Leid.

»Da hab ich meine Ruhe.«

Wir schwiegen einen Augenblick.

»Gut«, sagte sie. »Also ich frag dich nicht mehr nach dem Job, und du vergisst dafür das andere Thema.«

»Liebe?«

Sie stocherte im Feuer. Die Schatten sprangen auf ihrem Körper herum.

»Ich habe einfach kein Glück mit Männern.« Sie warf mir einen schnellen Blick zu. »Anwesende ausgenommen.«

»Vielleicht stehst du auf Landeier.«

»Vielleicht.«

»Nein, wirklich«, sagte ich. »Ich hab viel darüber nachgedacht. Vielleicht versaut es einen, wenn man mit seiner ersten großen Liebe auf dem Land aufgewachsen ist, ich meine, was soll danach noch kommen?«

»Die zweite große Liebe?«

»Klar«, nickte ich, »und kam sie?«

Sie schüttelte den Kopf und sah mich an.

»Und bei dir?«

Ich schüttelte ebenfalls den Kopf. Wir musterten uns, und ich schwöre, für einen Moment flackerte das Feuer langsamer. Dann brach sie den Blickkontakt ab und stocherte wieder in den Flammen herum.

Es wurde dunkel. Die Sonne war untergegangen, aber die Luft blieb warm. Wir saßen am Feuer und schwiegen. Es war ein gutes, ruhiges Schweigen, einer dieser wortlosen Momente, die man nicht mit jedem hinbekam. Nele ließ die Funken fliegen, aber man merkte, dass sie mit den Gedanken nicht bei der Sache war.

»Hast du in den letzten Jahren viel von Papa mitbekommen?«

»Einmal die Woche aß er abends mit uns. Manchmal blieb er und schaute einen Film mit Mor an. Einmal die Woche spielte er Skat im Schaukelstuhl, manchmal spielte ich mit.«

Nele zog den Stock aus dem Feuer, der sich entzündet hatte. Sie steckte ihn in den Sand, löschte die Glut und hielt ihn wieder in die Flammen.

»Paul, ich sag's dir besser gleich ... Nicht böse werden, ja?«

Sie sah mich nicht an. Ich spannte meine Muskeln an und wappnete mich gegen das, was unweigerlich kommen musste. Ein Freund. Ein Ehemann. Der Grund, wieso sie sich so lange nicht gemeldet hatte.

»Ich bin schon seit einem halben Jahr wieder hier.«

Ich sah sie verständnislos an.

»Wo?«

»In Deutschland. Genauer gesagt, in Köln.«

Ich hob die Augenbrauen.

»Du meinst, in dem Keine-Stunde-von-hier-entfernt-Köln?«

Sie zog die Schultern hoch und starrte ins Feuer.

»Als Papa vor zehn Monaten ins Heim kam, bat er mich, ihn zu besuchen. Ich blieb eine Woche bei ihm und flog dann zurück. Als er den zweiten Schlag bekam, meinte er, dass er nicht mehr lange zu leben hätte, und bat mich, bei ihm zu bleiben. Das war vor einem halben Jahr. Seitdem bin ich da.«

»Wieso, zum Henker, hast du dich nicht gemeldet?«

»Ich hatte viel zu tun«, murmelte sie und wich meinem Blick aus. »Wusstest du, dass er sein Vermögen an der Börse verloren hat?«

Ich sah sie perplex an.

»Hans?«

»Ja.«

»Nein.«

Sie nickte.

»Er war pleite, ich musste ihn finanziell unterstützen, und weißt du, was vernünftige Pflege im Monat kostet? Ich habe jeden Job angenommen, den ich kriegen konnte.« Sie wischte sich übers Gesicht.

Ich versuchte, das zu verdauen. »Er hat an der Börse gezockt?«

»Aus Langeweile. Eine Zeit lang hat er gut verdient, also hat er ein bisschen mehr riskiert, und plötzlich war fast seine ganze Altersvorsorge weg. Er konnte mir nicht mal genau erklären, was passiert war. Sogar die Villa ist verschuldet. Wenn ich es nicht schaffe, sie bis zum Jahresende zu verkaufen, nimmt die Bank sie mir weg und versteigert sie für 'n Appel und 'n Ei.«

»Sind ja tolle Nachrichten.«

»Ja, nicht? Dick, gescheitert und verschuldet.«

Es knackte in den Büschen. Ich lauschte in die Nacht. Man musste immer damit rechnen, dass das Feuer Spanner anlockte. Es knackte noch mal. Diesmal weiter entfernt. Vielleicht lief noch irgendwo ein Jogger herum. Vielleicht lauerte Schröder im Gebüsch. Ich horchte kurz zur Klippe hoch, aber von November war nichts zu hören. Nele schaute regungslos ins Feuer. Die Flammen tanzten wieder auf ihrem Oberkörper und Gesicht.

»Dann verstehe ich erst recht nicht, wieso du dich nicht gemeldet hast. Ich hätte dir was leihen können.«

Sie sah mich an. Ihre Augen waren dunkel und groß.

»Ich hatte Angst«, sagte sie nach einer Weile.

»Wovor denn?«
»Dass ich nach Hause komme und nichts mehr ist, so wie es war, und dass du mich vielleicht nicht mehr magst.«
»Wieso denn das?«
Sie biss sich auf die Unterlippe.
»Gar nicht sauer, dass ich damals gegangen bin?«
Ich lachte.
»Drehst du durch oder was? Auf dich war ich nur ein Jahr sauer. Ab da hab ich mich jahrelang gefragt, ob ich Mor nur als Ausrede benutzt habe, weil ich zu feige war, um mitzugehen. Gott, seitdem ich dich kenne, wolltest du hier weg, und das war deine Chance rauszukommen. Nein, ich war nicht sauer, im Gegenteil, ich hab mich für dich gefreut.«
»Das klang damals aber anders.«
»Damals war ich bloß sauer auf dich, weil du andere Pläne hattest, aber wir sind doch immer Freunde geblieben.«
Sie sah mich forschend an.
»Ja?«
»Klar. Gott, wir sind zusammen aufgewachsen. He, ich hab dich entjungfert!«
»Und ich dich.«
Ihre Augen funkelten. Ich war mir sicher, es lag nicht nur am Feuer. Wir musterten uns einen Moment schweigend, dann senkte sie den Blick und rührte automatisch wieder in der Glut.
»Du hast es damals richtig gemacht. Wärst du mitgekommen, wärst du verrückt geworden.«
»Vielleicht nicht.«
»O doch«, sagte sie.
Oben auf der Klippe winselte November prüfend. Ich rief seinen Namen. Das Winseln verstummte. Nele verzog ihr Gesicht leicht und kratzte sich am Kinn.
»Ich muss dir noch was beichten …«
»Nein.«
Sie hob ihre Augenbrauen.

»Nein?«
»Nein. Ich freue mich, wenn du mir alles erzählst, aber müssen musst du gar nichts. Du bist wieder zu Hause, hier kannst du tun und lassen, was du willst.«
Sie atmete durch.
»Das habe ich vermisst«, sagte sie rau. »Nichts zu müssen. Da draußen…«, sie machte eine Handbewegung, die alles außerhalb der Grillstelle einschloss, »da muss man immer irgendwas.«
»So ist das auf dem Land. Hier hat man seine Ruhe. Niemand stresst, keiner geht einem auf die Nerven.« Ich ließ ein paar Sekunden verstreichen. »Außer natürlich du verschweigst mir fünf Kinder, die irgendwo nach Mami schreien, während ihr Vater, ein siebzigjähriger versoffener Hollywoodstar, sich mit der Babysitterin vergnügt…«
Sie legte ihren Kopf schief.
»Das interessiert dich?«
»War das ein Nein?«
Sie musterte mich ausdruckslos.
»Es gibt da eine Sache, die du wirklich wissen solltest …«
Diesmal war sie es, die Zeit verstreichen ließ, dann riss sie die Augen auf. »Wer als Letztes im Wasser ist, ist 'ne Lusche!«
Sie sprang auf die Beine, riss sich den Slip runter und rannte zum See. Ich entledigte mich meiner Unterhose und nahm die Verfolgung auf. Sie lief jauchzend ins Wasser. Ich sprang ihr nach.
Sekunden später schwammen wir durchs Weltall. Der Himmel hatte eine Sternendecke aufgezogen, die sich in der Wasseroberfläche spiegelte. Man konnte in null Komma nichts auf den Mond schwimmen oder die Milchstraße nass machen. Wir planschten von Stern zu Stern. Ein schöner Augenblick. Wenn es nicht die unerforschten Abgründe unter uns gegeben hätte. Nacktschwimmen war noch nie meine Stärke gewesen. Ich musste ständig daran den-

ken, dass ein Teil von mir wie ein Köderhappen aussah.
Nele tauchte ab und kam vor mir wieder hoch, um mir einen Mund voll Wasser entgegenzuspucken. Ich verpasste ihr eine Ladung retour. Sie lachte, drehte sich auf den Rücken und ließ sich treiben.
»Kein Wunder, dass so viele das machen«, sagte sie und wackelte mit ihren Zehen, die aus dem Wasser schauten.
»Spucken, 'ne tolle Sache«, sagte ich und wischte mir Wasser aus den Augen.
»Ich meine, wieder nach Hause kommen. Ich hätte nicht gedacht, dass sich das nach all der Zeit so vertraut anfühlen würde. Unglaublich ...« Sie drehte sich in Bauchlage. »Aber Paul, nur damit wir nicht wieder damit anfangen – ich kann nicht bleiben.«
Es versetzte mir einen Schlag. Da waren wir wieder. Das gute alte Scheißthema.
»Wieso denn nicht?«
»Hier gibt es keine Jobs.«
Ich versuchte, mir nichts anmerken zu lassen, aber mein Gott ...
»Mir ist kalt.«
Ich kehrte um und schwamm auf das Lagerfeuer zu, dessen Glut uns den Weg wies. Wir wateten an Land. Ich hockte mich ans Feuer. Sie hockte sich neben mich.
»Wir haben Zeit.«
Klar doch. Bis sie das verdammte Haus verkauft hatte. Ich senkte den Blick. Wassertropfen liefen ihre Wade hinunter und bildeten einen dunklen Fleck im Sand.
»Willst du wieder nach Amerika?«
Nele schüttelte den Kopf. »Wenn ich eins rausgefunden habe, dann, dass ich Europäerin bin.« Sie zuckte die Achseln. »Ich weiß noch nicht, wo ich leben will, aber es wird eine Stadt am Meer. Vielleicht Barcelona. Ich würde gerne mit Fremdsprachen arbeiten. Englisch, Deutsch und Spanisch kann ich schon. Wenn ich noch Französisch und Por-

tugiesisch lerne, kann ich als Dolmetscherin oder Fremdsprachenkorrespondentin arbeiten.« Sie stupste mich an. »Diesmal bleiben wir in Kontakt, ja?«
Kontakt.
Eine Kindheit lang hatten wir uns täglich gesehen, eine Jugend lang, dann neun Jahre nicht, und jetzt saßen wir uns nackt gegenüber, als sei es das Normalste der Welt. Vielleicht war es das. Wir waren immer Freunde gewesen, noch vor der Liebe und der Sexualität hatten wir fast jeden Tag zusammen verbracht. Wir waren Freunde, wenn wir uns stritten, und auch, wenn wir uns manchmal eine Zeit lang aus dem Weg gegangen waren. Freunde.
Wir blieben am Feuer sitzen, bis wir trocken waren, dann trockneten wir uns die Haare mit meinem Shirt und zogen uns schweigend an. Wir löschten das Feuer sorgfältig und packten das Feuerzeug wieder ins Ei. Wir vergruben es an der alten Stelle, dann machten wir uns in klammen Kleidern auf den Rückweg zur Klippe, auf der uns November mit Kragehops der besonderen Art begrüßte. Er schmollte keine Sekunde, weil wir ihn so lange hatten warten lassen, sondern schleckte uns zur Begrüßung ab. Für ihn gab es nur die Gegenwart, und die hieß Wiedersehensfreude. Er war definitiv schlauer als ich.
Nele stieg in ihre Schuhe, und bevor wir aufbrachen, schauten wir ein letztes Mal über den See, der unter uns lag wie ein glitzerndes Wellenballett. Lautlos kräuselten sich kleine Wellen auf der sonst spiegelblanken Oberfläche, und der Mond beleuchtete jedes Detail. Sie legte ihren Arm um meine Taille und kuschelte sich an mich. Ich legte meinen Arm um ihre Schulter und machte einen schlappen Witz darüber, dass ich ihr jetzt nicht noch mal nachspringen würde. Es klang fast aufrichtig.
Sie drehte ihren Kopf und sah mich an.
»Gibt es bei dir jemanden?«
»Ich dachte, wir reden nicht darüber.«

»Also nicht.«
»Woher willst du das wissen?«
Statt zu antworten, sah sie wieder über das Wasser. Eine Wolke schob sich vor den Mond und löschte die Sterne auf dem See, als hätte man einen Vorhang zugezogen. Es wurde dunkel, und plötzlich spürten wir die Nacht auf der klammen Kleidung. Nele schüttelte sich.
»Mir ist kalt.«
»Nach Hause?«
»Au ja«, sagte sie und hängte sich bei mir ein.
Wir gingen den Pfad hinunter. Ohne den Mond war es stockduster. Außer unseren unsicheren Schritten und Novembers Pfoten auf dem sandigen Grund war nichts zu hören. Die Stille war überwältigend und die Finsternis wie eine Wand. In der klammen Sportkleidung waren wir der Nachtkühle hoffnungslos unterlegen. Wir hätten laufen sollen, doch man konnte kaum gehen, ohne auf die Nase zu fliegen. Alle paar Schritte stolperten wir. Nele drängte sich bibbernd an mich. Etwas Undefinierbares flatterte mir ins Gesicht, und ein Ast verpasste mir einen Kinnhaken, dennoch wüsste ich keinen Ort, an dem ich lieber gewesen wäre. Auf halber Strecke gabelte sich der Weg. Rechts ging es zurück zu den Höfen, doch sie bog nach links ins Gebüsch und zog mich an der Hand hinter sich her.
»Komm mit.«
»Wohin?«
»Komm.«
Ich ließ mich mitziehen, obwohl ich wusste, wo sie hinwollte und welche Überraschung sie dort erwartete. Früher waren wir oft hier entlanggegangen, doch mittlerweile war der Weg zugewuchert. Wir kauten an Zweigen, die uns ins Gesicht schlugen, und freuten uns über verstauchte Zehen. Ein Ast verpasste mir einen neuerlichen Kinnhaken, irgendwas klammerte sich an meine Hose, meine nackten Waden bekamen allerhand Brennnesseln und Dornen ab, aber Nele

zog mich unbeirrt weiter durch Dickicht, Sträucher und Gestrüpp. Ihr so zu folgen, das Empfinden groß, das Denken auf Sparflamme, war ein weiterer dieser Augenblicke. In den paar Stunden, die sie wieder hier war, hatte ich mehr gefühlt als im ganzen letzten Jahr.
Nach fünf Minuten öffnete sich eine Fläche von etwa dreißig Metern Länge und zwanzig Metern Breite vor uns. Eine Landzunge führte schnurstracks in den See. Auf ihrer Spitze stand ein schnuckeliges kleines Ferienhaus.
Nele blieb schlagartig stehen.
»Das gibt's doch nicht!«
Doch das gab's. Die Minilandzunge war früher eine Partymeile für Jugendliche gewesen. Jetzt stand hier dieses einzelne Sommerhaus. Im Rahmen der Seesanierung hatte die Stadt vor Jahren beschlossen, das Gelände vollständig zu planieren. Wo einst ein verwinkelter Felsen gewesen war, der allerhand Nischen und Ruheplätze geboten hatte, stand nun dieses kleine Häuschen mit einem hübsch umzäunten Garten. Statt Kiffer und Verliebte hielten sich jetzt ehrbare Bürger hier auf. Die Strategie der Vertreibung.
Nele ging ein paar Schritte näher und schaute sich die Sache an.
»Seit wann steht das da?«
»Sieben Jahre?«
»Das können die doch nicht *tun* …!«
Sie versuchte, das Gartentor zu öffnen. Es war verschlossen. Sie stieg auf die unterste Sprosse und schwang sich darüber. Schon ging sie durch den Garten auf die Haustür zu.
»Was wird das denn?«
Statt zu antworten, blieb sie vor der Haustür stehen und drückte die Klinke. Die Tür blieb zu. Ich atmete erleichtert auf.
»Wäre ja auch sinnvoll, das Gartentor abzuschließen und die Haustür offen zu lassen. Komm, gehen wir.«
Sie ließ die Klinke los und drehte sich zu mir.

»Die können doch nicht den schönsten Platz der Gegend für ein einzelnes Haus opfern! Das ist *unser* Platz! Wir waren zuerst hier!«
»Falls du dich beschweren willst, kommst du zu spät. Es gab Demos und Proteste, aber wenn die Stadtverwaltung Geld riecht ... Ist übrigens an den Bruder des Bürgermeisters verkauft worden.«
Nele schnaubte und sank auf die Knie.
»Hm! Interessanter Ansatz. Mit Beten haben wir es damals nicht versucht. Doch selbst dafür dürfte es jetzt zu spät sein.«
Sie ignorierte mich und machte sich an der Fußmatte zu schaffen. Wenig später stand sie wieder auf und hielt ein kleines silbernes Etwas in der Hand.
»Dadaahhh!«
Schon hörte ich das Geräusch eines Schlüssels, der sich im Schloss drehte.
»He, warte mal ...«
Im nächsten Moment schwang die Tür auf. Ich schaute mich um und senkte dann den Blick zu November, der neben mir saß. Er blieb ruhig. Als ich wieder zur Tür blickte, stand sie offen, und Nele war weg. Ich lauschte in die Nacht – nichts. Auch November regte sich nicht. Offenbar waren wir allein auf weiter Flur. Mir war klar, dass ich im Begriff war, eine Straftat zu begehen. Ich sollte auf der Stelle abhauen.
Als Erstes fiel mir der Geruch auf. Das ganze Haus stank nach Nelken. Ich betrat einen großzügig geschnittenen Raum, dessen eine Hälfte ein imposanter Fernseher und eine Sitzecke schmückten, während die andere Seite in eine offene Küche überging. Dort standen die Blumen in einer Vase auf dem Tisch. Ein Riesenstrauß. Die Vase war drei viertel voll mit Wasser. Das Wasser schien frisch zu sein.
Ich fand Nele im zweiten, kleineren Raum, wo sie neben einem Bett hockte und etwas aus einem Schrank zerrte.

»Hier«, sagte sie und warf mir etwas zu. Es fühlte sich an wie ein Laken. Ich reimte mir einiges zusammen.
»Bloß zur Erinnerung, ich bin Polizist.«
»Es ist mitten in der Nacht, wer sollte uns erwischen?«
»Die Polizei?«
Sie stand auf. Ihre Zähne blitzten.
»Dein Job ist es doch, dem Volk zu dienen und es zu schützen, oder? Also fang endlich damit an, bezieh das Bett und rette mich vor dem Tod durch Erfrieren.«
»Dieses Dienen-und-schützen-Ding ist ein Spruch aus Amerika, und nicht mal da gehört Einbruch dazu.«
»Dann spiel ein bisschen CIA.«
»Ich soll dich umlegen und es wie Selbstmord aussehen lassen?«
Sie kam auf mich zu und blieb vor mir stehen. Es war unübersehbar, wie viel Spaß ihr das Ganze bereitete. Sie stellte sich dicht vor mich, streckte sich etwas und brachte ihren Mund ganz nah an mein Ohr. Ich spürte ihren Atem, als sie sprach.
»Paul«, flüsterte sie, »bezieh dieses verdammte Bett!«
Bevor ich mich wieder erholt hatte, öffnete sie eine Tür und verschwand durch eine weitere. Wenig später rauschte Wasser durch eine Leitung. Es gab also einen Wasseranschluss. Und der war aufgedreht. Das und die frischen Nelken konnten ein Zeichen sein. Zum Beispiel dafür, dass das Häuschen regelmäßig genutzt wurde. Großartig. Ich versuchte nachzudenken, aber alles, was ich sah, war Nele halb nackt am Feuer. Um die Zeit nicht nutzlos verstreichen zu lassen, bezog ich beim Nachdenken das Bett, und als sie in ein Handtuch gewickelt aus dem Badezimmer kam, lag ich längst unter der Decke und erwartete sie. Sie legte sich zu mir, ohne sich aus dem Handtuch zu wickeln.
»Das Wasser ist saukalt«, bibberte sie.
Sie presste ihren Rücken an meine Brust und klemmte mir eine glatte Wade zwischen die Beine. Mein Herz stolperte,

als sie die alte Stellung einnahm, in der wir tausende Male zusammen eingeschlafen waren. Ich legte meine Arme um sie, und so blieben wir eine Weile liegen. Im Zimmer war es dunkel und still. Schwaches Mondlicht fiel durch das Fenster. Eine Mücke summte. November regte sich auf dem Boden. Nele bewegte ihre Zehen.
»Hey…«, flüsterte sie. »Schläfst du?«
»Machst du Witze? Ich hab viel zu viel Schiss.«
»Wieso das denn?«
»Äh, weiß nicht, vielleicht weil wir gerade hier eingebrochen sind?«
Sie drehte sich um. Unsere Gesichter lagen ein paar Zentimeter voneinander entfernt. Ich konnte ihren Atem auf meinen Lippen spüren.
»Wir ziehen morgen das Bett ab, verschließen die Tür, und niemand merkt, dass wir hier waren.«
»Es sei denn, die kommen, bevor wir weg sind.«
»Tun sie nicht. Die Götter lieben uns.«
»Ah, hatte ich vergessen.«
Sie grinste. In dem schummrigen Licht wirkte sie überirdisch schön. Mir war, als hätte sie sich mir entgegenbewegt. Konnte aber auch Wunschdenken sein. Mein Herz pochte in meiner Brust. Vielleicht wären wir für immer so liegen geblieben, wenn die Mücke nicht Verstärkung gerufen hätte. Wir verkrochen uns unter die Decke, dabei verrutschte Neles Handtuch, und ihre Brustwarzen streiften meinen Arm. Die Berührung war wie ein Stromschlag. Das Gefühl in meiner Brust ließ mich eine Fratze ziehen. Seit Jahren hatte ich mich nicht mehr so lebendig gefühlt. Ich fuhr mit meiner Hand über ihre Wange und senkte meine Lippen auf ihre. Wir stießen mit den Zähnen aneinander.
Wir küssten uns.
Neles Zunge begrüßte meine wie einen alten Freund, glitt über meine Zähne und mein Zahnfleisch. Sie saugte an

meiner Zunge, leckte über meine Lippen und biss leicht hinein. Sie küsste wie immer.
Als wir uns voneinander lösten, atmeten wir schwer. Ich hätte einiges dafür gegeben, jetzt ihre Augen zu sehen.
»Ist das schlau?«, flüsterte sie.
»Weiß nicht«, flüsterte ich.
»Ich gehe bald wieder.«
Statt zu antworten, senkte ich meine Lippen wieder auf ihre. Unsere Zungen schoben sich gegenseitig hin und her, wie ein Tanzpaar. Ein langsamer Engtanz. Als wir uns freigaben, hatten wir den Sauerstoff unter der Decke restlos verbraucht, und Neles Körper glühte durch das Handtuch.
»Ich krieg keine Luft«, stöhnte sie.
Ich zog die Decke weg, und sofort fiel ein Geschwader Mücken über uns her. Die Viecher schossen wie blutsaugende Stukas auf uns hinab. Eine flog mir direkt ins Ohr.
»Gottverdammt!«
»Ahhh!«, machte Nele und schlug um sich.
Ich sprang aus dem Bett und sauste in die Küche, wo ich einen Stapel Zeitschriften gesehen hatte. Ich schnappte mir ein paar Ausgaben der *Galore* und lief ins Schlafzimmer zurück. Ich knipste das Licht an, warf Nele ein Heft zu und begann, die Flak zu organisieren. Schon bald klebten zahlreiche zerquetschte Sturzbomber an den Wänden. Ich erwischte den letzten in einer Ecke neben der Badezimmertür und verwandelte ihn in den Roten Baron. Im selben Moment hörte ich hinter mir ein Glucksen. Ich drehte mich um. Nele saß mit einer zusammengerollten Zeitschrift in den Händen auf dem Bett.
»Also das …«, gickelte sie. »Also das …« Sie prustete los.
Ich sah an mir hinunter. Ach so.
Ich knipste das Licht aus und ging zum Bett zurück.
»Dorfsex, schon vergessen?« Ich rutschte neben ihr aufs Bett. »Mücken töten, Spanner im Gebüsch, einer muss plötzlich kotzen …«

Ein bestechend klarer Mondstrahl fiel durch das Fenster und tauchte für einen kurzen Moment alles in sein Licht. Ich nahm ihr Gesicht zwischen meine Hände.
»Willkommen zu Hause«, flüsterte ich.
Wir küssten uns wieder, und plötzlich war alles so einfach. Wir entsorgten das Handtuch und erkundeten unsere Körper. Ihre Haut fühlte sich warm und glatt an. Ich streichelte ihre Hände, Arme, Schultern und ihren Rücken. Ich liebkoste ihren Hintern, ihren Bauch, ihre Brüste. Ich verwöhnte alles, was ich zwischen die Finger bekam – Ohren, Muttermale, Narben. Sie drängte sich an mich, und ihre Berührungen ließen mich zittern. Als sie ihre Hand über meinen Bauch wandern ließ, hielt sie kurz vor meinem Nabel inne. Sie sah mich im Mondlicht fragend an.
»Willst du?«
Ich lachte erleichtert. Mein Gott, sie war genauso unsicher wie ich.
»Ich will.«

In dieser Nacht hätte ich es nicht gemerkt, wenn ein Regiment durchs Zimmer marschiert wäre. Ich war im Neleland. Nele, die in dem einen Augenblick die alte war, um im nächsten Moment zu einer Fremden zu werden. Im einen Moment vertraut, tat sie im nächsten Augenblick Dinge, die ich nicht von ihr kannte. Ich musste sie nicht fragen, ob sie in den letzten Jahren mit anderen geschlafen hatte, ich fühlte es. Meine Nele hatte eine neue Nele mitgebracht, und mit beiden zu schlafen war das Aufregendste, das ich jemals erlebt hatte. Es hätte uns jemand überraschen können, und an Verhütung hatte ich genauso wenig Gedanken verschwendet. Wenn ich in diesem Augenblick ein Kind gezeugt haben sollte … Gott, allein der Gedanke machte mich schwindelig. Ein Kind. Dann würde sie vielleicht bleiben.

Ich öffnete die Augen. Das Zimmer war dunkel. Nele lag zusammengerollt in meinen Armen. Ich fragte mich, was mich geweckt hatte, bis Nele zuckte und etwas murmelte. Sie stöhnte und knirschte mit den Zähnen. Ich warf einen Blick auf die Uhr. Drei Uhr. Ich streichelte ihre Schultern.
»Süße, ist gut, du träumst nur.«
Sie öffnete die Augen und schaute sich orientierungslos um.
»Mama?«
»Nein, ich bin's, Paul.«
Sie blinzelte mich benommen an.
»Geh nicht weg.«
Ich stemmte mich auf den Ellbogen und versuchte, ihre Augen in der Dunkelheit zu erkennen.
»Ich bin's, Paul. Es ist alles gut.«
Sie sah mich einen Moment lang an, dann schloss sie die Augen, rollte sich auf die andere Seite und schlief wieder ein. Ich lauschte in die Runde. Bis auf eine Amsel, die den Tag begrüßte, war nichts zu hören. Ich ließ meinen rechten Arm aus dem Bett hängen. November leckte mir die Hand. Ich suchte seine Seidenohren und streichelte sie. Links meine große Liebe, rechts meine tierische.
Vielleicht würde ich für diese Nacht noch zu zahlen haben, aber was es auch kostete, nie würde mich jemand über den Preis jammern hören.

acht

Ich trieb mit Nele im offenen Meer. Nirgends war Land zu sehen, so weit das Auge reichte, Wasser. Am Horizont zog ein Unwetter herauf. Ich wusste, dass es schlecht ausgehen konnte, doch ich schwamm zuversichtlich weiter. Das Unwetter kam erstaunlich schnell näher, aber bevor es uns erreichte, fasste ich Nele um die Taille und stieg aus dem Wasser empor. Ich wunderte mich nicht, dass ich fliegen konnte. Ich drückte Nele an mich und stieg immer höher über die Landschaft hinweg, bis mich etwas an der Schulter packte und durchrüttelte.

»Wach auf!«

Ich zuckte zusammen und schaute mich um. Draußen kündigte sich ein weiterer Sommermorgen an. Neben dem Bett tanzte Nele auf einem Bein und versuchte, in ihre Trainingshose zu steigen. Es sah lustig aus. Sie fiel gegen die Wand. Ich lachte. Novembers Knurren holte mich in die Realität zurück. Ich rollte mich aus dem Bett und stieß mir gleichzeitig den Kopf an einer Lampe und den Zeh an einem Nachttisch.

»Beeil dich!«

Fluchend hüpfte ich in meine kurze Hose und merkte, dass ich meine Unterhose noch in der Hand hielt. Ich schlüpfte barfuß in die Turnschuhe. Nele war schon fertig angezogen, als ich aufstand.

»Shit, shit, shit ...«, murmelte sie und spähte aus dem Fenster.

Ich zog mein klammes Shirt über den Kopf, während wir auf die Tür zugingen. Plötzlich zerrte Nele ihr Shirt wieder hoch und wickelte es sich wie eine Skimaske um ihren Kopf. Nur ihre Augen und ein Stück ihrer Nase waren zu sehen, dafür waren ihre Brüste nun gänzlich unbedeckt. Ich biss mir auf die Zunge. November knurrte lauter. Ich zog mir meine Unterhose über den Kopf, schaute durch ein Hosenbein raus und packte die Türklinke.

»Fertig?«

Sie schaute mich an.

»O Mann.«

Ich zog die Tür auf, und wir stürmten raus. Die kleine Landzunge lag im fahlen Morgenlicht vor uns. Nirgends bewegte sich etwas, aber rechts vom Parkplatz drangen Stimmen zu uns. Wir wandten uns nach links und sprinteten los. Äste peitschten uns entgegen, Sträucher schnappten nach uns, und November, der Trottel, bellte. Ich schnauzte ihn an. Er sprang weiter kläffend um uns herum und hielt das alles für einen großen Spaß. Wir bullerten durchs Unterholz wie Panzer durch Liliputaner und fluchten über die Zweige, die unsere ungeschützten Oberkörper zerkratzten.

Ich warf einen Blick zu Nele rüber und sah, dass sie ihre Brüste mit der einen Hand schützte, während sie mit der anderen das Shirt festhielt. Wir drangen zum Pfad durch und wandten uns nach links, wo wir plötzlich Auge in Auge einem Touristenpaar gegenüberstanden. Die beiden waren um die siebzig, furchtbar angezogen und staunten uns mit offenem Mund an, als wir an ihnen vorbeisausten. Ich musste schon sagen, dafür, dass Nele nicht in Form war, flog sie förmlich den Pfad entlang, dabei kämpfte sie mit ihrem Shirt, das ihr ständig über die Augen rutschte. Ich gönnte mir einen gelegentlichen Seitenblick und genoss den verrückten Tanz ihrer Brüste. Sie sprangen hin und her, verformten sich, wurden abwechselnd flach, spitz und rund. So etwas hatte ich noch nie gesehen. Vor zwei Minuten war ich noch friedlich mit ihr im Meer geschwommen, und jetzt rannte ich mit meiner Unterhose über dem Kopf durchs Unterholz und bestaunte den Tanz der Titten. Ich lachte. Nele warf einen Blick rüber, aber ich konnte nichts dagegen machen. Ich lachte. Nach weiteren hundert Metern wurde sie langsamer und schaute sich keuchend um, dabei hüpften ihre Brüste gleichzeitig vertikal und horizontal und schienen sich gleichzeitig auszudehnen und zusammenzuziehen.

»Nein, nein«, wimmerte ich, und schließlich musste ich mich an einem Baum festhalten. Herrje, zu behaupten, dass ich mich totlachte, wäre untertrieben gewesen. Nele zerrte keuchend an meinem Arm und schaute mich mit wildem Blick durch den Schlitz ihres T-Shirts an. Sie sah aus wie eine FKK-Terroristin. Grundgütiger …

Ich klammerte mich an den Baum, zeigte auf ihre Brüste und versuchte, ihr die Sache zu erklären. Keine Chance. Sie zerrte an mir, begann dabei aber selbst zu lachen.

»Na los, wir müssen …«

Schon taumelten wir Arm in Arm über den Pfad. Wenigstens zog sie mir dabei die Unterhose vom Kopf und schlüpfte in ihr T-Shirt. Die Neue kam uns entgegengejoggt. Ich grüßte fröhlich. Sie grüßte zurück und warf Nele einen neugierigen Blick zu. Ich registrierte, dass ich der Neuen auf die Brust schaute. Jetzt, wo ich wusste, was ein Sprint so alles mit einer weiblichen Brust anstellen konnte, würde ich nie wieder an einer Joggerin vorbeilaufen können, ohne mir so meine Gedanken zu machen.

Wir brauchten ewig bis nach Hause, weil ich Seitenstechen bekam. Laufend zu lachen ging schwer auf die Kondition. Als wir endlich den Hof erreichten, fantasierten wir atemlos vom Duschen, von Kaffee und Rühreiern. Wir öffneten die Haustür, schlichen durch die Küche und lauschten. Das Haus war still. Mor schien noch zu schlafen. Die Treppe knarrte, doch wir schafften es einigermaßen geräuschlos

ins Bad. Da wurde es dann schon komplizierter, denn als Nele nackt vor mir stand, erwischte es mich. Ich drängte mich vor wie ein Säufer in der Happy Hour.
Sie schüttelte lächelnd den Kopf.
»Was haben die Mädels bloß mit dir gemacht, als ich weg war ...?«
»Nichts«, sagte ich und ließ meine Finger über ihre Schlüsselbeine gleiten. »Das ist ja das Problem.«
»Na, na ...« Sie legte ihre warmen Hände auf meine Brust und schob mich ein Stück zurück. »Vergessen wir das Biest nicht. Ich wette, du hattest was mit ihr.«
»Grundgütiger, was denkst du von mir?«
Neben Anita und Nele war Petra »das Biest« Strawinski früher das schärfste Mädchen in der Gegend gewesen. Sie hatte immer ein Auge auf mich, weil sie Nele zu gern etwas weggenommen hätte.
Nele musterte mich neugierig.
»Wie lange hast du gewartet? Eine Woche?«
»He, weißt du, dass sie seit damals fünfzig Kilo zugenommen hat?«
»Einen Tag? Eine Stunde?«
Ich zuckte die Schultern.
»So circa einen Monat.«
Sie sah mich schadenfroh an.
»Du hast mit dem Biest geschlafen!«
»Was sollte ich machen? Kaum warst du weg, stand sie Tag und Nacht auf der Matte. Ich hatte keine Chance.«
Sie schüttelte den Kopf.
»Männer ...!«
»Bumst sich durch Hollywood und macht hier auf Moral.«
Sie grinste.
»Deine Allgemeinbildung ist immer noch beeindruckend. Hollywood ist Westküste. Ich war in New York.«
Sie versuchte, an mir vorbei in die Wanne zu schlüpfen. Ich zog sie an mich. Ihre Haut war wunderbar warm und feucht.

Ich drückte mein Gesicht in ihre Halsgrube, schnupperte, rieb mich gegen ihren verschwitzten Oberkörper, leckte ihr den Schweiß von den Schultern und ließ meine Hand über ihren weichen Bauch gleiten. Als ich den Flaum zwischen ihren Beinen berührte, blubberte etwas in meiner Brust. Es war halb sieben Uhr morgens in einem ganz gewöhnlichen Dorf an einem ganz gewöhnlichen Tag, und ich war ewig nicht mehr so glücklich gewesen.
Ich sank auf die Knie, umarmte ihren warmen Körper und bohrte meine Nase in ihren Bauchnabel.
»Du hast mir gefehlt«, flüsterte ich.
»Jaja«, sagte sie und streichelte meinen Kopf, »so circa einen Monat ...«
Ich knabberte an ihrem Bauch. Es schien sie zu besänftigen, denn ihre Finger glitten sanft durch mein Haar. Sie schaute mit halb geschlossen Augen zu mir herunter und gab ein leises Wohlfühlgeräusch von sich. Ich machte keinen Hehl aus meiner Zuneigung und gab ihr, was mir fehlte.

Vor dem Küchenfenster entstand ein neuer heißer Rekordsommertag. Es war kurz nach sieben und mal wieder weit und breit nichts von dem nächtlichen Wolkenhimmel zu sehen. Im Küchenradio lief *Sweeter Than Honey* von Triband. Wir deckten den Tisch, warfen ein paar Eier in die Pfanne und kochten den stärksten Kaffee, den die Espressokanne verkraften konnte. November lag auf seiner Decke und zerlegte einen Knochen. Die Geräusche, die er dabei machte, hätten aus einem Horrorfilm stammen können. Vielleicht könnte ich ihn als Synchrongeräuschehund vermarkten. Vielleicht würde ich als sein Manager Karriere machen. Vielleicht würde Nele dann mein Leben aufregend genug finden, um zu bleiben. Vielleicht sollte ich aufhören zu spinnen.
Wir saßen mit dem ersten Kaffee am Küchentisch, als die Kaffeeoberfläche zu zittern begann. Wenig später kam Mor

in die Küche gehüpft. Als sie den gedeckten Frühstückstisch sah, blieb sie überrascht stehen.
»Ist etwas passiert?«
»Nee«, sagte ich.
»Hm«, machte Nele und kaute, dass ihre Ohren wackelten. Ich ignorierte den dreckigen Blick, den sie mir zuwarf, stand auf und schlug ein Geschirrtuch über Mors Stuhl aus.
»Gnädige Frau.«
Mor ließ sich auf den Stuhl sinken und schaute vom einen zum anderen. Ich nahm ihr die Krücken ab und stellte sie an die Wand. Dann ging es los. Wir trugen ihr Frühstück auf und füllten ihre Tasse. Ein Glas Champagner fehlte ebenso wenig wie Rührei nach Art des Sohnes des Hauses, sprich: mit Sojasoße nachbearbeitet. Wenn es unter Mors kulinarischer Würde war, ließ sie es sich nicht anmerken. Sie ließ es sich schmecken.
»Ihr seid früh auf«, sagte sie zwischen zwei Gabeln.
»Wir waren laufen«, sagte ich.
Nele gab ein kleines Geräusch von sich und starrte angestrengt auf ihren Teller. Mor schob sich eine weitere Gabel in den Mund und musterte uns. Irgendetwas schien ihr Spaß zu machen. Sie schluckte das Ei runter und nickte uns zu.
»Laufen tut gut, nicht? Ich bin früher auch viel gelaufen, eigentlich so oft, wie es nur irgend ging.«
Sie lächelte uns unverhohlen an, und mir wurde klar, dass sie uns gehört haben musste. Ihr wissender Blick pumpte mir Blut in die Ohren. Von klein auf hatte ich mir angewöhnt, zu Hause leise zu sein, aber vorhin musste ich irgendwie den Überblick verloren haben. Ich senkte meinen Blick auf meinen Teller, aber Mor wechselte das Thema, sprach über das Wetter und widmete sich dann ihrem Rührei, als sei nichts. Vielleicht war es für sie schräg, ihrem Kind beim Sex zuzuhören. Viele meiner Freunde hatten ihre Eltern schon mal beim Sex ertappt, aber ich hatte Mor noch nicht

mal mit einem Mann gesehen und würde es wahrscheinlich auch nie. Wobei ... bis vorgestern dachte ich noch, ich sehe Nele nie wieder. Hm.

»Du bist so still.«

Ich blickte auf und sah direkt in Mors Augen.

»Äh ... ja, man weiß ja nie.«

Sie runzelte die Stirn. Bevor ich weiteren Schwachsinn von mir geben konnte, fuhr Rokko draußen vor. Ich küsste Mor, wünschte ihr einen schönen Tag, nahm Neles Hand und ging vor die Tür. Rokko saß hinter dem Lenkrad des GT und trug eine verspiegelte Sonnenbrille sowie volle Uniform. Aus dem offenen Fenster knallte Aerosmith. Nele warf einen Blick zum Wagen und winkte. Rokko zeigte keine Reaktion.

»Sieht er mich nicht?«

»Vielleicht sind sie auch innen verspiegelt, so Doppelcoolnessfaktor.«

Sie lachte nicht. Ich zuckte die Schultern.

»Nimm's nicht persönlich, er ist momentan schlecht drauf.«

»Streit mit Anita?«

»Mensch, wie kommst du denn darauf?«

Sie lächelte.

»Hier ist wirklich alles beim Alten. Aber schön, dass sie immer noch zusammen sind.«

»Wären wir auch, wenn du nicht weggerannt wärst.«

»Ich hab dich nur für das Biest freigegeben.« Sie verzog ihr Gesicht. »Wie konntest du nur ...«

»Jaja, ich sehe es richtig vor mir, wie du in New York auf einer Party in einer Dreißig-Millionen-Dollar-Villa stehst. George Clooney versucht dich gerade klarzumachen, und alles, was du denkst, ist, o Gott, hoffentlich hat der Dorfbulle nicht mit Petra Strawinski geschlafen.«

»Genau so war es«, lachte sie. »Also fast.«

Rokko hupte.

»Ich muss.« Ich küsste sie auf den Mund und schaute ihr aus nächster Nähe in die Augen. »Seh ich dich wieder?«
Sie knabberte auf ihrer Unterlippe, und ihre Augen funkelten.
»Denk schon.«
»Gib mir deine Nummer, ich ruf dich vielleicht mal von der Arbeit aus an.«
»Ich hab sie vorhin in dein Handy einprogrammiert. Ich erwarte mindestens zehn SMS.«
Ich gab ihr einen letzten Kuss und wünschte ihr einen schönen Tag. Meine Beine bewegten sich nicht. Wir sahen uns an. Meine Mundwinkel schmerzten. Wenn ich nicht aufpasste, würden sie noch einreißen.
»Was machen wir hier?«
»Weiß nicht.«
»Du bist doch bloß auf der Durchreise.«
»Ja.«
»Ist total undurchdacht.«
»Ja.«
»Fühlt sich aber ganz gut an.«
Sie grinste.
»Ja.«
Ich grinste ebenfalls.
»Du hast natürlich Glück, dass ich gerade frei bin.«
»Du aber auch.«
»Du viel mehr. Ich hab einen super Ruf hier, alle lieben mich, frag das Biest.«
»Pah, hör dich mal um, Junge, ich war früher die Königin der Schützenfeste.«
»Das ist lange her.«
Sie lächelte schief und funkelte mich an.
»Es ist ja nicht alles schlecht, was lange her ist.«
»Stimmt auch wieder.«
Ich küsste sie noch mal. Als ich sie losließ, hatten sich ihre Wangen gerötet. Himmel, ich konnte sie farbig knutschen.

Rokko hupte wieder, diesmal legte er sich voll drauf, der Idiot. Er hörte erst wieder auf, als Mor den Kopf aus dem Küchenfenster steckte und ihm einen Mor-Blick verpasste. Die Hupe verstummte schlagartig. Er hatte Schiss vor ihr, es war der reinste Genuss. Als wir zehn waren, hatte er mich dazu verleitet, ein Mofa zu klauen, nichts Schlimmes, bloß jugendlicher Spieltrieb. Wir waren erwischt worden. Mor hatte ihn sich pädagogisch wertvoll zur Brust genommen und ihm ein paar Dinge erklärt. Ich erinnerte mich, sie brüllen zu hören, dass sie ihm seinen kleinen verlausten Arsch aufreißen würde, sollte er ihren Sohn je wieder in irgendwas Illegales verwickeln. Seitdem schien er jedes Mal wieder zehn Jahre alt zu werden, wenn sie ihn strafend anschaute.
»Gut, ich geh dann mal.«
Ihre Augen funkelten.
»Bis später.«
Ich ließ sie widerstrebend los und ging auf den GT zu. Die Beifahrertür flog auf. Kaum rutschte ich auf den Sitz, schon befanden wir uns auf der Landstraße. Steven Tyler schrie mich an, dass er seine Augen nicht schließe, weil er nichts verpassen wolle. Ich wusste genau, wovon er sprach, dennoch drehte ich ihn leiser und sah Rokko an.
»Was soll der Scheiß? Kannst du sie nicht mal grüßen?«
Er starrte schweigend durch die Frontscheibe, auf der Suche nach einer Lücke im Gegenverkehr.
»Hallo? Du sprechen?«
Er sagte nichts, und ich kannte den grimmigen Zug um seinen Mund. Rokko schmollte. Keiner verstand ihn. Niemand half ihm. Er war John Wayne. Er musste ganz alleine durch Feindesland. Alleine gegen alle Rothäute. Letzte Chance für die Zivilisation. Bloß, dass die Indianer die eigentliche Zivilisation waren und die Cowboys Terroristen, aber für solche Feinheiten war er nicht zu haben.
»Hast du dich bei Anita entschuldigt?«
»Kümmer dich um deinen eigenen Scheiß.«

»Herrje, du Depp, das ist mein Scheiß. Wenn Anita mit einem anderen Typen ankommt, legst du ihn glatt um, und dann muss ich dich verhaften, und dann hab ich niemanden mehr, der mich zur Arbeit fährt.«
Er entdeckte eine Lücke, trat aufs Gas, schoss auf die Gegenfahrbahn und scherte mit dem GT so knapp vor einem Vatti mit Hut ein, dass man von einem Autodach aufs andere hätte springen können. Nach einer Schrecksekunde legte Vatti sich auf die Hupe. Rokko stellte sich auf die Bremse, der GT schlingerte kurz, bis er in der Sekunde beschleunigte, wo Vatti uns hinten draufgefahren wäre. Rokko schloss zu der nächsten Barriere auf und suchte wieder nach einer Lücke. Ich drehte mich im Sitz und warf einen Blick aus dem Rückfenster. Vatti schien noch zu atmen. Ich wandte mich wieder nach vorne.
»He, wusstest du, dass John Wayne homophob war? Er legte die Indianer nur um, weil sie halb nackt waren und so rattenscharf aussahen. Ein echter Reaktionär.«
Er drehte die Musik voll auf. Steven Tyler predigte jetzt Liebe im Fahrstuhl und blühte auf, wenn es hinabging, aber auch für solche Feinheiten war Rokko nicht zu haben, zuerst musste er alleine durch die Wüste reiten. Erst, wenn er halb verdurstet eine Wasserstelle gefunden und diese von Feinden gesäubert hatte, würde man wieder vernünftig mit ihm reden können.
Ich lehnte mich in den Sitz zurück, schloss die Augen und versuchte, mich an mein Leben ohne Nele zu erinnern. Es ging nicht. Vorgestern war zu lange her.

»Polizeinotruf.«
»Hallo, bin ich bei der Polizei?«, fragte eine Frau.
»Nein, bei der Polizei bin ich. Sie sind irgendwo da draußen und telefonieren mit Ihrem Handy.«
Es blieb still in der Leitung. Ich konnte die Frau atmen hören. Also gut.

»Polizeinotruf.«
»... Äh ... ja, also ich bin hier in dem Laden. Drei Jugendliche waren gerade hier!«
Die Frau klang empört. Ich schätzte sie auf etwa vierzig.
»Und weiter?«
»Na, was wohl! Die haben mich angemacht!«
»Was wollten sie denn?«
»Ja ... Geschlechtsverkehr?«
»Verstehe. Und wo sind sie jetzt?«
»Na, hintenrum. Umweltschutz, denke ich mal so. Ich muss jetzt aber auch weiterarbeiten.«
Die Leitung war tot. Wenn mich mal *Versteckte Kamera* hochnehmen würde, ich würde es nicht merken. Es gab einfach zu viele verwirrte Menschen. Vor allem bei dieser Hitze. Trotz offener Fenster und Türen lag die Temperatur im Kabuff bei gefühlten vierzig Grad, was vielleicht der Grund war, dass Mattes die Nerven verlor. Normalerweise sauste er an uns vorbei, um schnell nach Hause zu kommen, doch heute blieb er in der Tür stehen und verteilte der Welt einen Rundumschlag. Zum einen sollten wir endlich anfangen, unseren Arbeitsplatz aufzuräumen, zum anderen sollte das Familienministerium mehr Geld für Kita-Plätze bewilligen, und drittens hatte Hundt letzte Nacht in einer Nacht-und-Nebel-Aktion eine international agierende Drogenbande vor laufender Kamera ausgehoben, sprich: ein paar Kiffer mit Migrationshintergrund festgenommen. Mit den Malik-Brüdern, Mattes und Kurt, hatte er eine Razzia im Mykonos durchgezogen, einem bekannten Szeneladen. Er hatte ein paar Jugendliche einkassiert und den Club geschlossen. Das war alles andere als schlau. Man musste den Kids Freiräume lassen, wo sie unter sich sein konnten und wir sie im Blick hatten. Jetzt würden sie sich woanders treffen, und wir mussten erst rauskriegen, wo. Wir waren uns einig, dass Hundt langsam durchdrehte. Man hatte bei ihm das Gefühl, auf eine größere Katastrophe zuzusteuern.

Ich hörte weiter zu, wie Mattes den nächtlichen Sondereinsatz gepflegt kommentierte und dabei immer hübsch den Gang im Auge behielt. Als er Hundt jegliche Führungsqualität abgesprochen und uns ein Dutzend Mal ermahnt hatte, unseren Arbeitsplatz sauber zu halten, hatte er sich so weit abgeregt, dass er in der Lage war, nach Hause zu gehen, um seine Kinder in die Kita zu bringen. Bevor er das Büro verließ, warf Rokko die Verpackung eines Snacks in Richtung Papierkorb. Sie landete einen halben Meter daneben auf dem Boden. Mattes warf ihm einen düsteren Blick zu und verschwand.

Ich warf einen Blick auf mein Handydisplay, nichts. Vor einer Stunde hatte ich Nele eine SMS geschickt.

»Willst du was aus dem Kühlschrank? Nein? Schade, ich hätte dir gerne was mitgebracht, aber du kannst ja nicht sprechen.«

Ich ging in die Küche und rief zu Hause an. Mor ging erst beim sechsten Klingeln ran und atmete schwer.

»Was ist los? Wieso atmest du so schwer?«

»Ich war im Garten. Keine Sorge. Sie ist noch da. Sie hat sich eben wieder hingelegt. Was habt ihr bloß getrieben? November hängt völlig apathisch auf seiner Decke. Vorhin ist mir ein Stück Käse auf den Boden gefallen, und ich hätte es fast vor ihm erwischt.«

»Herrje«, sagte ich, und dann sagte ich nichts mehr. Mir fiel nichts ein, das ich noch hätte fragen können.

»Wir müssen uns ja nicht unterhalten«, sagte Mor.

»Ich rufe vielleicht später noch mal an.«

»Das denke ich auch.«

Sie küsste in den Hörer und legte auf. Für einen Augenblick blieb ich stehen und stellte mir vor, wie Nele warm und weich in meinem Bett lag.

Ich nahm eine Flasche Wasser aus meinem Fach. Auf der Kühlschrankinnenseite hing ein Zettel von Mattes. Wir sollten nicht so eine Sauerei für Gernot hinterlassen, damit der nicht so eine Sauerei für Mattes zurückließ. Ich nahm den Zettel mit ins Büro und klebte ihn auf Rokkos Monitor.

»Beschwerde.«

Er riss den Zettel ab, knüllte ihn zusammen und kickte ihn unter den Aktenschrank. Das war das Wildeste, was in den nächsten Stunden passierte. Es folgten ganze zwei Notrufe, exklusive dem Anruf des Jungen, der immer noch ficken wollte. Rokko ließ sich an den Protokollen aus. Ich sah wieder auf mein Handydisplay. Nichts. Ich beschloss, mich mit dem *Stern* abzulenken. Ich gähnte einen Artikel über Auslandsschulden an und versuchte zum hundertsten Mal, zu verstehen, wie alle Schulden haben konnten und die Weltwirtschaft dennoch funktionierte. Es fiel mir heute schwer zu verstehen, wieso ich das verstehen wollte. Ich dachte an Dalis Bild mit den geschmolzenen Uhren. Vielleicht hatte er es an einem Tag gemalt, an dem Gala zu Hause auf ihn wartete.

Kurz vor Mittag fiel das Unglück über den Landkreis her, wie am Anfang eines Stephen-King-Romans. Verkehrsunfälle mit Leichtverletzten, Haushaltsunfälle mit einem schwer Gestürzten, eine Schlägerei bei einer Schulsportveranstaltung, mehrere Diebstahldelikte, und dann kam der Anruf, den ich bereits erwartet hatte. Während ich einen Krankenwagen zum Baggerloch schickte, wo es einen kleineren Badeunfall gegeben hatte, lauschte ich mit einem Ohr zu Rokko hinüber, denn aus seinen Fragen ging hervor, dass ein Sommerhausbesitzer einen Einbruch in seinem Ferienhaus meldete. Anscheinend war nichts gestohlen worden, es gab aber Hinweise, dass die Einbrecher dort übernachtet hatten. Rokko beendete das Gespräch und griff nach seinem Handy.

»Was machst du?«

Er ignorierte mich und drückte auf seinem Telefon herum.

»He, du Idiot, ich rede mit dir.«
Er hielt inne und funkelte mich an.
»Ich melde es Hundt. Einbruch in einem Sommerhaus am See. Es könnte die Bande gewesen sein.«
Ich lachte.
»Warum sollte die Bande in einem Sommerhaus einbrechen und riskieren, entdeckt zu werden? Mit dem Geld, was die mittlerweile haben, können die sich jedes Hotel leisten.«
»Im Hotel muss man einchecken. Wenn ich die Bande wäre, würde ich mir ein leer stehendes Ferienhaus suchen.«
»Ganz schön großes Risiko für einen Schlafplatz. Pass auf, dass du dich nicht blamierst, die Sache klingt doch eher nach ein paar gelangweilten Jugendlichen.«
Er sah mich genervt an.
»Ich sollte es trotzdem melden und ein paar Punkte für uns machen. Du wirst bald jemanden brauchen, der ein Wort für dich einlegt.«
»Ui, du schleimst dich also meinetwegen ein? Wahnsinn.« Ich stieß mich von meinem Tisch ab und ließ meinen Stuhl zu ihm rüberrollen. »Was ist eigentlich los? Freust du dich nicht, dass Nele wieder da ist? Ich meine, ist ein Hallo zu viel verlangt?«
Er verzog die Oberlippe, wie Billy Idol in seinen besten Zeiten.
»Soll ich strammstehen, oder was?« Er schnaubte. »Kaum ist sie wieder da, dreht sich alles nur um sie. Hast du etwa schon vergessen, wie du ausgerastet bist, weil sie dich verlassen hat?«
»Sie hat mich nicht verlassen, und ich bin nicht ausgerastet, ich habe bloß zu viel getrunken.«
»Und dann bist du total ausgerastet, Mann, ich war dabei.«
Ich spürte, wie mein Nacken sich versteifte.
»Rokko. Da war sie schon sechs Monate weg, das hatte nichts mit ihr zu tun.«
»Mann, *alles* hat mit ihr zu tun! Kapierst du es nicht?« Er

breitete seine Hände aus. »Warum machen wir wohl immer noch diesen Scheißinnendienst?«
»Ich wusste nicht, dass es dich nervt.«
»Was du nicht alles weißt! Im Außendienst wären wir längst eine Besoldungsstufe höher und hätten vielleicht auch mal was erlebt. Mann, wir sind doch nicht zur Polizei gegangen, um Scheißformulare auszufüllen!«
Er pfefferte einen Stapel Papiere in die Ecke. Ich versuchte, die Sache auf die Reihe zu bekommen.
»Warum machst du es dann? Geh doch in den Außendienst, wenn dir das lieber ist.«
Er funkelte mich wütend an.
»Meinst du, ich hab Bock, den ganzen Tag mit Schröder oder Kiel im Wagen rumzuhängen? Ich bin mit dir zur Polizei gegangen, ich will verflucht noch mal auch mit dir den Job machen, aber seitdem sie dich verlassen hat, bist du echt zu nichts zu gebrauchen! Und was passiert, wenn sie dich diesmal wieder verlässt? Wie lange bleibt sie überhaupt? 'ne Woche? Zwei? Und was dann? Drehst du dann wieder durch? Muss man dich danach wieder ein Jahr babysitten?«
Ich starrte ihn an und versuchte, meine Atmung zu kontrollieren.
»Ich weiß nicht, wie es weitergeht, aber Nele ist Familie, also reiß dich zusammen. Und versöhn dich endlich mit Anita, du Trottel. Und hör gefälligst auf, mir den Tag zu versauen. Deine Scheißlaune ist ansteckend, meine aber auch – und meine macht viel mehr Spaß.«
»Dicker, du nervst …« Er legte seine Handflächen auf meine Brust und schubste mich weg. Mein Stuhl rollte rückwärts, bis er gegen meinen Schreibtisch stieß. »Kann ich jetzt endlich die verdammte Meldung machen?«
Ich zog einen Fünfziger aus der Tasche und legte ihn auf den Tisch.
»Ich wette 100 zu 1, dass es Jugendliche waren, die mal in

einem richtigen Bett poppen wollten. Schick besser 'ne Streife vorbei, bevor du dich blamierst.«
Zum ersten Mal an diesem Tag wirkte er interessiert.
»100 zu 1?«
Es dauerte keine zehn Sekunden, da hatte er fünfzig Cent dazugelegt und sich ans Funkgerät gehängt. Wagen zwei meldete sich. Telly. Ihm war heute die Neue zugeteilt worden. Na, prima. Sie würde wegen eines lausigen Einbruchs vermutlich nicht gleich alle Haare im Umkreis von hundert Metern in die Forensische schicken, dennoch bekam ich ein mulmiges Gefühl. Keine Ahnung, was die Großstadtbullen heute so draufhatten, man sah ja viel CSI, und sie würde auf jeden Fall Spermaspuren finden. Ich ertappte mich dabei, meinen Computer anzugrinsen. Vielleicht würde sie mich anhand meines dämlichen Grinsens überführen. Vielleicht sollte ich aufhören zu grinsen, um die Spuren zu verwischen. *Fahndung! Gesucht wird dämlich grinsender Triebtäter, der alle fünf Minuten auf sein Handydisplay guckt. Sachdienliche Hinweise bitte an das zuständige Polizeirevier.*
Das nächste Stephen-King-Kapitel schwappte über uns herein. Stundenlang kamen wir nicht zum Verschnaufen, dabei war weder Vollmond noch Wochenende noch Rushhour. Zwischendurch vergaß ich das Damoklesschwert. Es fiel mir wieder ein, als die Entwarnung kam: Die Neue hatte in dem Ferienhaus nichts außer einem zerwühlten Bett vorgefunden. Es war nichts gestohlen worden, die Täter hatten den Ersatzschlüssel gefunden, er lag auf einer Kommode, von Einbruch konnte also keine Rede sein. Ich nahm Rokkos fünfzig Cent an mich und dachte über alternative Einnahmequellen nach: Straftaten begehen und dann mit Kollegen wetten, wer es gewesen war. He!
Ich ließ Rokkos Münze auf meinen Fingern tanzen, checkte mein Handydisplay und dachte an ihr Lächeln. Ich konnte nichts gegen mein eigenes tun. Die Sache würde meine

Physiognomie noch dauerhaft verändern. Ich fühlte mich wie jemand, der jahrelang Tag für Tag durch Schlaglöcher gefahren war und sich plötzlich auf einer perfekten Straße befand. Ich glitt lächelnd dahin, die Straße verschwand am Horizont. Bloß, dass ich nicht wusste, wo sie hinführte. Ich musste irgendwie ans Lenkrad kommen.

Insekten zerplatzten wie Wasserbomben an der Frontscheibe. Der Fahrtwind knallte durchs Beifahrerfenster und übertönte fast Lenny Kravitz, der uns schwor, dass er seiner Frau beistehen würde. Rokkos Englisch war so schlecht, dass ihm die Ironie entging. Der Tacho zeigte hundertvierzig. In den S-Kurven waren das sechzig zu viel. Die Kreuze am Wegesrand waren Zeugen, doch Rokko juckte das nicht. Er ritt alleine durch die Wüste. Umgeben von Feinden, die letzte Kugel im Colt.

Als wir auf den Hof schlitterten, riet ich ihm mal wieder, sich mit Anita zu versöhnen. Er nannte mich einen hirnlosen Versager, der sich nicht in Dinge einmischen sollte, von denen er keine Ahnung hatte, Frauen zum Beispiel. Er schubste mich aus dem Wagen, und schon schoss der GT in einem Steinhagel vom Hof, obwohl keine Gefahr in Verzug war. Weit und breit war kein Hund zu sehen. Die einzigen Tiere auf dem Hof waren ein Riesenpulk Fliegen, die sich vor dem Fliegengitter des Küchenfensters tummelten. Ich sah mich noch mal um. Nichts. Es war das erste Mal seit Jahren, dass November mir nach der Arbeit nicht entgegenstürmte.

Als ich die Küche betrat, unterbrachen zwei Frauen ihr Gespräch und schauten mich an. Nele saß auf einem Küchenstuhl und trug eine meiner Jeans sowie ein gelbes Top. Die Kombination, zu große Hose, enges Shirt, war nicht ohne. Mor lehnte mit verschränkten Armen am Herd. Sie steckte wieder in ihrem grünen Trainingsanzug. November lag auf seiner Decke und hatte alle viere von sich gestreckt.

»Redet ihr über mich?«
Niemand sprach. In der Luft hing eine dieser Pausen, die nur ernste Gespräche hervorrufen konnten. Ich ging zu Nele und küsste sie auf den Mund.
»He, hat mich jemand vermisst?«
Sie stöhnte.
»Ich bin zu fertig, um zu vermissen.«
Ich grinste breit.
»Vom Laufen«, fügte sie hinzu. »Ich habe überall Muskelkater, sogar im Nacken.«
»Ich könnte dich massieren.«
Sie schloss kurz die Augen und gab ein leises Stöhnen von sich. Mor räusperte sich.
»Tut einfach, als wär ich gar nicht da, ja?«
Ich ging zu ihr, umarmte sie und hob sie hoch.
»Gott verdammt! Wie viel wiegst du? Stell dir vor, du hättest noch beide Beine, dann könnte dich keiner tragen!«
»Lass mich runter.«
Ich stellte sie ab. Ich brauchte nicht in den Topf auf dem Herd zu schauen, um zu wissen, was drin war. Es gab *Øllebrød.* Biersuppe war eines von Mors dänischen Rezepten. In Dänemark, so viel hatte ich schon mitbekommen, konnte es nie schaden, Bier draufzuschreiben, wenn etwas verzehrt werden sollte.
»Wie viele Pullen habt ihr da reingekippt?«
Die beiden schauten mich bloß an.
»Soso.« Ich warf einen Blick zu November, der ausgestreckt auf seiner Decke lag. »Und was ist mit dir? Seit wann kommst du mich nicht mehr begrüßen?«
Er wedelte mit dem Schwanz, bewegte sich aber sonst keinen Millimeter. Vielleicht fächelte er sich bloß Luft zu. Ich ging rüber, hockte mich neben ihn und streichelte ihn hinter den seidigen Ohren. Er gab ein merkwürdiges Geräusch von sich, rollte sich auf den Rücken, knickte die Pfoten ab und streckte mir seinen Bauch entgegen. Ich kraulte ihn

und fragte mich, mit wem er sich austobte. Es gab zwar ein paar Hündinnen in der Gegend, aber ich hatte ihn noch nie bei irgendwas ertappt. Kaninchen? Vielleicht bezahlten sie ihn mit Sex, damit er sie in den Garten ließ. Vielleicht gab es da eine besondere Kaninchendame, die sich auf Hunde spezialisiert hatte. Das Callnickel. Vielleicht war sie eine weltbekannte Kaninchenmärtyrerin, die sich für ihr Volk opferte. Vielleicht sollte ich mal wieder eine Nacht durchschlafen.

»Also, worüber habt ihr geredet?«

Nele schloss die Augen und ließ ihren Kopf kreisen, um ihre Nackenmuskulatur zu lockern. Ich sah Mor an. Sie rührte im Topf.

»Super. Stört es euch, wenn ich dusche? Nein? Toll.«

Ich marschierte zur Treppe und warf Nele im Vorbeigehen ein strahlendes Lächeln zu. Es war mir ein Rätsel, wie sie sich noch auf dem Stuhl halten konnte. Als ich die Stufen hochlief, wurde hinter mir getuschelt. Damit konnte ich leben. Mir gefiel der Gedanke, dass Mor Nele aushorchte. Es ging nichts über einen unverdächtigen Spitzel.

Als ich geduscht wieder herunterkam, war der Küchentisch gedeckt, und das Radio lief. Amy Winehouse fragte, ob ich sie morgen noch lieben würde. Was sie anging, wusste ich es nicht. Bei allen Anwesenden war ich mir ziemlich sicher.

»Warum essen wir nicht im Garten?«

»Zu heiß«, sagte Mor und holte einen Weißwein aus dem Kühlschrank.

»Ach was, ist doch ein herrlicher Sommertag. Außerdem leben wir in einer Demokratie, wir könnten dich überstimmen.«

Sie verpasste mir einen Blick.

»Wieso setzt du dich nicht still hin? Dann kriegst du auch was zu essen.«

»Jawoll.«

Ich setzte mich neben Nele und hielt die Klappe. Allerdings schob ich ihr unter dem Küchentisch eine Hand auf ihren Schenkel. Mor tat, als würde sie nichts mitkriegen. November gab ein lang gezogenes Seufzen von sich. Nele schaute zu ihm rüber.
»Da ist noch einer erledigt.«
»Ist eben ein Unterschied, ob man die ganze Nacht herumtobt oder neben einem lahmen Rollstuhl herrennt«, sagte Mor.
Aber nicht mehr lange. Ich musste Rokko dringend nach der Höchstgeschwindigkeit unseres Geburtstagsgeschenks fragen. Meine war eindeutig zu hoch. Als ich Neles Innenschenkel berührte, legte sie ihre Hand auf meine und zog sie zu ihrem Knie.
Während des Essens gähnten wir abwechselnd, bis Mor angesteckt wurde. Wir bekamen eine sagenhafte Gähnserie hin und saßen Fratzen schneidend da, sogar November schloss sich uns an. Die Geräusche, die er dabei machte, hielten dem Moment den Spiegel vor. Mor warf ihm ein Stück Brot zu, das er, plötzlich hellwach, aus der Luft schnappte.
»He«, sagte ich. »Hat's nicht lange genug gedauert, ihm das Tischbetteln abzugewöhnen?«
»Jaja«, winkte Mor ab. »Manchmal muss man es sich doch einfach gut gehen lassen, oder?«
Sie senkte ihren Kopf, hob die Augenbrauen und sah uns an. Nele schlug aufs Süßeste die Augen nieder. Ich schaufelte *Øllebrød* in mich hinein und machte mir so meine Gedanken. Würde ich Mor je aus Liebe so lächeln sehen? Alle hatten Angst vor Behinderten, aber ihr fehlte bloß ein Bein. Humor, Verstand und Lebensfreude hatte sie bei dem Unfall nicht verloren. Früher hätten die Männer Schlange gestanden, um sie kennenzulernen, und jetzt, wo es leicht war, wollte keiner mehr. Wegen eines fehlenden Beins. Würde ich Nele auch dann noch lieben, wenn sie nur ein

Bein hätte? Blöde Frage. Aber ich hatte sie ja auch schon vorher gekannt.
Vielleicht war das das Problem, vielleicht sahen die Männer Mor nicht mehr als Frau, sondern nur als Krüppel. Sie wussten nicht, was sie verpassten. Vielleicht war es gar nicht schlecht, dass Rokko sämtliche Kontaktbörsen der Gegend kannte. Vielleicht sollte ich eine Annonce für sie aufgeben. *Einbeinige sucht Mann, um im Leben wieder Fuß zu fassen. Kein B und B! Bart und Bein!* Jemand lachte leise. Beide schauten mich an. Ach so. Ich senkte meinen Blick auf den Teller und versuchte, mich zusammenzureißen. Keine Chance. Nie war Biersuppe breiter angegrinst worden.

Nach dem Essen räumte ich den Tisch ab und machte Kaffee. Nele schnappte sich eine von Mors Sonnenbrillen und ging steifbeinig vor die Tür, um sich die Muskulatur zu lockern. Kaum war sie aus der Tür, folgte November ihr wie ein Schatten. Man hätte eifersüchtig werden können.
»Habt ihr vorhin über Hans geredet?«
Mor nickte.
»Ich ahnte, dass es ihm schlecht ging, aber …« Sie seufzte. »Ich dachte immer, wir sehen uns noch mal.«
»Du hast ihn doch zweimal besucht.«
Sie nickte bloß.
»Worüber habt ihr euch noch so unterhalten?«
»Frauenkram.«
»Ah.« Ich beobachtete Nele durch das Küchenfenster. Sie ging den Hügel hoch. Sah aus, als würde sie die Villa ansteuern. »Frauenkram oder Frauenmannkram?«
»Was ist eigentlich mit dieser Bande? Muss ich mir Sorgen machen?«
»Also Frauenmannkram.«
»Was ist denn nun mit der Bande?«
»Mor, worüber habt ihr geredet?«

»Ist der Kaffee fertig?«
Ich starrte sie an.
»Diese Gespräche nehmen überhand.«
Sie sah zur Wand und fixierte ihren Blick. Der Kaffee kochte. Ich wusste, wie er sich fühlte. Während ich Kakao und Milch in zwei Tassen füllte, sprang hinter mir der Sauger an.
»Hab dich, du Sauvieh...«
Ich warf einen weiteren Blick aus dem Küchenfenster. Nele stand oben auf dem Hügel und musterte die Villa aus gebührendem Abstand. Aus der Entfernung konnte man ihr Gesicht nicht erkennen. Ich löste mich von dem Anblick und stellte Mor eine dampfende Tasse vor die Nase. Der Sauger lag wieder auf dem Tisch. Ich versuchte, mir nicht vorzustellen, wie es in seinem Inneren aussah.
»Also, worüber habt ihr geredet?«
»Sag ich doch, über Hans.« Sie schüttelte den Kopf. »Kein gutes Ende, in so einem Heim ... Keiner kennt dich, man liegt nur da und wartet auf den Tod.« Sie schüttelte ihren Kopf noch einmal. »Ich werde nicht so enden.«
Ich nickte und verkniff mir jeden Kommentar. Das Gespräch hatten wir schon öfter geführt. Mor hatte ihren Tod besser geplant als ich mein Leben. Jedes Jahr bekam ich ein frisches Testament, anbei Organspendeausweis und Patientenverfügung, sowie Kopien aller relevanten Versicherungsunterlagen. Außerdem hatte sie irgendwo im Haus eine Schachtel mit Pillen versteckt, für den Fall der Fälle. Sie nannte das ihren Reiseproviant. Ich hatte aufgegeben, mit ihr darüber zu streiten, nachdem sie mir versprochen hatte, nichts ohne mein Wissen zu unternehmen.
»Außerdem ist sie pleite«, sagte sie. »Ich habe ihr angeboten, ihr Geld vorzustrecken, bis die Villa verkauft ist.«
Ich runzelte die Stirn.
»Frag mich doch vorher.«
»Wieso?«

»Vielleicht habe ich andere Pläne.«
Sie sah mich neugierig an.
»Welche Pläne denn?«
Ich sagte nichts. Da sah sie mal, wie das war, aber sie lächelte und stand auf.
»Ich trinke den Kaffee im Garten.«
Sie schnappte sich eine Keksdose aus dem Regal und hüpfte durch die Tür hinaus. Ich nahm die Tassen und folgte ihr raus in die Sonne. Ich stellte die Tassen auf den Gartentisch, verschob den Sonnenschirm ein Stück, damit wir beide Schatten hatten, und setzte mich neben sie. Mor probierte einen Schluck, stellte die Tasse wieder ab und nahm einen der kleinen braunen Kekse aus der Dose. Die einzigen Dinge, die sie buk, die ich nicht mochte.
»Wie steht es eigentlich mit deinen Aufstiegschancen?«
Ich sah sie überrascht an.
»Darüber habt ihr gesprochen?«
Sie knabberte an dem kleinen braunen Ding.
»Warum beantwortest du nicht einfach die Frage?«
»Ja, super. Also, falls du es vergessen haben solltest: Ich habe im Dienst einen Streifenwagen geschrottet und das Ganze mit zwei Promille. Es gibt da so 'ne ärztliche Bescheinigung, die mir eine gewisse Labilität attestiert. Es dünkt mich also, dass ich nicht so schnell befördert werde.«
»Das heißt, du könntest nie, wie nennt ihr das, Chef vom Revier werden?«
Ich versuchte, aus diesem Gespräch irgendwie schlau zu werden.
»Verdiene ich dir zu wenig? Ist es das? Soll ich mehr Miete zahlen? He, haben wir Geldprobleme, oder was?«
Sie winkte ab und knabberte weiter an dem Ding.
»Ich wollte einfach wissen, wie es um die Aufstiegschancen meines einzigen Sohnes bestellt ist. Dieser Hundt ... Wer so verbissen ist, macht es nicht lange, er wird irgendwann einen Nachfolger brauchen.«

»Erinnere mich nicht daran ... Wenn Hundt weg ist, wird Karl-Heinz Revierleiter, und wenn der in Rente geht, könnte Schröder den Laden übernehmen.« Ich verzog mein Gesicht. »Wahrscheinlich wird McDoof dann ein Drive-in in der Einsatzzentrale eröffnen.«
Mor probierte ihren Kaffee, stellte die Tasse ab und knabberte wieder am Keks. Es war immer noch derselbe. Die Dinger waren wie Stein.
»Also keine Beförderung in absehbarer Zeit.«
»Na ja, ich könnte alle anderen Bullen umlegen und mich anschließend selbst verhaften – mit der Festnahme eines Serienkillers wäre ich fett im Rennen um den Chefsessel. Sagst du mir jetzt, worüber ihr geredet habt?«
Sie nahm einen vorsichtigen Schluck aus ihrer Tasse und stellte sie wieder auf den Tisch.
»Du bist dreiunddreißig, schiebst Innendienst, gehst kaum aus, hast keine Hobbys, deine letzte Beziehung ist ewig her, und, Himmel, du wohnst noch bei deiner Mutter. Wäre das hier ein Film, wärst du tatsächlich ein Serienkiller.« Sie sah zum Gemüsegarten hinüber. »Den Zaun hast du aber gut hinbekommen.«
Langsam verlor ich den Faden. Vorausgesetzt, wir hatten vorher einen gehabt.
»Worüber reden wir hier eigentlich?«
Sie blickte über die Felder.
»Wir plaudern einfach so.«
»Super.«
Ich stand auf, ging ums Haus herum und blickte den Hügel hinauf. Just in dem Moment drehte Nele sich um und machte sich auf den Rückweg. Ich trat schnell hinter die Hausecke. Sie sollte nicht denken, dass ich ihr nachspionierte.
Ich hockte mich hin und lugte mit einem Auge um die Ecke. Auf die Entfernung konnte ich ihren Gesichtsausdruck nicht erkennen, aber sie schien okay zu sein. Es war

bestimmt keine Kleinigkeit, sein Elternhaus nach so vielen Jahren wiederzusehen. Beim nächsten Mal würde ich mitgehen.

Als ich mich wieder an den Tisch setzte, lächelte Mor.

»Es ist schön, dich so zu sehen.«

»Wie? Unwissend? Ausgegrenzt? Veräppelt?«

Sie nippte an ihrem Kaffee und sah mich über die Tasse hinweg an.

»Pass auf dich auf, Schatz. Sie mag müde sein, aber wenn sie ausgeruht ist, wird sie wieder gehen.«

»Darüber habt ihr gesprochen?«

Sie schaute über die Felder, über die sich das Sommerlicht ergoss, und kniff die Augen gegen die Helligkeit zusammen. Das Licht war unglaublich. Ich senkte die Stimme.

»Mutti, ich säge dir die Krücken an.«

Sie verpasste mir ihren Blick.

»Nenn mich nicht Mutti.«

»Dann sag mir endlich ...«

»Sie wollte bloß wissen, was du in der Zwischenzeit so gemacht hast. Hab ihr von dem Schlamassel erzählt, wie du gejammert hast, wie du den Führerschein verloren hast, dass du nie wieder eine richtige Beziehung hattest ...«

»Hast du auch was für mich getan?«

»Ich hab dich geboren.«

Bevor mir dazu was einfiel, kam November durch ein Loch in der Hecke in den Garten gerannt. Er sauste zum Tisch und schaute erst Mor an, dann mich, Mor, mich, Mor, mich. Als keine Lebensmittel geflogen kamen, ließ er sich im Schatten der Hecke auf den Hintern plumpsen und streckte uns die Zunge raus. Nele betrat den Garten durch die Küche. Sie hatte eine Flasche Wasser in der Hand und setzte sich zu uns an den Tisch.

»Puh, ist das heiß.«

Sie wischte sich über die Stirn, setzte die Flasche an und trank einen Viertelliter. Die Sonnenbrille verhinderte, dass ich ihren Blick sah, aber als ich meine Hand neben ihre legte, schob sie ihren Handrücken unter meine Handfläche. Ich schloss meine Finger. So saßen wir. Hand in Hand. Zeit verging. Nichts geschah. Ein ruhiges, gemütliches Schweigen breitete sich aus. Die Zukunft verschwamm in der Hitze zu etwas Abstraktem. Es gab nur Hier und Jetzt, und da saß ich mit zwei Menschen, die ich liebte, im Garten und trank Nachmittagskaffee. Schweigend über die Felder schauen, eine warme Hand in meiner, die Aussicht auf ein Lächeln. Mehr brauchte es manchmal nicht, um die Dinge ins rechte Licht zu rücken.

Es war Nele, die das Schweigen brach.

»Was meint ihr, was die Villa wert ist?«

»Mit Grundstück?« Mor kratzte sich die Wange. »Eine Million, vielleicht ein bisschen mehr.«

Nele sah sie überrascht an.

»So viel?«

Mor nickte.

»Ich hab unseren Hof mal schätzen lassen. Allein das Grundstück da oben ist doppelt so groß, und die Lage schlägt alles. Wenn die Villa noch instand ist, wirst du ein reiches Mädchen. Hast du schon einen Immobilienmakler eingeschaltet?«

Nele schüttelte den Kopf.

»Ich wollte erst ein paar Sachen rausholen.« Sie sah mich an. »Kommst du mit?«

»Ja.«

»Jetzt?«

»Ja.«

»Ich meine, jetzt sofort?«

Ich stand auf. Sie lächelte.

»Es ist alles so unkompliziert hier.«

»Landeier. Schlicht. Und einfach.«

Wir sahen uns an. Bei einer Synchrongrins-WM würden wir voll abräumen.

Wir brachten die Tassen in die Küche, und dort verpasste ich Nele einen kannibalischen Kuss. Sie ließ es höflich über sich ergehen, wartete, bis mein Angriffschwung verpuffte, befreite sich aus meiner Umarmung und zerrte ungeduldig an meiner Hand.
»Komm schon.«
Alles klar.
Wir rannten fast den Hügel hoch. November strich unternehmungslustig neben uns her. Er hatte sich von der Sommerhausnacht erholt und war in Kragehop-Laune, bevorzugt direkt vor unseren Füßen. Nele schob ihn aus dem Weg und marschierte schnurgerade den Hügel hinauf. Ich war ebenfalls gespannt. Ich hoffte, der Verkauf würde sie für ein paar Wochen binden. Mehr verlangte ich nicht. Bloß ein paar Wochen, damit die kleinen Stimmen in meinem Kopf sich einigen konnten.
Je näher wir der Villa kamen, desto weniger zerrte Nele an meiner Hand. Als wir schließlich vor der Haustür standen, ließ sie meine Hand los und trat einen Schritt zurück. Sie holte einen Schlüssel aus der Tasche und hielt ihn mir hin. Der Schlüssel wollte erst nicht ins Schloss, und als er endlich drin war, wollte er sich nicht drehen lassen, aber auf solche Probleme war ich vorbereitet. Ich zog den Schlüssel wieder raus, verpasste dem Türschloss einen Schuss Graphit und steckte ihn wieder rein.
»Alles in Ordnung?«
Sie versuchte ein Lächeln, obwohl meine Frage nicht die hellste gewesen war. Wie könnte alles in Ordnung sein? Als sie das letzte Mal durch diese Tür gegangen war, hatte Hans noch gelebt.
Ich drehte den Schlüssel, die Tür schwang auf, und ein furchtbarer Gestank schwappte uns entgegen. Es roch nach Fäulnis und Verwesung.
Ich trat instinktiv einen Schritt zurück und prallte gegen Nele, die stöhnte, als die Gestankwelle sie erreichte.

»Puuuhhh!« Sie trat einen Schritt zurück. »Was ist das denn …?«
»Keine Ahnung«, sagte ich und hielt mir die Hand vor den Mund. »Hast du Gasmasken eingepackt?«
Sie lächelte gequält und blieb in gebührendem Abstand zur Tür stehen. Als mir klar wurde, dass sie nicht weitergehen würde, trat ich einen halben Schritt vor und linste ins Haus. Obwohl durch die offene Tür Sonnenlicht in den Flur fiel, war drinnen alles düster. Die Fenster mussten nicht nur verdreckt, sondern mit irgendwas verklebt oder verhangen sein. Ich staunte nicht schlecht, als ich den Lichtschalter betätigte und das Licht tatsächlich anging. Ich sah Nele erstaunt an.
»Wieso ist denn der Strom angemeldet?«
Sie zog die Schultern hoch.
»Der Anwalt regelt das.«
»Zahlt der das auch, der Depp?«
Ich streckte meine Hand aus. Sie nahm sie und folgte mir unsicher. Ich holte tief Luft und trat zwei Schritte vor in den Flur. Auf dem Boden standen ein paar Plastiktüten und Kartons. In der Garderobe hingen Kleidungsstücke. Als wir näher kamen, hob ein Geschwader Motten ab. Links und rechts raschelte es, November strich wie ein Pfeil an uns vorbei und warf sich auf die Kartons. Etwas fiepte, und schon hielt er eine zuckende Ratte im Maul. Er schaute Lob heischend zu mir hoch.
»Was soll das?«
Er schloss seine Kiefer. Es knackte. Die Ratte hörte auf zu fiepen.
»O Mann«, sagte Nele.
November ließ die Ratte fallen und stürzte sich ins Gefecht. Wir hielten uns die Nase zu und folgten ihm in den Flur. Die Wände waren mit Farbe besprüht. Das Geländer der Treppe, über die man ins obere Stockwerk gelangte, hing halb herausgerissen an der Wand. Bei jedem Schritt knirschte es

unter unseren Füßen. Der ehemals rote Teppich war braun und voller Glassplitter. Es war, als wäre ein Orkan durch den Flur gewütet. Nele schaute sich um.
»Was ist hier passiert?«
»Jugendliche«, sagte ich.
Als wir das Wohnzimmer betraten, sahen wir dann das ganze Ausmaß der Katastrophe: Durch eine kaputte Scheibe drang ein einzelner Sonnenstrahl in den fünfzig Quadratmeter großen Raum, alle anderen Fenster waren mit Farbe zugesprayt, dennoch erkannte man, dass alle Wände und Möbel mit Graffiti beschmiert waren. Vor allem GETTO GANGSTA hatte sich hervorgetan. FUCK THA BYTCHES und KILL THE POLICE waren seine Kernaussagen. Ich riss das Fenster auf, um dem Gestank etwas entgegenzusetzen. Sonnenlicht fiel in den Raum und offenbarte Details. Neben der völlig verdreckten und mit Brandlöchern übersäten Couch lagen zwei benutzte Kondome auf dem Boden, und der Wohnzimmertisch war an zwei Stellen angekokelt. Aus den Wandschränken waren Regalbretter rausgeschlagen. Den passenden Rahmen bildeten die vergilbten Dekotapeten. Alles sah erledigt aus. Sogar die halbwegs unversehrten Möbel waren nur noch für den Sondermüll zu gebrauchen. Nele sah sich fassungslos um.
»Es ist alles kaputt!« Sie schaute zu einem alten Ledersessel mit hoher Rückenlehne. Ein massives Eichenteil, wie man sie häufig in diesen traditionsreichen englischen Clubs findet. »Das war Papas Lieblingssessel.«
Die Rückenlehne war mit gelber Farbe besprüht. Die rechte Armlehne war angekokelt. In der Ritze steckten vier leere Weinflaschen, die mit den Hälsen nach unten zwischen die Polster gequetscht worden waren.
»Das einzig Gute daran ist, dass ich weiß, wer das getan hat, und der wird dafür bezahlen«, sagte ich.
Sie sah mich nicht mal an. Ihr Blick hing an dem Ledersessel und schien in alte Welten unterwegs. Ich nahm mir vor, mir

den kleinen Scheißer gleich Montag zur Brust zu nehmen, denn es konnte sich nur um Benni handeln, Sohn eines Bauern, der durch EU-Subventionen Millionen abgezockt hatte und jetzt den Typ von Welt raushängen ließ. Benni würde später viel Geld erben, und dieses Wissen hatte seinen Charakter frühzeitig verformt. Er troff nur so vor Herablassung all jenen gegenüber, auf die kein so üppiges Erbe wartete, hielt sich zugleich für ein Sprachrohr der Unterprivilegierten, einen echten Getto-Rapper. Jeder der Kollegen hatte sich bereits jetzt schon vorgenommen, später einen Großteil seines Erbes in Bußgelder umzuwandeln. Damit würde ich früher anfangen als erwartet.

Als wir die Küche betraten, hob ein Schmeißfliegenschwarm summend ab und schwirrte wütend herum. Nele trat stöhnend zurück. Ich ging an ihr vorbei und besah mir die Sache. Auf der Spüle stapelte sich Geschirr. Alles war mit Schimmel übersät. Auch hier hatte Getto Gangsta seine Meinung zu Schlampen und toten Bullen kundgetan. Neben der Tür war ein Loch in der Wand, man konnte direkt ins Wohnzimmer gucken. Nele verschwand wieder dorthin, während ich das Küchenfenster aufstieß und damit circa eine Million Fliegen in helle Panik versetzte. Eine halbe Million summte wütend auf Nimmerwiedersehen nach draußen in die Sonne, die restlichen beschlossen wie Projektile durch den Raum zu schießen und dabei möglichst viel Krach zu machen. November kam in die Küche gelaufen und legte mir die nächste Ratte vor die Füße. Es fehlte die Hälfte.

»Danke schön.«

Er lief wieder nach draußen. Ich kickte die halbe Ratte in eine Ecke, wo Nele nicht gleich drüber stolpern würde.

»IGITT!«, rief sie von irgendwo.

Ich folgte der Stimme und fand sie vor der offenen Badezimmertür. Sie lehnte an der Wand und hielt eine Hand über Nase und Mund.

»Lass mich das machen«, sagte ich und drängelte mich an ihr vorbei.
Der Gestank in der Küche war nichts verglichen mit dem Aroma im Bad. Allem Anschein nach waren die Jugendlichen keine Freunde der Klospülung gewesen. Ich drückte auf den Knopf. Die letzte Hinterlassenschaft verschwand in die Kanalisation, aber es lief kein Wasser nach. Ich drehte probehalber an den Wasserhähnen, ohne dabei mehr zu produzieren als quietschende Geräusche.
»Wenn der Anwalt Strom bezahlt, zahlt er doch bestimmt auch Wasser, oder?«
Nele lugte vorsichtig herein.
»Vielleicht ist es abgestellt.«
Ich riss das Fenster auf. Die Sonne knallte fast schon obszön in den Raum und verkündete die Wahrheit: Das Badezimmer war vollkommen zerstört. Hier hatte jemand seine Wut ausgelassen. Die gläserne Duschkabine war ebenso zertrümmert wie das Waschbecken und der Spiegelschrank. Im Boden der Badewanne war ein Loch. Hauptsache kaputt. Merkwürdigerweise gab es hier keine Fliegen. Vielleicht hatten sogar Scheißhausfliegen ihre Grenzen.
Nele lehnte am Türrahmen und ließ ihren Blick durch den Raum schweifen.
»Wer macht so was?«
»Jugendliche. Zu viel Zeit, zu wenig Hirn.«
Ihr Blick blieb an der Wanne hängen, sie atmete schwer. Ich ging zu ihr und nahm sie in den Arm. Sie lehnte sich an mich.
»Das war mal mein Zuhause ...«
Ich knirschte mit den Zähnen. Dafür würde der kleine Scheißer büßen.
Wir verließen das Badezimmer und zogen die Tür hinter uns ins Schloss. Nach dem Gestank im Bad war der Geruch im Wohnzimmer fast erträglich. Ich verschaffte mir einen Überblick. Ich ging in die Küche und besah mir das Loch in

der Wand. Sie bestand aus Rigipsplatten, deren Zwischenraum man mit Zement, Schutt und Isoliermaterial aufgefüllt hatte.

»Hm. Die Wand ist eh nur ein Trennelement. Man könnte sie ganz raushauen, dann hätte man eine offene Küche, und das Wohnzimmer hätte mindestens achtzig Quadratmeter. Der Raum bekäme Licht aus drei Himmelsrichtungen, was meinst du?«

Nele antwortete nicht. Sie stand einfach da, und ihr Blick ging durch mich und die Wand hindurch. Ich startete einen neuen Versuch.

»He, schau doch mal, Süße. Weißt du, die Zeiten haben sich geändert, heute wollen alle große, helle, offene Räume. Wenn man die Wand rausnimmt, hätte der Raum den ganzen Tag Licht, was meinst du?«

Sie senkte den Kopf und atmete schwer. Ich gab den Versuch auf, ging zu ihr und nahm ihre Hand. Ich zog sie aus dem Haus. Sie folgte mir wie eine mechanische Puppe.

Die frische Luft war wie eine kühle Dusche. Ich steuerte uns ums Haus herum in den verwilderten Garten. Ich zog Nele durch die Büsche, immer weiter, bis zu einer alten Buche, unter deren Ästen eine Bank stand. Unsere Bank. Hier hatten wir früher ganze Tage und manchmal Nächte verbracht. Irgendwann hatte Hans uns eine Hollywoodschaukel danebengestellt, um uns eine Freude zu machen. Wir hatten sie nie benutzt, wir hatten ja unsere Bank. Von hier aus konnte man kilometerweit über die Felder blicken, und vor allem war der Platz, mit Ausnahme einer kleinen Lücke im Gebüsch, ringsherum von Sträuchern umschlossen. So waren wir nicht nur vor fremden Blicken geschützt, sondern hatten auch unsere ganz eigene natürliche Alarmanlage. Sobald sich jemand näherte, machten die Vögel, die überall brüteten, einen Höllenradau – so gewann man genug Zeit.

Ich setzte uns auf die Bank, legte meinen Arm um Neles Schulter und deutete auf das eingeritzte Herz im Holz.

»Schau mal ...«, begann ich und brach ab, weil ich sah, dass jemand hinter das N + P ein D eingeritzt hatte. Ich stieß meinen Finger schnell in die Aussicht. »Gott, ich hatte ganz vergessen, wie schön es hier oben ist.«
Ich machte eine weit ausholende Handbewegung, die die ganze Gegend einschloss, aber ich hätte mir den Aufwand sparen können. Nele starrte mit düsterem Blick vor sich hin. Ich zog sie an mich, drückte ihr einen Kuss auf die Wange und ließ meinen Blick schweifen. Von hier oben konnte man kilometerweit über die Ebene schauen, die Felder, die Höfe. Die Sonne ging unter, und es gab wohl keinen besseren Platz in der ganzen Gegend, um der untergehenden Sonne dabei zuzusehen, wie sie allmählich vom Himmel verschwand. Man konnte zusehen, wie die Dämmerung über die Felder gekrochen kam und sie in immer tiefere Schwarztöne tauchte, bis sie die Landschaft schließlich ganz verschluckte.
Zeit verging. Insekten summten. Ein leichter Wind spielte in den Blättern. Neben meinem linken Fuß lag eine kaputte Bierflasche. Nele war immer noch still. November kam angelaufen und legte uns die nächste Ratte vor die Füße. Er sauste sofort wieder los. Gute Idee.
»He, weißt du, worauf ich Lust habe? Ich mache dir ein Bad, und dann fahren wir in den Schaukelstuhl und trinken was, ja? Ich hab mein freies Wochenende. Anita arbeitet heute. Wir könnten sie abfüllen, was meinst du?«
Vielleicht nickte sie zustimmend, ich war mir nicht ganz sicher, doch für Demokratie war jetzt nicht der richtige Zeitpunkt. Ich stand auf, reichte Nele meine Hand. Wir gingen durch den Garten zurück, und ich rief nach November. Er kam aus dem Haus und sah mich enttäuscht an, als ich die Haustür abschloss.
»You'll be back«, versprach ich ihm.

Nele verschwand ins Badezimmer. Ich erklärte der Tür, dass ich unten warten würde, und ging runter, um ein Taxi zu rufen. Ich bestellte Mohammed, der alle unsere Fahrten bekam, weil er auch gerne mal einen Rollstuhl einpackte. Dann schnappte ich mir ein kaltes Bier und die Weinflasche und ging ins Wohnzimmer, wo Mor vor dem Fernseher saß. Cary Grant war groß in Form, und Mor hatte die Taschentücher griffbereit. Vielleicht nicht nur wegen des Films, es waren wohl auch Erinnerungen im Spiel. Herr Grant war immer noch so charmant wie vor dem Unfall. Männer, die ihr Verhalten Mor gegenüber nicht geändert hatten, gab es nur noch auf Zelluloid.

»Wie war es?«

»Da oben haben Jugendliche randaliert.«

Sie löste ihren Blick von Cary und sah mich an.

»Schlimm?«

»Es muss innen komplett renoviert werden.«

»Wer kann das gewesen sein?«

»Das finde ich heraus. Aber zuerst fahren wir auf ein Bier in den Schaukelstuhl, um sie auf andere Gedanken zu bringen.«

»Gute Idee.«

Mor leerte ihr Glas und wandte sich wieder dem Film zu. Ich füllte das Glas auf und sah fern, ohne die Bilder zu sehen. Die Villa musste komplett ausgeräumt und saniert werden, bevor man einen potenziellen Käufer da reinlassen konnte. Das konnte Wochen dauern. Ich musste aufpassen, nicht zu breit zu grinsen, bis mir wieder einfiel, dass es Neles Erbschaft war und dass die Kids die Nummer direkt vor meinen Augen abgezogen hatten. Gleich am Montag würde ich mich um Benni kümmern.

Mohammed freute sich, Nele wiederzusehen, doch er merkte schnell, dass sie nicht in Form war, und hielt auf der ganzen Fahrt die Klappe. Wir saßen Händchen haltend auf der

Rückbank. Sie war immer noch still, aber sie duftete frisch gebadet, trug eine weiße lockere Stoffhose, alte Turnschuhe und eines meiner Paisley-Hemden. Ich hielt ihre Hand und schaute aus dem Fenster. Ohne Rokko am Steuer wirkte die Fahrt in die Stadt lang.

Wie jeden Freitag war der Schaukelstuhl überfüllt. Die Musikbox bollerte einen Schlager aus den Siebzigern. Rex Gildo versprach Marie den letzten Tanz, doch als wir eintraten, kam der Raum vorzeitig zum Erliegen. Es hatte sich längst herumgesprochen, dass sie wieder da war. Die Verrückte, die aufgebrochen war, um *Nju Jork* zu erobern, war wieder da. Und hässlicher war sie nicht geworden. Am Tresen war wieder Junggesellenparade, und einigen fielen fast die Augen aus dem Kopf.

»Hallo«, sagte Nele.

Außer Rex Gildo sagte keiner was. Ich drückte ihre Hand. »Mach dir nichts draus«, flüsterte ich, »die kriegen bloß gerade einen Hirnschlag, weil du so scharf aussiehst.« Ich winkte in die Runde. »Alle, die auf mich neidisch sind, bitte blöd gucken, danke, reicht.«

Jemand schrie, und schon sauste etwas an mir vorbei und fiel Nele um den Hals. Anita. Aus dem Häuschen. Die beiden umarmten sich, gingen auf Armeslänge, strahlten sich an, umarmten sich wieder. Was sie sich gegenseitig an Komplimenten verpassten, konnte einen normalen Mann erröten lassen. Der Schaukelstuhl hielt den Atem an. Zwei attraktive Frauen, beide vom Leben nicht verschont und dennoch obenauf, das bekam man hier nicht alle Tage zu sehen. Wäre Van Gogh anwesend gewesen, hätte er gemalt, Shakespeare hätte gedichtet, Rio komponiert. Aber es waren bloß Dorfbewohner da, und das Einzige an Kunst, das hier betrieben wurde, war der Versuch, nicht zu viel neben die Schüssel zu kotzen.

Der Raum kam wieder in Schwung. Man rief nach Bier, Gunnar schnauzte Anita an, ob er verdursten sollte, wenig später stand ich an der Theke und nuckelte an einem lauwarmen Flaschenbier. Anita hatte alle Hände voll zu tun, und die einfachste Möglichkeit, mit ihr zu reden, war die, mitzumachen, also stellte Nele sich an die Zapfanlage, und schon hatte der Schaukelstuhl das schärfste Thekenpaar seiner Geschichte wieder.

Hinten am Tisch saß die obligatorische Pokerrunde. Schröder kam aus dem Glotzen gar nicht mehr raus, prompt verlor er eine Runde und verfluchte die Weiber, was mich endlich auf Gedanken brachte. Ich schaute mich um, konnte Rokko aber nirgends entdecken. Ich verschwendete eine ganze Minute mit der Suche nach meinem Handy, bis mir klar wurde, dass es zu Hause lag, also nahm ich meinen Mut zusammen und ging nach hinten zum Klo, wo der Hausapparat hing.

Wer auch immer das Telefon direkt neben dem Männerklo angebracht hatte, durfte sich rühmen, den Gästen geholfen zu haben, sich kurz zu fassen. Der Schaukelstuhl war schon immer heruntergekommen gewesen, aber in den letzten Jahren hatte er einen Quantensprung gemacht. Von den Wänden blätterte die Farbe in großen Stücken ab, der Steinboden hatte Löcher, in denen man sich problemlos das Bein brechen konnte, und der Hörer des Telefons war mit Ohrenschmalz verstopft. Es wurde höchste Zeit, dass Gunnar den Laden abgab. Doch das war es schon lange, und er hing immer noch jeden Abend wie festgetackert an seinem Tisch.

Rokko ging nicht ans Handy. Ich überlegte, seine Eltern anzurufen, aber die waren extrem mitteilungsbedürftig und hatten es zudem noch super drauf, einem Schuldgefühle zu verpassen, weil man ihre Einladung zum Essen, Kaffeetrinken oder Ähnlichem nicht annehmen wollte. Ich ging zur Theke zurück, wo mir Nele mit erhitzten Wangen in die Arme fiel.

»Anita macht mit!«

»Geil.«
Sie boxte mir gegen die Schultern.
»Bei der Entrümpelung, du Doofi!«
Ihre Euphorie ließ mich grinsen. Sie drückte mir einen Kuss auf den Mundwinkel und eilte wieder hinter die Theke, wo sie eine Flasche aus dem Kühlschrank angelte und vor mich hinstellte, bevor sie sich wieder ans Zapfen machte. Ich nippte Bier und beglückwünschte mich zu der Idee, hergekommen zu sein.
Schröder winkte vom Pokertisch rüber, ich tat, als würde ich ihn nicht sehen, und steuerte eine freie Ecke neben der Musikbox an, wo es so laut war, dass nie jemand an dem Tisch saß. Ich setzte mich und trank einen Schluck. Ich trank noch einen Schluck. Ich saß da und trank, und kein noch so kleiner Gedankenschleier bewölkte meinen Horizont. Die Mädchen alberten hinter der Theke herum und scherzten mit den Stammgästen. Ihre gute Laune war ansteckend, und schon bald wurde die erste Lokalrunde geschmissen, auf die weitere folgten. Nele war nicht wiederzuerkennen, nur Telly ließ sie links liegen. Sie hatte ihn noch nie gemocht. Jeden anderen im Lokal wickelte sie um den Finger. Zwischendurch kam sie mit einer frischen Flasche zu mir rüber. Jedes Mal bekam ich einen Kuss. Es hatte einen gewissen Suchtfaktor.
Zwischen *Die kleine Straße* und *Wärst du doch in Düsseldorf geblieben* setzte Anita sich zu mir, und so erfuhr ich, dass Rokko Hausverbot hatte. Sie kleidete das nicht weiter aus, aber so hatte ich sie noch nie erlebt. Mir wurde klar, dass ich Rokko den Ernst der Lage begreiflich machen musste. Manche Frauen gab es nur einmal. Niemand wusste das besser als ich.
Aus Abend wurde Nacht, aus Nacht Zustand. Neles Euphorie war ansteckend. So, wie ein Mann bisweilen eine durchsoffene Nacht brauchte, um die Dinge im rechten Licht zu sehen, schien ein Mädchen manchmal die Gesell-

schaft eines anderen Mädchens zu benötigen, um sich zu regenerieren. In dieser Nacht bekamen wir beide, was wir brauchten.

Ich flog über grüne Landschaften und sah auf unseren Hof hinunter. Mor saß im Garten und las ein Buch. Ich winkte, als ich über sie hinwegschwebte, sie winkte zurück. Ich flog immer höher. Mit meinen Gedanken konnte ich alles steuern. Vögel zogen an mir vorbei. Wir grüßten uns. Ich kam so hoch, dass das Blaue ins Schwarze überging und ich die ganze Erde überblicken konnte. Als ich mich fragte, wie ich hier oben atmen konnte, wurde ich wach. Ich blieb mit geschlossenen Augen liegen und versuchte, wieder einzuschlafen. Seit Jahrzehnten war ich nicht mehr geflogen und jetzt schon das zweite Mal innerhalb von nur zwei Nächten. Ich wollte weiterfliegen, aber der Traum zog sich zurück wie ein Wurmloch.
Ich schlug die Augen auf. Im Zimmer war es dunkel, und ich lag alleine im Bett. Nele saß am Fenster. Sie war nackt, im Mondlicht wirkte sie wie eine griechische Statue. Im selben Moment brach eine Welle der Übelkeit über mich herein. Obwohl ich keinen Schnaps vertrug, hatte ich mich von Anita breitschlagen lassen und am Ende ein paar Tequila mit ihr getrunken.
Nele drehte mir ihr Gesicht zu.
»Bist du wach?«, flüsterte sie.
»Nicht wirklich.«
»Du hast gelacht.«
»Hab geträumt, dass ich fliege.«
»Ach, wie schön.« Sie stand auf, kam zum Bett und legte sich neben mich. »Leih mir einen Traum«, flüsterte sie und schob ihre Hand in meine.
Ich wollte etwas sagen. Mir fiel nichts ein. Mein Schädel hämmerte, und mein Magen drehte sich.
Nele schob mir ihre Ferse zwischen die Waden. Ich blieb

regungslos liegen und versuchte, die Übelkeit wegzuatmen. Neles Atemzüge wurden tiefer, und ich wurde richtig wach. Ich rollte mich vorsichtig aus dem Bett. Als ich Neles Hand losließ, öffnete sie ein verschlafenes Auge.
»Geh nicht weg.«
»Ich glaube, ich muss kotzen.«
Das änderte die Sache. Sie schloss das Auge. Ich ging ins Bad und brauchte ewig, bis ich Aspirin fand. Während die Tabletten sich auflösten, nutzte ich die Gelegenheit, mir die Zähne zu putzen. Als ich aus dem Bad zurückkam, fühlte ich mich ein bisschen besser.
Nele hatte die fünf Minuten genutzt, um das ganze Bett einzunehmen. Sie hatte Kissen und Laken erobert und an einer Ecke das Laken von der Matratze gezogen. Ich legte mich neben sie und lauschte ihren Atemzügen. Sie zuckte, drehte sich und stöhnte. Manchmal erwischte mich eine Hand oder ein Fuß. Der Traumverleih schien nicht geklappt zu haben, aber ich ließ mich nicht einschüchtern. Es hieß, die alltagsfähige Liebe beweise sich in Kleinigkeiten. Ich hatte ihre furchtbare Art zu schlafen vermisst.
»Flieg, Süße, flieg«, flüsterte ich.
Die Nacht verstarb vor meinen Augen. Ich sah das Morgengrauen, ohne es gebührend wahrzunehmen. Der Augenblick beschenkte mich mit merkwürdigen Ideen, und als die Hähne auf den Feldern krähten, hatte ich einen Plan.

sieben

Nach einer durchsoffenen Nacht aufzustehen war eines dieser Dinge, mit denen ich mich früher leichter getan hatte. Ich wollte mir das Kissen aufs Gesicht drücken, aber so ist das manchmal: Hatte man kein Mädchen, gab es keinen Grund, im Bett zu bleiben, und hatte man dann endlich eins, gab es einen aufzustehen.

Neles Nasenflügel reagierten auf den Kaffee wie Plutos Nüstern in einem Zeichentrickfilm. Als sie die Augen aufschlug, war ihr Blick verschleiert, als käme sie von weit her zurück. Ich brauchte sie nicht zu fragen, wie sie geschlafen hatte.

»Guten Morgen.«

»Morgen«, murmelte sie.

Ich wartete, bis sie sich aufgerichtet, ein Kissen in den Rücken gestopft und die Tasse angenommen hatte, bevor ich das Geheimnis lüftete.

»Ich hab 'ne Idee.«

Sie hielt die Tasse in beiden Händen und schaute mich über den Tassenrand an.

»Hm«, machte sie und pustete auf die Kaffeeoberfläche.

»So, wie die Villa aussieht, kann man sie nicht verkaufen. Was hältst du davon: Wir entrümpeln das Ding nicht nur, wir bringen es richtig auf Vordermann. Wir renovieren komplett, dann verdienst du mehr beim Verkauf.«

Damit hatte ich ihre Aufmerksamkeit. Sie ließ die Tasse sinken.

»Meinst du wirklich? Ist das nicht zu viel Arbeit? Ich meine,

puh ... Bist du sicher? Hast du wirklich Lust?«
»Klar. Unter einer Bedingung.«
Das öffnete ihr endgültig die Augen. Sie lächelte süß und lag falsch.
»Mor hat ja am Dienstag Geburtstag. Wir machen da oben ein Fest für sie.«
Sie kniff die Augen zusammen, als sie nachdachte. Man sah förmlich, wie es ratterte.
»Dienstag ... drei Tage ... Das schaffen wir nie.«
»Doch. Wir feiern im Garten, die Villa muss nur begehbar sein. Ich dachte da an ein Sommerfest mit Schirmchen, Büfett und Bowle. Danach renovieren wir das Haus fertig, und wer weiß, vielleicht kommt ja einer der Partygäste auf den Geschmack, weißt du, so eine Immobilienbegehung mit ein paar Schnäpsen intus, dazu der Ausblick abends über die Felder, da kann alles ganz schnell gehen.«
Sie dachte drüber nach, aber ich sah schon, dass ich einen Treffer gelandet hatte. Noch bevor das Lächeln ihren Mund erreichte, wusste ich Bescheid.
»Das ist klasse«, sagte sie. »Lass es uns ihr sofort sagen!«
Der Schleier war gelüftet. Ihre Augen strahlten. Ihr Körper vibrierte vor Energie. Sie rutschte an mich heran und küsste mich mit offenen Augen.
»Ich habe auch eine Bedingung«, sagte sie und knabberte an meinen Lippen.
»Sag schon«, knurrte ich und umklammerte den Lottoschein, fest entschlossen, mir den Gewinn nicht durch die Lappen sausen zu lassen.
»Wir spielen Mor ein Ständchen.«
Ich hob meine Augenbrauen.
»Du meinst, mit der Band?«
»Nur ein paar Songs. Sag ja, bitte! Ich hab sonst gar kein Geschenk.«
Ich dachte an Rokko.
»Da gibt es ein kleines Problem.«

»Ach was, du überredest ihn schon.«
»Ich meine Anita. Sie ist das Problem, diesmal ist sie wirklich sauer auf ihn.«
»Ich übernehme Anita, du Rokko.«
Sie lehnte sich vor und presste ihre Lippen auf meine. Nach einem Augenblick löste sie sich und sah mir aus nächster Nähe in die Augen. Überredet.

Beim Frühstück eröffneten wir Mor die Neuigkeit. Sie würde zu ihrem Geburtstag ein Sommerfest bekommen. Wir würden eine Riesensause veranstalten, sie würde das Büfett machen und wir die Villa an Ort und Stelle verkaufen. Herrje, was ich nicht alles erzählte, denn die Zusatzzahl war in Reichweite. Plötzlich war alles anders. Vorhin noch war Nele bloß zu Besuch gewesen, und niemand hatte gewusst, wie lange sie bleibt, jetzt hatten wir ein gemeinsames Ziel, und zwar eines, das sie wochen-, wenn nicht gar monatelang hier binden würde, denn niemand würde es früher schaffen, der Villa so ganz nebenbei neues Leben einzuhauchen. Alles unter einem Wirbelsturm würde wirkungslos an der Fassade abprallen. Und nicht nur ich freute mich: Mor hüpfte mit blanken Augen zur Spüle. Sie wusch sich die Hände, drehte das Wasser ab und trocknete sie an einem Geschirrtuch. Dann drehte sie das Wasser wieder auf und wusch sich die Hände noch mal. Ihr Rücken schien zu zucken. Nele sah mich an. Ich stand auf. Mor hielt die Hände unter den Wasserstrahl und bewegte sich nicht. Ich beugte mich vor und drehte das Wasser ab. Sie blieb stehen und atmete tief. Ihre Augen schimmerten. Ich legte meine Hände auf ihre Schultern.
»Es ist nur …« Sie atmete noch mal tief durch. »Ich hab schon so lange nicht mehr Geburtstag gefeiert. Auf meiner letzten Geburtstagsfeier haben wir zusammen getanzt, weißt du noch? Du warst noch so klein.« Sie sah aus dem Fenster und blinzelte. »Und ich hatte Beine.«

»Wir tanzen auch diesmal wieder.«
Sie sah mich an. Ihre grünen Augen wirkten groß und hell.
»Du kriegst 'ne Tanzfläche und einen Walzer.«
Nele stellte sich neben mich.
»Und die Band spielt für dich.«
Mor saugte ihre Lunge voll und ließ die Luft langsam zwischen ihren Lippen hinausgleiten. Dann beugte sie sich vor und drückte uns an sich. Sie küsste Neles Wange und zerwühlte mein Haar. Die Euphorie griff spürbar um sich, bis ihr einfiel, dass sie ... herrje, nichts anzuziehen hatte, und ... wen würde sie einladen ... und, Gott, *was würde sie kochen* ...???
Die beiden gingen steil. Sie fielen sich unentwegt ins Wort und schaukelten sich immer höher, sogar November wurde von ihrer Euphorie angesteckt. Er tigerte durch die Küche auf der Suche nach dem Ursprung dieser Energie und fand erst wieder zu sich, als mir eine Ladung Rührei von der Gabel rutschte.
Während die beiden sich fröhlich Rezepte und Festideen um die Ohren trällerten, beglückwünschte ich mich zu meiner Idee. Auch die Band war kein Problem. Ich machte mir nichts vor: In meinem Zustand war Rokko kein Gegner.
Ich schnappte mir mein Handy und ging vor die Tür. Anita war chronische Frühaufsteherin, eine Angewohnheit, der sie ihre permanenten Augenringe zu verdanken hatte. Sie ging beim dritten Klingelton ran.
»Hui«, lachte sie. »Schon wach?«
»Ja, trotz deiner Scheißtequila! Ich hab die halbe Nacht gekotzt!«
Sie lachte wieder.
»Du trinkst wie ein Mädchen.«
»Und du säufst wie ein Kerl.«
»Hab gestern keinen Tropfen getrunken.«
»Ist mir gar nicht aufgefallen.«

»Warst halt blau, richtig? Aber du rufst sicher nicht um diese Uhrzeit an, um mit mir über deine Trinkgewohnheiten zu plaudern – ein Wunder, dass du überhaupt schon wieder sprechen kannst.«
Sie kicherte hämisch.
»Wir machen ein Fest für Mor, oben in der Villa, und stecken hier mitten in den Vorbereitungen, und da dachte ich, vielleicht opferst du deinen freien Tag und machst mal was Nützliches. Wir könnten deine Hilfe beim Ausmisten gebrauchen.«
»Hab ich Nele gestern versprochen.«
»Ich meine, jetzt gleich.«
»Jetzt?«
»Ja.«
Es blieb einen Augenblick still im Hörer.
»Ist Rokko auch da?«
»Die Lusche? Glaubst doch nicht, dass er sein Wochenende für Arbeit hergibt.«
»Da ist was dran.«
Sie drückte mir noch einen Spruch über meine alkoholischen Nehmerqualitäten rein, dann trennten wir uns telefonisch. Ich wählte die nächste Nummer. Es klingelte, bis die Mailbox anging.
»Na, liegst du wieder mit einem Haufen Bauarbeitern im Bett? Stehst auf behaarte Brüste, hm? Tjaja.« Ich unterbrach und wählte noch mal. Wieder klingelte es durch, die Mailbox sprang an. »Du weißt ja, Schwule können heiraten. Also, falls du und Schröder, falls ihr 'nen Trauzeugen braucht … ruft mich bitte nicht an.« Ich lachte und unterbrach. Musste der Restalkohol sein.
Als ich wieder anrief, ging er beim zweiten Klingeln ran.
»Sag mal, hast du deinen beschissenen Verstand verloren? Leg dich wieder hin, es ist Samstag!«
Er legte auf. Ich wählte seine Nummer noch einmal. Beim fünften Klingeln ging er ran und klang richtig genervt.

»Dicker, ich kann nur hoffen, dass es wichtig ist!«
»Wir bringen die Band wieder zusammen.«
»Die Band ...«, stieß er verächtlich aus. »Drehst du jetzt durch, oder was?«
»Vielleicht, aber scheiß drauf. Wird Zeit, dass du nicht mehr der einzige Spinner hier bist. Es dreht sich um Mors Geburtstagsgeschenk. Sie hat sich das zum Sechzigsten gewünscht.«
»Verscheißerst du mich?«
»Nein, im Ernst, Geburtstag. Weißt du, die Tage, wo du in deiner Kotze aufwachst und nicht mehr weißt, wie du heißt. Mor will lieber ein Gartenfest, und dort sollen wir auftreten.«
Er schien drüber nachzudenken. Vielleicht, weil er Mor keinen Wunsch abschlagen wollte. Vielleicht fiel ihm auch ein, dass so ein Revival eine gute Möglichkeit war, sich mit der Bassistin zu versöhnen, doch er sagte nichts. Er war wie eine Fernbedienung mit alten Batterien. Man musste ihn zwischendurch mal rütteln, damit alles funktionierte.
»Wäre eine Möglichkeit, dich mit Anita zu versöhnen«, half ich nach.
»Ich überleg's mir.«
»Ach, ja? Dann überleg dir auch gleich das hier ...« Ich ging ein paar Schritte vom Haus weg, legte meine Hand um die Ohrmuschel und schrie in den Hörer: »SIE VERLÄSST DICH!«
Als er wieder sprach, klang er zumindest ein bisschen aufgerüttelt.
»Hat sie das gesagt?«
»Das brauchte sie nicht zu sagen. Hör zu, ich hab gestern Abend mit ihr gesprochen. Sie wirkt nachdenklich.«
»Was hat sie gesagt?«
»Nichts.«
»Mann, jetzt reicht es aber!«
»Nein, wirklich, *nichts*! Sie will nicht darüber reden. Ver-

stehst du? Sie ist eine Frau, die nicht mehr über ihre Beziehung reden will. Kapierst du, was ich sage? Dringt es zu dir durch? Eine Frau, die nicht über ihre Gefühle redet. Hallo!!«
Es schien zu ihm durchzudringen, denn als ich ihm verriet, dass wir alle Neles Villa renovieren und auf seine Hilfe zählen würden, flippte er kaum aus, und letztlich versprach er, irgendwie vorbeizuschauen. Ich ließ das Handy sinken und schaute über die Felder. Die Sonne schien von einem wolkenlosen Himmel, als wären die Jahreszeiten abgeschafft worden. Das Pochen in meinem Schädel hatte zugenommen. Ich stand mit gefühlten vier Promille in der prallen Sonne und telefonierte. Was tat man nicht alles aus Freundschaft.
In der Küche empfingen mich eine gut gelaunte Mutter, ein gut gelauntes Mädchen und ein gut gelaunter Hund. Ich bekam zwei Küsse, einen Knieschleck, einen Kaffee und einen Stuhl. Ich schlürfte Kaffee und blinzelte durchs Fenster hinaus in den Tag, der jetzt schon keine Missverständnisse aufkommen ließ. Was der Wetterbericht uns versprochen hatte, schien zu stimmen, der Sommer blieb uns treu, obwohl bald Oktober war. Ich versuchte, nicht an die Gletscherschmelze zu denken, steckte humorige Aussagen über mein Aussehen ein und bekämpfte meinen Zustand mit weiteren Kopfschmerztabletten. Mein Schädel pochte, meinem Magen war flau, doch bei der geballten Fröhlichkeit hatte man keine Chance. Mor packte allerlei Großküchengeschichten aus, die ich schon lange nicht mehr gehört hatte. Während ich die Kanne leerte, kam mir der Gedanke, dass ich vielleicht nicht der Einzige war, dem Neles Heimkehr guttat.
Und dann legten wir los. Um nicht zweimal gehen zu müssen, beluden wir uns wie die Ochsen. Ich schleppte mich mit einer Leiter, einer Axt, der Motorsäge und einer vollgepackten Kühlbox ab. Nele trug einen Werkzeugkasten

sowie Müllsäcke, Besen, ein Kehrblech und zwei Tüten mit Kleinkram wie Handschuhe, Pflaster und Ersatzglühlampen. Bei jedem Schritt klapperten wir wie gichtkranke Roboter, und mehr als einmal stolperte ich über November, der fröhlich neben uns her sprang.

Die Villa erwartete uns stoisch. Wir luden den ganzen Plunder stöhnend vor der Haustür ab und diskutierten, wer den verdammten Schlüssel eingesteckt hatte. Als ich ihn schließlich in meiner Hosentasche fand und ihn in die Haustür steckte, behielt ich Nele im Auge. Ich sah nichts als Tatendurst.

Kaum war die Tür auf, strich November wie an der Schnur gezogen an uns vorbei. Ich knipste das Flurlicht an und rannte gegen eine Gestankswand. Vielleicht lag es diesmal auch an Novembers Beutehaufen, den er fein säuberlich im Flur gestapelt hatte. Nele stöhnte und packte einen Müllsack aus. Ich nutzte den Schwung, ging zielstrebig ins Wohnzimmer und steuerte einen Raum an, den wir am Vortag ausgelassen hatten. Sein Schlafzimmer.

Ich stieß die Tür auf und wurde von einem Mief aus Bier und Schimmel begrüßt. Ein Bett. Vor Dreck strotzende Laken. Daneben eine Kommode. Angekokelt. Neben dem Bett lagen gebrauchte Kondome auf dem Teppich wie vertrocknete Würmer. Daneben standen leere Flaschen. Auf dem Teppich waren Kippen ausgetreten worden und hatten Brandlöcher hinterlassen. Auch hier waren die Wände zugesprayt. Die Kids hatten sich prächtig amüsiert, vor allem mein Freund Getto Gangsta. Einen Teil der Fotos an der Wand hatte er mit übersprüht, dennoch konnte ich die meisten der Personen darauf identifizieren. Hans mit Götz George. Mit Bruno Ganz. Otto Sander. Mit Inge Meysel bei einer Preisverleihung. Mit einer Filmcrew vor dem Brandenburger Tor. Mit einem ehemaligen Kultusminister. Irgendwo mussten hier auch ein paar Kartons mit seinen Preisen stehen. Er war ein angesagter Theaterschauspieler

gewesen, bevor er sich nach dem Tod von Neles Mutter aus dem Geschäft zurückgezogen hatte.
Ich trat zum Fenster und versuchte, es zu öffnen. Die Scheiben waren nicht nur zugesprayt, sondern auch mit einer Holzplatte verbarrikadiert. Die Kids waren auf Nummer sicher gegangen, um nicht die Stars in einem Happy-Fucking-Video ihrer Freunde zu werden. Ich dagegen passte nicht so gut auf: Statt die Tür zu verrammeln und die Fotos zu entsorgen, machte ich mich am Fenster zu schaffen, um Licht in die Sache zu bringen. Nach hartem Kampf gab der Rahmen schließlich nach. Ich öffnete das Fenster und wurde mit Sonnenstrahlen belohnt. Ein Pyrrhussieg – denn als ich mich umdrehte, stand Nele im Zimmer und musterte ein Foto nach dem anderen. Ich wollte etwas sagen, doch mir fiel nichts Belangloses ein.
Ein Motorrad riss mich aus meinen Gedanken. Ich packte den Fensterriegel, rüttelte daran herum und warf Nele einen gestressten Blick zu.
»He, das muss Anita sein, gehst du, oder ...«
Ich bearbeitete fluchend den Riegel. Kaum war sie draußen, legte ich los. Meine Arme waren bloß verwischte Schatten. Keine Minute später waren alle Fotos abgehängt und in einem Karton verstaut. Ich stellte ihn in die Ecke hinter dem Bett und ging nach draußen, um Anita zu begrüßen.
Die Mädchen standen vor dem Haus. Auf Anitas Motorradsattel lagen ein Helm und eine Lederjacke. Anita stand da und lächelte mir entgegen. Sie trug Jeans, Turnschuhe und ein enges blaues T-Shirt. Die Haare hatte sie sich hochgesteckt, aus ihrer Gesäßtasche schauten ein paar Lederhandschuhe hervor. Sie trug wie immer Ringe unter den Augen und sah so sexy aus, dass ich lachen musste. Rokko war ein Vollidiot, dass er diese Sache offenließ.
Die beiden scherzten über meine gestrige Auszeit, und während wir durchs Haus gingen, wiederholten sie ein paar meiner nächtlichen Kernaussagen, die ich so bestimmt

nicht von mir gegeben hatte. Aber wer war ich, lachende Mädchen zu unterbrechen. Schließlich landeten wir im oberen Stockwerk und blieben vor Neles Kinderzimmer stehen. Nele hielt sich gut, vielleicht auch wegen der Musik. Anita hatte einen Gettoblaster mitgebracht. Ich fragte mich, wieso ich nicht auf diese Idee gekommen war. Die Fantastischen Vier knallten durchs Haus und ließen sich von gar nichts einschüchtern. Ein fetter Beat, eine Band, die abgeht, das waren harte Gegner für jede Erinnerung, sogar die Ratten gaben auf. Die Mädchen kreischten, wenn mal wieder etwas Pelziges um die Ecke strich und zur Treppe flitzte, und ich musste an mich halten, um nicht mitzuschreien, als wir die Tür öffneten und Neles altes Zimmer betraten. Das Zimmer war bis unter die Decke mit Plunder vollgestopft. Alte Verpackungen, Möbel, Umzugskartons, zusammengerollte Teppiche, ein altes Fahrrad und dutzende Kisten mit Schallplatten und VHS-Kassetten.
Ich drängelte mich durch Kartons und Kleidersäcke und ineinander verkantete Möbel. Staubwolken wirbelten durch die Luft. Ich musste niesen, erreichte die andere Wand und stieß das Fenster auf. Mit dem Tageslicht kamen die Metallicfarben besser zur Geltung. Getto Gangsta hatte sich auch hier oben ausgetobt.
»Was für ein Chaos«, sagte Anita.
Nele stöberte herum. Wir sahen zu, wie sie mal hier eine Schublade aufzog, mal dort ein Buch aus dem Regal nahm. Dann plötzlich drehte sie sich um und ging wortlos hinaus. Anita sah mich an. Ich sah sie an. Dann folgten wir Nele in den Flur. Sie stand vor der letzten Tür, dem Aufgang zum Dachboden.
»Bereit für das Finale?«
»Und los«, sagte Anita.
Nele stieß die Tür auf, und während wir versuchten, unsere Augen an die Dunkelheit zu gewöhnen, kam der Gestank. Kein Gestank, wie er uns unten begegnet war, sondern

ein schleichender, fieser, den man erst nicht roch, dann nicht glauben konnte und schließlich nie mehr vergaß. Es stank, als hätte jemand im vorletzten Sommer fünftausend Cheeseburger liegen lassen.

Anita hielt sich die Nase zu.

»Jesus Maria!«

Nele lugte mit zusammengekniffenen Augen in den dunklen Raum.

»Vielleicht hat er hier oben Rattengift ausgelegt. Die toten sind dann liegen geblieben.«

»Die, die nicht von ihren Verwandten verspeist wurden«, ergänzte ich. »Mann, wie groß müssen die Überlebenden heute wohl – AHHH!«

Ich sprang zur Seite. Nele war das kaum einen Seitenblick wert, aber Anita kreischte und hüpfte mehrere Schritte zurück, während ihre Augen über den Boden flitzten. Dann sah sie mein Grinsen und drohte mir mit der Faust.

»Du Arsch!«

»Lallende Typen abfüllen, aber vor Ratten Angst haben.«

»Die Viecher sind ekelhaft!«

Mir lag ein Witz über Rokkos Sexualpraktiken auf der Zunge, aber ich riss mich zusammen und linste in den Raum. Die Kids hatten auch hier mit Farbe gespielt, und auch dieser Raum war vollgestellt. Kartons, Kartons und noch mehr Kartons, diesmal vor allem mit Büchern. Es lagen jede Menge blaue Altkleidersäcke und Magazinstapel herum. Einen davon identifizierte ich als die gesammelten Jahrgänge von *Spiegel* und *Stern*. In einer Ecke lag eine Schachtel, die verdächtig nach Rattengift aussah. Wie aufs Stichwort kam November die Treppe hochgetapst und sah sich tatendurstig um. Ich schickte ihn wieder die Treppe runter.

»Was soll ich bloß mit dem ganzen Kram machen?«, fragte Nele und sah in die Runde.

»Sprengen?«

Die Mädchen warfen mir einen Blick zu. Ich hob die Hände.
»Wollte nur helfen.«
»Jetzt schau dir das an ...« Nele ging ein paar Schritte in den Raum und besah sich ein Kinderfahrrad. »Mein erstes Rad. Nicht zu fassen ... Papa hat wirklich alles aufgehoben.«
»Wir könnten die Sachen auf dem Flohmarkt verkaufen«, schlug Anita vor.
Ich sah sie an, tippte mir an die Stirn und folgte Nele. Sie schaute mal hier in eine Tüte, mal da in eine Kiste. Nach einer halben Runde hatte sie genug gesehen.
»Ich behalte alle Fotos. Das andere kann weg.«
»Alles?«
Sie nickte und ging die Treppe runter. Ich folgte ihr.
»Süße, ich find's ja gut, dass du ausmisten willst, aber wenn die Sachen erst mal weg sind, sind sie für immer weg. Du solltest alles noch mal in Ruhe durchgehen, wer weiß, vielleicht ist da was Wichtiges dabei.«
»Oder was Wertvolles«, sagte Anita.
»Genau. Hans hing doch ständig über dieser Münzsammlung, weißt du noch? Die muss einiges wert sein.«
»Die wird er doch verkauft haben.«
»Und wenn nicht? Dann liegt sie hier noch irgendwo.«
»Vielleicht ist der andere Kram auch was wert«, gab Anita ihren Senf dazu. »Ich kenne da jemanden, der Nachlässe auflöst, ich könnte ihn fragen.«
Nele sah unentschlossen aus.
»Meint ihr? Das dauert doch ewig ...«
Ich sah Anita an. Sie zückte ansatzlos ihr Handy und rief ihren Freund an. Er versprach ihr, gleich am nächsten Tag vorbeizukommen und sich die Sache anzuschauen. Ich dachte darüber nach, dass Anita die Nummer von einem Mann eingespeichert hatte, den ich nicht kannte, und was Rokko wohl davon halten würde.
Wir bestellten zwei Container und zogen in die Schlacht. Zuerst nahmen wir uns das Wohnzimmer vor. Die gro-

ßen Möbel räumten wir in die Mitte des Raumes, wo man sie besser zerlegen konnte. Hinter der Couch fand ich alte Jointstummel und ein leeres, vielsagendes Briefchen. Als alle Möbel auf einem Haufen versammelt waren, holte ich die Motorsäge. Die Mädchen wünschten mir Glück und zogen in die Küche. Ich warf die Motorsäge an, und die Hölle brach los. Die Ratten stoben aus allen Löchern und verließen das stinkende Schiff. Aus Kisten, Kleidersäcken, Schränken, sogar aus der Couch sprangen mir welche entgegen. Ein paar flüchteten in die Küche, was dort wildes Gekreische auslöste, doch die meisten verschwanden durch den Flur nach draußen, wo sie vermutlich auf November trafen, denn eine kam sogar wieder rein und wirkte reichlich gestresst. Sah lustig aus, wie sie auf der Stelle wieder kehrtmachte, als ich die Säge ansetzte. Sie verschwand erneut nach draußen und ward nie wieder gesehen.

Ich platzierte den ersten Schnitt in der Couch, und sie gab freiwillig den Geist auf. Als das Teil in handlichen Stücken vor mir lag, nahm ich mir den Couchtisch vor. Er beschoss mich mit Spänen, doch ich ließ mich nicht einschüchtern. Danach kamen die Sessel dran.

Von Zeit zu Zeit ließ ich die Motorsäge sinken, um mir den Schweiß von der Stirn zu wischen, jedes Mal hörte ich die beiden in der Küche plaudern oder lachen. Draußen hatte die Sonne endgültig die Regie übernommen, und durch die offenen Fenster strömte die heiße Luft. Die Säge wog nur fünf Kilo, aber schon nach dem Einbauschrank begannen meine Arme zu zittern. Ich machte Pause und trank einen Schluck Wasser. In der Küche war immer noch gute Stimmung.

»He, hört mal! Kommt jetzt besser nicht rein! Es könnte gefährlich werden!«

Die Mädchen riefen zurück, ich solle mir nichts abschneiden, man wüsste ja nie, wann man so etwas wieder gebrauchen könnte. Sie lachten.

Ich packte die Säge und ging ins Schlafzimmer. Diesmal war ich schlau genug, die Tür hinter mir zu schließen. Dabei entdeckte ich ein Bild, das ich zuvor übersehen hatte. Es zeigte Neles Eltern im Urlaub am Strand. Neles Mutter war eine wunderschöne Frau gewesen, eine kleine, ruhige Französin, die schlecht Deutsch sprach und immer ein Lächeln auf den Lippen hatte.
Ich legte das Bild in den Karton, riss die Matratze vom Bett und warf die Motorsäge an. Es dauerte nicht lange. Es folgten der Nachttisch, ein Regal, der Kleiderschrank, und nicht mal vor dem hölzernen Wäschekorb machte ich halt. Als im Schlafzimmer nichts mehr heile war, ließ ich die Säge sinken. Meine Arme zitterten bedenklich, dennoch schaute ich mich befriedigt um. Ich hatte ganz vergessen, wie gut körperliche Arbeit tat.
Ich packte die Säge und ging in die Küche. Die Abstellfläche auf der Küchenzeile war frei, das schmutzige Geschirr darauf war ebenso verschwunden wie die Mädchen.
»Wo seid ihr?!«
»Oben! Wir gucken die Sachen durch«, hörte ich Neles Stimme. »Wir haben die Münzen gefunden!«
»Gut! Bleibt jetzt besser aus der Küche weg!«
Ich trat zur Küchenzeile, wischte eine Stelle neben dem Herd sauber und sah mir ein letztes Mal die verbrannte Stelle auf der Arbeitsplatte an. Dieser Fleck war ausnahmsweise nicht den Kids zu verdanken, sondern mir. Hans war damals auf einer Tournee gewesen, Nele hatte für uns gekocht, und wir konnten die Möglichkeiten der sturmfreien Bude nicht bis nach dem Essen abwarten. Wir tobten uns aus, ich vergaß, die Kerzen in der Küche zu löschen, und fast wäre die ganze Bude abgefackelt. Als Hans wiederkam, hatten wir die Wand wieder weiß gestrichen, aber bei dem Brandfleck auf der nagelneuen Arbeitsplatte war nichts zu machen gewesen. Wir stellten uns. Er lachte. Holz, sagte er, bloß Holz. Dann lobte er uns, weil wir es gleich gebeichtet hatten.

Die Einbauküche war gute deutsche Wertarbeit. Auch als der Krieg längst verloren war, kämpfte sie noch bis zum letzten Dübel. Jedes Mal, wenn ich glaubte, sie würde kapitulieren, bekam sie von irgendwoher Verstärkung. Ich drückte das rotierende Sägeblatt mit gebleckten Zähnen durchs Holz, doch die Hängeschränke klammerten sich fanatisch an die Wand. Mit der Zeit wurden meine Arme zum Problem. Ich stemmte meine Beine in den Boden und begann, die Schränke auseinanderzunehmen. Als ich glaubte, endlich das Rückgrat der Küche geknackt zu haben, fiel die gesamte Arbeitsplatte mit dem Unterbau auseinander. Ich ließ die Säge schweißüberströmt sinken und streckte meinen Rücken durch. Diesen Moment nutzte der Hängeschrank für einen letzten verzweifelten Ausbruchversuch: Ein Teil ließ sich nach links fallen, der Rest stürzte sich auf mich. Ich sprang zur Seite und ließ die Säge los. Der Oberschrank knallte an der Stelle zu Boden, wo ich eben noch gestanden hatte. Die Säge drehte jaulend eine Ehrenrunde auf dem Boden, bevor ich sie endlich zu fassen bekam und ausmachte. Ich trat zwei Schritte zurück und lehnte mich gegen die Wand. Mein Herz hämmerte, und meine Beine zitterten. Das Sägeblatt war keine fünf Zentimeter an meinem Knie vorbeigewirbelt. So schnell konnte es gehen.
Ich steckte den Kopf aus dem Fenster und atmete tief durch. Die warme Luft roch angenehm. Als ich so mit meinem Kopf aus dem Fenster hing, kam Nele mit zwei blauen Müllsäcken beladen vorbei. Ihr Shirt war an den schönsten Stellen durchgeschwitzt. Was ein Psychologe in diesen Klecksen gesehen hätte, kann ich nicht sagen, aber mich ließen sie durchatmen.
»Hey, wie läuft's?«
Sie lächelte, obwohl ihr der Schweiß in Bächen am Körper entlanglief.
»Die Container kommen gleich. Und bei dir?«

»Es geht voran.«
Ich streckte mich aus dem Fenster und spitzte den Mund. Sie drückte mir einen verschwitzten Kuss auf. Ich fühlte neue Kampfeskraft in mich zurückkehren.
Der Unterschrank hatte sein Pulver verschossen und streckte jetzt die Waffen. Zur Sicherheit verarbeitete ich ihn zu Kleinholz, und anschließend nahm ich mir den großen freistehenden Küchenschrank vor, während ich herumfantasierte. SOHN EINER BEHINDERTEN SCHNEIDET SICH AUS SOLIDARITÄT BEIN AB! GEMEINSAMER SCHUHKAUF MÖGLICH! Durch den Krach der Säge hörte ich jemanden lachen. Als der Schrank Vergangenheit war, warf ich einen Blick in eine der kaputten Scheiben. Mein Spiegelbild zeigte einen durchgeknallten Irren voller Späne, Dreck und Staub. Seine Arme zitterten unkontrolliert, er lachte mit gebleckten Zähnen. Ein guter Moment, um eine Pause zu machen.
Ich stellte die Säge aus. Irgendwo sangen die Mädchen zweistimmig. Ich lauschte, während ich mir die Arme massierte. *Mercedes Benz* von Janis Joplin. Die Nummer hatte ich seit Jahren nicht mehr gehört, und die Erinnerung rief weitere wach.
Der Gesang kam schlagartig zum Erliegen, als draußen ein Wagen vorfuhr. Das Husten der Endrohre war so eindeutig wie ein DNA-Test. Der Motor starb, eine Autotür klappte, und wenig später kam Rokko herein. Seine Schritte knirschten auf den Glasscherben. Er trug Jeans, Sonnenbrille, ärmelloses Shirt, feste Schuhe, Handschuhe im Gürtel und eine Baseballkappe. Er sah mörderschwul aus.
»Hab's gewusst«, grinste ich.
»Was? Dass du gestern gesoffen hast?« Er ließ seinen Blick durch das Zimmer gleiten. »Mann, willst du mal hören, was du mir auf die Kiste gequatscht hast...« Sein Blick blieb an den Graffitis hängen. »Was ist das ...« Er nahm die Son-

nenbrille ab und schaute genauer hin. »Getto Gangsta? Das ist doch der kleine Wichser Benni, oder? Hat der etwa die Bude so niedergemacht?«
Wir tauschten einen Blick und waren uns schnell einig. Wir würden Bennis Leben um ein paar Erfahrungen bereichern. Rokko zog seine Handschuhe aus dem Gürtel. Oben wurde der Gettoblaster demonstrativ wieder angestellt.
»Alles raus auf den Haufen?«
»Zuerst gehst du hoch und sagst Hallo.«
Er verzog sein Gesicht.
»Wieso ich?«
Ich hob die Motorsäge. Er seufzte und verschwand. Ich überlegte mir, die Säge anzuschmeißen, dann könnte ich nachher immer behaupten, nichts von alldem, was da oben passiert war, gehört zu haben. Noch bevor ich mich entschieden hatte, kam Rokko wieder rein, er wirkte nicht unglücklich.
»Also, alles auf den Haufen?«
»Nein, weißt du, wie wär's, wenn du dir erst mal ein Bier nimmst und dich damit in die Ecke setzt«, scherzte ich. »Fang im Bad an.«
Er schien etwas sagen zu wollen, drehte sich dann um, ging zum Badezimmer und stieß die Tür auf.
»Gott-ver-dammt!«, stöhnte er.
Ich lachte und ließ sein Gejammere im Aufjaulen der Säge untergehen.

Am frühen Nachmittag kam Mor den Hügel hochgerollt. Auf dem Rollstuhl stapelten sich Dosen und Taschen. November flitzte los, um sie zu begrüßen. Mor schrie ihn an, und wir gingen nachschauen. Es war nicht schwer zu sehen: Das Rattenmassaker hatte an Novembers Schnauze Spuren hinterlassen, und die färbten nun auf Mors Hose ab. Ich erlöste sie von seiner Wiedersehensfreude und nahm ihn mit zu den Wasserflaschen, wo ich ihm das Maul wusch. Er

hatte sich nicht geschont, und ich lobte ihn, während ich mich ebenfalls säuberte.
Die Mädchen schleppten einen alten Holztisch von irgendwoher, bauten ihn unter der riesigen Buche im Garten auf und machten sich daran, ihn zu decken. Rokko ging ihnen zur Hand. Anita war bösartig freundlich zu ihm. Jeder wusste, dass ein falsches Wort eine Kernschmelze auslösen würde, doch ausnahmsweise schaffte Rokko es, keine Scheiße zu bauen.
Mor breitete diverse Leckereien auf dem Tisch aus. In den Taschen fanden wir Besteck, Gewürze, Zahnstocher und Servietten. Wir wuschen die brüchigen Gartenmöbel ab. November sauste glücklich durch die Büsche. Das Grundstück schien ein Rattenparadies zu sein, die Seychellen für Nagetiere. Wahrscheinlich kamen sie von weit her, um ihre Flitterwochen hier zu feiern. Ich ließ mich auf einen der Stühle sinken, genehmigte mir einen Himbeersaft und diskutierte es mit Rokko aus. Ich schlug vor, einen Zaun um das Haus zu legen und Eintritt zu verlangen, der weltweit erste Anti-Streichelzoo. Rokko dagegen wollte Schienen durchlegen, eine Geisterbahn mit lebenden Ratten, eine Marktlücke. Von weiteren Geschäftsideen nahmen wir Abstand, weil man uns androhte, uns das Essen wegzunehmen.
Ich lehnte mich auf dem klapprigen Holzstuhl zurück und blinzelte in die Sonne. Es wehte eine Brise, die den Schweiß trocknete und einen durchatmen ließ. Die Blätter in den Bäumen rauschten. Die Luft war klar und der Ausblick fantastisch. Man konnte kilometerweit sehen, kein Zivilisationsgeräusch störte die Magie. Der Augenblick ging an keinem spurlos vorbei. Anita erlaubte Rokko sogar, ihr den Stuhl zurechtzurücken. So saßen wir auf dem Hügel und futterten vom Feinsten. Es gab *Smørrebrød*. Belegte Brote. Aber an der Art, wie sie garniert waren, sah man, dass sie mit Liebe gemacht worden waren, und wie es halt so war

mit der Liebe, kam Freude auf. Außerdem hatte Mor mal wieder herumexperimentiert. Auf dem Fisch war Zimt, auf dem Bananensalat süßer Senf. Ich fragte mich, ob sie sich ihre Rezepte abends nach der zweiten Flasche Wein ausdachte.
»Was ist da drin?«, fragte ich zwischen zwei Bissen und stieß meinen Fuß gegen einen bunten Karton, der neben Neles Stuhl auf dem Rasen stand.
»Fotos.«
»Von dir?«
Sie nickte.
»Und Papa«, sagte sie und fügte nach kurzem Zögern hinzu: »Und Mama.«
Eine kleine Pause entstand. Bevor sie sich ausbreiten konnte, nickte ich.
»Ah! Ich hab da auch noch welche gefunden, die liegen in dem Karton im Schlafzimmer.«
Sie schien was sagen zu wollen, doch im selben Augenblick tauchte November mit einer toten Ratte auf, die er mir vor die Füße legte. Die Mädchen stöhnten. November hatte keinen Blick für sie übrig, er blinzelte erst wieder, als ich mein Tofufrikadellenbrot gegen die Ratte eingetauscht hatte. Essen für Essen. Quidproquo. In seiner Welt ein fairer Deal.
Nach dem Essen legten wir wieder los, doch die Mischung voller Bauch, Wochenende und Sommer ging an keinem spurlos vorbei. Mor rollte den Hügel runter, um die Reste in den Kühlschrank zu bringen. Die Container wurden geliefert. Wir hielten die Fahne der Entschlossenheit noch eine kleine Stunde aufrecht, dann flog sie in die Ecke. Wir verriegelten die Fenster provisorisch und verschlossen das Haus. Bevor wir den Heimweg antraten, warf ich noch einen Blick auf Nele. Sie ging mit dem Fotokarton in der Hand neben Anita her und plauderte vergnügt.
Ich machte mir Gedanken um die Werkzeuge. Wir hatten

die Fenster notdürftig zugeklebt, doch das war nichts, was einen hormongesteuerten Getto Gangsta aufhalten könnte. Ich nahm mir vor, Rokko einzuschalten, sollte morgen auch nur ein einziges Werkzeug fehlen. Mit diesem Gedanken beendete ich gut gelaunt den Arbeitstag.

Voll war kein Ausdruck. Wir standen auf der Felsplatte und schauten zu dem Chaos am Sandstrand rüber, wo jedes Fleckchen von sonnenbadenden Eltern, knutschenden Jugendlichen und spielenden Kindern belagert war. Bruchstückhafte Schreie und das Wummern der Gettoblaster klangen bis zu uns rüber. Auf dieser Seite des Sees waren dagegen nur ein paar Angler, und in den Klippen lagen ein paar vereinzelte Pärchen auf ihren Handtüchern. Eines davon war FKK, ich hoffte, Rokko würde irgendwie drüber wegkommen.

Wir eroberten eine erstklassige Ecke mit Blick über den See, und bevor ich mich ausziehen konnte, stürzten sich die Mädchen bereits von der Klippe. Zu dieser Tageszeit sah man jeden Felsvorsprung im Wasser, und beide klatschten unten ins sichere Nass. Dennoch schlug mein Herz schneller, und ich blieb an der Kante stehen, bis ihre Köpfe wieder auftauchten. Ich winkte lässig runter, Rokko und ich zogen uns bis auf die Badehose aus, gingen gemächlich zur Klippenkante, warteten, bis die Mädchen unten pfiffen und johlten – dann sprangen auch wir. Ich tauchte ins kalte Wasser, und wäre ich in diesem Augenblick gestorben, man hätte eine lächelnde Leiche aus dem Wasser gefischt. Wir vier am See. Ich kam mir vor wie in einem alten Film, den ich als Kind geliebt hatte und nach neun Jahren endlich wieder anschauen konnte.

Als ich an die Wasseroberfläche kam, planschten Anita und Nele übermütig herum. Rokko blieb in der Nähe und lauerte auf seine Chance, ich dagegen schwamm mit ruhigen Zügen auf den See hinaus. Das Wasser war unglaublich klar und frisch und duftete nach Süßwasser. Ich tauchte durch die Schatten von Bäumen. Das Sonnenlicht stach durch die einzelnen Äste und brach sich flimmernd auf dem Wasser. Die Wellen, die ich erzeugte, glitzerten. Es war so unglaublich schön. Ich musste lachen. Zwei Libellen kamen gucken, was los war. Ich bespritzte sie mit Wasser, schwamm weiter und spürte, wie das Wasser mich langsam abkühlte. Auch im Hochsommer lag die Wassertemperatur in der Mitte des Sees selten über siebzehn Grad, und ein Hauptgrund für Badeunfälle waren von jeher unmotivierte Versuche gewesen, über den See zu schwimmen. Wenn man merkte, dass man auskühlte, war man bereits zu weit draußen und erledigt. Ich war nicht der beste Schwimmer und der See nicht ohne, aber dafür war ich motiviert.

Als meine Arme müde wurden, war der Kunststrand näher als die Grillstelle. Ich schwamm weiter, redete mir ein, dass alles kein Problem sei, doch als ich am Kunststrand ankam, pfiff ich auf dem letzten Loch, und die letzten Meter zum Strand paddelte ich wie ein Hund. Ein Schlauchboot mit kreischenden Teenagern rammte mich und drückte mich unter Wasser. Fast wäre ich fünf Meter vom Strand für immer untergegangen. Niemand schien es zu merken. Als mir die Luft ausging, hatte ich endlich Boden unter den Füßen. Ich stieß mich ab und durchbrach die Wasseroberfläche mit dem ersten Atemzug. Zwischen den fröhlichen Badegästen hindurch an Land zu gehen war bizarr. Auf weichen Beinen eierte ich zwischen Ballspielern und Drachensteigern her, bis ich endlich ein freies Stück Sand fand. Ich legte mich der Länge nach hin. Eltern schrien ihre Kinder an, die andere Kinder anschrien, die nach ihren Eltern schrien. Jugendliche spielten Musik und nervende Holzballspiele. Jemand verfolgte jemanden. Schreiend. Jemand fing jemanden und schrie. Jemand lief schreiend wieder los. Jemand nahm schreiend die Verfolgung auf. Ein Königreich für einen Mute-Knopf.

Ich versuchte, ruhig zu atmen, und schaute zu den Klippen rüber. Von hier aus war Nele nur eine Spielfigur, aber ich wusste, dass dies eine Momentaufnahme und keine Bedeutungsperspektive war. Ich meinte sogar, November oben auf der Klippe erkennen zu können, wurde aber abgelenkt, als eine Gruppe Jugendlicher sich lauthals anbrüllte und jeden Kommentar als Spaßbeweis unglaublich laut belachte. Ich warf einen Blick hinüber. Bingo. Ich hatte mich nicht verguckt. Ich blieb noch ein paar Minuten im warmen Sand liegen und machte mich dann erholt auf den Weg zu der Gruppe, die sich um einen wummernden Gettoblaster versammelt hatte. Um sie herum war ein freier Sandring, als hätten sie Gift gesprüht. Ich durchdrang den Todesstreifen, beugte mich zum Gettoblaster und drosch mit der flachen Hand auf die Armatur. Die Musik erstarb. Als ich mich aufrichtete, hatten die Kids aufgehört zu lachen und starrten mich entgeistert an.

»Was soll das?«, fragte ein etwa fünfzehnjähriger Junge, der einen Stecker in der Nase hatte und ein Tattoo an der Schulter.

Ich meinte, in ihm den Sohn von Rita wiederzuerkennen, mit der ich zur Schule gegangen war.

»Polizei. Könnt ihr euch ausweisen?«

Niemand sagte etwas. Keiner bewegte sich. Ein paar Badegäste schauten zu uns rüber. Die Kids versuchten cool rüberzukommen, aber die meisten schielten zu einem langhaarigen gut aussehenden Zwanzigjährigen und schienen auf irgendwas zu warten. Benni, seines Zeichens Getto Gangsta, saß auf einer Luftmatratze und musterte mich hinter einer sicherlich original Ray-Ban-Sonnenbrille. Gerade, als er Luft holte, sprach ich weiter.

»Gut, vergessen wir's, aber eine Bitte: Vielleicht könntet ihr ein bisschen leiser sein und die Musik ausmachen, damit die anderen Leute hier auch ihr Wochenende genießen können. Geht das?«

Ich wartete, bis ein paar genickt und andere zugestimmt hatten, dann schaute ich Benni an.
»Ich muss mit dir reden.«
Ich drehte mich um, ging runter zum Wasser und schaute über den See. Ich sah, dass Nele drüben an der Grillstelle stand. Sie hatte eine Hand zum Schutz gegen die Sonne über die Augen gelegt und spähte übers Wasser. Ich winkte, aber sie schien mich in der Menschenmasse nicht zu sehen. Hinter ihr hatte Anita sich in den Sand gelegt. Links daneben hockte Rokko und warf Steine ins Wasser.
Benni stellte sich neben mich. Er verschränkte die Arme und sah mich spöttisch an.
»Schicke Uniform.«
Bei Jungs in dem Alter muss man immer den ersten Spruch überhören, sonst kommt man zu nichts, aber nach einem Tag mit seinen Graffiti war das nicht ohne. Ich trat einen Schritt vor und drang in seine Intimsphäre ein.
»Du Arschloch.«
Er wich automatisch zurück.
»Was?«
»Die Villa auf dem Hügel.«
Er warf einen schnellen Blick über die Schulter, als würde er sichergehen wollen, dass seine Kumpels noch da waren, dann zuckte er die Schultern.
»Was ist damit?«
»Einbruch, Hausfriedensbruch, Vandalismus, Diebstahl, sexuelle Belästigung, da kommt einiges zusammen.«
Er runzelte die Stirn.
»Ich habe niemanden …«
Ich trat wieder einen Schritt vor. Es schien, als wollte er wieder zurückweichen, doch vor seinen Kumpels konnte er nicht ein zweites Mal nachgeben. So blieb er stehen und sah mich trotzig an. Ich war so nah, dass ich ihn hätte küssen können, doch mir war nach allem anderen, und er schien das langsam zu merken.

»Bisher habe ich die Drogen nicht erwähnt, denn wenn ich das täte, müsste ich die Angelegenheit meinem Vorgesetzten übergeben. Polizeihauptkommissar Hundt hat es nicht so mit Dealern. Hast du von der Sache im Mykonos gehört? Das war er. Also hilf dir selbst und sag mir etwas Sinnvolles, und bitte, nimm endlich die verdammte Sonnenbrille ab!«
Er nahm die Brille ab, und als ich seine Augen sah, wusste ich, dass ich einen Gang zurückschalten konnte.
»So ist es im Leben. Du hattest deinen Spaß, und jetzt musst du dafür zahlen. Ich will hören, dass du es super findest, dass ich dich nicht an Hundt verpfeife, denn der würde dich garantiert hopsnehmen, egal ob du Scheiß gebaut hast oder nicht. Zur Not bringt er selber was mit und jubelt es dir unter. Also, willst du mit mir oder mit ihm reden?«
Er senkte den Blick.
»Mit Ihnen, schätz ich.«
»Ich erwarte dich morgen um neun an der Villa. Sie wird gerade aufgeräumt, und du bist herzlichst eingeladen, deinen Teil dazu beizutragen.«
Seine Stirn kräuselte sich.
»Morgen um neun? Da ...«
»Bist du da«, unterbrach ich ihn und schaute über seine Schulter. »Deine Luftmatratze?«
Er blinzelte überrascht über seine Schulter.
»Äh, ja.«
»Sei pünktlich.«
Ich ging zu seinen Freunden rüber, die sich unterhielten und taten, als hätten sie mich vergessen. Tolle Taktik. Sie ignorierten mich, als ich mir die Luftmatratze schnappte und zum Wasser hinunterging.
Auf der Matratze war der Rückweg weit angenehmer, und kalt wurde mir so auch nicht. Im Gegenteil. Als ich drei viertel des Sees durchquert hatte, meinte ich, erste Anzeichen eines Sonnenbrands auf meinem Rücken zu spüren. Ich ließ mich ins Wasser gleiten, stieß die Matratze von mir

und begann zu schwimmen. Das kühlende Gefühl auf der Haut war herrlich.
Von Weitem hörte ich schon November, der oben auf der Klippe stand und mich kommen sah. Nele stand immer noch neben der Grillstelle und suchte den See nach einem Lebenszeichen von mir ab. Eine schöne Frau im Bikini. Ein echter Hingucker. Nicht zu fassen, dass sie nach mir Ausschau hielt.
Als sie mich sah, winkte sie. Ich winkte zurück. Anita stemmte sich auf die Ellbogen. Von Rokko war nichts zu sehen. Ich paddelte zur Grillstelle und musste lächeln, als ich das Empfangskomitee sah. Zwei halb nackte Frauen, eine so schön wie die andere.
»Ich komme mir vor wie in einem MTV-Video«, grinste ich, als ich an Land taperte. »Wo ist Rokko?«
»Wieder hochgeklettert«, sagte Anita und sah mich strafend an. »Hattest du nicht behauptet, dass er heute nicht da sein würde?«
»Wusste nicht, dass er kommt.«
Sie zog eine Grimasse. Nele stupste mich an.
»Wo warst du so lange?«
»Ich bin rübergeschwommen.«
Sie kniff die Augen zusammen und sah zum Strand hinüber.
»Sag nächstes Mal Bescheid.«
Ich grinste.
»Hast du dir Sorgen gemacht?«
Sie runzelte die Stirn.
»Sag einfach Bescheid, ja?«
Ich zog sie an mich und verpasste ihr einen Kuss.
»Das törnt mich irgendwie an …«
»Um Himmels willen!«, lachte sie und ließ sich drücken.
Sie war warm, weich und fühlte sich herrlich an. Ich hielt sie vielleicht zu lange, denn Anita stand auf und grinste uns an.

»Ich geh hoch.«
Nele löste sich von mir.
»Wir kommen mit.«
»Sicher?« Anita lächelte. »Ich wollte euch eigentlich mal ein Stündchen alleine lassen.«
»Klingt gut«, sagte ich.
Nele nahm meine Hand und drückte sie.
»Wir kommen mit.«
Sie ließ meine Hand wieder los, legte ihren Arm um Anitas Taille, und so gingen die beiden vor mir die Klippe hoch. Ich folgte und versuchte erst gar nicht so zu tun, als würde ich nicht starren, also wirklich, als Gott die Frau erschuf, muss er in Champagnerlaune gewesen sein. Überall weiche Rundungen, zarte Haut und geheimnisvolle Falten. Ich hätte jahrelang hinter ihnen hergehen können. Mein kleiner privater Jakobsweg.
Als wir auf die Klippe kamen, flippte November aus. Er war kaum zu beruhigen. Wir mussten ihn streicheln und loben und drücken und rubbeln, und schließlich schleckte er mein Knie minutenlang, bevor er sich so weit beruhigt hatte, dass ich mich auf mein Handtuch legen konnte. Rokko lag auf seinem und tat, als würde er über den See schauen, während er zu dem FKK-Pärchen rüberschielte. Ich warf ihm ein Steinchen in den Nacken. Er zeigte mir den Finger und starrte dann offen rüber. Ich traute ihm durchaus zu, dass er Anita provozieren wollte. Er ertrug unausgesprochene Konflikte nicht, lieber brachte er sie zur Explosion. Ich verpasste ihm noch einen Stein. Endlich wandte er den Blick ab. Ich schloss die Augen. Die Sonne wärmte wunderbar. Nele quetschte sich neben mich aufs Handtuch und kuschelte sich an mich. Ihre Lippen tanzten wie Schmetterlinge über meine Brust.
»Woran denkst du?«
»Och.«
Sie legte eine kühle Hand auf meinen Bauch.

»Komm ich darin vor?«
»Och und öcher.«
Sie rutschte höher und knabberte an meinem Ohrläppchen.
»Gut«, hauchte sie und stellte meinem Puls ein Bein. Sie kniff mir in den Bauch und biss mir ins Ohrläppchen. Dann legte sie ihre Arme um meinen Hals und versuchte sich an dem Experiment, ob man jemanden mit einem Kuss umbringen konnte. Viel fehlte nicht. Als wir uns losließen und nach Luft schnappten, sah ich, dass Rokko und Anita uns beide unauffällig beobachteten. Sie lagen auf ihren Handtüchern und taten, als würden sie nicht bemerken, dass direkt neben ihnen jemand zu Tode geknutscht wurde. Ich kniepte ihnen zu. Dann machte ich mich wieder über Neles Lippen her. Ich musste ihnen verdeutlichen, was sie verpassten.

Drei Stunden später lag der säuerlich frische Duft von Buttermilchsuppe im Haus und hätte fast die olfaktorische Erinnerung an den Rattenfriedhof betäubt. Ich stand vor der geschlossenen Badezimmertür, hinter der Nele und Anita vor zehn Minuten verschwunden waren. Durch die Tür war Gekicher zu hören, und ich hätte jetzt einiges für einen Röntgenblick gegeben.
»Wie lange braucht ihr noch?«
»Bis wir fertig sind«, rief Nele.
»Wollen wir ihn reinlassen?«, gickelte Anita.
»Besser nicht, er ...«
Sie senkte ihre Stimme. Das Gekicher nahm zu, und ich hatte ein Déjà-vu. Mädchen schlossen sich ein und mich aus. Früher hätte ich vor der Tür Stellung bezogen und gehofft, dass sie mich irgendwann reinlassen. Heute war ich schlauer und ging gleich wieder runter. Das war das Tolle am Älterwerden – man gewann Zeit. Allerdings machte sie manchmal weniger Spaß.

In der Küche schnappte ich mir zwei Bier aus dem Kühlschrank, gab Mor einen Schmatzer auf die Wange und ging in den Garten. Rokko hatte sich das Shirt ausgezogen und es sich auf einem Gartenstuhl unter dem Schirm bequem gemacht. Ich setzte mich neben ihn, reichte ihm eine Flasche, prostete ihm zu und trank einen Schluck.

»Ah, es geht doch nichts über ein kaltes Bier am Ende eines heißen Tages, hm?«

Er trank einen tiefen Schluck und begann, das Etikett von der Flasche zu pulen. Ich ließ meinen Blick über die Felder gleiten.

»Anita sieht heute besonders scharf aus, findest du nicht? Als ich sie vorhin im Bikini sah, fiel mir wieder ein, wieso die ganze Gegend hinter ihr her ist.«

Er pulte stoisch weiter.

»Die beiden duschen gerade zusammen. Mit einer Webcam im Bad wären wir Millionäre. Wäre ein guter Augenblick, um sich zu versöhnen, dann könnte man vielleicht ins Geschäft kommen. Du überredest Anita, ich Nele, und dann machen wir die große Kohle.«

Er warf mir einen genervten Blick zu.

»Mach nur weiter den Trottel.«

»Der Trottel bist du. Wann versöhnt ihr euch eigentlich?«

»Ich arbeite dran.«

»Echt? Davon merkt man nichts.«

»Weil du dämliches Arschloch ständig damit beschäftigt bist, mir auf die Nüsse …«

Er brach ab, weil Mor den Kopf aus dem offenen Küchenfenster steckte.

»Rokko Müller«, sagte sie und hatte ihren strengen Tonfall drauf. »Hier sprechen wir nicht so.«

»Entschuldigung«, sagte Rokko kleinlaut.

Mor schaute ihn noch einen Augenblick an, dann zog sie ihren Kopf wieder zurück. Ich grinste breit. Rokko zeigte mir den Finger, sagte aber nichts.

Die Sonne sank ein paar Zentimeter, bevor fröhliche Stimmen erklangen und die Mädchen die Treppe heruntergepoltert kamen. Ich fing mir im Vorbeigehen einen Kuss ein, dann gingen die Männer die Treppe hoch. Ich schlug Rokko vor, auch zusammen zu duschen, um den Mädchen zu zeigen, was 'ne Harke ist. Er verschwand ins Bad. Ich nannte ihn Spaßbremse und überbrückte die Wartezeit, indem ich November rief. Als er neugierig die Treppe hochgetapst kam, befahl ich ihm, sich hinzulegen, dann holte ich seine Bürste und begann, sein Fell zu bearbeiten.

Irgendwann kam Rokko aus dem Bad.

»He, das hat aber gedauert, was hast du so lange getrieben? Ach so. Verstehe. Rakete putzen. Tagelang kein Sex, was? Gewöhn dich schon mal dran.«

Er sah mich genervt an.

»Mann, kannst du mal von was anderem quatschen?«

Ich streckte meine Arme zum Himmel.

»Und das aus seinem Mund«, salmte ich. »Aber nein, ich hör erst dann auf, wenn du dich bei ihr entschuldigst. Hast du die beiden lachen hören? So einen Tag kriegt man nicht geschenkt, mach die Sache endlich klar.«

Er stampfte die Treppe wortlos runter. Als ich ihm zehn Minuten später folgte, drangen aus der Küche fröhliche Frauenstimmen zu mir. Es wurde letzte Hand an die Suppe gelegt. Rokko half beim Tischdecken. Ich schnappte mir ein weiteres Bier und verzog mich in den Garten. Die Sonne stand noch einen Fingerbreit über dem Hügel. Der Himmel färbte sich blauorange. Ein leichter Wind fuhr durch die Bäume und ließ die Blätter rascheln. Die Schwalben flogen hoch und schrien vor Freude. Es klang nach Sommer und ewigem Leben. Ich atmete durch und ließ ein paar Schlucke kaltes Bier durch meine Kehle rinnen. Glück gab es nur für Momente. Seit Tagen reihten sich diese Augenblicke wie Perlen an einer Kette. Glücksschmuckstück.

Wenig später aßen wir Buttermilchsuppe mit Rosinen und Schlagsahne. Mor durfte keinmal aufstehen, die Mädchen wuselten um sie herum und erfüllten ihr jeden Wunsch. Rokko holte erst die Getränke, dann Suppennachschub. Wenn ich die Augen verdrehte, schaute er weg, ohne mir einen Finger zu zeigen. Für seine Verhältnisse bedingungslose Kapitulation.
Nach dem Essen holte Nele die Klampfe runter. Ich ließ mich breitschlagen und nahm Wünsche entgegen. *Halt dich an deiner Liebe fest …* Wir sangen den Horizont in Brand. Ich fühlte mich glücklich und satt. Gelächter und Gesang erhoben sich in die Dämmerung. Mein Leben hatte sich ewig nicht mehr so voll angefühlt. Ich legte den Kopf in den Nacken und lächelte. Liebe umhüllte mich wie ein Kokon. Als ich die Augen schloss, erreichte ich Nirwana.

sechs

Die Morgendämmerung kroch über den Fußboden und erreichte das Bett. Neles Kopf lag auf meinem Arm. Ihr Gesicht war entspannt, ihr Mund leicht geöffnet. Wenn mich jemand in diesem Moment nach meinem größten Wunsch gefragt hätte, dann wäre es der, noch zehntausendmal neben ihr aufzuwachen. Sofort meldeten sich wieder die Stimmen in meinem Kopf. Ich zog meinen Arm vorsichtig unter ihrem Kopf hervor, rutschte zur Bettkante, schwang die Beine aus dem Bett und versuchte, nicht zu ächzen. Ich hatte gedacht, in Form zu sein, aber meine Schultern und Arme widersprachen dem eindringlich.

Mit einem Kaffee in der Hand trat ich in den Garten und kniff die Augen gegen die morgendliche Helligkeit zusammen. Über den Feldern kündigte sich ein weiterer Saunatag an, aber noch war es lau und still, und die Luft schmeckte wie Wein. Ich warf ein Auge auf den Gemüsegarten. Der Zaun hatte dem nächtlichen Ansturm der Karnickeltruppen nicht nachgegeben. Sie saßen frustriert auf den Wiesen herum und behielten mich im Auge. Vielleicht hielten sie Ausschau nach Freunden, aber November war noch nicht auf den Beinen, obwohl er mich gehört haben musste. Die Veränderungen gingen auch an ihm nicht spurlos vorbei.

Ich trank noch einen Schluck und atmete tief durch. Diese frühen Morgenstunden – ob Stadtbewohner die auch so liebten? Standen auch in den Metropolen dieser Welt Menschen mit Kaffeetassen herum und witterten in den Tag?

Vielleicht gab es solche Oasen überall auf der Welt? Vielleicht gab es da draußen Orte, die diesem mehr als gerecht wurden. Vielleicht gab es Marsmenschen.
Tapsende Schritte. November kam aus dem Haus getrottet und schaute sich gähnend um. Seine Zunge ragte steif aus dem Maul, nur die Spitze zitterte wie ein Technowurm. Er kam zu mir rüber, lehnte sich gegen meine Beine und schleckte meine Knie. Ich streichelte ihn zwischen den Seidenohren.
»Na, gut geschlafen?«
Er gähnte wieder. Ich trank noch einen Schluck. Als ich mir vorstellte, morgens ohne Mor und November aufzuwachen, setzte mein Herz einen Schlag aus. November schien etwas zu spüren und verpasste mir noch einen Knieschleck. Ich streichelte ihn weiter, trank Kaffee und hörte den Stimmen zu. Was hätte ich dafür gegeben, wieder zu Nele unter die Decke zu gleiten und ihre Ferse zwischen meine Waden zu nehmen, aber Dienstag war schon übermorgen. Es wurde Zeit, in die Gänge zu kommen. Heute würde ich den Mottek auspacken.

Die Haustür schwang auf, und November schoss wie eine Rakete in den Flur. Ich rief ihn zurück und erklärte ihm die Situation. Er trottete beleidigt wieder nach draußen. Ich machte einen Rundgang und stieß alle Fenster auf. Dann packte ich den Vorschlaghammer aus und legte los. Mit schönem Hüftschwung riss ich das zehn Kilo schwere Ding herum und ließ es in die ungeschützte Flanke der Küchenwand krachen. Der Kopf vergrub sich fünf Zentimeter tief, Splitter flogen, Gips staubte. Ich stemmte meine Beine in den Boden, holte aus und schlug wieder zu. Mit jedem Schlag erzeugte ich faustgroße Löcher. Ein Splitter erwischte mich an der Hand. Das erste Blut floss. Ich machte weiter. Schon bald war ich durchgeschwitzt, und der feine Staub ließ mich husten. Völliger Blödsinn, so etwas im Hochsom-

mer zu tun. Außer natürlich, man war verliebt. Ich grinste die Wand an und verpasste ihr das nächste Loch.
Eine kleine Stunde später war die Küchenwand zur Hälfte eingeebnet. Ich goss mir einen Liter Mineralwasser über den Oberkörper und kam mir vor wie eingegipst. Der Gipsstaub hatte sich in jede Pore gesetzt und sich dort mit Schweiß und Blut vereinigt, aber die Sache hatte sich jetzt schon gelohnt: Durch das Küchenfenster fielen erste Sonnenstrahlen ins Wohnzimmer und warfen ein neues Licht auf die Sache. Es würde ein Traumraum werden.
Ich begutachtete gerade einen leicht gequetschten Daumen, als Nele hereinkam. Sie trug Arbeitskleidung, Schlaf in den Augen, eine Kaffeetasse in der Hand und sah zum Anbeißen süß aus. Sie drückte mir einen warmen, weichen Kaffeekuss auf den Mund.
»Gut geschlafen?«
»Ja. Und selbst?«
»Wie ein Baby.«
»Nichts geträumt?«
Sie horchte kurz in sich rein und schüttelte den Kopf. Sie lächelte.
»Wahrscheinlich war ich sogar dafür zu müde. Ich bin ziemlich schnell eingeschlafen, oder?«
»Schlagartig, würde ich sagen. Ich hab's nicht gleich gemerkt.«
»Oh.«
Sie senkte ihren Blick und wurde allen Ernstes rot. Ich ließ den Hammer fallen, packte sie und zog sie an mich. Während ich meine Lippen auf ihre presste, dachte ich: *lebenslänglich*. Das Wort erschien in Blockbuchstaben auf der Innenseite meiner Augenlider. Anscheinend bekam ich jetzt Untertitel, damit ich ja auch mitbekam, wie hinüber ich war.
Das Ganze endete damit, dass ich sie loslassen musste, um Luft zu holen. Wir starrten uns atemlos an. Bloß so ein

weiterer Augenblick. Draußen kläffte November. Irgendwo schrie ein Vogel. In einer Villa auf einem Hügel stand ein Mann und sah eine Frau an.
Sie lächelte. Mittendrin musste sie gähnen und warf einen Blick an mir vorbei auf die Überreste der Küchenwand.
»Sieht gut aus.«
»Nicht?« Ich schnappte mir den Mottek und verpasste der Wand einen weiteren Schlag. Ein Stück Rigips brach raus und fiel zu Boden. »Willst du auch mal?«
Sie winkte ab.
»Zu anstrengend.«
Sie stellte die Tasse ab und begann, die herausgebrochenen Wandstücke aus dem Fenster zu schmeißen, wo sie mit einem metallischen Scheppern im Container landeten. Ich machte mich wieder daran, die Wand zu bearbeiten.
Irgendwann kam Anita herein. Ich erklärte ihr, dass man hier bald Sonne von drei Seiten haben würde. Man könne dann quasi in Licht baden. Der Anblick würde imposant. Sie würdigte die Sache kaum eines Blickes und begann, Nele zu helfen. Dass sie ohne Rokko auftauchte, war ein schlechtes Zeichen. Anscheinend ließ sie ihn immer noch zappeln. Rokko hatte sich schon oft danebenbenommen, eigentlich kannte ich die beiden kaum anders als frisch versöhnt. Aber diesmal schien es irgendwie anders zu sein. Ich hoffte nur, dass auch Rokko das bemerkte. Als der GT draußen vorfuhr, war es bereits nach neun. Es kotzte mich an. Ich ließ den Hammer fallen und eilte raus. Bevor er den Motor ausstellen konnte, saß ich schon auf dem Beifahrersitz.
»Fahr.«
Er verharrte mit der rechten Hand auf dem Zündschlüssel und sah mich fragend an.
»Wohin?«
»Benni wollte um neun hier sein, um seinen Scheiß wegzumachen.«
Er brauchte einen Augenblick, dann grinste er.

»Und jetzt holen wir ihn zu Hause ab?«
»Falls du heute noch losfährst.«
Er schob den ersten Gang rein, und im selben Moment kam ein weißer Mercedes 500S auf den Hof gerollt. Er hielt direkt vor der Haustür. Der Motor erstarb, die Tür öffnete sich, und Benni stieg aus. Er trug eine Markenlatzhose, eine zu große Baseballkappe verkehrt rum und eine Goldkette. Seine Haare sahen bereits verschwitzt aus. Der volle Getto-Rapper-Arbeiter-Style.
»Ein weißer 500er...«, murmelte Rokko.
»Und, he, damit fährt er zur Arbeit...«
Rokko sah mich an. Ich sah ihn an. Wir stiegen aus. Benni stand neben seinem Wagen und grüßte uns mit einem Kopfnicken, beide Hände in den Taschen seiner zweihundertfünfzig Euro teuren Arbeitshose.
»Moin.«
Er schaute uns seelenruhig an und fühlte sich den Dingen sichtlich gewachsen. Ich hatte Lust, ihm eine zu scheuern. Die Arroganz der Jugend war noch nie mein Freund gewesen, vor allem, seitdem ich selbst nicht mehr der Jüngste war.
»Du bist zu spät.«
Er lächelte blasiert.
»Besser spät als nie.«
»Ach, Scheiße«, knurrte Rokko und sah mich an. »Soll ich seinen Wagen untersuchen? Ich wette, ich finde was.«
Darauf würde ich auch wetten, denn er hatte Benni schon länger auf dem Kieker. Es war die Abneigung eines erfahrenen Platzhirsches, der instinktiv seinen Nachfolger erkannte. Benni stand am Anfang seiner Frauenheldkarriere und hatte beste Chancen, nicht nur in Rokkos Fußstapfen zu treten, sondern dem gesamten Landkreis seine ganz eigenen Abdrücke zu verpassen. Er sah nicht nur gut aus, sondern würde auch noch Millionen erben. Man staunte, wen er damit jetzt schon alles beeindrucken konnte, und

auch wenn er noch jung war – an Selbstsicherheit mangelte es ihm nicht. Weiß Gott, der kleine Arsch hatte sogar mal Anita angebaggert. Wenn Rokko das je rausbekam, gäbe es einen Mordfall. Komisch, dass mir das ausgerechnet jetzt einfiel …

»Komm mit«, sagte ich.

Wir gingen ins Haus. Benni folgte uns lässig und gelangweilt. Er kommentierte nicht mal den Geruch. Vielleicht hatte er sich in den letzten Monaten schon daran gewöhnt. Vielleicht war er die Ursache. Dieser Gedanke ließ mich die Fäuste ballen.

Ich öffnete die Tür zum Schlafzimmer. Benni folgte mir in den Raum, Rokko ebenfalls. Ich wandte mich Benni zu.

»Luftmatratze gefunden?«

»Kein Problem«, sagte er und schaute sich um. Ihm war nicht die kleinste Unsicherheit anzumerken. So etwas passierte, wenn man reiche Kinder in dem Glauben erzog, dass es keinen noch so großen Schlamassel gab, aus dem man sich nicht freikaufen könnte.

Ich zeigte in die Runde.

»Viel Spaß.«

»Wobei?«, fragte er.

Ich ließ meinen Zeigefinger durch den Raum schwingen. »Der ganze Müll muss raus, und dann werden die Räume gestrichen. Danach reden wir über die Erbstücke, die du mutwillig zerstört hast. Die Sachen, die du kaputt gemacht hast, kannst du behalten.«

»Wie – behalten?«

»Na, sie gehören dir. Mach einen Flohmarkt. Ist eine interessante Erfahrung, eigenes Geld zu verdienen.«

Er sah mich an. Dann wandte er sich an Rokko, hob seine Hände und zeigte ihm seine Handflächen.

»Okay, Freunde. Ich geb ja zu, dass ich mal im Haus war, aber ich hab doch nur Müll angesprayt. Es war alles schon kaputt, als wir hier ankamen.« Nach ein paar Sekunden gab

er es auf, Rokko beeindrucken zu wollen, und sah wieder mich an. »Dass ich hier bin, ist ein Zeichen von Goodwill. Also, warum versuchen wir nicht, eine faire Lösung zu …«
Rokko sah mich an.
»Hat der mich geduzt?«
Ich zog die Schultern hoch.
»Jedenfalls behauptet er, dass ihr Freunde seid.«
Rokko ließ Benni ein paar Sekunden warten, bevor er ihn wieder anstarrte. Sein Schützenfestblick.
»Für dich immer noch Sie, du Kiffer.«
Jede Silbe schwer wie ein Backstein.
»Wie Sie meinen.« Benni zeigte wieder seine Handflächen. »Alles gut.«
»Ach, wirklich? Das eben war ein glattes Schuldeingeständnis.«
Benni lächelte.
»Ich denke, der Anwalt meines Vaters würde das anders sehen.«
Rokko ging einen Schritt auf ihn zu und senkte die Stimme.
»Aber der Scheißanwalt deines Scheißvaters ist nicht hier. Hier sind nur wir.«
Benni trat einen halben Schritt zurück. Weiter konnte er nicht, da war die Wand. Vielleicht wäre er aber auch so stehen geblieben, denn er lächelte noch immer.
»Böser Bulle, böser Bulle, ich kenn den Film.«
Rokko starrte ihn sekundenlang an, dann ging er einen Schritt zurück. Die Tür schwang zu. Ohne Benni aus den Augen zu lassen, griff er hinter sich und berührte den Lichtschalter. Der Raum wurde dunkel. Durch die besprayte Fensterscheibe fielen ein paar schüchterne Sonnenstrahlen herein, doch sie verkümmerten auf halber Strecke. Von draußen hörte man ein paar Geräusche, aber die fanden in einer anderen Welt statt, in einer Welt, die voller Licht war.

Als Rokko das Licht wieder anknipste, kam Bennis Lächeln nicht mehr ganz so flüssig. Rokko starrte ihn mit vorgestrecktem Kopf an.
»Dich mochte ich noch nie.«
»Rokko? Lässt du uns bitte kurz allein?«
Rokko starrte Benni etwa zwanzig Sekunden lang an. Dann wandte er sich ab und ging raus. Benni fing sich ein bisschen, und als ich mich ihm zuwandte, hatte er schon fast wieder zu seiner alten Arroganz zurückgefunden.
»Also, das ist der Deal: Das Haus besenrein, gestrichen und eine faire Summe für den entstandenen Schaden. Sobald das Haus hergerichtet und der Betrag überwiesen ist, vergessen wir die Schweinerei und verzichten auf eine Anzeige.«
Er holte Luft. Ich schüttelte den Kopf.
»Und bevor du jetzt was Blödes sagst, erklär ich es dir noch mal: Das hier ist das Elternhaus meiner großen Liebe. Meiner ersten und größten und letzten Liebe. Der Frau meines Lebens. Und du hast hier drinnen mit Farbe herumgespritzt, und was weiß ich nicht noch alles. Ich möchte, dass du bedenkst, was für ein beschissenes Gefühl das für sie ist. Mir ist danach, deiner Bonzenkarre ein kleines Päckchen unterzujubeln oder dich mit Rokko alleine zu lassen. Aber ich werde es nicht tun, und weißt du warum? Weil jeder mal einen Fehler macht, und du hast jetzt die Chance, alles wiedergutzumachen.«
Er sah sich um und zeigte auf den Müllhaufen.
»Ich bin aus dem Schneider, wenn ich den Müll beseitige und den Schaden ersetze?«
Ich nickte.
»Kein Problem«, sagte er und zückte sein Handy.
War es doch, denn ich wollte nicht, dass er mit Papas Kohle eine Firma beauftragte, also machte ich ihm klar, dass ich ihn persönlich schuften sehen wollte, sonst würde Rokko vielleicht irgendwie erfahren, dass er Anita angegraben hatte. Als ich fertig war, sah er mitgenommen aus. Das Leben

brachte jeden von uns mal aus dem Gleichgewicht, und ihn hatte es schwer getroffen. Er musste tatsächlich ein paar Tage seines verdammten Lebens richtig arbeiten. Ich gestand ihm die Hilfe von ein paar Kumpels zu. Er nickte betrübt. Wochenende, Sommer, dreißig Grad, und er sollte seine Freunde vom See und den Mädchen weglocken, um ein Verlies auszuräumen. Ich hoffte, sein Ruf würde Schrammen davontragen.

Als ich das Schlafzimmer verließ, fauchte er bereits in sein Handy. Ich tauschte einen Blick mit Rokko, und dann wechselten wir uns ab: Der eine schwang den Hammer, der andere warf die Brocken aus dem Fenster. Draußen spielte das Radio. Anita hatte einen Soul-Sender erwischt, und manchmal sang eines der Mädchen mit. Die Stimmen klangen träge und atemlos. Zwischendurch verschwand Rokko nach draußen und wechselte den Sender. Doch sobald er wieder im Haus war, schaltete Anita auf den Soul-Sender zurück. Rokko knurrte, war aber schlau genug, es dabei zu belassen. Ich bot ihm 1 zu 500 an, dass er heute noch Sex haben würde. Er antwortete mir mit einem Mauerstück, das mich nur knapp verfehlte. Das nächste fing ich auf, warf es zurück und traf ihn am Bein. Bevor er zum Gegenschlag ausholen konnte, rettete ich mich durch einen beherzten Sprung in die Küche. In diesem Moment hörte man draußen mehrere knatternde Motoren den Hügel hochkommen. Wir gingen raus und schauten, was der Aufruhr sollte.

Ein Mofa-Fuhrpark kam den Hügel hoch. Fünf von Bennis Freunden waren ihrem Meister zu Hilfe geeilt. Am Sonntagmittag. Bei dreißig Grad im Schatten. Vielleicht war das so, wenn man reich war. Vielleicht standen dann immer alle in den Startlöchern, um einem einen Gefallen tun zu können.

Sie hörten zu, wie der Chef sie instruierte, und machten sich, ohne zu nölen, an die Arbeit. Kaum waren sie ins Haus verschwunden, kam der nächste Besucher den Hügel hochgefahren. Und was für einer. Der Mazda-Sportwagen hatte nicht die individuelle Klasse von Rokkos GT, aber dafür mehr PS, die bessere Ausstattung und edlere Sitze. Aus dem Wagen stieg ein gut aussehender, braun gebrannter Dreißigjähriger. Er trug einen Leinenanzug und schickte ein Blendamed-Lächeln in die Runde.

»Hi. Bin ich hier richtig bei Anita?«

Wir starrten ihn an.

»Maximilian!«

Anita kam ums Haus gerannt und fiel ihm um den Hals. Er hob sie hoch und schwang sie herum.

»Bist ganz schön fett geworden!«

Anita ließ sich lachend von ihm herumschwingen. Max hatte vielleicht nicht Rokkos individuelle Klasse, aber dafür mehr Charme, Geld und einen guten Humor, den er bei der Begrüßung zur Schau stellte.

»Hey, das ist Max«, stellte Anita ihn atemlos vor, als er sie wieder abgesetzt hatte. »Max, das sind Paul und Rokko.«

»Hi Max«, sagte ich und behielt Rokko im Auge.

»Freut mich.«

Wäre Rokko ein Hund, hätte er geknurrt und das Fell gesträubt, so starrte er ihn nur an. Max strahlte und legte seinen Arm um Anitas Schultern.

»Also, wo ist die Goldgrube?«

Sie zogen los, um die Münzsammlung zu begutachten und etlichen anderen Kram, den die Mädchen gefunden hatten. Rokko folgte ihnen wie auf Schienen. Ich schloss auf, während Anita und Max über irgendwas lachten, das sie vor langer Zeit in einer durchzechten Nacht erlebt hatten. Ich legte meinen Arm um Rokkos Schultern. Sie fühlten sich steif und verspannt an.

»Sie will dich bloß testen, also bleib locker«, flüsterte ich, während wir Anita und Maximilian ins Haus folgten. »Verstehst du, was sie dir damit sagen will? Kapierst du die Botschaft?«

»Ja«, knirschte er.
»Gut, denn machst du jetzt irgendwas Dämliches, dann verlässt sie dich mit Maximilian dem Großen.«
»Halt's Maul.«
»Gern geschehen.«
Maximilian wühlte in Kartons, und Nele wurde von Minute zu Minute reicher. Vielleicht würden wir ja noch mehr finden, aber die obere Etage war zu voll, man kam nicht in alle Ecken, also vertagten wir die endgültige Bestandsaufnahme und gingen wieder an die Luft. Maximilian versprach, in ein paar Tagen wiederzukommen, eigentlich wickelte er so kleine Deals nicht mehr ab, aber Anita zuliebe. Er wolle auch gar keine Provision, sie solle ihn einfach mal wieder anrufen, sie hätte ja seine Nummer.
Nachdem er sich von allen, inklusive Rokko, verabschiedet hatte, stieg er in seinen Mazda und rollte vom Hof. Wir schauten zu, wie der Wagen den Hügel runterrollte. Ich schlug Rokko auf die Schulter.
»Geht doch.«
Rokko hatte Maximilian zum Abschied bloß schweigend die Hand gedrückt und ihm dabei fest in die Augen geschaut. Maximilian dagegen hatte Rokko auf die Schulter geklopft, ihn einen tollen Kerl genannt und war dann lachend zu Anita gegangen, um sie zum Abschied auf den Mund zu küssen. Und lebte noch.
Rokko starrte dem Mazda nach, bis er auf die Landstraße eingebogen war, dann verschwand er ins Haus. Wenig später hörte man Mottek-Schläge. Sie klangen schnell und kräftig. Ich sah Anita an.
»Willst du erst Blut sehen?«
Sie schickte mir ein schönes Lächeln.
»Er überlebt das schon.«
»Ja, klar«, sagte ich, »aber die anderen nicht.«
Sie lächelte und begann wieder, Möbelstücke in den Container zu werfen. Nele drückte mir im Vorbeigehen einen

Kuss auf den Mund. Ich ging zurück ins Haus, bevor Rokko es komplett abriss.

Am Nachmittag schmerzten mein Nacken, meine Schultern, meine Beine und mein Rücken. Ich hatte mich mit Rokko am Hammer abgewechselt. Er hatte sich abreagiert, und ich hatte dem Ganzen hier und da einen i-Punkt zugefügt, was dem Haus gut bekommen war. Die Küchenwand hatte sich in Trümmer aufgelöst, die Küche war komplett geräumt, und falls noch ein paar Wände wegmussten, würde ich einfach MAX draufschreiben und Rokko mit dem Mottek alleine lassen. Er war immer noch nicht drüber weg.
Während wir verschnauften, rief Nele uns zum Essen. Wir wuschen uns, so gut es ging, mit Mineralwasser, setzten uns an den gedeckten Gartentisch und besprachen das Problem der Sanitärsituation. Nele schlug ein Dixi-Klo vor, aber davon wollte Mor nichts wissen. Sie würde doch nicht fünf Sterne kochen und sich dann so ein hässliches Plastikteil neben das Haus stellen. Sie wollte eine funktionierende Toilette, basta.
Wir einigten uns auf Verhandlungspause und fielen über die Leckereien her. Wir tunkten Chips in Soßen, schmierten Kräuterbutter in Fladenbrote, stopften sie mit Salat und schwelgten. Heute verliebte ich mich in die Kombination von in Kamille gekochten Kartoffeln, getunkt in eine Pfefferminz-Sahnesoße. Mors Soßen hätten sie berühmt machen sollen. Sie behielt uns im Auge, während wir uns vollstopften, und sackte lächelnd Komplimente ein. Solange wir aßen, wankten die Kids schwer bepackt an uns vorbei und entsorgten kaputte Möbel und anderen Plunder in die Container. Ich musste zugeben, sie ließen sich nicht hängen. Man bekam fast Schuldgefühle, sich den Bauch vollzuschlagen, während sie schwitzend vorbeitaumelten.
Mor schaute ihnen nach.
»Ist das nicht Benni? Der Sohn vom alten Haase?«

»Er und seine Kumpels helfen ein bisschen«, erklärte ich ihr.
»Erziehungscamp«, fügte Rokko hinzu. »Macht mal Pause!«, rief er rüber. »Der Krach stört beim Essen!«
Er grinste, bis ihm die Blicke der Mädchen auffielen. Ich nickte ihm anerkennend zu. Jaja, da hatte er sich den ganzen Tag zusammengerissen, um sich dann kurz vor Feierabend mit einer einzigen Sache abzuschießen.
Wenig später saß unser Erziehungscamp auf Eimern, Bierkästen und Kartons um den Gartentisch herum und mampfte, was das Zeug hielt. Sie warfen Mors Stumpf neugierige Blicke zu, tauschten hier und da mal einen Blick, doch es wurde weder gekichert, noch wurden irgendwelche stummen Botschaften versandt. Vielleicht waren sie reifer, als sie aussahen.
Bienen summten träge um uns herum. Über uns bewegten sich die Blätter der Buche. Es roch nach Essen, Gras, Weizen, Sommer, Gewürzen und Ewigkeit. November lag zu meinen Füßen und stieß immer mal wieder seine Schnauze gegen mein Knie, um die Lage zu testen. Neles Hand lag auf meinem Oberschenkel. Es schien, als hätte jemand die Uhr angehalten, um uns diesen Augenblick als Jahresring zu verewigen.
Kaum war der letzte Bissen vertilgt, standen die Kids auf und bedankten sich für das Essen. Sie hatten die Rechnung ohne die Küchenchefin gemacht, die noch ein paar Desserts auspackte. Viel Überredungskraft brauchte sie nicht, die Kids stürzten sich auf das Süße. Während sich alle von Modelkarrieren verabschiedeten, begann Mor summend das Besteck zusammenzuräumen. Sie wirkte glücklicher, als ich sie seit Langem gesehen hatte. Es klang wie *Somewhere Over the Rainbow*.
Schon bald waren Nele und Anita mit Terzen und Quinten dabei. Rokko schob seinen Teller beiseite, legte die Hände auf den Tisch, schlug mit den Fingern aufs Holz und stieg

taktvoll ein. Ich imitierte einen Basslauf. Die Kids starrten uns an, wie Menschen in einem Science-Fiction-Film, die eine Zeitreise in die Antike machten und dort Verrücktes vorfanden: Lebewesen, die miteinander sangen. Einfach so. Ganz ohne Computer und Textstellen, in denen Schlampen oder tote Bullen vorkamen.
Am Ende applaudierten ein paar. Ritas Sohn meinte, wir sollten eine Band gründen. Es war zum Schießen. Als die Kids erfuhren, dass sie soeben mit der Isolierband gespeist hatten, gab es ein großes Aha. Als Kind hatte jeder von ihnen irgendwann mal einen unserer Schützenfest-Gigs mit seiner Familie besuchen müssen. Aus Kindersicht musste ihnen das alles groß und hip vorgekommen sein, anders konnte ich mir den Respekt nicht erklären, den sie uns plötzlich entgegenbrachten. Sie gierten nach »Bono, Prince und wir auf Tour«-Geschichten aus der großen, weiten Musikwelt. Damit konnten wir nicht dienen. Dafür erzählten wir Ritas Sohn ein paar Anekdoten über seine Mutter, die er so bestimmt noch nicht gehört hatte. Wir lachten, und zum ersten Mal an diesem Tag wirkte Rokko entspannt. Anita ignorierte ihn immer noch, aber auf eine Art, deren Ende absehbar war.

Am frühen Abend hatten wir die untere Etage besenrein. Die Trümmer der Küchenwand lagen im Container, ebenso die Möbel. Die untere Etage war vorzeigbar, solange man nicht aufs Klo musste. Wir beschlossen, es für heute gut sein zu lassen, und entließen die Kids. Zum Abschied machten sie den Mädchen noch ein Kompliment für den Gesang, und Mor lud sie ein, uns auf ihrer Party spielen zu sehen. Sie schwärmten begeistert zu ihren Mofas und rollten vom Hof. Benni stieg in den 500er. Er hatte die Dreistigkeit zu winken, als er vom Hof fuhr. Während ich mit Rokko die Fenster für die Nacht verschloss, schüttelte er den Kopf.

»Hat deine Mutter die kleinen Scheißer da eben zum Fest eingeladen?«
»Hat sie für mich getan. Ich brauche neue Freunde. Ich hab ja nur dich.«
Er nannte mich Penner und verpasste mir einen schlappen Haken. Schon tänzelten wir um uns herum und lugten uns durch die Deckung hindurch an. Ich schlug auf seine Deckung, er auf meine. Seine Schläge waren Schmetterlinge. Ich war nicht aufmerksam gewesen, und so hatte ich den Augenblick verpasst, als Anita ihm das Versöhnungszeichen gegeben hatte, doch die Auswirkungen waren nicht zu übersehen. Rokko war so mild und nachgiebig, dass ich ihn eine schwindsüchtige Tunte nennen konnte, ohne dass er mir mehr als vierzig, fünfzig Schläge verpasste.
Wir schlossen das Haus ab und gingen den Hügel hinunter. Nele hielt meine Hand. Trotz des frühen Abends flimmerte es über den Feldern. Wenn es nicht bald regnen würde, wäre die Ernte dahin, aber in diesem Moment war mir alles egal. Ich fühlte mich auf eine gute Art erschöpft und zugleich aufgekratzt, wie es nur körperliche Arbeit schaffen konnte. Die Aussicht auf eine weitere Nacht mit der Frau meines Lebens störte mich dabei nicht sonderlich.
Die Mädchen verschwanden ins Bad. Rokko und ich halfen derweil Mor in der Küche, die voller Bleche und Dosen war und nach Leckereien duftete, dass einem ganz schwindelig wurde. Vielleicht würde es nicht das größte Sommerfest aller Zeiten werden, das leckerste allemal. Wir fingen uns Warnungen fürs Naschen ein, duschten der Reihe nach, rannten in Handtücher gewickelt umher. Niemand von uns war danach, auseinanderzugehen und diesen Tag zu beenden.
Als wir mit einem Glas frischem Eistee im Garten standen und der Sonne beim Versacken zusahen, atmete ich durch. In den letzten Jahren hatte es immer wieder Phasen gegeben, in denen ich mich gefragt hatte, ob man jemals wieder

so glücklich werden konnte wie in der glücklichsten Erinnerung. Man zweifelte daran und dann, plötzlich ... Glücklich. Ich sah Mors entspanntes Gesicht. Neles fröhliches Plaudern. Rokkos und Anitas Händchenhalten. Mein Glas Eistee war halb voll.

Als ich Lust aufs Laufen bekam, winkten alle nur stöhnend ab. Ich fragte Mor, ob sie mitkäme, und wich einer Kartoffel aus. Die Kartoffel verfehlte mich nur knapp und schaffte es nicht einmal auf den Rasen. Kurz bevor sie aufschlug, verschwand sie in Novembers Maul auf Nimmerwiedersehen. Ich hatte ihn eine ganze Weile nicht gesehen, und plötzlich war er genau da, wo es was zu essen gab. Er schaute sich erwartungsvoll um. Fliegende Kartoffel? Wau. Ich machte Mor Vorwürfe, sie solle den Hund nicht bei Tisch füttern. Sie warf noch eine Kartoffel. Diesmal pflückte November das Ding mit einem Kragehop aus der Luft. Es sah zum Schießen aus. Die nächste warf Anita. Sie gab erst gar nicht vor, auf mich zu zielen. November schnappte sich das Ding aus der Luft. Die Situation geriet außer Kontrolle. Während sie November wie Tenniskanonen beschossen, schnürte ich mir die Schuhe.

Meine Waden meckerten, als ich den Hügel hochlief. Renovieren schien eine ganz eigene Kondition zu verlangen. Die Insekten waren auch nicht in Topform. Die dicken Brummer waren wie besoffen von der Hitze und stießen frontal gegen mich, bevor sie wütend summend wieder Fahrt aufnahmen.

November folgte mir ebenso steifbeinig. Normalerweise aß er nur, bis er satt war, aber den Leckereien aus den Händen lachender Mädchen hatte er nicht widerstehen können. Er trottete mit hängendem Kopf neben mir her. Es fehlte nicht viel, und seine Nase hätte eine Rille im Sand hinterlassen.

»Jaja – Mädchen!«, erklärte ich ihm. »Bist nicht der Erste, der da mal durchhängt.«

Er schaute kurz zu mir hoch, dann ließ er den Kopf wieder

hängen wie ein depressiver Spürhund. Ich lief an der Baustelle vorbei, steuerte den Weg zum Steinbruch an und behielt dabei das Gebüsch im Auge, man wusste ja nie.

Ich schaffte es rechtzeitig zum Felsen, gerade als die Sonne restlos vom Horizont verschwand. Außer mir waren bloß ein paar Angler da, die in den Klippen ihr spätes Glück suchten. Ich blieb stehen und schaute zu, wie die Schatten über das glitzernde Wasser krochen und die Diamanten auslöschten. Der See war gerade dunkel geworden, als ich die federleichten Schritte hörte. Die Sohlen schienen kaum den Boden zu berühren. Effektiver, kontrollierter Lauf. Sie musste einen guten Jugendtrainer gehabt haben.

Die Neue blieb neben mir stehen. Sie trug ein gelbes Top, halblange Basketballhosen und gute Laufschuhe sowie die obligatorische Baseballkappe, aus der ihr Pferdeschwanz hervorlugte. Ihre Haut glänzte vor Schweiß, aber auch diesmal ging ihr Atem leicht, und sie roch angenehm nach Zitronenöl.

Sie schob sich den Kopfhörer vom Ohr und schaute über den dunklen See.

»Schon wieder zu spät.«

»Überstunden?«

»Verschlafen. Ich bin ständig müde. Ich muss mich erst an die Landluft gewöhnen.« Sie senkte ihren Blick. »Was ist mit dem Hund?«

Ich warf einen Blick runter. November lag neben meinen Füßen wie ein platter Sack. Sah aus, als müsste ich ihn nach Hause tragen.

»Vollgefressen.«

Ihr Gesicht wurde weicher, als sie ihn musterte.

»Wenn ich bleibe, lege ich mir auch einen zu.«

»Sie wollen uns schon wieder verlassen?«

Sie zuckte die Schultern.

»Kollege Hundt mag keine weiblichen Kollegen.«

»Doch, doch«, winkte ich ab. »Er hasst nur die, die seinen

Job besser machen als er.«
»Können ja nicht wenige sein.«
»Das ist ja das Problem.«
Wir lächelten uns an. Sie gefiel mir. Ein Wink des Schicksals, dass sie ausgerechnet jetzt auftauchte, wo Nele wieder da war. Ich stellte mir vor, was passiert wäre, wenn wir uns vor einem Monat oder auch nur einer Woche kennengelernt hätten, und dann wäre Nele plötzlich aufgetaucht. Schmerzhafte Entscheidungen. Verletzungen. Aber so war es nicht. Es war eben nicht immer wie in Mors Serien, wo ständig das größtmögliche Drama passierte. Das Leben war nicht so.
Sie sah auf das dunkle Wasser. Ich wartete darauf, dass sie mich auf das Sommerhaus ansprach, aber sie schien sich damit zu begnügen, aufs Wasser zu schauen.
»Und, mal wieder einen Kollegen im Gebüsch getroffen?«
»So viel Zeit lässt sich niemand mehr. Man trifft sich zufällig beim Einkaufen, zufällig auf der Straße und zufällig vor meinem Haus. Vorgestern traf ich Kollege Klaasen auf dem Weg zur Arbeit. Er hatte ein nagelneues Hollandrad unterm Hintern und wollte eine Fahrgemeinschaft mit mir gründen. Beim Versuch mitzuhalten, ist er fast gestorben.«
Telly auf einem Fahrrad? Die Vorstellung ließ mich schaudern.
»Darf ich Ihnen einen Tipp geben? Picken Sie sich einen raus. Der beschützt Sie dann gegen die anderen, und irgendwann lieben Sie ihn.«
Sie schaute mich an. Ich nickte.
»Das funktioniert immer in den Western, die ich lese.«
»Danke für den Tipp, aber ich favorisiere da eher die Darwin-Strategie: Ich spiele sie alle gegeneinander aus, und wenn sie sich gegenseitig umgebracht haben, nehme ich den Sieger.«
»Wenn sich alle gegenseitig umgebracht haben, gibt's keinen Sieger.«

»Doch«, sagte sie. »Mich.«
Ihr helles Lachen perlte über den See. Ich grinste sie an.
»Sie bringen halt Schwung in die Sache. Das halbe Revier joggt plötzlich, im Dorf sind die Laufschuhe ausverkauft. Sie sollten Provision verlangen.«
»Sie bringen mich auf Gedanken«, lachte sie. »Wenn Hundt mich rausekelt, komme ich zu Ihnen, dann machen wir Geschäfte. Ich laufe, sie verkaufen Ferngläser an der Strecke, und wir machen fifty-fifty.«
Fast hätte ich ihr vorgeschlagen, oben ohne zu laufen und die Preise zu verdoppeln, aber seit Neles Sprint wusste ich, dass Nacktjoggen bei Frauen so eine Sache war. Stattdessen wartete ich weiterhin darauf, dass sie mich fragte, ob ich mit Nele ins Ferienhaus eingebrochen war. Sie fragte nicht. Sie gefiel mir immer besser.
Sie raffte sich auf.
»Kommen Sie mit um den See?«
»Nein, ich laufe zurück.«
»Grüßen Sie Ihre Mutter von mir.«
»Mach ich. Übrigens, sie wird übermorgen sechzig, wir machen ein Sommerfest. Alle Junggesellen der Gegend auf einen Haufen. Kommen Sie vorbei, und bestaunen Sie das Angebot, dann haben Sie es hinter sich.«
Sie grinste.
»Klingt verlockend.«
»Jaja, Sie wissen ja, besser ein Ende mit Schrecken …«
»Danke. Sagen Sie Ihrer Mutter, dass ich die Einladung gerne annehme.«
»Da wird sie sich freuen.«
»Gut.« Sie lächelte. »Also. Bis morgen.«
»Und nicht die Hoffnung verlieren – mit jedem Jahr, das Sie hierbleiben, werden Telly und Schröder attraktiver …«
»Sie machen mir Angst.«
Sie schob die Kopfhörer übers Ohr und lief los. Man hörte kaum, wie sie auftrat. Mit jedem Schritt wippte ihr Pferde-

schwanz. Ich musste an Neles Haarschopf denken. In zwei, drei Jahren würde er wieder ganz der alte sein.

Als ich auf den Hof lief, war es bereits dunkel. Der GT stand nicht mehr vor dem Haus, und auch der Garten war leer. Dafür flimmerte das Licht des Fernsehers aus dem Wohnzimmer. Ich warf einen Blick hoch zur Villa und sah, dass wir vergessen hatten, das Licht auszumachen. Für einen Augenblick überlegte ich, den Schlüssel zu holen und wieder hochzulaufen. Ich hatte keine Lust. Ich öffnete das Fliegengitter und ging in die Küche, in der es immer noch nach Essen roch. November schleppte sich mit letzter Kraft zu seiner Decke und fiel ins Hundekoma. Sprich, er war unfähig, eine Pfote zu bewegen, es sei denn, jemand öffnete den Kühlschrank. Ich setzte Teewasser auf und ging mit der Weinflasche ins Wohnzimmer, wo Mor in ihrem Sessel saß. Sie war bei einer Sendung über Politik eingeschlafen. Ich füllte ihr Glas, brachte die Flasche zurück, ging die Treppe hoch und trat lächelnd in mein Zimmer.

»Na, wie ...«

Das Zimmer war leer. Ich ging wieder raus auf den Flur und klopfte an die Badezimmertür. Nachdem ich zehn Sekunden gewartet hatte, drückte ich die Tür auf und warf einen Blick hinein. Leer. Ebenso wie das Gästezimmer. Waren die Ratten losgezogen, ohne auf mich zu warten? Wir hatten überlegt, vielleicht noch in den Schaukelstuhl zu fahren. Aber ohne mich? Nein. Es musste einer von ihren Scherzen sein.

»Will jemand einen Tee?«, fragte ich.

Wollte keiner. Ich ging wieder runter in die Küche, machte den Tee und schaute den Hügel hinauf. Das Licht brannte immer noch. Waren sie noch mal da hochgegangen? Aber wo war dann der GT? Waren Rokko und Anita nach Hause gefahren und hatten Nele in der Villa alleine gelassen? Mich beschlich ein merkwürdiges Gefühl.

Ich rief Nele an. Mailbox. Ich rief Rokko an. Mailbox. Ich

rief Anita an. Mailbox. In jedem anderen Augenblick hätte ich mich für die beiden gefreut. Ich starrte zur Villa hoch. Irgendwas stimmte nicht.
Ich schnipste mit den Fingern. Novembers Ohren zuckten hoch, und er öffnete ein Auge, mehr gab es bei ihm nicht zu holen. Ich ging los. Ein klarer Sternenhimmel wies mir den Weg. Das schlechte Gefühl nahm zu. Schon bald rannte ich, und je näher ich der Villa kam, desto stärker wurde das Gefühl.
Die Haustür stand offen. Ich lief durch den Flur ins Wohnzimmer und rief Neles Namen, halb darauf gefasst, Rokko dreckig lachend in einer Ecke sitzen zu sehen. Was ich sah, war Nele. Sie saß auf dem Küchenboden. Sie hatte sich in der hintersten Küchenecke zusammengekauert und sich einen blauen Müllsack über den Oberkörper gezogen. Nur ihre Füße schauten hervor.
Ich ließ mich auf die Knie fallen.
»He, was ist? Spielst du Verstecken?«
Ich zog an dem Plastik. Nele hielt fest. Ich zog fester, der Müllsack riss auf, ihr Gesicht wurde sichtbar. Sie starrte mit stumpfem Blick an mir vorbei ins Nichts. Ihre Augen waren groß und dunkel.
»Süße, was ist mit dir?«
Sie antwortete nicht und starrte weiter durch mich durch. Ich prüfte ihren Puls. Er raste. Sie schien einen Schock zu haben. Ich warf einen Blick in die Runde und sah nichts Schockierendes.
Ich löste den Müllsack vorsichtig aus ihrem Griff und legte ihn beiseite.
»Schsch, alles in Ordnung. Ich bin da. Komm, atme mal … atme mal so richtig durch. Nele, Süße, ich bin's, Paul.«
Als ich sie in den Arm nehmen wollte, sackte sie mir wie eine Puppe entgegen. Ich ließ sie vorsichtig auf den Boden sinken und legte ihr die Beine hoch, während ich sie flüchtig untersuchte. Sie schien unverletzt zu sein.

Ich klopfte meine Hose vergebens nach meinem Handy ab.
»Süße, hast du dein Handy dabei?«
Sie antwortete nicht, und plötzlich fuhr mir ein Blitzschlag in die Wirbelsäule: *Die Bande!* Meine Nackenhaare stellten sich auf. Ich erstarrte und lauschte. Nichts. Das Haus war ruhig. Ich glaubte zu spüren, dass es leer war, aber mit so etwas konnte man sich irren.
Ich behielt das Wohnzimmer im Auge, während ich Neles Taschen nach ihrem Handy absuchte. Nichts. Toll.
»Nele, das machst du super. Alles ist gut. Gleich gehen wir nach Hause.«
Ich redete ihr gut zu, sprach sie immer wieder mit ihrem Namen an, wie ich es in der Ausbildung gelernt hatte. Das Haus blieb still, trotzdem behielt ich die Wohnzimmertür im Auge und hob meine rechte Faust an das vom Wohnzimmer abgewandte Ohr.
»Ja, hi, Kollege, ich bin's, Polizeihauptmeister Hansen!« Ich sprach laut und deutlich. »Ich bin oben in der Villa. Nele hat einen Schock ... Keine Ahnung. Schick Verstärkung und einen Rettungswagen. ... Ihr seid in der Nähe? Zwei Minuten? Okay, mach hin ... Klar bin ich bewaffnet. Bis gleich.«
Ich ließ meine Hand sinken und horchte. Niemand flüchtete. Niemand griff an. Das Haus blieb ruhig. Wenn jemand hier gewesen war, dann war er wieder weg.
Ich streichelte Neles Wange. Ihre Augen waren geöffnet, aber sie sah mich nicht. Ich wurde nicht schlau aus der Sache. Es wäre am effektivsten, den Hügel hinunterzulaufen und Hilfe zu holen, aber ich wollte sie auf keinen Fall alleine lassen. Irgendwo im Haus knackte es. Ich erstarrte. Leises Trippeln. Ratten. Ich kam endlich in die Gänge.
»Keine Angst, Süße, wir gehen nur den Kollegen entgegen. Sie sind gleich hier.«
Ich lud sie mir auf die Arme und trug sie aus dem Haus. Ich presste ihr Gesicht an meine Brust und rannte auf wackligen Beinen den Hügel runter. Niemand folgte uns.

Als ich den Hof betrat, war mir, als würde ich ihre Stimme hören. Ich taumelte mit weichen Knien auf die Küchentür zu.
»Was machst du denn da?«
Ihre Stimme. Belustigt. Ihre Augen waren geöffnet. Sie musterte mich überrascht.
»Ich … trag … dich«, schnaufte ich.
»Du bist süß.« Sie schlang ihre Arme um meinen Nacken und kuschelte sich an mich. »In die Wanne, ja?«
Ich blieb neben der Küchentür stehen und lehnte mich an die Wand.
»Se…kunde …«
Sie lächelte und bewegte ihre Beine.
»Bin zu schwer geworden, was? Dann lass mich runter.«
Ihre Stimme klang normal. Ich musterte sie.
»Sicher?«
»Na, bevor wir umkippen …«
Im Licht der Außenbeleuchtung wirkten ihre Augen wach und klar. Ich ließ ihre Beine vorsichtig los. Sie stellte sie auf den Boden. Ich hielt sie vorsichtshalber weiter fest, sie musterte mich erstaunt.
»Was ist?« Sie sah mich neugierig an. »Du bist ja völlig außer Atem.«
Ich suchte ihre Augen auf Anzeichen dafür ab, dass sie mich veräppelte. Sie legte ihre Hand auf meine Wange.
»Erde an Paul … bitte melden.«
Ich wusste nicht, was ich sagen sollte.
»Ich weiß, was du brauchst.«
Sie schnappte sich meine Hand, öffnete die Tür und zog mich in die Küche. November hob den Kopf und legte ihn wieder hin, als er uns erkannte. Im Wohnzimmer stritt sich der Fernseher. Ich stolperte hinter Nele die Treppe hoch. Sie stieß die Badezimmertür auf, ging zur Wanne und drehte das Wasser auf.
»War ein langer Tag.« Sie prüfte die Temperatur mit der

Hand und warf mir über ihre Schulter einen Blick zu. »Jetzt werde ich den Vorarbeiter schön baden und massieren.«
Ich lehnte an der Tür und versuchte, es auf die Reihe zu bekommen. Halb erwartete ich, ausgelacht zu werden, halb, dass sie umkippte. Doch alles, was passierte, war, dass sie sich das Shirt über den Kopf zog und es in den Wäschekorb warf.
»Was war das?«
Sie knöpfte ihre Hosen auf und sah mich fragend an.
»Was?«
»Was ist da eben passiert?«
»Ich hab mein T-Shirt ausgezogen? Achtung, gleich ziehe ich die Hose aus, pass auf … jetzt!« Sie warf die Hose auf das Shirt und breitete die Arme vor mir aus. »Dadahhh.«
Als sie mein Gesicht sah, verblasste ihr Lächeln. Sie kam näher, legte ihre Hände auf meine Schultern und sah mich bekümmert an.
»Was ist mit dir? Hast du einen Geist gesehen?«
»Was haben wir heute Abend gemacht? Ich war laufen, du bist mit Mor, Rokko und Anita hiergeblieben. Was passierte dann?«
Sie blinzelte ein paarmal und leckte sich über die Lippen.
»Du willst es wirklich wissen?«
»Ja.«
Sie dachte nach.
»Rokko und Anita fuhren nach Hause. Ich glaube, heute versöhnen sie sich endlich.« Sie lächelte. »Als sie weg waren, hab ich mich mit Mor vor die Kiste gesetzt und ein paar Wein getrunken.«
»Du warst nicht mehr draußen?«
Sie kniff die Augen zusammen und schien wirklich darüber nachzudenken.
»Doch, klar, ich bin mal in den Garten gegangen, um Luft zu schnappen. Sagst du mir jetzt, was los ist?«
»Jemand hat das Licht in der Villa angelassen.«

Sie schaute überrascht drein und musste dann lachen.
»Und deswegen der Aufstand?« Sie umarmte mich. »Auf die paar Cent kommt es nicht mehr an, ich bin eh völlig pleite.« Sie begann, an meinem Shirt zu ziehen, und funkelte mich an. »Also, was ist? Baden und massieren?«
Ich hielt ihre Hände fest.
»Du weißt nicht, dass du eben völlig weggetreten warst?«
Sie musterte mich verwirrt.
»Wieso denn weggetreten?«
»Ich hab dich vor fünfzehn Minuten oben in der Villa gefunden. Du lagst auf dem Boden und warst nicht ansprechbar. Deswegen hab ich dich hergetragen.«
Sie suchte mein Gesicht nach einem Anzeichen ab, dass ich scherzte.
»Paul ...«
»Ich wollte gerade einen Arzt rufen.«
Ihr Lächeln verblasste endgültig. Sie zog ihre Schultern hoch.
»Ich weiß nur noch, dass ... genau!« Sie kniff die Augen zusammen. »Ich bin hochgegangen, um das Licht auszuschalten und dann ...« Sie dachte einen Moment nach, dann zog sie ihre Schultern wieder hoch. »Ich weiß nicht ... Ich lag auf dem Boden?«
»Ja. Wie fühlst du dich? Ist dir schlecht? Hast du irgendwelche Schmerzen?«
»Nein, ich bin nur total müde. Kann sein, dass es die letzte Zeit ein bisschen zu viel war.« Sie sah an mir vorbei und nickte langsam. »Die letzten Wochen mit Papa und ... alles. Jetzt wieder hier zu sein, nach all der Zeit, die Villa, Papa, Mama, mein altes Leben. Mor, November ...« Sie sah mich an. »Du.«
Sie streckte ihre Hand aus. Ich steckte meine Finger zwischen ihre. Sie sah wieder an mir vorbei, ihre Schultern hoben sich, als sie tief einatmete.
»Ich habe mich schon lange nicht mehr so wohl gefühlt,

gleichzeitig fühle ich mich … seltsam. Ich bin traurig und glücklich und dankbar und wütend und manchmal alles auf einmal. Und ich denke viel an früher.« Sie sah mir in die Augen und drückte meine Hand. »Und an später …«
Ich versuchte erst gar nicht, cool rüberzukommen.
»Ach, wirklich?«
Wir musterten uns einen Augenblick, und plötzlich lag Scheu in ihren Augen.
»Ich hätte gerne …«
Sie verstummte und heftete ihren Blick auf mein Kinn.
»Hm?«
Sie zupfte an meinem Shirt, ohne mich anzusehen. So verlegen war sie schon als Teenager gewesen, wenn sie mich nach einem pubertären Streit gefragt hatte, ob ich wieder mit ihr gehen will. Nur, dass sie nicht mit mir, sondern ich mit ihr gehen sollte.
»Du willst, dass ich mich ausziehe, damit du alles Mögliche an mir massieren kannst?«
Ein kleines Lächeln erschien um ihren Mund. Sie zupfte diesmal energischer an meinem Shirt.
»Ja, wenn der Dorfbulle sich endlich auszieht, kann das Model ihn ein bisschen verwöhnen. Da freut es sich schon den ganzen Tag drauf.«
»Dann«, sagte ich, »will ich mal nicht so sein …«
Wir zogen mich aus. Dann rutschten wir zusammen in das heiße Badewasser. Während ich mich entspannte, massierte sie meine Füße. Ich machte mir so meine Gedanken und behielt sie im Auge, doch bald taten das heiße Wasser und ihre Hände ihre Wirkung. Ich vergaß alle Welten außerhalb der Wanne.

Der Mond schien ins Zimmer. Draußen schrie eine Eule. Ein Lichtstreifen wanderte langsam über Neles Schulter. Sie lag mit dem Gesicht zur Wand. Ich klebte an ihrem Rücken und lauschte ihren Atemzügen. Im Bad und auch

später, als wir ins Bett gingen, war sie völlig normal gewesen. Kein Anzeichen davon, dass sie zwei Stunden zuvor zusammengebrochen war. Keine Antwort auf das Warum. Hatte die Bande etwas damit zu tun? Du gehst in ein leeres Haus nach Einbruch der Nacht und stehst plötzlich vor jemand Fremdem. Da würde sich jeder erschrecken. Aber wieso sollte die Bande sich in einer Baustelle einquartieren? Man sah die Abfallcontainer auf einen Kilometer. Es machte keinen Sinn.
Draußen schrie die Eule wieder. Sie klang frustriert. Da war sie die Einzige. Ich küsste Neles Schulterblatt und ließ meine Fingerspitzen über ihre Haut gleiten. Ich versuchte, weiter nachzudenken, aber meine Gedanken verblassten neben dem Gefühl in meiner Brust. An diesem Tag hatte ich zum ersten Mal die Gewissheit gespürt, dass ich weggehen könnte. Und würde. Ich gehörte aufs Land, aber vor allem gehörte ich zu Nele. Ins Neleland. Ich wusste nicht, wie es ohne Mor werden würde. Ohne ihren Humor, das gemeinsame Essen, unsere Rituale. Aber das, was ich auf der Welt am meisten wollte, war, mit Nele zu leben. Jeden Tag mit ihr aufzuwachen und jeden Abend mit ihr einzuschlafen. Ich würde versuchen, ihr die Sache hier schmackhaft zu machen, aber wenn sie diesmal ging, würde ich mitgehen.
Sattes Glück durchlief mich in sanften Wellen und machte jeden anderen Gedanken zunichte. Ich sog Neles warmen Schlafduft in die Nase, rutschte näher an sie heran und verschob alles auf morgen. Ihr Körper fühlte sich warm und glatt an. Ich klemmte mir ihre Ferse zwischen die Waden und schloss die Augen. Zwei Menschen in einem Bett auf einem Planeten, der sich drehte.

fünf

Als die Sonne ihr erstes Licht über die Felder warf, bewegte Nele sich träge. Ihre Lider zitterten. Ihre Zunge kam zwischen ihren Lippen hervor und befeuchtete sie, während sie ein Auge öffnete und gegen das Morgenlicht gleich wieder zusammenkniff.

»Guten Morgen«, sagte ich. »Wie fühlst du dich?«

»Gut.« Sie bewegte sich unter der Decke und stöhnte. »Bis auf einen fiesen Muskelkater. Ich bin's echt nicht mehr gewohnt, körperlich zu arbeiten.«

»Noch ein paar Wochen, und du hast den Speck runter.«

Sie verzog das Gesicht.

»Mr. Charming.«

Ich küsste sie. Die Berührung ihrer Lippen ließ mein Herz schneller schlagen. Ich stieß ihr meine Zungenspitze in den Mund und leckte ihr die Nacht von den Lippen. Als ich sie freigab, lächelte sie.

»Wow.«

Ich suchte ihre Augen nach irgendwelchen Zeichen ab.

»Hast du irgendwo Schmerzen, vom Muskelkater abgesehen?«

Sie kräuselte ihre Stirn.

»Nein.«

»Na, dann ist ja alles in Ordnung.« Ich rollte mich aus dem Bett. »Gleich gibt's Kaffee.«

Sie schnurrte. Ich schlüpfte in Boxershorts und ein Udo-Lindenberg-Shirt, das mir zu weit war. Als wir es gekauft hatten, war ich noch der Dicke gewesen.

Als ich die Zimmertür öffnete, schoss November an mir vorbei und steuerte das Bett an. Er wusste, dass er nicht ins Bett durfte. Er hüpfte, ohne zu zögern, auf die Matratze und begann, Neles Gesicht abzuschlecken. Dieser Hund wusste mehr, als er zugab.
»Puhhh, du Stinker!« Sie schubste ihn halbherzig weg. Er blieb am Ball. Als sie wieder versuchte, ihn wegzuschubsen, sah sie mich Hilfe suchend an. »Wir müssen ihm die Zähne putzen.«
»Wieso wir? Ich hab's die letzten neun Jahre getan.«
Ich sah noch einen Augenblick zu, wie sie halbherzig mit ihm kämpfte, dann ließ ich die beiden alleine.
Mor saß in der Küche und rieb sich den Stumpf. Vor ihr stand ein dampfender Becher Kaffee. An der Wand standen die Krücken. Daneben lehnte ihre Prothese. Das Ding hatte ich lange nicht mehr gesehen.
»Morgen.« Ich knutschte ihre Wange. »Wieder wund?«
Sie warf der Prothese einen finsteren Blick zu.
»Man sollte meinen, ein Sanitätshaus wäre in der Lage, so etwas anzupassen, aber nein, die können es nur verkaufen.«
»Kapitalismus – aus dem Laden, aus den Augen. Ich dachte, du hättest es längst aufgegeben mit dem Ding.«
»Ich will auf dem Fest tanzen.«
Ich holte zwei Tassen aus dem Schrank und dachte kurz daran, wie sie mir als Kind das Tanzen beigebracht hatte. Ich verteilte Kakao und Zucker auf die Tassen und sah sie wie beiläufig an.
»Hast du gestern Abend was mitbekommen?«
Sie rollte mit den Augen.
»Gott sei Dank war der Fernseher zu laut.«
»Haha. Sag mal, was habt ihr gestern gemacht, als ich laufen war?«
»Ferngesehen.«
»Und?«

Sie dachte kurz nach.
»Nichts. Ich bin dabei eingeschlafen. Wozu Schlaftabletten, wenn es solche Filme gibt.« Sie sah mich fragend an. »Wieso willst du das wissen?«
»Weil Nele, während du geschlafen hast, zur Villa gegangen ist, um das Licht zu löschen. Dabei ist sie umgekippt.«
Mor richtete sich auf.
»Wie meinst du das – umgekippt?«
»Sie lag auf dem Boden und hatte einen Schock.«
Sie musterte mein Gesicht aufmerksam.
»Bist du sicher?«
»Nein, weißt du, sie legt sich einfach so nachts auf den Küchenboden und wickelt sich in Müllsäcke ein.«
Mor klopfte mit ihrem Handknöchel auf den Tisch und sah mich streng an. Ich winkte verzeihend und füllte dann Kaffee in die Tassen.
»Entschuldige, ich meinte, ich habe genug Menschen mit einem Schock gesehen. Sie hatte definitiv einen.«
»Aber wieso denn?«
»Keine Ahnung. Zuerst dachte ich, die Bande hätte sie erschreckt, aber was sollte die auf einer Baustelle? Da gibt's nichts zu holen. Macht keinen Sinn. Vielleicht war es die Situation – nach Einbruch der Dunkelheit allein in ihrem Elternhaus ...«
Mor musterte mich nachdenklich und nickte dann.
»Wir sollten sie in der Villa nicht alleine lassen, da hat sie neulich schon geschwächelt.« Sie sah mich besorgt an. »Wie geht es ihr heute?«
»Gut«, sagte ich und wischte die Kaffeespritzer vom Herd, die die Espressokanne hinterlassen hatte. »Sie erinnert sich überhaupt nicht.« Ich warf den Lappen auf die Spüle und dachte an Peter, einen Kollegen, mit dem ich auf der Polizeischule gewesen war. Immer wenn er Jägermeister trank, hatte er einen kompletten Filmriss. Egal ob einer oder zehn – Jägermeister hieß Filmriss. Vielleicht vertrug Nele keinen

Wein. Früher hatte sie zwar alles vertragen, aber vielleicht änderte sich so etwas mit der Zeit, vielleicht hörten Models ja nicht nur auf zu essen.
»Wie viel habt ihr eigentlich gestern getrunken, als ich weg war?«
Mors Blick wurde dunkel.
»Bitte?«
»Als ich gestern rauslief, wart ihr bei der zweiten Flasche. Wie viel habt ihr dann noch getrunken?«
Sie musterte mich düster.
»Zählst du jetzt die Flaschen?«
»Ich bringe das Altglas weg, okay?«
Sie starrte mich einen Augenblick lang an, bevor sie ihren Blick senkte.
»Ich weiß nicht. Vielleicht noch eine. Wir saßen noch vor dem Fernseher …«
»Erträgt man nicht nüchtern, was? Ja, okay, tut mir leid, dass ich nerve, aber ich dachte, dass sie vielleicht zu viel getrunken hat …«
Ich schnappte mir die Tassen und wollte zur Treppe.
»Nun, warte doch mal«, sagte Mor. »Hast du einen Arzt gerufen?«
»Nein, sie war gleich wieder ansprechbar.«
Ich machte wieder den Ansatz loszugehen.
»Warte. Sag mir jetzt bitte, was genau passiert ist.«
»Ich fand sie auf dem Boden. Sie hatte die Augen auf, reagierte aber nicht. Hoher Puls, kalter Schweiß. Ich brachte sie hierher, plötzlich war sie wieder da und wusste von nichts.«
Mor schob Krümel auf ihrem Teller zusammen und dachte drüber nach.
»Und es geht ihr gut?«
»Ja«, sagte ich. »Schau sie dir an, sie kommt gleich runter.«
Die Antwort machte sie nicht glücklich, aber sie sagte nichts, als ich die Tassen die Treppe hochbalancierte. Mitt-

lerweile zweifelte ich fast selbst daran, dass es passiert war.

November lag immer noch auf dem Bett und ließ sich verwöhnen. Ich machte ihm ein Zeichen, dass er runtergehen sollte. Er blieb liegen. Ich gab ihm das Zeichen noch mal. Er kämpfte sich seufzend auf die Beine und sprang vom Bett. Nele setzte sich auf, steckte sich die Kissen in den Rücken und lehnte sich gegen die Wand. Ich setzte mich vorsichtig auf die Bettkante und reichte ihr eine Tasse, ohne etwas zu verschütten.

»Danke.«

»Gern.«

Wir sahen uns in die Augen und tranken ein paar Schlucke. Draußen nahm der Tag zu, und die morgendliche Wärme breitete sich im Schlafzimmer aus. Nele war nichts anzumerken. Eine schöne, verschlafene Frau, die im Bett saß und den ersten Kaffee genoss. Die Decke war etwas heruntergerutscht und hatte eine Brust freigelegt. Sie ertappte mich beim Gucken. Ihre Augen funkelten belustigt.

»Da scheint dich die Gewichtszunahme nicht zu stören …«

Ich zuckte lässig mit einer Schulter.

»Ach, weißt du, Miss Piggy hatte auch einen Freund.«

»Boah!« Sie lachte. »So was hätte ich dir früher mal sagen sollen!«

»Wie ist es eigentlich, als Model dick zu werden? Platzt da die Haut?«

Sie verschüttete ein paar Tropfen Kaffee auf dem Bettlaken.

»Jetzt reicht's!«, lachte sie. »Sonst reden wir mal über deinen Sechzehnten.«

Ich grinste. An meinem sechzehnten Geburtstag hatte ich schwer gelitten. Nele hatte mich ins Bett bringen müssen, und dort hatte ich mich übergeben. Sie hatte nichts Besseres zu tun gehabt, als es zu fotografieren. Die Fotos bekam ich stückchenweise über die nächsten Monate zugesteckt.

Wir schlürften Kaffee, und es war, als hätte es diese neun

Jahre nie gegeben.

Nele warf einen Blick zum Fenster.

»Wird wieder sauheiß. Heute nehmen wir uns den Garten vor.«

»Dann nimm dir auch gleich Anita vor.«

»Ich glaube, die brauchen wir uns nicht vorzunehmen, die haben sich gestern Abend wirklich wiedervereinigt.«

»Das dachte ich vorgestern schon.«

»Komisch, dass die immer noch Lust auf dieses Spielchen haben.«

»Ich glaube, da hat nur noch einer Lust drauf.«

Sie sah mich über den Tassenrand hinweg an.

»Das mochte ich immer an uns. Es war alles so einfach.«

Mein Magen sackte ein paar Etagen ab, wie in der Achterbahn. Vielleicht sollte ich einen Vergnügungspark mit ihr eröffnen. *Schauen Sie dieser Dame in die Augen, aber schnallen Sie sich gut an!* He, das wäre viel billiger, als so ein riesiges Teil aufzubauen. Vielleicht könnte ich zusätzlich noch einen dunklen Raum mit Schröder einrichten. *Fassen Sie das an, und erraten Sie, was es ist!* Dass ich da nicht früher drauf gekommen war.

Ich kam wieder zu mir, als ich versuchte, aus meiner leeren Tasse zu trinken, und warf einen Blick auf die Uhr.

»Ich muss los. Kannst du mit Mor frühstücken und ein Auge auf sie werfen? Es geht ihr nicht so gut.«

Nele sah mich überrascht an.

»Was hat sie denn?«

Ich zwang meinen Blick, sich nach den Laufschuhen umzuschauen.

»Die Vorbereitungen der Party, Schmerzen von der Prothese und … na ja, vielleicht die Wechseljahre. Sicher nichts Schlimmes, aber …« Ich zuckte die Schultern. »Vielleicht kannst du mal nachhaken. Ist sicher besser, wenn eine Frau das macht.«

»Mach ich.«

Sie gähnte, stellte die Tasse weg und streckte sich. Ihr Bein rutschte unter dem Laken hervor und sah warm und einladend aus. Für einen Augenblick überlegte ich, mich wieder aufs Bett fallen zu lassen und für immer liegen zu bleiben. Ich stellte mir vor, wie Schulklassen und Touristengruppen an unserem abgesperrten Bett vorbeigeführt wurden. *Boah, schau mal, die leben ja noch!* Ja, die haben sich vor fünfzig Jahren da hingelegt, um für immer zusammen zu sein. *Oh, wie romantisch!* Darum sind sie ja auch *das* Liebespaar des Jahrhunderts. *Und die stehen nie wieder auf?* Nein. *Und was machen die da gerade?* ... Kommt Kinder, schnell, wir müssen weiter ...
Im letzten Moment fand ich die Laufschuhe und schlüpfte mit beiden Füßen hinein.
»Also – kümmerst du dich um sie? Ich lauf mir kurz den Muskelkater weg.«
Als ich aufstand, hob November den Kopf. Ich bedeutete ihm dazubleiben. Ich gab Nele einen Kuss, und als ich an der Tür stand, gab ich November das Zeichen. Er schaute mich verwirrt an. Erst beim zweiten Mal reagierte er und sprang ins Bett, wo Nele ihn in Empfang nahm. Jahrelange Disziplin und Erziehung gingen mal eben den Bach runter. Es würde ewig dauern, ihm das wieder abzugewöhnen. Solche Tage gab's.
In der Küche empfing Mor mich mit einem fragenden Blick. Vor ihr stand ein Teller mit Lachstoast und selbst gemachter Remoulade. Jedes Mahl ein Festmahl. Sie musterte meine Aufmachung.
»Seit wann läufst du vor der Arbeit?«
»Nur eine kleine Runde. Nele kommt gleich zum Frühstücken runter. Ich hab ihr gesagt, dass sie sich um dich kümmern soll, weil es dir heute nicht so gut geht. Du hast Stumpfschmerzen und die Wechseljahre.«
Sie runzelte die Stirn. Ich lief aus der Tür. Mir folgten weder Küchenmesser noch rohe Eier, aber ich wusste, sie würde

mir die Wechseljahre heimzahlen. Das war derzeit nicht mein größtes Problem.
Ich trabte den Hügel hoch und näherte mich dem Haus wie einem Tatort. Ich teilte das Terrain in kleine Zellen auf und untersuchte jede sorgfältig. Ich entdeckte nichts Ungewöhnliches. Die Reifenspuren von Bennis Benz und Maximilians Sportwagen. Die breiteren Abdrücke von Rokkos GT. Dazu die Mofareifen der Kids und die Spuren des LKW, der den Container geliefert hatte. Die Baustelle nach verräterischen Fußspuren abzusuchen schien sinnlos, also überprüfte ich die Tür. Sie stand immer noch offen, so wie ich sie in der Nacht zurückgelassen hatte. Ich entdeckte keine Einbruchspuren, also ging ich ins Haus und machte dort weiter. Die Fenster waren noch verrammelt. Ich durchsuchte Wohnzimmer, Bad, Küche und fand nichts, aber immerhin knipste ich endlich das verdammte Licht aus.
Als ich wieder nach draußen kam, biss die Sonne bereits auf der Haut. Vor der Villa blieb ich einen Augenblick stehen und sah zu unserem Hof hinunter, dann drehte ich mich um und ging noch mal zurück in die Villa. Ich wollte sichergehen, dass ich nichts übersehen hatte.
Fünfzehn Minuten später lief ich mit demselben Ergebnis wieder nach Hause. Ich hatte keinen Hinweis gefunden, dass sich jemand mit Gewalt Zutritt verschafft oder sich im Haus aufgehalten hatte.
Als ich in die Küche kam, roch es einladend nach Kaffee, Toast und Rührei. Mor und Nele verstummten mal wieder.
»Achtung«, rief ich. »Mann in der Küche. Aber keine Angst, er ist gleich wieder weg.«
Ich drückte beiden einen Kuss auf die Wange, lief die Treppe hoch, duschte, zog mich um und war in null Komma nichts wieder unten. Draußen hörte ich Rokko vorfahren. In der Küche saßen die beiden noch immer am Küchentisch. Wieder verstummten sie, als ich hereinkam. Mich konnten sie damit nicht mehr schocken.

»Jaja, manche kehren wieder. Aber nur für das ...«
Diesmal küsste ich beide auf den Mund. Fast hätte ich Nele in die Arme genommen, doch ich war schlau genug, es bei dem Kuss und einem Blick zu belassen. Sie musterten mich belustigt.
»Schönen Tag wünsch ich euch, die Sonne scheint wieder, herrlich, was?«
Als ich raus auf den Hof ging, wurde hinter mir getuschelt. Ich rutschte in den GT und hatte eine Sekunde Zeit, Rokkos Uniform zu bestaunen, bevor wir vom Hof schossen. In dem Durcheinander hatte ich Hundts Dienstanweisung vergessen. Nele zuliebe hatte ich mir immerhin eine lange Hose, ein Hawaiihemd und Mokassins angezogen, doch auch diese Kombination konnte man kaum vorschriftsmäßig nennen. Bei dem Gedanken, wie Hundt mich rannehmen würde, lächelte ich bloß. Alles unter einem Atomkrieg würde heute wirkungslos an mir abprallen.

»Polizeinotruf.«
Eine Männerstimme, schwer atmend und langsam.
»Ja, hallo. Wir hatten hier einen Unfall.«
»Ist jemand verletzt worden?«
»... nein, mir ist nichts passiert.«
»Gibt es andere Unfallbeteiligte?«
»Äh ... ja.«
»Und was ist mit denen?«
»... weiß ich nicht.«
»Dann fragen Sie doch bitte mal.«
»... geht nicht.«
»Warum denn nicht?«
»... der spricht nicht mit mir.«
»Warum nicht?«
»Der liegt auf dem Boden. Der blutet aus dem Kopf und stöhnt die ganze Zeit.«
»Dann würde ich mal sagen, der ist verletzt.«

»… ja, ist er.«
»Dann schicke ich Ihnen jetzt einen Rettungswagen, in Ordnung?«
»Ja … gut.«
Ich gab die Fahrt raus und legte auf. Der Anruf war eigentlich was für die Charts, doch Anrufe unter Schock nahm ich nicht mehr auf. Unter Schock war jeder Mensch verletzlich. Einen Schock bekam man, wenn die Dinge zu schnell passierten oder zu heftig waren. Im Außendienst hatte ich Menschen gesehen, die sich im offenen Schädel herumgepult hatten, andere hatten versucht, ihre Zähne wieder ins Zahnfleisch zu drücken, oder hatten ihren toten Ehemännern oder -frauen Vorwürfe gemacht, dass sie tot waren. Schock war Ausnahmezustand. Außer Betrieb. Notaggregat. Ich fragte mich wieder, was Nele gestern so erschreckt haben konnte. Vielleicht war es wirklich nur die Situation. Ich wusste, wie ich reagieren würde, wenn ich nach Mors Tod zum ersten Mal wieder unser Haus beträte.
Ich schickte Nele eine SMS, dass sie mir fehlte, und bekam postwendend die Antwort, dass ich ihr noch viel mehr fehlte. Ich ging in die Küche und rief Mor an. Ich erfuhr, dass Nele einen ganz normalen Eindruck machte und mit Anita oben in der Villa war, sie selbst müsse nun weitermachen, es gäbe viel zu tun. Sie küsste in den Hörer und legte auf.
Ich ging wieder ins Kabuff und nahm einen Anruf entgegen. Im Supermarkt war eine ältere Frau gestürzt. Ich schickte Rettungswagen und Streife, dann lehnte ich mich zurück und schloss die Augen. Ich versuchte, über gestern Abend nachzudenken, aber jedes Mal bekam ich Neles Lächeln vor Augen, und dann verflüchtigten sich meine Gedanken wie Tau am Mittag. Für einen Augenblick überlegte ich, Rokko um Rat zu fragen, aber er war natur-stoned. Was ihn und Anita anging, konnte man Vollzug vermelden. Er strahlte und scherzte, obwohl seine Uniform durchgeschwitzt war und Mattes uns einen Tisch voller Anzeigen zurückgelas-

sen hatte, die abgetippt werden mussten. Ich war geneigt, ihm einen Sabberlatz umzubinden.
Als er mich mal wieder angrinste und ein Auge dabei zukniepte, musste ich lachen.
»Und, versöhnt?«
»Noch nicht ganz.«
Ich hob meine Augenbrauen.
»Wieso hast du dann so gute Laune?«
»Er ist schwul.«
Für einen Augenblick dachte ich, er spricht von sich in der dritten Person.
»Maximilian?«
Er nickte.
»Ich dachte, sie wär mit dem fremdgegangen, ist sie aber nicht. Sie sagt, sie will überhaupt niemand anders als mich.«
Er legte die Füße auf den Tisch und kratzte seine rechte Schläfe. »Sag mal, was hältst du eigentlich vom Heiraten?«
»He, nette Idee, wirklich, aber ich hab schon Nele.«
Er verdrehte gut gelaunt die Augen.
»Also, manchmal bist du so ein Spasti, nicht zu fassen.«
»Anita will dich heiraten?«
»Weiß nicht. Sie macht so Andeutungen.«
»Gott, sie muss auf Droge sein. Komm, wir verpfeifen sie an Hundt!«
Er kleidete ein paar Minuten lang aus, wie spasti ich wäre, dann schwang er die Beine vom Tisch und tippte gut gelaunt weiter. Ich saß da und dachte: *heiraten*. Aber auch das würde sie nicht dahalten. Sie gehörte in eine Großstadt, daran würde kein Ring was ändern. Außer natürlich, man zog ihn ihr durch die Nase. Hm! Ich ertappte mich beim Lachen. Rokko grinste zu mir rüber, jaja, so war das mit den Mädchen. Wenn es gut lief, gab es nichts Besseres auf der Welt. Zwei verliebte Dorftrottel.

Der Tag zog weiter, ohne dass mich irgendwas vom Thema ablenkte. Vielleicht, weil mein Handy ständig vibrierte. Sie vermisste mich. Sie dachte an mich. Sie vermisste mich. Heute Abend würde ich ihr sagen, dass sie bleiben sollte. Dann würde sie mir sagen, dass sie das nicht konnte. Und dann würde ich ihr sagen, dass ich mit ihr weggehe. Die Sache war klar. Nicht klar war, wie ich es Mor sagen sollte. Sie machte sich bestimmt schon so ihre Gedanken, aber dennoch …

Wie aufs Stichwort kam Karl-Heinz mit einem zweiseitigen Fax und einem Grinsen ins Kabuff. Das Fax erwies sich als Einkaufsliste von Mor. Ein paar Kleinigkeiten, die ich nach Feierabend mitbringen sollte. Ein paar Kleinigkeiten, die, wie es aussah, gut und gerne zwei LKW-Ladungen gefüllt hätten. Karl-Heinz dankte für die Einladung und ging wieder raus. Ich nahm das als Anlass, Mor anzurufen. Ja, es war immer noch alles in Ordnung. Nele und Anita machten einen auf Bauleitung und scheuchten die Kids hin und her, alles bestens. Sie mahnte mich, den Einkauf nicht zu vergessen, und legte auf. Dann hatte ich endlich wieder Zeit, an Nele zu denken, nur unterbrochen von der Lichterkette und dem Leid der Welt.

Am frühen Nachmittag blinkte die Lichterkette, und wenig später waren alle verfügbaren Kräfte unterwegs zu einem abgelegenen Hof, auf dem die Bande erneut zugeschlagen hatte. Wir verfolgten über Funk, wie Hundt Straßensperren errichten ließ und ein imaginäres Netz um die Bande zog, wobei er ignorierte, dass wir die Bande nicht mal identifizieren könnten, wenn sie geradewegs ins Revier spaziert käme. Alles, was wir an Indizien hatten, waren eine Auflistung der Beute, ein paar vage Personenbeschreibungen, die auf jeden zweiten Mann zwischen zwanzig und fünfzig zutrafen, und die Information, dass die Bande deutsch sprach. Es kamen bloß einige tausend Verdächtige im Landkreis zusammen. Aber vielleicht würde Hundts neuste Strategie, auf der Straße stehen und böse gucken, die Bande zum

Aufgeben zwingen. Vielleicht lachten sie sich auch irgendwo in ihrem Versteck tot, und wir fanden irgendwann eine entlegene Blockhütte mit vier Skeletten und einem Koffer voller Geld.
In den letzten Stunden der Schicht verfolgten wir am Funkgerät die Jagd, die keine war. Nebenbei nahmen wir Anrufe entgegen, schrieben Strafanzeigen und tranken literweise Wasser. Rokko speicherte den Anruf einer süß lispelnden Anruferin im Best-of-Ordner ab, und dann war endlich Feierabend.

Auf dem Parkplatz kamen uns Schröder und Telly dehydriert entgegen. Sie sahen furchtbar aus. Stundenlange Verkehrskontrollen in der prallen Sonne, bei den Temperaturen musste das Gefahrenzulage bringen. Schröder verfluchte Hundt und verriet uns, wieso er heute noch miesere Laune hatte als eh schon: Die Neue hatte am Tatort Fußabdrücke gefunden, anhand derer man das Gewicht der Täter ermitteln konnte. Jetzt konnten wir zumindest ein grobes Täterprofil anlegen. Außerdem wussten wir mit Sicherheit, dass es vier waren. Statt der Neuen ein Lob auszusprechen, hatte Hundt sie wieder auf Streife geschickt. In seinen Augen waren Großstadtbullen allesamt korrupte Besserwisser. Korrupte Besserwisser mit einer hohen Aufklärungsquote, könnte man hinzufügen, aber niemand fügte was hinzu, wenn Hundt am Rad drehte. Seine Frau war erst sechs Monate tot. Der Arme hatte nichts außer seiner Wut. So gesehen kam ihm diese Bande gerade recht. Machte ihn das verdächtig?
Darüber lachten wir hämisch, als wir vom Parkplatz rollten und den Supermarkt ansteuerten. Als Transporter war der GT definitiv ungeeignet, und so baten wir Mohammed, mit auf Shoppingtour zu gehen. Während wir den GT und das Großraumtaxi mit Lebensmitteln vollstopften, kamen immer wieder Leute vorbei und dankten für die Einladung.

Als der Supermarkt leer gekauft war, brachen wir auf. Eins war klar: Verhungern würde keiner.
Wir glitten durch den Feierabendverkehr. Ich ließ eine Hand aus dem Fenster hängen. Am Horizont hatten sich ein paar lustlose Wolken versammelt. Sie schienen etwas unternehmen zu wollen, aber mir konnten sie nichts vormachen. Es war und blieb Sommer, man konnte es sehen, spüren, riechen und an den Mengen von Insekten abzählen, die gegen Rokkos Windschutzscheibe klatschten, was jedem einzelnen von ihnen nicht nur den Tod, sondern auch eine saftige Verwünschung einbrachte.
Als wir zu Hause ankamen, war es bereits später Nachmittag, auch wenn man das dem Wetter kaum anmerkte. Wir entluden das Taxi und trugen die Sachen ins Haus, wo Mor in der Küche trällerte. Ich hielt nach Nele Ausschau, aber es war nur Mor da, die uns wie ein Feldwebel herumdirigierte.
»Stell das da hin! Früchte auf den Küchentisch! Getränke in die Garage! Nicht in die Ecke, da hin! Mitdenken! Eier in den Kühlschrank!«
Durch die Fenster schien der Sommer rein. Die Luft in der Küche war hellgelb und verwandelte alles in grelles Strahlen. Bienen summten träge. Das Radio sang leise, und ich konnte mir ein Lächeln nicht verkneifen, wenn ich Mor zwischen Herd, Kühlschrank und Schränken herumhüpfen sah. Sie strahlte die Kompetenz der Könner aus. Konzentriert wie ein Chirurg bei der Operation.
Als wir fertig waren, sah die Küche aus wie eine Lagerhalle. Immer noch keine Spur von Nele. Ich bezahlte Mohammed und legte ordentlich Trinkgeld drauf, das er verlegen zurückwies. Mor lud ihn und seine Familie zum Fest ein. Er freute sich, wünschte uns einen schönen Tag und fuhr los. Rokko stieg kopfschüttelnd in den GT.
»Gibt es irgendjemanden, den deine Mutter nicht eingeladen hat?«
»Ich sag ihr, dass du das scheiße findest.«

Das brachte ihn zum Schweigen. Er schoss vom Hof und fuhr den Hügel hinauf. Ich kniff die Augen zusammen und sah zur Villa hoch. Da standen Mofas und Anitas Motorrad, aber Nele konnte ich nirgends erkennen.
»Entspann dich«, sagte Mor und hakte weitere Dinge auf ihrer Einkaufsliste ab. Sie wedelte mit einer Hand in Richtung Villa. »Ich hab dir doch gesagt, dass alles in Ordnung ist. War bestimmt bloß ein kleiner Schock – nachts ganz allein in ihrem Elternhaus ... Wir lassen sie da einfach nicht mehr alleine hingehen, ja?« Sie verpasste mir wieder einen ihrer Blicke. »Übrigens kann man schlagartig versterben, wenn in diesem Haus je wieder das Wort Wechseljahre erwähnt wird.«
Ich blickte den Hügel hinauf. Ich sah schwer arbeitende Kids herumwanken, und Anita, wie sie mit Gestrüpp beladen zwischen Garten und Container hin- und herhastete. Keine Spur von Nele.
»War Anita die ganze Zeit bei ihr?«
»Jaaa! Kümmer dich lieber um die sanitäre Situation. Ich wünsche mir ein funktionierendes Klo zum Geburtstag.«
»Und das fällt dir am Vorabend der Party ein?«
»Nein, das fiel mir schon gestern ein, aber du hast nicht zugehört. Kümmer dich.«
Sie schnappte sich den Sauger und entsorgte eine Fliege, die so lebensmüde gewesen war, die Küche zu entern. Sie legte den Sauger wieder beiseite und tat, als wäre sie überrascht, mich zu sehen.
»Du bist ja immer noch da.«
Sie trällerte weiter, während sie durch ihr Reich hüpfte und die Einkäufe prüfte. Ich zog mich um und eilte den Hügel hoch. Als ich das Grundstück betrat, kam Nele um die Ecke gebogen. Sie hatte einen Hut auf und beide Arme voller Grünzeug. Sie ließ alles fallen und sprang mir in die Arme. Fast setzte ich mich auf den Hintern.
»Hey!«

»Hast du mich vermisst?«
»Nee.«
»Ich dich auch nicht.«
Sie drückte ihr Gesicht an meinen Hals, biss mir ins Ohrläppchen und ließ ihre Hand wie zufällig durch meine Haare gleiten. Sie roch nach Schweiß und Erde. Ich presste sie an mich und … mein Gott.
»Wie läuft's denn?«
Ihre Augen leuchteten, ihre Wangen waren leicht gerötet, und ihr Körper vibrierte vor Energie, während sie mich auf den neuesten Stand brachte.
»Wir haben den Garten hergerichtet. Zwanzig Bänke bestellt, außerdem kommen noch …«
Ich erfuhr, dass sie wieder flüssig war. Benni hatte ihr ein Angebot gemacht. Fünftausend Euro für alles, was er kaputt gemacht hatte. Ich empfahl ihr, die Summe zu verdoppeln, aber davon wollte sie nichts wissen. Sie zog mich in den Garten, wo ich einige Zeit damit verbrachte, ihr Dinge anzureichen, während sie in den Bäumen herumkletterte und Lichterketten anbrachte. Rokko und Anita waren in der Küche zugange, in der wir morgen das Essen zwischenlagern würden. Die Kids schleppten immer noch Kisten und Altpapier und Sperrmüll vom Dachboden. Nele schaute zwischendurch in einige der Kartons, winkte aber fast alles direkt weiter in die Container.
Eine Stunde später kam Mor den Hügel hochgefahren und mästete uns mit *Biksemad* – einem dänischen Nationalessen, das eigentlich aus nichts anderem als Resten bestand. Ein paar Kartoffeln vom Vortag, Zwiebeln, Fleisch und eine dicke braune Soße drüber, fertig. *Biksemad* gab es immer nur, wenn Mor keine Zeit oder Lust hatte zu kochen. Sie lachte mich jedes Jahr aus, wenn ich es mir zum Geburtstag wünschte.
Nach dem Essen gab Nele den Kids frei. Es gab heute nichts mehr zu tun. Die Container waren voll und würden morgen

Vormittag abgeholt werden. Erst nach dem Fest würden wir uns die obere Etage vornehmen.
Die Kids warfen sich auf ihre Mofas und zogen ab zum See. Wir blieben im Schatten der Buche sitzen und verdauten. Nele sah sich im Garten um.
»Wir haben es tatsächlich geschafft. Morgen noch die Bühne aufbauen, Essen und Getränke, dann steht die Sache.«
»Genau«, sagte ich. »Also, was haltet ihr von einem kleinen Familienausflug zum Strand?« Ich sah Mor an. »Wir könnten 'ne Runde schwimmen. Das haben wir ewig nicht mehr gemacht.«
»Was ist mit der Toilette?«
»Das schaffen wir nicht mehr.«
»Ich schick meine Gäste nicht auf ein Dixi-Klo.«
Rokko grinste.
»Scheiße bleibt doch Scheiße, egal wie's zuvor geschmeckt hat.«
Alle Köpfe wandten sich Mister Fettnapf zu. Mor sah ihn streng an.
»Rokko Müller, so reden wir nicht bei Tisch.«
Er zog den Kopf ein und warf mir einen Blick zu.
»Wir könnten es ja versuchen«, murmelte er. »Wenn wir sofort losfahren, können wir es noch schaffen.«
Ich starrte ihn an. Er ließ sich nicht abschütteln.
»Komm schon, 'ne neue Schüssel einbauen, das dauert doch nicht lange.«
»Viel Spaß.«
»Bringt auch gleich ein Waschbecken mit«, sagte Mor.
»Und einen Spiegel«, ergänzte Nele.
Rokko stand auf. Ich blieb sitzen. Alle Augen waren auf mich gerichtet. Ich versuchte es noch mal.
»Erstens hab ich Feierabend, zweitens ist es zu spät. Auch wenn wir die Schüssel austauschen, die Rohre kriegen wir bis morgen nicht hin.«
Sie sahen mich bloß an. Ich seufzte.

Während wir in die Stadt rasten, nannte ich Rokko einen widerlichen Arschkriecher. Er versprach mir Haue, verabreichte mir aber keine. Die ganze Sache machte ihn noch zum Maulhelden.

Fünf Stunden später duschte ich, bis kein heißes Wasser mehr kam, dennoch meinte ich, immer noch nach Kloake zu riechen. Rokko hatte recht gehabt, die Schüssel war nicht das Problem gewesen. Der verstopfte Abfluss dagegen hatte es in sich gehabt.
Ich versprühte einen Hektoliter von Neles Parfüm und kam gerade rechtzeitig in den Garten, um die letzten fünf Minuten ihres Lebensjahres mit Mor zu verbringen. Meine Duftnote brachte mir ein paar Sprüche ein, aber sonst herrschte Frieden. Der Gartentisch trug eine Tischdecke und einen Kerzenleuchter mit sechs brennenden Kerzen. Ich knackte eine Flasche Schampus, und um Punkt zwölf stießen wir auf Mors Sechzigsten an. Wir prosteten ihr zu, und sie strahlte von einem Ohr zum anderen. Ihren letzten Geburtstag hatten wir zu zweit im Garten verbracht, dagegen war das hier schon ein anderes Kaliber. Nach der ersten Flasche packte sie ein paar Anekdoten aus, die ich schon kannte, aber es war ein guter Augenblick für Wiederholungen. Wir lachten über die Ausreden der Männer, wenn diese realisierten, dass Mor nur ein Bein hatte. Danach kamen Jugendstreiche aller Anwesenden dran. Mor packte sogar ein paar Männergeschichten aus, die ich noch nicht kannte. Ich wartete auf eine über meinen Vater, aber wie immer war keine dabei. Wir redeten, lachten und tranken. Nele hielt meine Hand, und als Rokko und Anita irgendwann aufbrachen und Mor ins Bett hüpfte, trug ich sie die Treppe hoch. Wie immer war ich als Erster fertig. Ich schlüpfte ins Bett und fand noch die Kraft, sie im Schein der Lampe anzuschauen, als sie sich stöhnend auszog. Sie ließ sich nackt neben mir aufs Bett fallen und kroch unters Laken.

»Was für ein Tag«, ächzte sie.
Sie kuschelte sich an mich und schob mir ihre Ferse zwischen die Waden. Nichts erinnerte an gestern Abend. Sie war völlig entspannt.
»Ich finde, wir sollten darüber reden«, sagte ich.
Sie gähnte.
»Worüber?«
»Uns.«
Sie schloss den Mund und blinzelte.
»Gut.«
Ich hob eine Hand und legte ihr meine Handfläche auf ihre weiche Wange.
»Du hast mir gefehlt.«
Hinter ihren Augen ratterte es. Sie befeuchtete ihre Lippen.
»Du mir auch.«
»Nein, ich meine, wirklich. Es war … wie ein anderes Leben.« Ich rieb mir das rechte Auge. »Ich finde, wir sollten zusammen sein. Wie klingt das für dich?«
»Das ist das Beste, was ich seit Jahren gehört habe.« Sie küsste mich auf die Wange und fuhr mir mit der Hand durchs Haar.
»Gut«, sagte ich. »Dann gehen wir zusammen weg.«
Sie blickte mir einen Moment in die Augen, dann ließ sie ihren Blick durchs Zimmer wandern.
»Und Mor?«
»He, ich bin dreiunddreißig. Nur Serienkiller wohnen da noch zu Hause.«
Sie biss auf ihrer Unterlippe herum und dachte nach.
»Hast du schon mit ihr darüber geredet?«
»Sie weiß es längst. Aber ich sage es ihr auch. Nach dem Fest.«
»Aber …«, begann sie und verstummte.
Ich stemmte mich auf einen Ellbogen, um ihre Augen besser sehen zu können.

»Also, wirklich, flipp jetzt bloß nicht aus vor Freude …«
Sie senkte den Blick und drückte meine Hand.
»Entschuldige, es ist nur … Puh.« Sie biss sich auf die Lippe. »Können wir morgen darüber reden?«
»Klar. Kein Problem. Super. Gute Nacht.«
Ich knipste die Lampe aus und legte mich hin. Sie kuschelte sich an mich und knabberte an meinem Kinn.
»Hey, nicht schmollen. Es war ein langer Tag, und ich bin müde. Ich will nur mal drüber schlafen. Wir reden morgen, ja? Und alle Entscheidungen treffen wir gemeinsam, gut so?«
»Super.«
Sie drückte mir einen müden Kuss auf die Lippen.
»Ich mach's wieder gut«, flüsterte sie und gähnte.
Mir war nicht klar, wie sie das schaffen wollte. Ich hatte ihr gerade so etwas wie einen Antrag gemacht, und sie hatte sich so etwas wie Bedenkzeit erbeten. Ich wusste zwar warum, aber dennoch … Als sie damals ging, war Mor ein Thema gewesen. Ich hatte dieselben Schuldgefühle verspürt wie Nele. Ich hatte meine Lektion gelernt. Nele offenbar nicht.
Sie schlief fast auf der Stelle ein. Ich lag wach. Mir war klar, dass ich kein Auge zumachen würde.

Nele weckte mich um fünf Uhr morgens mit ihren warmen Händen auf meinen Wangen, als ich gerade träumte, dass wir vogelwild miteinander vögelten. Sie öffnete mir mit der Zunge die Lippen, schob mit den Füßen die Bettdecke fort und legte sich auf mich. Sie küsste mich. Das Gefühl ihrer Haut und ihrer Lippen schoss durch meine Nervenbahnen.
»Ich habe nachgedacht«, flüsterte sie.
»Gut«, murmelte ich und ließ eine Hand über ihren Rücken gleiten. Ich fand ihren Po und nahm eine Backe in die Hand. Sie fühlte sich fest und glatt an. Fast hätte ich geschnurrt.
»Hörst du mir zu?«

»Ja.«
»Ich will.«
»Gut.«
Ich spürte ihr Lächeln, als sie an meinen Lippen knabberte.
»Weißt du überhaupt, wovon ich rede?«
»Ja, klar.«
Ich ließ einen Finger zwischen ihre Beine gleiten. Sie lachte leise und wackelte ein bisschen mit dem Hintern. Mein Finger glitt zwischen ihre weichen Lippen. Um der Menschheit die Fortpflanzung schmackhaft zu machen, hatte die Evolution das weibliche Geschlechtsorgan so formen müssen, dass es keine Widerrede gab. In Millionen Jahren erschaffen, getestet, nachjustiert, um schließlich Perfektion zu erreichen. Was ich berührte, war ein Meisterstück.
»Vollkommen«, murmelte ich.
Nele kicherte.
»Hilfe, mein Kerl dreht durch.«
Sie umarmte mich fest, ohne mich in dem schwachen Mondlicht aus den Augen zu lassen, und drückte schließlich ihre Nasenspitze gegen meine.
»Lass uns ein schönes Leben haben«, flüsterte sie.
Mein Herz schlug schneller. Sie schob ihre Hände in meine, die Finger gespreizt. Unsere Finger verflochten sich zu einer Hand.
»Paul«, flüsterte sie. »Sag was.«
»Ja.«
Wir sahen uns aus keiner Entfernung in die Augen. Der Mond warf einen Lichtstreifen auf ihre Wange. Wir küssten uns. Und blieben liegen. Still. Mund auf Mund. Keiner bewegte sich. Ich fühlte ihre Hitze, ihr Gewicht, roch ihren Atem, atmete ihren Geruch ein und sah ihr in die Augen, bis ihre Lider sich senkten. Ich fühlte, wie ihr Atem sich veränderte und wie ihr Körper schließlich auf meinem schwer wurde. Ich schloss meine Augen. Wir schliefen miteinander.

vier

Am Tag der Einheit wuchs zusammen, was zusammengehörte. Rokko lächelte wie ein bekiffter Buddhist und fand alles in bester Ordnung. So etwas konnte eine Nacht mit der Richtigen auslösen, niemand wusste das besser als ich.

Wir waren mit der Sonne aufgestanden, und nachdem wir den halben Vormittag geschuftet hatten, stand im Garten eine improvisierte Theke, die wir aus einer Tür und zwei Kühlschränken gebastelt hatten. Daneben hatten wir aus Bühnenelementen ein Podest für die Band gebaut. Die Musikanlage sollte gleich geliefert werden. Die Container waren abgeholt worden, der Garten sah zwar ein bisschen wild, aber gemütlich aus. Bierbänke und Tische standen kreuz und quer zwischen Bäumen, Büschen und Schirmen, und dazwischen war jede Menge Platz zum Tanzen. Wir hatten Scheinwerfer aufgebaut und um jeden Baum und Busch Lichterketten gewickelt. Die Party würde vermutlich auf Satellitenbildern zu erkennen sein.

Rokko raste zwischen seiner Garage, unserem Haus, Anitas Wohnung und dem Hof hin und her. Mit dem GT musste er ziemlich oft fahren, bis Gitarrenanlage und Bassverstärker da waren. Er musste sich ein paar Kommentare über seinen Möchtegern-Tourbus anhören, ein Kindersitzspruch mischte sich auch darunter. Mor heizte ebenfalls den Hügel hoch und runter, stets flankiert von zwei der Kids auf Mofas. Ich hatte vorsorglich die Ersatzbatterie aufgeladen, doch auch die machte langsam schlapp. Sie fluchte auf den Rollstuhl, ich nickte mitfühlend und ließ mir nichts anmerken. In einem unbemerkten Augenblick rief ich Mohammed an. Er holte uns mit dem Großraumtaxi ab, und wir düsten los, um Mors Geschenk zu holen. Ich nutzte die Gelegenheit, um Rokko zu fragen, was man bei dem neuen Rollstuhl zu erwarten hatte. »Vertrau mir«, sagte er. Das warf ein neues Licht auf die Sache. Mor würde wohl herausfinden, ob die Götter sie liebten.

Die Anlage wurde geliefert, und wir begannen, die Instrumente für die erste und letzte Probe aufzubauen. Die Kids hingen herum und machten auf cool. Sie waren wie zufällig eingetrudelt, hatten sich mehr als nützlich gemacht und bestaunten die Sache. Ein richtiges Schlagzeug. Wow. Das kannten sie sonst nur von MTV. Während Nele summte, Anita ihren Bass entstaubte und Rokko sein Set zusammenschraubte, zog ich neue Saiten auf meine alte Fender Telecaster und musste schwer an mich halten, wenn ich mal einen Blick von Nele aufschnappte.

Wir spielten probehalber *Für immer und dich*, was keine schlechte Wahl für zwei verknallte Pärchen war. Es klang nicht gut, aber es tat gut. Wir grinsten wie die Deppen und spielten unser Miniprogramm einmal ganz durch. Mehr Proben hätten uns nicht geschadet, aber manchmal muss man eine Gelegenheit eben ergreifen.

Die Getränke wurden geliefert und mit ihnen die Eistruhen. Die Kids packten sofort mit an. Mit ihrer Hilfe klärten wir das allerwichtigste Detail des Tages: Alkoholnachschub. Nicht auszumalen, was los wäre, wenn uns auf halber Strecke das Benzin ausgehen würde, und so schoben wir Bierfässer und Weinkisten in die Küche, wo Mor summend in den letzten Vorbereitungen der Bowle lag. Als ich das letzte Fünfzig-Liter-Fass in die Küche brachte, warf sie mir einen seltsamen Blick zu. Ich lud das Fass ab, streckte meinen Rücken durch und grinste sie an.

»Alles klar? Unfassbar mit den Kids, was? Erst muss man

sie zur Arbeit erpressen, und dann wird man sie nicht mehr los.«
»Jugendliche«, sagte sie und rührte Früchte in die Bowle. *Punch,* wie sie das Zeug nicht ohne Grund nannte. »Gib ihnen eine Aufgabe und ein bisschen Anerkennung.«
»Ist das so einfach?«
»Meistens«, sagte sie. Sie hörte auf zu rühren und sah mich seltsam an.
»Was ist?«
»Ich freu mich«, sagte sie und begann wieder zu rühren. »Wer hätte gedacht, dass ich dich noch mal so erlebe.«
Ich zog sie an mich und drückte ihr einen Schmatzer auf die Wange.
»Ach, du bist die einzige Liebe in meinem Leben. Mit Nele vertreib ich mir bloß die Zeit, bis deine Wechseljahre durch sind.«
Sie schlug mit der Schöpfkelle nach mir. Ich duckte mich, aber sie erwischte mich an der Schulter, und der Punch schwappte über meinen Oberkörper. Schon stank ich wie eine Schnapsleiche.
»Auweia!« Ich schnupperte an der Bowle. »Wie viel hast du da reingetan?«
»Alkohol?«, fragte sie unschuldig.
O-ohh … Der Abend versprach, interessant zu werden. Wir grinsten uns an, und ich machte mich wieder an die Arbeit. Als ich die Küche verließ, begann Mor wieder zu summen, und ich wusste, dass sie es wusste. Wir hatten beschlossen, dass das Thema heute tabu war, doch gleich morgen würden wir darüber sprechen. Ich versuchte, den Gedanken daran zu verdrängen. Carpe diem.
Während wir letzte Hand an die Tischdecken der Gartenbänke legten, huschte November durch die Büsche, auf der Jagd nach Nachzüglern. Das Ratpack hätte hier keine Minute durchgestanden. Von Zeit zu Zeit staubte ich einen Kuss ab, und der Himmel blieb blau. Es war angerichtet.

Um Punkt achtzehn Uhr standen wir parat, wie Soldaten auf dem Kasernenhof. Mor saß auf einem Stuhl am Gartentor und tat, als wäre sie damit völlig zufrieden, wir lauerten ein paar Schritte dahinter. Im Garten summte Diana Krall leise, dass sie ihre Adresse geändert habe. Ein leichter Wind wehte, es war dreißig Grad, und der Himmel immer noch so klar und blau, dass kein Maler ihn hätte malen können, ohne etwas hinzuzufügen. November lag im Schatten eines Buschs und ruhte sich aus. Er hatte sich von der Aufregung anstecken lassen, und es war schwer gewesen, ihm klarzumachen, dass halbe Ratten bei Mädchen nicht an erster Stelle standen. Zur Feier des Tages trug Mor ihre Prothese und ein Sommerkleid, das auf halber Wade endete. Bis auf eine winzige Farbdiskrepanz sah das falsche Bein echt aus. Prothesenträger durften nie in die Sonne gehen. Sobald sie ein bisschen braun wurden, passte die Prothese farblich nicht mehr.
Nele zerrte an meiner Hand.
»Wo bleiben die?«
»Die kommen schon noch.«
Ich drückte sie an mich und küsste ihr Haar. Es duftete nach Weizen. Ich schnupperte daran, sog die Luft in kleinen Schüben in die Nase, wie ein Weinkenner. Ich kam auf Gedanken. Nele in Flaschen. Warum war ich da nicht früher drauf gekommen?
»Was machst du?«
»Hmmmm ...«, machte ich und schnupperte weiter.
Sie stieß ihren Ellbogen in meine Rippen und schaute den Hügel hinunter.
»Wo bleiben die denn bloß?«
»Die kommen schon noch.«
Sie schaute zu mir hoch.
»Und was, wenn nicht?«
»Dann gehen wir früher ins Bett.«
Diesmal stieß sie fester zu. Ich schielte zu Mor rüber. Sie saß einfach da und harrte der Dinge.

»Okay. Wenn keiner kommt, hol ich sie mit Gewalt.«
Nele lehnte sich an mich.
»So spricht ein richtiger Mann.«
»Yeah.«
Um dreizehn Minuten nach sechs kam ein Fiat Punto den Hügel hochgefahren. Mor stand auf und wir fast stramm, als der Wagen auf dem Hof parkte und Schmidtchen ausstieg. Er schaute sich um.
»Fällt es aus?«
»Nee, du Depp«, sagte ich, »du bist bloß der Erste. Das kennste halt nicht, und jetzt gib der Frau die Blumen.«
Er gab Mor die Blumen und gratulierte ihr. Mor bedankte sich artig. Schmidtchen blieb stehen und schaute mich ratlos an. Ich gab ihm ein Zeichen, dass er nach hinten in den Garten verschwinden sollte. Er verschwand in den Garten. Das Fest war eröffnet.

Um acht war das Grundstück voller Menschen. Außer der Nachtschicht und Hundt hatte sich die gesamte Polizei des Landkreises eingefunden. Karl-Heinz trug wieder seinen Tweed-Anzug. Es war nur die Frage, was ihn zuerst erledigte, die Hitze oder der Punch, den er in sich reinlaufen ließ. Unser aller Lieblingsbusfahrer Willi kam mit seiner Frau, und noch am Gartentor begann er, sich über Rokkos Fahrstil zu beschweren. Seine Frau verdrehte die Augen und zog ihn weiter.
Mohammed fuhr mit dem Großraumtaxi vor, lud acht Geschwister aus und fuhr dann wieder los, um Nachschub zu holen. Seine Familie hatte sich in Schale geworfen, und da die meisten Gäste sich in schlichten Farben gekleidet hatten, brachten die persischen Gewänder Farbe in die Sache. Rokkos Eltern trafen zusammen mit Anitas Eltern ein. Wie der Vater, so der Sohn, war Rokkos Vater früher ein in der ganzen Gegend bekannter Aufreißer gewesen. Bis er Rokkos Mutter kennenlernte. Die beiden wirkten ent-

spannt, ganz anders als Anitas Eltern, zwei gramgebeugte Menschen, die sich liebend gern Sorgen machten. Ich hatte keinen von beiden jemals lachen sehen und beschloss, ihnen später ein paar Punch vorbeizubringen, um der Sache mal auf den Grund zu gehen.

Die Neue erschien in einem schlichten weißen Sommerkleid. Sie trug einen eleganten Strohhut und sah aus wie einer Gatsby-Party entsprungen. Die erste Schlägerei um ihre Nummer konnte nur eine Frage der Zeit sein, aber immerhin schaffte sie es in den Garten, ohne dass jemand zu Schaden kam.

Telly kam alleine, dafür brachte Schröder seine Schwester Traute mit. Ich hatte sie seit Jahren nicht mehr gesehen. Hübscher war sie nicht geworden. Glücklicher sah sie auch nicht aus. Genauso wenig wie Gernot, der mit seiner Frau kam. Seit Jahren hatte sie niemand mehr zusammen gesehen.

Kaum waren sie im Garten verschwunden, kam der nächste Schock: Das Biest fuhr in ihrem klapprigen Golf vor. Als sie ausstieg, hielt die Welt den Atem an. Grundgütiger. Das Leben ging an keinem spurlos vorbei, doch sie hatte es hart getroffen: Früher eine Augenweide, wog sie seit ihrem ersten Kind einen Zentner zu viel. Leider weigerte sie sich, das einzusehen, und so kamen wir in den zweifelhaften Genuss, sie bauchfrei zu erleben.

Ich begrüßte sie mit einem Schmatzer und sah zu, wie sie in den Garten watschelte. Es wurde gemurmelt und sich in die Rippen gestoßen, und als man sich gerade davon erholt hatte, kam ein alter Ford den Hügel hochgehustet. Er parkte mit einer Fehlzündung, die jeden zusammenzucken ließ, und heraus stieg … Gunnar. Er trug etwas, das aussah wie eine Mischung aus Kommunionsanzug und Erster-Weltkrieg-Uniform. Irgendwie sah er nackt aus ohne seinen Ecktisch. Er wünschte Mor knurrig alles Gute. Er nannte sie Kind. Ein Geschenk hatte er mitgebracht. Einen Bierkrug. Ging mit ein bisschen gutem Willen auch als Vase durch.

So ging es weiter. Immer mehr Autos kamen den Hügel hoch, und Mor sammelte Gratulationen und Verlegenheitsgeschenke. Wir hätten einen dritten Container bestellen sollen. Außerdem musste sie jede Menge Dorfkomplimente einstecken. Kiel, der Vollidiot, wünschte ihr für ihr weiteres Leben Hals und Beinbruch. Ich spielte mit dem Gedanken, meine Dienstwaffe zu holen und ihn zu erschießen, aber Mor lächelte bloß und empfing ihre Gäste wie Grace Kelly in Fürst Rainiers Lieblingspalast.
Nele hielt kurz an, um mir einen Kuss aufzudrücken, und sauste weiter. Sie hatte mit Anita den Service im Garten übernommen, so mussten sich die Schaukelstuhl-Stammkunden nicht groß umstellen. Zu viele Veränderungen hätten sie eh nicht verkraftet, sie diskutierten immer noch über die Wiedervereinigung.
Als der Gästestrom langsam nachließ, holte ich mir zur Belohnung einen Punch und verzog mich damit in eine Ecke des Gartens. Die Mädchen hatten alle Hände voll zu tun und wurden tatkräftig von den Kids unterstützt, allen voran Benni. Sein Vater war einer der wenigen, die nicht eingeladen waren. Seitdem er die EU-Millionen eingestrichen hatte, war er zu einer Art Dorf-Howard-Hughes mutiert. Nicht nur, dass er sich selbst für einen intelligenten Gesprächspartner hielt, er musste es auch noch ständig beweisen. Für jeden anderen wäre es vielleicht ein Zeichen gewesen, wenn er als Einziger in einem Landkreis nicht auf ein Fest eingeladen würde. Er aber würde es als weiteren Beweis seiner Einzigartigkeit sehen.
Rokko blieb neben mir stehen, saugte am Strohhalm seines Glases und beäugte Schröders Schwester.
»Ist das nicht Schröders Schwester?«
»Yep.«
»Auf wessen Beerdigung waren wir dann letztes Jahr?«
»Der seiner älteren Schwester.«
»Der aus Herschbach?«

Ich nickte. Er schüttelte den Kopf.
»Die ist gerade in den Landtag gewählt worden. Dafür muss man am Leben sein.«
»Ansichtssache.«
Er grinste.
»Stimmt auch wieder.« Er saugte sich auf Grund, spuckte den Strohhalm aus und starrte in den Becher. »Das nenn ich mal 'ne Bowle.«
»Punch«, sagte ich und saugte an meinem Strohhalm. »Ich kann's noch gar nicht glauben, dass Anita dich Maximilian vorgezogen hat.«
»Haha.«
Ich legte ihm meinen Arm um die Schultern.
»Nein, echt, klasse, oder? Wer hätte gedacht, dass wir vier noch mal zeitgleich glücklich sein würden. Weißt du, wie lange das her ist?« Ich schüttelte den Kopf. »Wahnsinn. Echt. Ich meine, gibt's was Schöneres, als mit einem Drink in der Hand im Garten zu stehen und seinem Mädchen dabei zuzuschauen, wie es ein Sommerkleid trägt? Das Leben, was? Nicht zu fassen, oder?«
Er grinste.
»Mann, wie viele von den Dingern hast du schon getrunken?«
»Ein paar«, gab ich zu und hielt ihm mein leeres Glas entgegen.
»Du kippst aber nicht aus den Latschen, bevor wir gespielt haben, ja?«
»Mach dir lieber Sorgen um deinen linken Fuß. Die Hi-Hat klang vorhin wie ein Epileptiker auf Strom.«
»Und du hast gespielt wie ein Bombenleger: Nehm ich diesen Draht, nee, halt, ich nehm den anderen ...«
Ich wedelte mit dem Glas vor seinem Gesicht herum. Er seufzte und nahm es an sich.
»Aber nur noch einen.«
»Klar.«

Ich klebte an meinem vierten Glas wie einer dieser Aquarienfische, als Simone den Garten betrat. Sie trug ein tief ausgeschnittenes Kleid, eine winzige Handtasche und Fickmich-Schuhe. Noch während sie Mor begrüßte, warf sie mir einen Blick rüber und tat dann, als würde sie mich nicht sehen. Prima.

Sie plauderte ein bisschen hier, ein bisschen da und kam dabei total unauffällig näher, bis sie plötzlich die Tarnung aufgab, auf mich zuschoss wie ein zielprogrammierter Marschflugkörper und viel zu nah vor mir stehen blieb.

»Na, wie geht's?«

Ich trat einen Schritt zurück.

»Gut – und selbst?«

»Gut.«

»Fein.«

Nele düste mit einem leeren Tablett vorbei, dabei streifte sie meinen Arm leicht. Ich bekam eine Gänsehaut. Simone schaute ihr nach.

»Sie ist also wieder da.«

»Ja.«

»Ging ja schnell mit euch.«

»Neun Jahre?«

Sie schien mich nicht zu hören.

»Sie hat zugenommen«, murmelte sie. Es klang zufrieden. Sie sah mich an. »Und, macht dein kleines Model auch die ganzen ungezogenen Sachen? Du weißt schon …«

»Hör auf damit.«

»Womit? Ich sag doch nur, wie es war.«

»Du wusstest, dass es nur für einmal war.«

»Wieso haben wir es dann zweimal gemacht?«

Sie stieß die Luft verächtlich durch die Nase aus und stolzierte hoch erhobenen Hauptes in den Garten. Ihr Hintern spannte sich unter ihrem Kleid, und ich wusste, dass sie später noch was abliefern würde. Drama, Konflikte, Verletzungen und Schuldzuweisungen – die Hälfte meiner Einsätze im Außendienst resultierte daraus. Ich hätte die Finger von ihr lassen sollen, aber das musste man mal einem Mann sagen, der ein halbes Jahr keinen Sex gehabt hatte. Herrje, war das Ganze lange her. Letzte Woche. Damals, als Nele noch nicht da war.

In diesem Moment sauste Nele wieder an mir vorbei. Ihre Wangen glühten, in ihrem Sommerkleid wirkte sie süß und frisch wie eine überdrehte Sechzehnjährige. Ich bestellte einen Punch und grinste wahrscheinlich wie ein Trottel, während ich ihr nachsah. Als sie mir das Glas brachte, nahm ich ihr das Tablett ab, drückte es Schröder in die Hände, packte ihren Arm und marschierte los.

»Hey, ich muss arbeiten!«

Ich ignorierte ihren Protest und zog sie durchs Gebüsch in den hinteren Teil des Gartens.

Als wir vom Garten aus nicht mehr zu sehen waren, drückte ich Nele gegen eine mannsdicke Eiche und legte los. Ich hatte gerade ihre Zunge im Mund und eine Hand unter ihrem Kleid, als sich jemand hinter uns räusperte. Nele erstarrte und sah mir über die Schulter. Ich drehte meinen Kopf. Zwei Bäume neben uns saß ein großer, runder alter Mann in einem hellen Sommeranzug auf der Panoramabank. Doktor Nissen, unser Hausarzt. Er schaute demonstrativ nach oben in die Baumwipfel.

»Ich wollte nicht stören, aber ich wollte auch nicht wieder nach vorne gehen. Manchmal muss man Entscheidungen treffen, kann ich euch sagen.«

Ich stellte mich so, dass ich Nele vor seinen Blicken schützte, und streichelte noch mal schnell über ihren Bauch. Für solche Finessen hatte sie keine Zeit, sie ordnete ihre Kleidung hastig und versuchte, dabei in Deckung zu bleiben. Ich warf einen Blick hinüber zu unserem Gast, der immer noch wegschaute, obwohl er uns beide schon in intimeren Situationen gesehen hatte. Doktor Nissen hatte mich zur Welt gebracht und dann später durch sämtliche Kinder-

krankheiten und so manche Jugendsünde begleitet. Nach dem Tod seiner Frau hatte er die Praxis aufgegeben und sich zur Ruhe gesetzt. Er kannte mich als Baby, er kannte Mor mit zwei Beinen, er hatte sogar Neles Mutter gekannt. Er war schon immer da gewesen.
Nele stieß mich in den Rücken.
»Tu was ...!«
Ich trat vor und verdeckte sie endgültig vor den Blicken, die er nicht warf.
»Doktor Nissen. Schön, dass Sie da sind. Ich hab Sie gar nicht kommen sehen. Wie geht es Ihnen?«
Hinter mir raschelte Kleidung.
»Gut, gut«, sagte er und senkte sein Gesicht so weit, dass er mich anschauen konnte. Hinter den Gläsern seiner Nickelbrille funkelten seine Augen vergnügt. Die weißen Raupen über seinen Augen versuchten sich zu vereinigen. »Hier oben ist wirklich der beste Ort für ein Sommerfest. Die Aussicht ist ja wunderbar. Ihr wollt das Grundstück verkaufen?«
»Ja.«
»Tja, wenn meine Ersparnisse das zuließen, würde ich zuschlagen. Alleine für diesen Ausblick.« Er streckte einen Arm aus und schüttelte den Kopf. »Diese Weite ... Das ist fast, wie am Meer zu sitzen.«
»Sie könnten eine Million anzahlen und den Rest mit Behandlungen abstottern.«
Er grinste.
»Und, wie geht's dir sonst so, Paul?«
»Gut.«
»Deiner Mutter offensichtlich auch. Wie läuft es denn mit der Prothese?«
»Geht so, aber immerhin hat der Stumpf sich seit zwei Jahren nicht mehr entzündet.«
»Ah, gut.«
Wir schauten uns an. Ich spürte immer noch Neles Bewe-

gungen im Rücken. Ich hatte eigentlich nur ein bisschen an ihrem Kleid herumgefummelt, fand ich, aber anscheinend musste alles komplett neu justiert werden. Eine unruhige Stille breitete sich aus. Nissen half mir.

»Was macht denn – wie hieß er noch – der verrückte Hund?«

»November«, sagte ich.

»No-vem-ber!«, lachte er. Es klang, als würde man im Keller Möbel rücken. »Macht er noch diese komischen Sprünge?«

»Dauernd.«

»Oh, gut.« Er kicherte und ließ seinen Kopf nach links kippen, als Nele neben mich trat und meine Hand nahm. Er verneigte sich im Sitzen. »Ist das nicht die kleine Nele? Du bist ja eine richtige Frau geworden.«

Er streckte seine Hand aus. Nele trat verlegen vor und nahm sie.

»Hallo, Doktor Nissen.«

»Schön bist du geworden«, sagte er und schüttelte ihr förmlich die Hand. »Eine richtige Augenweide.«

»Danke.« Sie strahlte ihn an. An ihrem geröteten Gesicht und ihren funkelnden Augen konnte ich erkennen, dass er sie bereits eingewickelt hatte. Eines der Dinge, die man nicht im Medizinstudium lernte.

»Tut mir leid, das mit Hans. Ich wäre gern auf die Beerdigung gegangen, aber die war im engsten Familienkreis?«

Nele nickte.

»Er wollte nur mich dabeihaben.«

Eine Pause entstand. Bevor sie peinlich wurde, stemmte Nissen sich auf die Beine und griff nach einem Gehstock, den ich noch nie bei ihm gesehen hatte. Er war alt geworden, unser Landarzt.

»Ich habe gehört, ihr spielt heute Abend? Ach, ich wünschte, Marlies wäre hier. Sie hat deine Stimme geliebt, Nele. Ich habe damals auf einem eurer Konzerte mit ihr getanzt, bis uns die Füße schmerzten. O là là, war das ein Abend!

Dieses Mädchen, sagte Marlies, Gott sei ihr gnädig, dieses Mädchen dort kann *singen*! Das sagte sie, dann trat sie ihre Schuhe ab und tanzte barfuß noch ein Lied. Ich musste sie zum Wagen tragen.«

Nele strahlte ihn an. Er machte eine Kopfbewegung zu mir hin.

»Passt der da gut auf dich auf?«

»O ja«, sagte Nele.

»Das will ich ihm aber auch geraten haben, sonst hole ich meine Tanzschuhe und lege mich noch mal ins Zeug.«

Wir grinsten uns an.

»Was machen Sie eigentlich so allein hier hinten?«, fragte ich ihn.

»Ach …« Er deutete mit dem Stock nach vorne zum Haus. »Da vorne wollen alle über Krankheiten mit mir reden.«

»Aua.«

Er lachte wieder.

»Ja, genau, aua.«

»Dann bleiben Sie doch hier. Wir gehen wieder nach vorne.«

»Genau«, nickte Nele. »Setzen Sie sich schön wieder hin, ich hole Ihnen einen Punch.«

»Klingt gut«, sagte er und ließ sich auf die Bank zurücksinken.

Wir gingen in den Garten zurück, wo Rokko nach mir rief. Mit zwei der Kids sausten wir den Hügel hinunter, um Servietten, Pfeffer und tausend andere Dinge zu holen, die Mor un-be-dingt sofort brauchte.

Als wir schwer beladen zur Villa zurückkamen, stand eine Frau am Eingang und begrüßte Mor. Ich erkannte sie von Weitem. Chantal. Ein furchtbarer Name für eine gute Frau. Sie war die Erste, mit der ich es nach Nele versucht hatte. Wir trafen uns fast ein Jahr regelmäßig, und die ganze Zeit wartete sie darauf, dass ich mich auf uns einließ. Ich hatte derweil gewartet, dass sich das Gefühl einstellte, das ich

von Nele und mir kannte. Wir hatten beide vergeblich gewartet.
Ich drückte ihr einen Kuss auf die Wange und roch ihr Parfüm. Der Lavendelgeruch beschwor ein paar Bilder herauf.
»Hey, Chanti, schön dass du da bist.«
Sie lächelte wehmütig.
»Hallo, Paul«, sagte sie leise.
»Du siehst toll aus.«
»Danke. Du auch. Machst du Sport?«
»Ich laufe.«
»Steht dir.«
»Danke.«
Wir traten ein Stück beiseite und musterten uns in Ruhe. Wir hatten uns seit Jahren nicht mehr gesehen, und ich hatte vergessen, wie gut sie aussah. Wieder eine Frau, die mich nur mit Bauch kannte, und mal wieder fragte ich mich, was sie damals dazu getrieben hatte, sich ein Muttersöhnchen mit Übergewicht und Depressionen an Land zu ziehen.
»Bist du alleine hier?«
»Hat nicht jeder das Glück, dass die große Liebe zurückkommt.« Sie senkte ihren Kopf, um ihre Augen zu verbergen. Auf ihrem Gesicht lag wieder dieses schwermütige Lächeln. »Wir sehen uns ja noch.«
»Heb mir einen Tanz auf.«
»Mach ich gerne.«
Ich sah ihr nach, wie sie die Theke ansteuerte. Sie wohnte ein paar Dörfer weiter, war dreißig und hatte keinen Mann. Ihre Chancen, hier draußen einen in ihrem Alter und ihrer Klasse zu finden, waren winzig, dennoch blieb sie in der Nähe ihrer Eltern. Manche Leute schafften es nie in die Stadt. Manche gehörten da einfach nicht hin. Vielleicht hatte uns das damals verbunden.
Mor rief, ich solle mich doch bitte um die Musik küm-

mern. Ich schwang mich auf die Bühne und setzte mir einen Kopfhörer auf. Bislang hatten wir Krall, Sinatra, Bennett und Cullum durchlaufen lassen, aber jetzt sollte getanzt werden. Ich zog alle Register, und nach einer Viertelstunde war der Garten voller tanzender Paare. Benni brachte mir einen neuen Punch und bot an zu übernehmen. Ich erklärte ihm die Sache mit tanzbarer Musik für ältere Menschen und Prothesenträger. Als er daraufhin in die CDs griff und, ohne zu zögern, Shirley Bassey und Etta James hervorzog, ließ ich mich ein paar Sekunden angrinsen, dann überließ ich ihm die Sache, um mein Versprechen einzulösen.

Ich ging auf die Tanzfläche und legte meine Hand auf Karl-Heinz' Schulter, der mit Mor tanzte.

»Belästigt Sie dieser Typ?«

Sein Blick verriet mir, dass der Punch ihm schon ein paar Treffer verpasst hatte.

»Pass auf, Kleiner, ich bin immer noch dein Vorgesetzter.«

»Und ich bin besoffen. Wenn ich dich jetzt abknalle, krieg ich Bewährung. Hast meine Mutter angegraben.«

»So kurz vor der Rente sollte ich kein Risiko eingehen.« Er verbeugte sich vor Mor. »War mir ein Vergnügen.«

»Ich lauf ja nicht weg«, lächelte sie.

Sein Blick zuckte kurz nach unten.

»Äh, ja, stimmt.«

Er steuerte die Bar an. Ich schnappte mir Mor.

»Sag mal, flirtest du mit ihm? Hast du mal seine Füße gesehen?? Die haben mehr Kalk als unsere Wasserleitungen!«

»Um Gottes willen!«, gickelte sie. »Keine Sorge, ich will einiges an ihm nicht sehen, aber tanzen kann er.«

Auf der Tanzfläche war es eng. Man schob sich mehr durch die engen Lücken, als dass man den Tanzschritten folgte, aber Mor strahlte über das ganze Gesicht und grüßte links und rechts. Es war schön, sie so zu sehen, und bis auf die Prothese, die bei Drehungen leicht verzögert reagierte, war

es wie damals, als sie mir das Tanzen beigebracht hatte. Mor und Sohn auf leichter Sohle.
Neben uns tanzte Rokko mit Anita. Sie sahen sich an, als hätten sie sich vor einer Woche kennengelernt. Aus einem Augenwinkel sah ich Simone am Rand der Tanzfläche stehen und zu uns rüberstarren. Sie schien auf ihre Chance zu lauern, war aber nicht taff genug, die Gastgeberin abzuklopfen.
»Und – glücklich?«
Mors Augen strahlten.
»Sehr.«
»Ist ja auch ein schönes Fest. Ist es dennoch okay, wenn ich gleich jemanden rausschmeiße?«
Sie sah zu Simone hinüber, die plötzlich damit beschäftigt war, jemanden in der Menge zu suchen.
»Man merkt sofort, dass zwischen euch was war. Ich denke, Nele hat es auch gemerkt, also lüg sie nicht an.«
»Hatte ich nicht vor.«
»Gut.« Sie lächelte zu Simone hinüber, die jemand Unsichtbarem zuwinkte. »Das hast du davon, wenn du dich in der Nachbarschaft rumtreibst. So etwas Peinliches ist mir nie passiert.«
»Du warst beruflich viel mehr unterwegs.«
Sie schmunzelte.
»Na, das ist doch mal 'ne Ausrede für die Wahl eines Sexualpartners.«
Marilyn Monroe erklärte uns, dass sie mit der Liebe durch war. Die Arme. Kein Wunder, dass sie es nicht mehr ausgehalten hatte.
Jemand klopfte mir auf die Schulter.
»Darf ich bitten?«
Als ich mich umdrehte, stand Schmidtchen vor mir. Ich hob einen Finger.
»Bau keinen Scheiß.«
Ich gab Mor frei, sah Simone aus den Blöcken gehen und

bereitete mich darauf vor, sie an den Haaren vom Grundstück zu schleifen, als Chantal plötzlich vor mir stand. Ich schnappte ihre Hand, zog sie auf die Tanzfläche und schob sie durch die Menge, weg von Simone, die uns nachschaute wie ein Löwe, dem man ein Rehkitz vor der Nase weggezogen hatte.

Chantal sah zu Simone rüber.

»Ist schon ein Kreuz mit den Exfrauen.«

»Nicht mit allen.«

Sie musterte meine Augen, als würde sie prüfen, ob ich es ernst meinte, dann nahm sie einen tiefen Atemzug.

»Paul, können wir nicht Freunde sein und uns manchmal sehen?«

Ich sah in ihren Augen nichts als die Sehnsucht einer Frau, die einsam war.

»Ja, gern«, sagte ich und entlockte ihr wieder dieses schwermütige Lächeln. »Komm doch mal zum Essen rüber.«

»Mit dir und Nele?«

»So was machen Freunde.«

Sie sah mich wieder prüfend an, dann nickte sie.

»Ja.«

Sie legte ihre Wange an meine Brust und überließ es mir, die Bewegungen vorzugeben. Wir tanzten kaum, bewegten uns nur leicht zur Musik und hielten uns vor allem fest. Ich hätte mir einen Kopf machen können, ob uns jemand beobachtete, aber es gab Wichtigeres als die öffentliche Meinung. Eine kleine Oase. Ein kleiner Tanz zum Träumen. Abschalten. Ausspannen.

Zwischendurch wurde ich abgeklopft. Ich tat, als würde ich nichts merken, aber nach dem vierten Tanz ließ ich sie los und trat einen Schritt zurück. Dort, wo wir uns berührt hatten, spürte ich den Abdruck ihres warmen Körpers. Sie öffnete die Augen und lächelte. Ihr Blick war genauso schwermütig wie zuvor.

Sie drehte ohne ein Wort um und steuerte den Ausgang an.

Ich sah ihr nach, bis sie das Grundstück verlassen hatte. Ein Arm schlängelte sich um meine Taille. Nele drückte sich an mich und schob mich ins nächste Lied.
»Sag mal, hast du alle eingeladen, mit denen du in der Zwischenzeit was hattest?«
»Mor hat sie eingeladen. Es sind außerdem nur zwei, die eine ist gerade gegangen, und was die andere betrifft, da hole ich mir gleich mal Rokko und schmeiß sie raus.«
»Vergiss das Biest nicht.«
»Die zählt nicht.«
»Warum?«
»Erstens war ich betrunken, und zweitens habe ich dabei nur an dich gedacht.«
Sie schnitt eine Fratze, aber ich zog es durch.
»He! Wenn ich drüber nachdenke ... Bei den anderen war es genauso. Also eigentlich war ich dir immer treu.«
»Sei froh, dass ich meine Extypen nicht eingeladen habe.«
»Och, ein paar Hollywoodstars hätten der Sache hier doch den letzten Schliff gegeben. Hätte gern gesehen, wie Georgie mit dem Biest klarkommt.«
Ich grinste, aber sie schaute über meine Schulter in die Ferne, während wir uns langsam durch die Paare schoben.
»Hörst du bitte damit auf?«
»Klar.« Ich drückte sie an mich. »Was soll's? Wir brauchen hier eh keine Promis, wir haben doch uns – wir sind voll das Dorfpromipaar. Ich bin der heißeste Gitarrist auf einen Kilometer in der Runde und du, also, du bist bestimmt konkurrenzlos auf fünf Kilometern, wenn man das Biest außen vor lässt. Wir haben das Ding im Sack, Baby, das Dorf gehört uns!«
Sie schielte zu meinem Glas.
»Wie viele von den Dingern hast du getrunken?«
»Ein paar«, gab ich zu. »Aber besoffen bin ich von dir, Baby. Wär ich als Kind in eine Tonne mit Methadon gefallen, ein Lächeln von dir wär mein goldener Schuss.«

»Himmel!«, lachte Nele. »Du bist betrunken.«
»Trunken von dir, Honigbiene.«
Sie drückte sich an mich und brachte ihr Gesicht dicht vor meines.
»Trotzdem trinkt mein Dorfrockstar jetzt nur noch Wasser. Wir wollen doch seine Karriere nicht schon vor dem Auftritt beenden, oder?«
»Wir hätten proben sollen.«
»Man kann nicht alles haben«, sagte sie.
Da war ich anderer Ansicht. Ich drückte meine Lippen auf ihre, und schon rief uns Anita. Wenig später gingen wir auf die Bühne und checkten die Instrumente, dann halfen wir Mor hinauf. Der ganze Garten stimmte ein Geburtstagslied an. Rokko und ich hoben das Geschenk auf die Bühne und rollten es nach vorne zu Mor.
Die Übergabe war einer jener magischen und irrealen Momente, an die man sich später mit einer Gänsehaut erinnert. Der Rollstuhl war in Geschenkpapier eingepackt und mit einer Riesenschleife versehen, man musste schon tot sein, um den Braten nicht zu riechen, aber Mor tat, als hätte sie keine Ahnung. Zu einem guten Spiel gehörten von jeher gute Mitspieler, und so riss sie das Papier unter Ahhhs und Ohhhs runter und strahlte mit den Gästen um die Wette, als der Rollstuhl zum Vorschein kam. Der Sturzhelm, den wir dazugelegt hatten, brachte einen Lacher. Jedem von uns musste sie ein paar Küsse aufdrücken. Rokko grinste blöde, und Mor ging ans Mikrofon.
»Ihr Lieben …«
Ihre Augen glitzerten, aber sie hielt sich gut und brachte es glatt über die Bühne. Sie dankte allen fürs Kommen, freute sich über das Fest und erinnerte an die Villa, die zum Verkauf stand. Als sie allen eine wunderschöne Nacht wünschte, brandete Applaus auf, in den wir mit *Pfefferminz* reinknallten. Oder so. Irgendwie brauchten wir bis zum ersten Kehrreim, bevor wir begannen, dasselbe Lied zu spielen.

Ab da klang es in Ordnung, und als wir in eine rockige Version von *Ich bin von Kopf bis Fuß auf Liebe eingestellt* überleiteten, kam Bewegung auf die Tanzfläche. Es lief erstaunlich gut. Früher hatten wir das letzte Set manchmal sturzbetrunken zu Ende gespielt. Vielleicht half uns die Erinnerung daran.
Just in dem Moment, als Rokko mit *Junimond* den Rio-Reiser-Teil des Abends anzählte, drehte Nele sich zu mir um und sah mich an. Ihre dunklen Augen schimmerten. Prompt verspielte ich mich. Ich wich dem Stick aus, den Rokko nach mir warf, und fortan vermied ich es, Nele anzuschauen. Aber ich dachte mir meinen Teil. Die Nacht war noch jung, und ich würde die Sache, die ich hinten im Garten begonnen hatte, später zu einem krönenden Abschluss bringen. Beflügelt grinste ich die Kids an, die allesamt neben der Bühne hingen und versuchten, gelangweilt zu wirken.
An diesem Abend hätten sogar die Sex Pistols Standing Ovations erhalten. Es war, als hätte Gott eine Käseglocke aus Leichtigkeit über das Anwesen gestülpt. Es wurde Zugabe gerufen. Wir holten Mor für *Ich liebe das Leben* auf die Bühne. Nele legte ihren Arm um sie, und sie sangen sich an. Der Garten sang mit. Mitten im letzten Kehrreim sprang November mit einer Ratte im Maul auf die Bühne. Eine Showeinlage, auf die Ozzy Osbourne neidisch gewesen wäre. Es wurde kurz gekreischt, dann kickte Anita das Ding in die erste Reihe. Weiter ging's.

Eine laue Nachtbrise wehte. Im Garten schaukelten die Lichterketten. Ich saß auf der Gartenmauer und klammerte mich an mein Glas. Die Insekten schwirrten um die Lämpchen, im Geiste sah ich Mor mit einem riesigen Staubsauger herumhüpfen und die Viecher wegsaugen. Schlagseite.
Benni hatte die Musik wieder übernommen und spielte jetzt Swing und Pop. Die ersten Gäste brachen auf, aber auf

der Tanzfläche war noch immer Betrieb. Vor allem die Neue war ununterbrochen im Einsatz. Wer weiß, welche furchtbaren Angebote sie heute Abend bekommen hatte, aber sie hielt sich gut. Nele tanzte mit Mohammed, Mor tanzte mit Telly und, Gott verdammt, sogar Gernot tanzte – mit seiner eigenen Frau. Es lag Hoffnung in der lauen Nacht, die von einem sternenfunkelnden Himmel geschützt wurde. Ich trank Punch, behielt mein Mädchen im Auge und versuchte, nicht zu vergleichen. Vergleiche waren dumm und verletzend. Ja. Aber ich kam nicht umhin festzustellen, dass die anderen Frauen in meinem Leben eine Urlaubsreise gewesen waren. Nele war meine Heimat. Sie war die Küste, an der ich später sitzen und übers Meer schauen wollte. Neleland. Ich trank noch einen Schluck und grinste die Sterne an. Der Einzige, an dem die Euphorie spurlos vorüberging, war November. Er lag zu meinen Füßen und behielt den Rollstuhl im Auge. Unter dem Jubel der Menge hatte Mor nach dem Konzert eine Probefahrt gemacht, und als sie das Ding startete, war November aus dem Stand zwei Meter rückwärts gesprungen. Der Motor war laut und hatte einen bösartigen Unterton. Als Mor beschleunigte, wäre sie fast hintenübergefallen. Sie schoss vom Grundstück. Ein Raunen ging durch die Menge. Als sie wiederkam, brandete Applaus auf. Es war wie im Fernsehen, wenn in Cape Canaveral eine Rakete heil gelandet war und sich alle in der Kommandozentrale in die Arme fielen. Alle freuten sich. Alle, außer November.

Ich streichelte seine Seidenohren.

»Tja, den Schlendrian kannst du haken. Ab jetzt heißt es Galopp.«

Er gab ein Geräusch von sich, legte seinen Kopf auf seine Vorderpfoten und behielt das Ding weiter im Blick. Anita setzte sich neben mich auf die Mauer und drückte mir ein neues Glas in die Hand.

»Danke. Steht dir.«

Sie sah mich überrascht an, dann sah sie an sich hinunter, faltete ihre Hände über ihren Bauch und schaute zur Tanzfläche, wo Rokko mit dem Biest tanzte. Er war hinter ihr kaum zu sehen. Ich musterte Anitas Hände. Ich hatte eigentlich das Kleid gemeint, aber jetzt ging mir ein Licht auf.

»Verdammt noch mal.« Ich legte einen Arm um ihre Schultern, zog sie an mich und drückte ihr einen Knutscher auf den Mundwinkel. »Rokko, der Arsch, hat mir gar nichts davon gesagt.«

»Er weiß es nicht.«

Ich sah sie überrascht an.

»Äh … ist er nicht der Vater?«

Sie funkelte mich an.

»Klar ist er der Vater, du Hirn! Was glaubst du denn?!«

»Und wieso sagst du ihm dann nichts?«

Sie warf wieder einen Blick zur Tanzfläche.

»Ich will nicht, dass er sich deswegen anders verhält. Er ist in Probezeit. Und wenn er noch ein einziges Mal Mist baut, ziehe ich sein Kind ohne ihn auf.«

»Äh … also, äh … Das ist hart.« Die Rache verletzter Frauen überstieg schon immer meinen Horizont. Ich rechnete kurz. »Aber, hm, bist du sicher, dass es von ihm ist? Ihr habt euch doch erst gestern versöhnt.«

Sie sah mich strafend an.

»Es ist vorher passiert, deswegen habe ich ihn diesmal zappeln lassen. Ich liebe ihn, aber ich weiß manchmal nicht, ob er es kann …«

»Was?«

Sie gestikulierte mit den Händen.

»Na, alles: treu sein, Verantwortung übernehmen, aufhören, sich wie ein Arschloch zu benehmen.«

»Doch, das kann er.« Ich nickte. »Wahrscheinlich wird er es lernen. Man müsste es auf einen lang angelegten Versuch ankommen lassen. So fünfzig Jahre?«

Sie sah zur Tanzfläche, wo Rokko an dem Biest hing wie Kapitän Ahab an Moby-Dick.
»Was stimmt mit euch Männern nicht? Sich mit zwanzig austoben, okay, aber mit dreißig, vierzig, fünfzig und sechzig? Wieso wird das für euch nie langweilig?«
»Wird es, aber was soll man sonst machen?«
Statt zu lachen, stand sie auf. Bei dem Thema war Schluss mit lustig.
»Kein Wort zu Rokko.«
»Klar doch. Ich verschweige meinem besten Freund die wichtigste Sache seines Lebens. Ganz prima.«
Erstaunlicherweise brachte sie das zum Lächeln.
»Du glaubst, das wird sie?«
»Wenn er es verdammt noch mal je erfährt.«
Sie lächelte.
»Ich sag's ihm ja. Bald.«
Sie drückte mir einen Kuss auf die Wange und schlängelte sich durch die Menge in Richtung Theke. Mor sah sich auf der Tanzfläche um und gab mir lauthals zu verstehen, ich solle mich am Geschehen beteiligen. Ich ging tanzen.

Gefühlte hundert Tänze später brannten meine Füße, als hätte ich Feuerquallen in den Schuhen. Der Garten hatte sich fast geleert, was der Stimmung keinen Abbruch tat. Es war noch Punch da, und den Dorffestskandal hatte Simone serviert, als sie sturzbetrunken auf die Bühne kletterte und sich das Mikrofon schnappte. Da sie beim Reden einen Finger anklagend auf mich richtete, ließ sich ahnen, was Thema war, aber erfahren würden wir es nie, da das Mikro ab- und die Musik aufgedreht war. Von solchen Kleinigkeiten ließ sie sich nicht beeindrucken. Sie fuchtelte ewig weiter, bevor sie zum Schlagzeug ging, sich auf Rokkos Hocker setzte und damit hintenüber vom Bühnenrand kippte. Diagnose: gebrochener Arm. Mohammed hatte sie ins Krankenhaus gefahren.

Mor hatte sich mittlerweile von der Prothese trennen müssen. Das Ding stand an die Bühne gelehnt. Mors Stumpf würde in den nächsten Tagen blau und rot sein, aber sie meckerte nicht mal, als Schröder sich das Ding schnappte, ihm seine Perücke aufsetzte und damit einen Dreibeintanz aufführte. Der Punch …

Ich nahm Schröder die Prothese weg, steckte ihm die Perücke ins Hemd und empfahl ihm, nach Hause zu gehen. Dann zog ich mit dem Bein in der Hand zur Theke, um mir einen letzten Schlag verpassen zu lassen. Und das war der Moment, in dem alles zum Teufel ging.

November fing an zu bellen. Ich schaute mich um. Es war nichts Außergewöhnliches zu sehen. Anita machte Theke, Benni saß am Mischpult, Menschen tanzten oder saßen herum, doch auf dem Frieden lag plötzlich eine Dissonanz. Ich sah November auf die Villa zurennen. Jemand schrie. Es kam aus der Villa. Ich ließ alles fallen und rannte los.

»GEH WEG!!«, schrie eine Frau.

Ich umklammerte den Fensterrahmen des Wohnzimmerfensters, zog mich hoch und warf einen Blick hinein. Nele. Sie schlug auf jemanden ein.

»Hey!«, rief ich.

Sie prügelte weiter. Wütend. Der Mann taumelte zurück und wedelte mit den Händen, um sie abzuwehren. Als er seine Hände sinken ließ, um seine Eier zu schützen, erkannte ich Telly.

»DU SCHWEIN!«, schrie sie.

Sie bückte sich, und als sie sich wieder aufrichtete, hatte sie einen von Rokkos Drumsticks in der Hand. Ich zog mich am Fensterrahmen hoch. Nele klebte an dem zurückweichenden Telly und stach mit dem Stick auf ihn ein.

»GEH WEG!«

Ich sprang in den Raum, packte sie und riss sie nach hinten. Ihr Körper war angespannt. Sie trat aus und erwischte mein Schienbein. Ich bleckte die Zähne.

»He, ich bin's! Paul! Beruhige dich!!«

»ER SOLL WEGGEHEN!!«

Sie tobte in meinen Armen, stampfte mit ihrem Fuß auf meinen. November kam in den Raum geschossen und wollte sich auf Telly stürzen. Als ich eine Hand von Nele nahm, um ihm ein Zeichen zu geben, rammte sie mir ihren Kopf gegen die Nase. Der Schmerz schoss mir in den Schädel.

»LASS ... MICH ... LOS!!«

November warf sich zu Boden, aber seine Augen wichen keine Sekunde von Telly, der gebückt und mit offenem Mund dastand und Nele anstarrte. Rokko kam ins Wohnzimmer gesprungen und warf einen Blick in die Runde.

»Was?!«

»Telly!«

Rokko packte Telly und riss ihn mit sich. Die beiden verschwanden in den Flur. Nele wand sich in meinem Griff.

»ER ... SOLL ... WEG!!«

»Er ist doch weg!«

Aber sie hörte mich nicht. Stattdessen versuchte sie wieder, mir ihren Hinterkopf ins Gesicht zu stoßen. Ich zog sie enger an mich. Sie trat nach meinen Füßen. Ich stolperte zurück, blieb an irgendwas hängen und fiel auf den Rücken. Sie fiel auf mich und tobte weiter. November kam näher gekrochen und versuchte, ihr Gesicht abzuschlecken. Ich schlang meine Beine um sie und umklammerte sie mit aller Kraft. Ich konnte sie kaum halten.

»Hör auf! Verflucht ... Nele, ich bin's, Paul! Beruhige dich!!«

Ihre Bewegungen wurden schwächer. Sie begann zu zittern. Erst war es bloß ein leichtes Zucken, dann breitete es sich rasend schnell aus. November winselte.

»Hey, Süße, es ist alles gut, komm, beruhige dich ...«

Von einem Moment auf den anderen ermattete sie und lag wie ein nasser Sack auf mir. Ich traute mich nicht, sie loszulassen, und drehte mich, bis ich ihr Gesicht sah. Ihre

Augen waren geöffnet und starrten durch mich hindurch. November begann ihr Gesicht abzuschlecken. Benni kam hereingerannt, dicht gefolgt von Anita. Dahinter drängten sich weitere Personen herein. Eine Menge offener Münder und großer Augen.
Rokko zwängte sich durch und schaute sich hektisch um.
»Was?!«
»Schmeiß sie raus.«
Er suchte den Raum nach Angreifern ab.
»Wen?«
»Alle!«
Ich breitete mich aus und schützte Nele, so gut ich konnte, vor den Blicken der anderen. Rokko und Anita legten los und schoben alle aus dem Raum.
»So, die Party ist vorbei ... Zeit zu gehen ... zu viel getrunken ... alles in Ordnung ...«
Schon bald waren wir allein. Ich schaute in Neles Augen. Sie waren wieder starr und halb offen, wie vor ein paar Tagen.
»Nele, ich bin's, Paul, wollen wir nach Hause gehen, ja? Willst du ins Bett?«
Sie starrte weiter durch mich hindurch. Ich lockerte den Griff. Nichts. Blut tropfte von meiner Nase auf ihr Kleid. Ich prüfte ihren Puls. Er schlug schnell. Das war das Einzige an ihr, was sich bewegte. Es war, als sei sie weg und hätte mir nur ihre Hülle dagelassen.
Stampfende Schritte. Mor kam in den Raum gehüpft.
»Was ist denn ...« Als sie uns auf dem Boden liegen sah, blieb sie abrupt stehen. »Ich rufe einen Arzt.«
»Was ist denn hier los?«, sagte eine Stimme neben meinem Ohr.
Ich drehte meinen Kopf. Nele blinzelte und sah sich verständnislos um.
»Wieso liegen wir auf dem ...« Sie sah mich an. »Hey, Baby, du blutest ja!«
Bevor mir dazu etwas einfiel, verzog sie ihr Gesicht, legte

sich eine Hand auf den Magen und atmete tief durch.
»Puhh, ist mir schlecht.«
Mor war die Erste, die die Sprache wiederfand.
»Du bist umgekippt, Engelchen. Wie viele von den Punchdingern hast du denn getrunken?«
»Mir ist so schlecht …«, stöhnte sie und rollte sich zusammen. Sie sah mich kläglich an. »Bring mich bitte nach Hause. Mir ist echt übel.«
Ich verstand gar nichts mehr, aber ich stützte mich auf die Knie, schob meine Hände unter ihren Körper und stand mühsam auf. Sie schlang ihre Arme um meinen Nacken und presste ihren Kopf in meine Halsbeuge. Mor trat näher und musterte Nele besorgt. Ich nahm Nele auf die Arme. Sie versteckte ihr Gesicht an meinem Hals, als ich sie aus der Villa trug. Die letzten Gäste wichen uns aus. Ich trug mein Mädchen den Hügel hinunter, während sie sich an mich klammerte und leise stöhnte. Es war nicht das erste Mal, dass ich sie den Hügel hinuntertrug, aber es kam mir vor, als wäre sie heute schwerer. Vielleicht war es die Gewissheit, dass nichts je wieder so sein würde wie bisher.

drei

Der Horizont wurde heller, ein neuer Tag kündigte sich an, doch ich hatte keinen Kopf für Wunder. Ich lag auf dem Bett und beobachtete die Frau neben mir. Als ich sie das erste Mal traf, war sie drei Jahre alt und hatte mir ihre Schaufel über den Rücken gezogen, weil ich sie mit irgendwas genervt hatte. Das war eins von insgesamt vier Malen, dass ich sie wütend gesehen hatte. Im Sandkasten, auf dem Schulhof, kurz bevor sie wegging und heute Nacht. Viermal in all den Jahren. Wutanfälle gehörten einfach nicht zu ihr, und erst recht keine wie der letzte Nacht. Ich klammerte mich an die Vorstellung, dass Telly versucht hatte, sie anzumachen, und sie besoffen ausgerastet war, aber in meinem Innersten saß ein Teil von mir ruhig da und wartete, dass ich meinen Verstand einschaltete. Telly war ein Schisser, er würde sich nie trauen, Nele anzumachen.

Ihr Arm bewegte sich. Sie seufzte. Ihre Augenlider flatterten. Ich küsste ihre Nasenspitze.

»Guten Morgen.«

Sie öffnete die Augen.

»Morgen.« Die Andeutung eines Lächelns, dann verzog sie ihr Gesicht und stöhnte. »Ohhh ...« Sie kniff die Augen zusammen und drückte ihre Hände gegen die Schläfen.

»Aspirin, Kaffee oder einen Eimer?«

»Einen Eimer Kaffee«, stöhnte sie. »Und zehn Aspirin.«

»Gut«, sagte ich und rutschte aus dem Bett. »Dann auf in die Küche.«

Sie zog eine neue Grimasse, kniff ein Auge zusammen und sah mich mit dem anderen mitleidheischend an.
»Bring es mir ans Bett, ja? Bitte … mir ist echt schlecht.«
Ich schüttelte meinen Kopf.
»Wir lassen Mor heute nicht alleine frühstücken. Außerdem: Wer saufen kann, muss auch frühstücken können. Komm.«
Sie zog eine Schnute und wollte was sagen, dann blieb ihr Blick an meiner Nase hängen.
»Was ist mit deiner Nase?«
Ich sah sie an.
»Du weißt nicht, was mit meiner Nase ist?«
»Nein«, murmelte sie und begann, mit den Handballen auf ihrer Stirn zu kreisen. Ich suchte in ihrem Blick nach Erinnerungen und fand nichts als Fragezeichen.
»Du bist wieder umgekippt und hast mich an der Nase erwischt.«
Sie starrte meine Nase an, kniff die Augen zusammen und rutschte mit den Handballen zu ihren Schläfen.
»Herrje, das tut mir leid.«
»Ach was, kein Problem, jeder trinkt mal einen über den Durst und schlägt dann jemanden zusammen. Rokko hat das schon tausendmal getan.«
Ihre Hände hörten auf zu kreisen. Ihre Augen öffneten sich.
»Zusammenschlagen?«, fragte sie verwirrt. »Wieso denn zusammenschlagen?«
»Kannst du dich gar nicht an gestern Abend erinnern?«
»Doch klar, wir haben gespielt und getanzt, und dann wurde mir schlecht von der Bowle. *Scheiß*alkohol!« Sie verzog ihr Gesicht und blinzelte mich aus einem Auge an. »Was ist dann passiert?«
»Du hast Telly ein paar verpasst.«
»Telly …? Ich dachte …« Sie sah meine Nase an. »Gott, wieso denn Telly??«

»Das frag ich dich. Denk doch mal in Ruhe nach. Was weißt du noch von gestern Abend so ab dem Konzert?«
Sie stöhnte.
»Ich kann jetzt nicht denken.«
»Versuch's.«
Ihre Pupillen rutschten nach rechts oben. Nach ein paar Sekunden schüttelte sie vorsichtig ihren Kopf.
»Totaler Blackout.«
»Super«, sagte ich.
Sie massierte sich die Schläfen.
»Wenn das hier *Versteckte Kamera* ist, bitte nicht. Ich bin gerade nicht in Form.«
Fast hätte ich gelacht.
»Machst du Witze? Wenn hier jemand veräppelt wird, dann ich.«
»Ich veräppel dich nicht, ich schwör's, ich kann mich an nichts erinnern.« Sie massierte ihre Schläfen, dabei schloss sie die Augen ein wenig. »Hat es jemand mitbekommen?«
»So circa alle, die noch da waren.«
»O nein.« Sie schnitt eine Grimasse. Sie zog sich die Bettdecke übers Gesicht. »O nein!«
»Ach, komm«, sagte ich, »es gibt Schlimmeres, als einen Bullen auf der Geburtstagsparty seiner Schwiegermutter zu verprügeln.«
»Hör auf«, jammerte sie. Sie zog die Decke so weit herunter, dass ihre Augen hervorlugten. »War es schlimm?«
Ich sah sie bloß an.
»O Gott«, sagte sie und verschwand wieder unter die Decke.
Ich versuchte, ruhig zu bleiben.
»Süße, jetzt mal im Ernst, schau mich mal an.«
Die Decke bewegte sich nicht. Ich sprach weiter.
»Das war bereits das zweite Mal, dass du einen Filmriss hattest. Ich kenne dich so nicht. Ist dir so was schon mal passiert? Ich meine, hast du solche Aussetzer schon vorher

gehabt? Ist so etwas auch in Amerika vorgefallen?«
Die Decke bewegte sich horizontal. Ich nahm das als Kopfschütteln.
»Was ist dann mit dir? Wenn du mir was verschweigst, dann hör auf damit. Ich kann so was nicht. Sag's einfach, ja? Bist du krank?«
Die Decke blieb einen Moment ruhig. Dann glitt sie runter bis zur Nase. Ihre Augen musterten mich.
»O Mann …«, murmelte sie. Ihre Brust hob und senkte sich unter der Decke. Dann zog sie die Decke weg, richtete sich auf, schob ein Kissen an die Wand, lehnte sich dagegen und klopfte neben sich auf die Matratze. »Komm bitte her.«
Ich rutschte an ihre Seite. Sie streckte mir ihre Hand entgegen. Ich schob meine Finger zwischen ihre. Sie umklammerte meine Hand so fest, als wollte sie verhindern, dass ich weglaufe, und sah mich dunkel an.
»Ich habe dir etwas verschwiegen.«
Mein Magen wurde kalt. Ich spannte meine Bauchmuskeln an und wappnete mich. Bitte kein Krebs. Bitte kein Abschiedsbesuch. Bitte nicht.
»Ich habe für einen Escort-Service gearbeitet.«
Ich blinzelte.
»Was …?«
Sie biss sich auf die Unterlippe und nickte, ohne ihre Augen für eine Sekunde von meinen zu lösen.
»So habe ich Papas Pflege finanziert, okay?«
Ich sah sie an und versuchte, den Faden zu kriegen. Der Weg von Krebs zum Callgirl war lang. Von meiner Nele zu einer Begleitdame für einsame Geschäftsleute war es noch länger. Ihre Hand hielt meine fest umklammert.
»Kein Sex. Nur Begleitung.« Sie nickte vorsichtig, um ihre Aussage zu unterstreichen. »Ich wollte es dir gleich sagen, aber …« Sie schlug ihre Augen nieder und zog die Schultern hoch. »Hab mich nicht getraut.«
Ich versuchte, das auf die Reihe zu bekommen.

»Und was hat das mit gestern zu tun?«
»Bei einem der Jobs hatte ich mal einen Aussetzer. Ein Kunde hat mich bedrängt, ich hab ihm wohl ...«, sie zog die Schultern hoch, »... eine verpasst.«
»Was meinst du mit wohl? Hast du oder hast du nicht?«
»Ich weiß es nicht. Ich weiß nur, was die anderen mir später erzählt haben.«
»Warst du betrunken?«
Sie bewegte ihren Kopf vorsichtig. Diesmal war es ein Nicken.
»Voller Filmriss. Ich erinnere mich an nichts mehr. Das war es dann auch. Nach der Sache hat die Agentur mich rausgeschmissen.«
Ich versuchte, nicht daran zu denken, was sie vielleicht noch so alles nicht mitbekommen hatte.
»Und das war das erste Mal? Es ist vorher nie passiert?«
Diesmal bewegte sie ihren Kopf wieder vorsichtig seitwärts.
»Gut«, sagte ich. »Das heißt dann wohl, keinen Alkohol mehr.«
»Sowieso«, stöhnte sie.
Ich nahm ihre Hand. Sie rutschte tiefer, legte ihr Gesicht auf meinen Oberschenkel und sah zu mir hoch.
»Nicht sauer sein.«
»Ich bin nicht sauer, ich hatte heute Nacht nur Angst um dich. Du bist völlig ausgerastet. Ich hab dich nicht wiedererkannt.«
Sie biss sich auf die Unterlippe.
»Ich trink keinen Schluck mehr. Versprochen.«
Ich atmete durch. Alkohol. Klar doch. Ich hatte eine Menge Leute auf Alkohol gesehen. Es hieß, Betrunkene zeigten ihr wahres Naturell. Deswegen passte die Sache nicht zu Nele. Die Nele, die ich gekannt hatte, hatte geweint, wenn wir eine überfahrene Katze gefunden hatten. Bei Schlägereien hatte sie sich zwischen die Schläger geschoben. Konnten neun Jahre einen Menschen dermaßen verändern?

»Also los, Mor wartet.«
Es dauerte. Sie musste erst duschen, sich schämen, dann wollte sie meine Nase schminken, dann musste sie sich wieder entschuldigen, aber schließlich schafften wir es doch in die Küche, in der es nach Kaffee und warmem Brot roch. Mor saß am Küchentisch und las die Tageszeitung. Vor ihr stand eine halb leere Tasse und ein Teller mit Krümeln. Mit einer Hand hielt sie die Zeitung, mit der anderen massierte sie ihren Stumpf. Als sie uns hörte, hob sie den Kopf und lächelte uns an.
»Morgen.«
Ich küsste sie. Nele setzte sich auf den Stuhl am anderen Ende des Tisches, senkte den Kopf und heftete ihren Blick auf die Tischplatte. Mor sah sie an, dann sah sie mich an.
»Ein tolles Fest«, sagte ich und warf ein paar Aspirin in ein Glas.
»Find ich auch«, sagte sie und sah zu Nele. »Was ist mit dir, Engelchen, sagst du mir nicht guten Morgen?«
Nele starrte auf die Tischplatte.
»Tut mir leid, dass ich deinen Geburtstag ruiniert habe.«
»Ach was, ich war eh schon müde. Eigentlich hast du mir bloß geholfen, die letzten Säufer loszuwerden.«
Ich stellte das Glas vor sie. Nele starrte weiter auf den Tisch.
»Engelchen, komm mal her.«
Nele schüttelte den Kopf und hielt sich an dem Glas fest.
»Schatz«, sagte Mor bestimmt. »Du bist die mit den zwei Beinen, also komm.«
Nele stand mit gesenktem Kopf auf, ging um den Tisch herum, sank neben Mors Stuhl auf die Knie, umschlang sie mit ihren Armen und versteckte ihr Gesicht an Mors Brust.
»Tut mir leid«, flüsterte Nele.
Mor legte ihr eine Hand auf den Rücken und streichelte sie.
»Ach, jeder trinkt doch mal einen über den Durst.«
Sie streichelte Neles Rücken und suchte in meinem Gesicht

nach irgendwas. Ich ließ sie sehen, was da war. Viel war es nicht. Zeit, in die Gänge zu kommen.

Das Haus sah immer noch genauso aus, wie ich es in Erinnerung hatte. Nur das Praxis-Schild war entfernt worden, nachdem Doktor Nissen in Rente gegangen war. Der Rasen war gepflegt, die Hecken gestutzt. Musste eine Menge Arbeit sein in dem Alter. Vielleicht hatte er einen Gärtner. Als ich das Gartentor aufschob und in den Vorgarten ging, öffnete sich die Tür oben auf der Veranda, und Nissen trat heraus. Er trug eine ausgebeulte Leinenhose, rote geblümte Hosenträger und ein beiges Hemd. Ich blieb vor der Veranda stehen und schaute zu ihm hoch.

»Morgen.«

Er rückte sich die Brille zurecht. Die Raupen über seinen Augen berührten sich, als er zu mir herunterschaute.

»Paul. Bist früh unterwegs.«

»Ich laufe.«

»Gut, gut, laufen ist gut.« Er nickte wie zur Bestätigung. »Es war ein schönes Fest. Richte deiner Mutter meinen Dank für das tolle Essen aus. Sie ist wirklich eine hervorragende Köchin.«

»Danke. Mach ich.«

Ich wartete, ob er noch was sagen würde, aber er lächelte abwartend zu mir herunter. Offenbar war er gestern Abend früh gegangen und hatte nichts von der Sache mitbekommen. Wir standen da, und ich wusste einfach nicht, wie ich beginnen sollte. Schließlich nickte er mir zu.

»Möchtest du ein Glas Limonade?«

»Gern.«

Er wies auf einen der Schaukelstühle, die neben dem Holztisch auf der Veranda standen.

»Nimm Platz.«

Er verschwand durch eine quietschende Fliegengittertür ins Hausinnere. Ich nahm die Stufen und setzte mich. Wenn ich früher am Garten vorbeigestreunert war, hatte er oft hier mit seiner Frau gegessen. Frühlingstag, Sommermorgen, Herbstabend: Sie saßen immer da. Manchmal spielten sie Karten, manchmal lasen sie ein Buch, manchmal saßen sie einfach nur da. Immer nebeneinander. Ich weiß noch, wie langweilig ich das damals gefunden hatte. Heute wünschte ich, mein restliches Leben so mit Nele zu verbringen. Auf der Veranda sitzen. Manchmal eine Partie Dame spielen. Mit November spazieren gehen. Ein Buch lesen. Ihre Hand halten und von Zeit zu Zeit ins Schlafzimmer verschwinden. Tagträume.

Nissen kam mit einem Tablett wieder, auf dem zwei Gläser und eine Karaffe standen. Der Inhalt war von einem satten Zitronengelb. Eiswürfel klackerten. Er stellte das Tablett auf dem Tisch ab und ließ sich schwer auf den zweiten Schaukelstuhl sinken. Das Holz protestierte unter seinem Gewicht. Ich schenkte uns ein. Er nahm sein Glas und prostete mir zu. Ich nahm einen Schluck. Mein Mund zog sich zusammen. Zitronensaft, vielleicht nur achtundneunzigprozentig, fast wäre es mir wieder hochgekommen.

Nissen lachte.

»Geht doch nichts über ein paar Vitamine …«

Er leerte sein Glas zur Hälfte, stellte es auf den Tisch und zog ein riesiges Stofftaschentuch aus der Hosentasche. Während er sich den Mund abwischte, musterten seine blassen Augen mich wie nebenbei. Erste Diagnose. Er faltete das Taschentuch ordentlich zusammen, bevor er es wieder in einer seiner riesigen Hosentaschen verschwinden ließ.

»Also, Paul, was führt dich zu mir?«

»Nele hat …« Ich holte tief Luft. »Aussetzer.«

Er wollte etwas sagen, kniff stattdessen die Augen zusammen, lehnte sich zurück, verschränkte die Arme, senkte seinen Kopf und musterte mich über den Rand seiner Brille. Mit der Nummer hatte er Rokko und mir früher immer jeden Wurm aus der Nase gezogen.

»Vor ein paar Tagen ging sie abends alleine zur Villa hoch. Wenig später fand ich sie starr auf dem Boden liegend. Sie hatte sich unter einem Müllsack versteckt, als hätte sie Angst. Sie hatte einen Schock.«

Er kniff die Augen zusammen.

»Vielleicht diese Bande. Ich schließe schon selber meine Tür abends ab.«

Ich schüttelte den Kopf.

»Ich glaube nicht, dass da noch jemand in der Villa war, außerdem ist es heute Nacht wieder passiert, und da war die Bande ganz sicher nicht dabei.«

Die weißen Würmer hoben sich.

»Heute Nacht? Auf dem Fest?«

»Sie hat Telly ein bisschen verprügelt, und dann ist sie umgekippt. Sie war wie weggetreten. Ein paar Minuten später war sie wieder da und hatte keinerlei Erinnerung an das, was passiert war.«

»Wieso Telly?«

»Keine Ahnung.«

»Hm«, machte er und nahm die Brille ab, um sie mit einem kleineren Tuch zu putzen, das er aus der anderen Hosentasche zog. »Und wie geht es ihr heute?«

»Sie schämt sich und hat einen Schädel, was kein Wunder ist bei dem Zeug, das wir getrunken haben. Aber sonst ist sie wie immer, alles normal.«

Er warf mir einen kurzsichtigen Blick zu. Ohne die Gläser wirkten seine Augen viel kleiner, und die Pupillen schienen in blassblauer Farbe zu schwimmen.

»Kommt schon mal vor, dass auf einem Fest zu viel getrunken wird ...«

Ich schüttelte den Kopf.

»Ich hab schon oft mit ihr gefeiert, sie ist dabei noch nie ausgerastet. Sie hätten sie mal sehen sollen. Außerdem gab es früher schon einen ähnlichen Vorfall. Sie sagt, sie habe auch da was getrunken, aber ...«

Ich zog die Schultern hoch. Nissen setzte sich die Brille wieder auf und schob sich das Tuch in die Hosentasche.

»Aber?«

»Keine Ahnung. Heute Nacht dachte ich, sie ist vielleicht krank und zum Sterben nach Hause gekommen.«

Er musterte mich über den Rand seiner Brille.

»Paul, wie viel hast du geschlafen, seitdem sie wieder da ist?«

»Was hat das damit zu tun?«

»Das hat damit zu tun, dass Schlafmangel Stress verursacht, und unter Stress sieht man die Dinge eben ein bisschen anders. Vielleicht solltest du dich mal ausschlafen.«

Ich versuchte, ruhig zu bleiben.

»Wollen Sie damit sagen, ich soll mir keinen Kopf machen, wenn Nele einen Polizisten zusammenschlägt und dann umkippt und sich später an nichts mehr erinnern kann?«

Er seufzte.

»Gut. Wie kann ich dir helfen?«

»Können Sie sie mal durchchecken? Vielleicht hat sie irgendwas, ohne es zu wissen. Sie wissen ja, Klaus Belling.«

Klaus Belling war eine Klasse unter mir gewesen und sehr eigen. Manchmal redete er tagelang nicht, und manchmal wurde er schlagartig so aggressiv, dass sogar Rokko sich von ihm fernhielt. Eines Tages, auf dem Heimweg von der Schule, fiel er um und starb an einem Gehirntumor.

»Ich kann hier kein CT machen«, sagte Nissen.

»Aber ein EKG und ein Blutbild.«

Er zögerte.

»Wie du weißt, praktiziere ich eigentlich nicht mehr.«

»Vielleicht könnten Sie auch mal mit ihr reden«, fuhr ich fort, als hätte ich ihn nicht gehört. »Sie hat mir verschwiegen, dass sie für einen Escort-Service gearbeitet hat, wer weiß, vielleicht gibt es da noch etwas, über das sie mit mir

nicht reden kann, weil sie sich schämt. Vielleicht erzählt sie es Ihnen.«
Wieder gab er mir diesen forschenden Blick über den Brillenrand.
»Escort-Service?«
Ich nickte. Die Falten um seine Augen wurden ein bisschen tiefer. Er gab sich Mühe, nicht zu grinsen.
»Und schon glaubst du, sie muss krank sein?«
»Machen Sie es, oder nicht?«
Er ließ seinen Blick durch den Garten wandern und schien nachzudenken. Und ließ sich Zeit damit. Ich ertappte mich dabei, auf den Tisch zu trommeln, und legte meine Hände in den Schoß. Er lehnte sich vor, schaute in das Rosenbeet, lehnte sich wieder zurück und kratzte sich hinter dem rechten Ohr. Gleich würde ich schreien.
»Also gut«, sagte er. »Ich mache ein EKG, ein Blutbild, rede mit ihr, mache eine Krebsvorsorge und taste sie nebenbei noch nach Tumoren ab, sonst noch was? Ein Schwangerschaftstest vielleicht?«
»Haha. Danke.«
Er grinste, hob sein Glas und prostete mir zu. Ich nahm mein Glas in die Hand und stieß es gegen seines. Das Kristall klang klar und rein in der Luft. Er leerte sein Glas in einem Zug. Ich tat es ihm nach. Die geballte Zitrusladung ließ mich Grimassen ziehen. Er lachte.
Als wir uns verabschiedeten, legte er mir seine große Hand auf die Schulter.
»Tut gut, dich so zu sehen.«
»Wie?«
»Interessiert. Das schafft offenbar nur Nele bei dir.«
Auch darüber dachte ich nach, während ich zurücklief. In meinem Magen gluckerte die Limonade, und ich schaute mich ständig nach November um.

Als ich in die Küche kam, war sie leer. Ich rief nach Mor. Nichts. Ich rief November und Nele, nichts. Die Stille im Haus fühlte sich seltsam an. Ich trat raus auf den Hof und sah zur Villa hinauf. Dort wimmelte es von Menschen. Ich erkannte Bennis Benz, Anitas Motorrad und mehrere Mofas. Im selben Moment kam der GT auf den Hof gerollt, und Rokko stieß die Beifahrertür auf.
»Mann, willst du so ins Büro?«
Ich schaute an mir herunter, dann lief ich ins Haus, duschte und wechselte die verschwitzten Sportklamotten gegen Jeans, Hemd und Mokassins. Keine fünf Minuten später rutschte ich tropfend auf den Beifahrersitz. Rokko musterte mich, er machte keine Anstalten loszufahren.
»Wie geht es ihr?«
»Sie hat einen Schädel«, sagte ich und starrte durch die Frontscheibe den Hügel hoch.
»Trotzdem ist sie jetzt da oben und malocht mit Anita?«
Ich nickte. Rokko trat aufs Gas. Wir schossen schotterspritzend raus auf die Straße. Ich kurbelte das Fenster runter. Der Fahrtwind war irgendwie beruhigend. Rokko warf mir einen Blick zu.
»Hat er sie angegraben?«
»Sie hat einfach zu viel getrunken.«
»Mann, Telly in die Eier zu treten, wer würde das von Zeit zu Zeit nicht gerne tun? Aber sie muss doch einen Grund gehabt haben.«
»Weiß ich nicht. Und sie auch nicht. Sie hat einen kompletten Filmriss.«
»Okay, dann fragen wir Telly.«
»Nein. Ich frage Telly.«
Ich fingerte mein Handy aus der Hosentasche und wählte Mors Nummer. Wir steckten bereits im ersten Überholmanöver, als sie endlich ranging.
»Dachte schon, du rufst nie an, Schatz.«
»Wie geht es ihr?«

»Sie ist verkatert, die Sache ist ihr peinlich, sonst alles in Ordnung.«
»Lass sie nicht aus den Augen.«
»Mach ich nicht.«
»Ich mein's ernst, Mor, lass sie nicht da oben allein.«
»Anita und die anderen sind auch hier, aber gut, ich bleibe bei ihr, bis du von der Arbeit kommst und mir erlaubst, mal auf die Toilette zu gehen. Gut so, Schatz?«
»Ich lach später.«
Ich küsste in den Hörer, unterbrach und wählte sofort Neles Nummer.
»Hey …«, meldete sie sich.
»Hey, wie läuft's?«
»Alle schauen mich an, als hätte ich den Papst befummelt.«
»Da musst du durch, ich sag nur: Dorftratsch. Aber keine Panik, in dreißig Jahren spricht da keiner mehr drüber.«
»O Gott«, stöhnte sie. »Die werden mich die Psychobraut nennen.«
»Nur, wenn du nicht dabei bist.«
Sie wimmerte. Ich zog Luft in die Lungen und sah aus dem Seitenfenster.
»Süße, ich hätte gerne, dass wir heute Abend zu Nissen rüberlaufen und du dich von ihm durchchecken lässt. Wäre das okay?«
Es blieb still, die Verbindung rauschte. Als sie sprach, war jede Ironie aus ihrer Stimme verschwunden.
»Ich muss ja gestern wirklich 'ne heiße Show abgeliefert haben.«
»Ich will nur wissen, ob du fit genug bist für 'ne lange Beziehung.«
War es möglich, ein stilles Lächeln zu hören? Wenn ja, war es das, was ich gerade tat.
»Paul?«
»Ja.«
»Ich liebe dich.«

Mein Herz stockte. Seit neun Jahren hatte ich diesen Satz nicht mehr aus ihrem Mund gehört. Zum ersten Mal an diesem Tag atmete ich richtig durch.
»Danke.«
»Wenn du dir wirklich solche Sorgen machst, gehen wir heute Abend zu Nissen und checken mich völlig durch, aber wenn er nichts findet, führst du mich zum Essen aus.«
»Damit du noch dicker wirst?«
Sie nannte mich einen Blödmann, wünschte mir einen schönen Tag und unterbrach das Gespräch.
Als ich das Handy wegsteckte, warf mir Rokko einen Blick zu, sagte aber nichts. Es gibt nichts über einen Freund, der weiß, wann er die Klappe halten soll.

Auf dem Revier war die Hölle los. Die Bande hatte wieder zugeschlagen. Sie hatten den abgelegenen Hof von Familie Bettermann ausgeraubt. Herr Bettermann, seinerzeit Rokkos und mein Lieblingslehrer, war in der Gegend sehr beliebt. Er hatte sich immer für seine Schüler engagiert, und jetzt lag er mit seiner Frau im Krankenhaus. Sie hatte Platzwunden und Brüche. Ihn hatte es noch schlimmer erwischt: Als die Bande seine Frau herumgeschubst hatte, hatte er vor Aufregung einen Herzanfall bekommen. Testosteron schwappte durch die Gänge. Adrenalin kochte. Aber noch immer fehlte uns jede Spur, obwohl die Bande definitiv von hier sein musste, denn sie hatte den Fluchtweg hinter dem Schrottplatz gewählt. Den kannte man nur, wenn man hier lebte oder gelebt hatte.
Als Hundt zur Einsatzbesprechung rief, losten wir, ich verlor. Rokko blieb im Kabuff, und ich ging in den Versammlungsraum. Der Raum war voll, ich wurde von allen Seiten angestarrt. Auf den Flurfunk war Verlass. Ich hielt vergeblich Ausschau nach der Neuen, dafür sah ich Telly. Er hatte eine Schramme unter dem Auge. Als er mich sah, hob er die Achseln. Karl-Heinz kniepte mir zu, ich winkte und setzte mich.

Zusammengepfercht wie Schlachttiere ließen wir Hundts kalte Wut über uns ergehen, dabei brauchte er keinen von uns extra zu motivieren, denn jeder von uns wollte die Schweine erwischen. Und das würden wir auch. Irgendwann erwischte es jeden. Jeder Verbrecher wurde irgendwann übermütig oder hatte das Pech, zufällig bei einer von Hundts verrückten Straßenkontrollen einen Platten zu haben. Die meisten Verbrecher waren eh nicht die Hellsten und standen im krassen Kontrast zu den Gangstern im Film, die immer einen Plan hatten. Die meisten Straftäter, die ich früher verhaftet hatte, würden die Beine ihrer Betten absägen, um tiefer schlafen zu können. Wir würden sie erwischen. Die Frage war nur, wie viele Unschuldige sie vorher erwischen würden.

Als Hundt die Einsatzbesprechung auflöste, ging ein kollektives Aufstöhnen durch den Raum, und alle strömten nach draußen, um frische Luft zu schnappen. Ich ignorierte die Kommentare über meine Nase, behielt Telly im Auge und folgte ihm den Flur entlang. Er bog in den Toilettenraum. Ich erwischte ihn, als er gerade in einer der Kabinen verschwinden wollte. Ich schob die Tür wieder auf.

»He, Telly, warte mal.«

Er schaute mich erschrocken an. Vielleicht wegen des Geruchs, der aus der Kabine drang.

»Hör mal, Paul, tut mir echt leid wegen gestern. Sie ist einfach über mich hergefallen.«

»Jaja, komm doch da mal raus, bevor ich bewusstlos werde.«

Er trat aus der Kabine heraus. Hinter ihm schwang die Tür zu. Ich lehnte mich an die Kabinenwand.

»Erzähl mir bitte genau, was da gestern passiert ist.«

»Ich wollte auf die Toilette, und als ich ins Haus ging, traf ich sie, und plötzlich ist sie ausgerastet.«

»Du hast nichts zu ihr gesagt?«

»Doch, klar, irgendwas wie schönes Fest oder so, schon ging's los.«

Ich starrte ihn an. Sein Blick flackerte zu dem kleinen Fenster hoch, das auf Kipp stand.
»Was habt ihr beide eigentlich für ein Problem?«
»Ich hab kein Problem mit ihr, wirklich, ich finde sie nett.«
»Super«, sagte ich. »Und hast du vielleicht eine Ahnung, warum sie dich dann zusammenschlägt?«
»Klar, ich hab den Unfall ihrer Mutter aufgenommen.«
Ich schaute ihn überrascht an.
»Das wusste ich nicht.«
»Ist ja auch ewig her.«
»Und?«
Er lächelte verkrampft.
»Na ja, ist doch 'ne Scheißerinnerung, oder? Sie ist damals auch total ausgerastet.«
Mein Herz klopfte schneller.
»Ausgerastet? So wie gestern?«
Er schüttelte den Kopf, ohne den Blick von dem Fenster zu lösen.
»Nein, sie war ja noch klein. Außerdem hatte sie damals einen Grund. Stell dir vor, deine Mutter ist gerade gestorben, und dann kommt so ein blöder Bulle und hält dich fest, da würde doch jeder ausrasten.«
»Wieso denn festhalten?«
Seine Augen flatterten wieder zum Fenster.
»Als wir am Unfallort ankamen, dachte mein damaliger Partner, dass Frau Reichenberger vielleicht noch lebt. Er wollte sie untersuchen, aber Nele hing an ihr wie eine Klette, da hab ich sie auf den Arm genommen und bin mit ihr in die Küche gegangen.«
Ich starrte ihn an. Er nickte bekümmert.
»Was sollte ich machen? Sie wollte partout nicht loslassen, und wir mussten uns ja um ihre Mutter kümmern.«
»Was war mit ihrem Vater?«
»Stand unter Schock.«

Seine Augen flatterten wieder zum Fenster. Hinter uns ging die Tür zum Gang auf. Ich hob eine Hand.
»Sekunde noch …«
»Ich muss mal«, sagte eine Stimme. Es klang wie einer der Malik-Brüder.
Ich schlug gegen die Kabinenwand.
»Verpiss dich!«
»Ist ja wie zu Hause«, nölte die Stimme spöttisch.
Die Tür fiel ins Schloss. Telly legte eine Hand auf den Knauf der Kabinentür und sah mich an.
»Kann ich? Weißt du, es drängt ein bisschen …«
»Gibt es noch irgendwas, das du mir sagen willst?«
Er schüttelte den Kopf. »Weißt du, Paul, vielleicht solltest du mal darüber nachdenken: Nele hat mich heute Nacht angegriffen. Wie wäre es mit einer Entschuldigung? Ich hab damals nur meinen Job gemacht, und du müsstest eigentlich wissen, wie viel wir im Außendienst einstecken.«
Ich seufzte und legte ihm eine Hand auf die Schulter.
»Entschuldige, ich bin mit den Nerven zu Fuß. Ich hab sie noch nie so wütend erlebt wie heute Nacht.«
Er nickte bekümmert.
»Vielleicht die Bowle. Die war stark. Du weißt ja, wie Leute auf Alkohol reagieren.«
»Ja. Tut mir leid, dass ich hier so einen Stress mache, ich mache mir eben Sorgen.«
»Das verstehe ich«, sagte er. »Hätte ich so eine Frau, würde ich mir auch Sorgen um sie machen.«
»Danke.« Ich trat einen Schritt zurück und gab den Weg frei.
»Nächstes Bier auf mich, ja?«
Die Erleichterung sprang ihm förmlich aus den Augen.
»Kein Problem«, sagte er und verschwand in die Kabine.
Ich verließ den Raum. Irgendwas war mit ihm. Dass er den Unfall von Neles Mutter aufgenommen hatte, war natürlich ein Grund, ihn schlecht in Erinnerung zu behalten, aber falls Nele sich daran erinnerte, hätte sie es mir gesagt. Hm.

Vielleicht irrte ich mich. Vielleicht war es ihm bloß peinlich, dass er von einem Mädchen vermöbelt worden war. Vielleicht musste er nur dringend aufs Klo.
Ich ging zum Empfang, wo Karl-Heinz seine Füße in einen Eimer Wasser tauchte und an einem dampfenden Tee nippte. Außer ihm waren alle auf der Straße. Ich setzte mich an einen der Computer und starrte mit einem mulmigen Gefühl auf den Bildschirm. Meine Finger lagen auf der Tastatur, aber ich bewegte sie nicht. All die Jahre hatte ich den Drang bekämpft, Nele nachzuspionieren. Manchmal hatte ich ihren Namen gegoogelt, aber ich hatte nie eine Personenüberprüfung durchgeführt. Bis heute. Neun Jahre Selbstbeherrschung gingen mal eben den Bach runter. Aber ich musste wissen, was in Köln passiert war.
»Was war gestern eigentlich los?«, fragte Karl-Heinz. »Telly musste ganz schön einstecken, was?« Er schüttelte grinsend den Kopf. »Von einem Mädchen verprügelt zu werden … tsss …«
Er hatte Nele nicht in Aktion erlebt, so viel stand fest. Ich gab ihren Namen in die Suchmaske ein. Der PC stürzte sofort ab. Früher hatte die Mafia ihren Opfern einen Pferdekopf ins Bett gelegt, heute reichte ein PC mit Windows, und man wusste, dass die Kacke am Dampfen war. Aber die Leute kauften den Mist immer wieder, und die Stadtverwaltung war da keine Ausnahme.
Ich ging zum nächsten Rechner, und während die Kiste klackernd und keuchend ihre Innereien nach Neles Namen durchforstete, witzelte Karl-Heinz über Tellys Nehmerqualitäten. Ich bekam ein paar Treffer unter ihrem Namen, aber es waren nur Strafzettel wegen Falschparkens und Geschwindigkeitsüberschreitung, alles aus den letzten sechs Monaten. Was mich interessierte, war die Anzeige wegen Körperverletzung. Vor fünf Monaten hatte ein Herr Laue die Dienste der Begleitagentur *Cologne Service for Men* in Anspruch genommen und statt eines schönen Abends

einen Nasenbeinbruch erhalten. Er hatte Anzeige gegen die Agentur und gegen Nele erstattet, aber die Anzeige gegen Nele später wieder zurückgezogen. Ich notierte mir seinen Namen und jagte eine Personenüberprüfung durch. Herr Laue hatte keine Vorstrafen. Ein harmloser Geschäftsmann, der manchmal eine Begleitung brauchte, jaja.

Ich googelte die Agentur. Die Homepage sah seriös aus, aber bei der Kombination reiche Männer und schöne Frauen war immer Sex im Spiel. Ich versuchte, nicht weiter darüber nachzudenken. Was die Vergangenheit anging, war mir Nele keine Rechenschaft schuldig. Nur für die Zukunft musste ich Bescheid wissen.

Ich jagte weitere Personenüberprüfungen durch den Rechner. Unter den Gesellschaftern der Agentur erhielt ich ein paar Treffer, allerdings nichts, mit dem sich etwas anfangen ließ. Während ich über meine nächsten Schritte nachdachte, wollte Karl-Heinz wissen, ob es stimmte, dass Nele Telly mit einem Totschläger angegriffen hatte. Flurfunk. Bald würde sie auf ihn geschossen haben.

Aus einem Impuls heraus gab ich den Namen von Neles Mutter ein. Der PC spuckte ein Aktenzeichen aus, aber zu dem Aktenzeichen fand ich keine Akte. Ich schaute zu Karl-Heinz rüber, der gerade die Füße aus seinem Wasserbad zog. Nach dreißig Jahren als Vertrauensbeamter im Außendienst sahen sie aus wie verkalkte Skulpturen.

»Akten von vor über zwanzig Jahren, wo finde ich die?«

Er runzelte die Stirn.

»Über zwanzig …? Da musst du in den Keller. Wonach suchst du denn?«

Ich ignorierte die Frage.

»Haben wir Akten nicht im Computer?«

»Wer sollte die eingegeben haben?«

Super.

»Sind die Aktenzeichen im Keller wenigstens chronologisch geordnet?«

Er lachte gutmütig.
»Du bist so witzig heute.«
Ich notierte das Aktenzeichen, löschte den Eintrag im PC und stand auf.
»Wenn ich in zwei Wochen nicht wieder da bin, schick einen Suchtrupp los, ja?«
»Mach ich«, lachte er.
Ich ging die Betontreppe hinunter in den Keller. Als ich den Lichtschalter betätigte, flackerte kaltes Neonlicht auf. Metallregale, von oben bis unten vollgestopft mit Akten, und ausrangierte Büromöbel, auf denen sich der Staub zentimeterdick gesammelt hatte, erstrahlten im grellen Licht. Die Spinnweben protokollierten, wie oft man hier unten Akteneinsicht nahm. Tausende schwerer Pappordner, die nur darauf warteten zu vermodern. Auch eine Form von Verjährung.
Es dauerte eine halbe Stunde, bevor ich die Akte fand. Jedes Jahr starben fast sechstausend Menschen in Deutschland bei Haushaltsunfällen, mehr als im Straßenverkehr. Vor zweiundzwanzig Jahren war Neles Mutter eine von diesen Unglücklichen gewesen. Sie war die Treppe heruntergefallen und hatte sich das Genick gebrochen. Ich überflog den Unfallbericht, den Telly kurz und knapp verfasst hatte, sowie die Zeugenvernehmung von Hans. Er war abends vor dem Fernseher eingeschlafen und davon wach geworden, dass seine Tochter seinen Namen schrie. Er fand seine Frau leblos am Fuß der Treppe. Er wählte den Notruf, der konnte aber nur noch den Tod feststellen.
Telly und ein Polizeihauptmeister Koppelmann wurden als Beamte am Unfallort aufgeführt, sonst brachte die Akte mir keine neuen Erkenntnisse. Aber Erinnerungen. Auf der Beerdigung standen Nele und ihr Vater ganz vorne am Grab. Ich werde nie vergessen, wie sie die Hand nach hinten ausstreckte und darauf wartete, dass ich sie nahm. Es war eine traurige Zeit gewesen. Ich erinnerte mich bruchstückhaft

daran, dass ich Nele in dieser Zeit weniger sah und dass sie dann stiller war, aber irgendwann begann sie wieder zu lachen, und alles, was heute an diese dunkle Phase erinnerte, waren die Albträume, die sie seitdem hatte.

Als ich ins Kabuff kam und mich auf meinen Stuhl sinken ließ, hob Rokko den Kopf.

»Was treibst du die ganze Zeit?«

»Nachdenken.«

»Und?«

»Weiß nicht.«

»Aha.«

Ich stand wieder auf und ging zurück zum Empfang. Karl-Heinz hatte einen Fuß auf die *Gala* gelegt und eine Nagelschere in der Hand. Paris Hilton war mit weißen Halbmonden berieselt.

»Mit wem fährt die Neue heute?«

»Schröder.«

»Schon wieder?«

Er zuckte die Schultern und schoss Paris Hilton einen Fußnagel auf die Nase. Sie hatte dort schon Schlimmeres gehabt.

»Die Jungs sind so blöde und pokern mit ihm um die Schichten. Ich wette, er bescheißt. So gut kann keiner …«

Den Rest verpasste ich, weil ich ins Kabuff eilte und nach dem Funk griff. Ich verharrte mitten in der Bewegung. Über Funk konnte ich das nicht machen. Ich könnte natürlich warten, bis ich sie beim Laufen traf, aber ich musste endlich in die Gänge kommen. Ich schnappte mein Handy, ging in die Küche, suchte Schröders Namen im Verzeichnis und drückte drauf. Nach zweimal Klingeln ging er ran.

»Schröder.«

»Hier Paul. Du hast schon wieder Schicht mit der Neuen?«

»Scheiße, was soll ich machen, sie liebt mich.«

»Dann hast du bestimmt ihre Handynummer.«

Es war einen Augenblick still.

»Äh, noch nicht. Wozu auch, wir sehen uns ja ständig.«
»Hol sie mir mal an den Hörer.«
»Warum?«
»Weil ich mit ihr sprechen will.«
»Warum tust du es nicht über Sprechfunk?«
»Wieso hältst du nicht einfach die Klappe und reichst dein verdammtes Handy weiter?«
»Schon gut … Ich muss erst hingehen, sie kriecht noch durch Bettermanns Haus und sucht Haare und so 'nen Scheiß.«
Ich hörte, wie er eine Tür öffnete und ausstieg. Ich sah das Bild vor mir: die Neue am Tatort, Schröder im Dienstwagen, eine Zeitschrift in der Hand und den Fußraum voller McDoof-Tüten.
Geräusche, leise gemurmelte Erklärungen, dann eine Frauenstimme.
»Mertens.«
»Ich bin's, Paul Hansen. Ich müsste Sie unter vier Augen sprechen.«
»Ist gerade schlecht.«
»Wäre wichtig.«
Einen Augenblick blieb es still.
»Auf dem Parkplatz. In zwanzig Minuten.«
Sie unterbrach die Verbindung. Ich ging wieder ins Kabuff und setzte mich. Rokko musterte mich. Die Lichterkette blinkte, ich ging ran.
»Polizeinotruf.«
»Hallo, kommen Sie mal bitte zum Adenauer-Platz. Dort liegt einer.«
»Was für einer?«
»Ein alter Mann, der ist gestürzt.«
»Ist er verletzt?«
»Das weiß ich nicht.«
»Dann fragen Sie ihn.«
»Das kann ich nicht.«

»Warum nicht?«
»Ja, ich bin doch mit dem Hund unterwegs«, entgegnete der Anrufer empört.
Mein Nacken verspannte sich.
»Und deswegen können Sie einen Menschen in Not nicht ansprechen?«
»Also, wissen Sie, ich bin doch alleinstehend und mit dem Hund unterwegs. Das muss ich mir doch nicht antun.«
Ich stand auf und erklärte ihm § 323c. Wer bei Unglücksfällen oder gemeiner Gefahr oder Not nicht Hilfe leistet, obwohl dies erforderlich und ihm den Umständen nach zuzumuten, insbesondere ohne erhebliche eigene Gefahr und ohne Verletzung anderer wichtiger Pflichten möglich ist, wird mit Freiheitsstrafe bis zu einem Jahr oder mit Geldstrafe bestraft. Ich glaube, ich war laut.
Der Anrufer legte auf. Ich gab die Fahrt raus und setzte mich. Rokko schaute mich an. Ich stand wieder auf und stellte mich ans Fenster. Die Lichterkette blinkte. Ich behielt den Parkplatz im Auge. Rokko faltete seine Hände auf seinem Bauch und streckte die Beine aus. Die Lichterkette blinkte weiter.
»Willst du nicht rangehen?«
Rokko zuckte die Schultern.
»Unterlassene Hilfeleistung – können wir auch. Also, was ist, warum hat sie Telly verdroschen?«
Ich erzählte ihm, dass es wohl nicht an Telly lag, da sie schon in Köln einen Aussetzer gehabt hatte. Währenddessen hörte die Lichterkette auf zu blinken.
»Auch auf Alk?«, fragte er.
»Weiß ich noch nicht.«
»Und du bist sicher, dass Telly sie nicht angegraben hat?«
»Ja.«
Rokko grinste.
»Ich könnt's aus ihm herausprügeln.«
»Später vielleicht.«

»Brauchst nur was sagen.«
»Weiß ich doch.«
Die Lichterkette blinkte wieder. Rokko nahm den Anruf entgegen. Ich behielt den Parkplatz im Auge.
Achtzehn Minuten später fuhr die Neue auf den Hof und hielt neben mir. Außer ihr saß niemand in dem Zivilwagen. Ich rutschte auf den Beifahrersitz. Sie ließ den Wagen wieder anrollen. Sie trug ihre Uniform mit einem kurzärmeligen Hemd. Auf dem rechten Knie hatte ihre Hose einen dunklen Fleck. Im Fußraum war kein Krümel zu sehen. Anscheinend hatte sie den Wagen aufgeräumt. Vielleicht hatte sie Schröder gleich mit in den Müll gestopft. Sie parkte den Wagen im Schatten neben dem Gebäude. Statt die Klimaanlage im Leerlauf anzulassen, stellte sie den Motor ab, fuhr ihr Fenster runter, ohne etwas zu sagen.
»Wo ist denn der werte Kollege?«
»Kriminalhauptmeister Schröder macht Mittagspause bei Burgerking. Ich musste ihn irgendwo lassen, wo er den Tatort nicht kontaminiert.«
»Kriminalhauptmeister Schröder ist ein Tatort.«
Sie erlaubte sich ein kleines Lächeln, aber ihre Augen blieben auf der Hut. Sie war schon weg, als Nele letzte Nacht ausflippte, aber bestimmt hatte sie von der Geschichte gehört und ahnte, dass ich sie da jetzt irgendwie mit reinziehen wollte.
»Ich brauche Informationen über einen Escort-Service in Köln. Meine Freundin hat für die Agentur gearbeitet, dabei gab es ein bisschen Ärger. Ich muss mehr darüber wissen.«
Sie schaute mich regungslos an. Nach ein paar Augenblicken verzog sich ihr Mund zu einem halben Lächeln, das kein bisschen freundlich aussah.
»Sagen Sie mir nicht, dass Sie mich von einem Tatort weggeholt haben, damit ich Ihrer Freundin nachspioniere?«
»Nein, ich brauche nur irgendwas Handfestes, um ein ver-

nünftiges Gespräch mit denen führen zu können. Sie haben doch sicher noch Kontakte zur Kripo Köln ...«

Sie sah in den Rückspiegel, dann wieder nach vorne.

»Hat das was mit gestern Nacht zu tun?«

»Sie wissen, was passiert ist?«

Sie nickte. Warum fragte ich überhaupt? Mittlerweile würden auf zwanzig Kilometer im Umkreis alle Landkreisbewohner ebenso viele Versionen der Geschichte kennen.

»So etwas Ähnliches ist offenbar schon mal passiert«, sagte ich. »Und zwar während sie für diese Agentur gearbeitet hat. Sie hat einen Kunden angegriffen, und der hat sie angezeigt, später aber die Anzeige zurückgezogen. Ich muss genau wissen, was da vorgefallen ist.«

Sie sagte nichts. Ich nickte ihr aufmunternd zu und hoffte, sie würde sich am Gespräch beteiligen, mir eine Frage stellen, doch offenbar lernte man in der Großstadt zu schweigen. Schließlich atmete sie durch die Nase aus und lehnte sich in den Sitz zurück. Ihr Blick ging an mir vorbei. Ich drehte mich im Sitz und schaute zum Revier rüber. Karl-Heinz hing in dem einen Fenster, Rokko in dem anderen. Beide starrten zu uns herüber. Fehlte nur, dass sie die Fotoapparate hervorholten. So musste sich Knut in seinem Gehege gefühlt haben.

»Die Namen.«

Ich nannte ihr Neles Namen, dann den Namen der Agentur. Sie notierte beides, schrieb noch etwas auf ihren Block, riss den Zettel ab und hielt ihn mir hin.

»Meine Nummer, falls Ihnen noch etwas einfällt.«

Ich nickte, nahm den Zettel entgegen und stieg aus. Als die Tür zuklappte, ließ sie das Beifahrerfenster herunter.

»Wäre vielleicht gut, wenn ich Sie auch erreichen könnte.«

Ich steckte meinen Kopf durchs Fenster und gab ihr meine Handynummer. Sie notierte die Nummer in ihren Block.

»Gut«, sagte sie und klappte den Block zu. »Dann rette ich Kollege Schröder jetzt vor dem Platzen.«

Sie sah wieder zum Dienstgebäude und lächelte schwach, wie über einen Witz, den nur sie verstand. Sie deutete auf den Zettel in meiner Hand.
»Wenn Sie damit irgendeine Wette gewinnen, will ich den Gewinn!«
Sie lachte hell. Der Dienstwagen setzte sich in Bewegung und fuhr vom Hof. Als ich mich umdrehte, hob ich den Zettel mit ihrer Telefonnummer über meinen Kopf, wedelte damit herum und grinste dämlich.
Drinnen empfing mich Karl-Heinz mit anerkennenden O-là-làs. Er hatte die Neuigkeit schon über Funk verbreitet, der Trottel. Ich versprach, den Wettgewinn in Lokalrunden zu investieren, erntete noch ein paar Ui-ui-uis, während ich wieder nach hinten ins Kabuff ging, wo mich Rokko kopfschüttelnd erwartete. Ich hielt den Zettel hoch.
»Ich hab den Pott!«
Rokko starrte drauf.
»Für die Scheiße hab ich mich von Anita rundmachen lassen.«
Er wollte wissen, wie ich es angestellt hatte. Ich sagte, Betriebsgeheimnis. Er wurde sauer; Freundschaft, Arsch, Vertrauen, Loch.
Zum Glück beschloss die Gemeinde an diesem Nachmittag, ihre Autos zu Schrott zu fahren, von Leitern zu fallen und sich gegenseitig Körperverletzungen zuzufügen. So dauerte es eine weitere Stunde, bevor Rokko Zeit fand, mich weiter zu nerven. Sonst passierte bis Feierabend nichts mehr, außer dass ich mit Nele circa einhundert Drei-Wörter-SMS tauschte.

Bei Schichtende hatte Nele Telly bereits mit einem Schlagstock außer Gefecht gesetzt. Bis morgen würde sie ihn mit einem Flammenwerfer gegrillt haben. Einstein wäre an der Dorftratschformel zerbrochen.
Die Kollegen trudelten zum Schichtwechsel ein und drück-

ten mir Sprüche rein. Manche fluchten dabei über Hundt, die anderen verfluchten die Bande, einige wollten wissen, was gestern Abend passiert war, und ausnahmslos alle wollten rauskriegen, wie zum Teufel ich an die Nummer der Neuen gekommen war. Kiel behauptete, dass ich mir die Nummer bloß ausgedacht hatte, also warteten wir.
Als ihr Dienstwagen auf den Parkplatz rollte, hing die komplette Mannschaft am Fenster. Schröder saß auf dem Beifahrersitz und wirkte sauer. Schien kein guter Tag für die Liebe gewesen zu sein, denn er verzog sich grußlos zu seinem Wagen. Die Neue kam ins Revier, übergab ihren Schlüssel Karl-Heinz und verabschiedete sich in den Feierabend. Wir beobachteten, wie sie zu ihrem Trekkingrad ging. Als Dienstältester wählte Karl-Heinz die Nummer auf dem Zettel. Die Neue blieb stehen, griff in ihre Tasche und holte ihr Handy hervor. Karl-Heinz legte schnell auf. Die Neue musterte ihr Display einen Augenblick, dann drehte sie sich um und schaute zum Gebäude. Alle duckten sich hinter Ecken und Gardinen. Als wir wieder auftauchten, war sie weg und um vierhundertdreiunddreißig Euro reicher.

Wir saßen am Gartentisch und verdauten Händchen haltend das Resteessen unter dem Sonnenschirm. Der diesjährige Sommer schien nicht enden zu wollen. Obwohl es später Nachmittag war, hielten sich die Tagestemperaturen, aber nicht deswegen lag November erschöpft unter dem Tisch. Mor hatte den Rollstuhl eingeweiht und eine kleine Runde mit ihm gedreht. Das mit dem Beschleunigen musste sie noch ein bisschen üben, und bis dahin würde ihm eine harte Zeit bevorstehen. Sie versuchte es dadurch wiedergutzumachen, dass ihr ständig Essen von der Gabel rutschte. Er hatte mehr von ihrem Teller abbekommen als sie.
»Hmm, das war lecker«, seufzte Nele. Sie rieb sich den Bauch und lehnte sich gegen die Rückenlehne ihres Gartenstuhls. »Jetzt ein Schnaps.«

Mor und ich sahen sie an. Sie verzog das Gesicht.
»Junge, Junge ...«
»Eins ist klar«, sagte Mor. »Heute gibt's hier keinen Tropfen Alkohol.«
Ich zog eine Augenbraue hoch. Sie ignorierte mich, und Nele erzählte von dem Tag in der Villa. Den ganzen Tag waren sie damit beschäftigt gewesen, die Überreste der Party aufzuräumen. Sie hatten die Lichterketten aus den Bäumen entfernt, Schirme, Kühlschränke, Bühnenelemente und Anlage abholen lassen und den Müll aufgesammelt. Ein neuer Container stand neben der Villa und war bereits halb voll. In wenigen Tagen würde die Villa restlos geräumt sein, dann konnten wir mit dem Renovieren beginnen. Von den Gästen hatte noch niemand beschlossen, das Ding zu kaufen, aber heute war eine Maklerin da gewesen. Sie hatte Nele geraten, das Haus erst zu renovieren sei eine gute Idee, man könne so einen besseren Preis herausschlagen.
Wir plauderten ein bisschen über das Fest, unseren Auftritt, die Gäste, Simones Showeinlage und die Aussicht auf Regen, dann machten Nele und ich uns auf den Weg. Wir liefen langsam und regelmäßig. November taumelte vollgefressen neben uns her. Ich meinte, eine kleine Wampe zu erkennen, und beschloss, auch ihn im Auge zu behalten. Außer ihrer schlechten Form war Nele nichts anzumerken. Sie lief schnaufend neben mir her. Seit heute früh hatten wir die Sache mit keinem Wort mehr erwähnt, doch zwischen uns lag ein Einverständnis, das mich die Zukunft anlächeln ließ. Endlich konnte ein Tag wieder perfekt sein, nicht nur gut oder okay. Perfekt. Ein Gefühl, das ich mehr vermisst hatte als alles andere. Diesen Zustand, dass alles gut war, hatte ich nur bei ihr. Durch sie.
Ich lächelte zu ihr rüber. Sie lächelte zurück. Wir liefen schweigend weiter. Das Licht badete sie angemessen in Gold.

Nissen erwartete uns bereits auf seiner Veranda und zog seine Zitronenlimonaden-Nummer ab. Wir tranken ein Glas mundauswringende Vitamine und plauderten ein bisschen übers Wetter, bis er Nele über den Brillenrand fixierte.

»Wie fühlst du dich?«

Nele zog eine Grimasse.

»Heute früh hatte ich den Schädel meines Lebens, aber jetzt geht's langsam wieder. Ich trinke nie wieder so ein Zeug!«

Nissen lachte.

»Ja, der Punch hatte es in sich. Ich hab gehört, du hast Telly eine verpasst.«

»Hab ich auch gehört«, sagte sie zerknirscht. »Hab's nicht so richtig mitbekommen.«

»Hat er dich belästigt?«

»Keine Ahnung. Ich hab einen Filmriss.«

»Völlig?«

»Komplett«, sagte sie.

»Auweia«, sagte er und: »Früher hast du Alkohol eigentlich ganz gut vertragen.«

»Die Zeiten ändern sich«, sagte sie.

»Das stimmt allerdings«, lachte er. »Wann hast du dich das letzte Mal durchchecken lassen?«

Sie zuckte die Achseln.

»Vor vier, fünf Jahren.«

»Na, dann kann's ja nicht schaden. Schauen wir mal, wie fit du bist.«

»Springen Sie nicht aus dem Fenster, wenn Sie meine Leberwerte sehen …«

Er lachte wieder und stand auf. Als ich mit aufstand, sah er mich an.

»Es wäre schön, wenn du den Hund im Auge behalten könntest.«

Ich grinste.

»Versprochen.«

Einmal hatte Mor November hier draußen gelassen, und

während Nissen sie in der Praxis behandelt hatte, hatte November den Garten komplett umgegraben.
Bevor die beiden ins Haus verschwanden, sah Nele mich an. Die Liebe in ihrem Blick ließ mein Herz schneller schlagen. Die Tür mit dem Fliegengitter fiel zu. Ich setzte mich und warf einen Blick runter zu November. Er lag unter einem Busch im Garten und schnappte nach einem Grashalm, der ihn ärgerte. Hoch oben am Himmel kreiste wieder der Mäusebussard. Ich trank mein Glas leer und dachte, dass es Schlimmeres gäbe. Guter Ausblick. Frische Luft. Keine natürlichen Feinde. Bloß in der Luft herumschweben und nach Häppchen Ausschau halten. Das Leben konnte so einfach sein. Ich behielt meinen Hund im Auge, der sich mit dem Grashalm abplagte. Statt sich woanders hinzulegen, blieb er lieber da, wo er war, und ließ sich von dem Halm nerven. Was das anging, war er allzu menschlich.
Ich schreckte auf, als die Verandatür sich knarrend öffnete. Nele und Nissen kamen aus dem Haus. Der Bussard war verschwunden, und die Sonne stand ein Stück tiefer. Ich musste ein paar Minuten geschlafen haben. Die Nächte forderten ihren Tribut.
Als ich aufstand, rutschte Nele in meine Arme. Ihre Haut fühlte sich kühl und glatt an.
»Tat gar nicht weh«, sagte sie und runzelte die Stirn. »Oder hab ich das vergessen?«
»Die Filmrisswitze kannst du langsam wieder runterfahren«, sagte ich und gab ihr einen Kuss.
»Filmriss?«, murmelte sie an meinen Lippen und runzelte die Stirn. »Welcher Filmriss?«
Ich gab ihr noch einen Kuss. Nissen warf einen Blick in den Garten und überprüfte den Zustand. Im selben Moment schnappte November wieder nach dem Grashalm. Seine Zähne klackerten aufeinander, und er gab ein genervtes Geräusch von sich. Nele lachte. Ich lächelte automatisch mit. Gott, wie ich ihr Lachen liebte.

Ich sah Nissen fragend an.
»Auf den ersten Blick würde ich sagen, dieses Mädchen wird steinalt, kriegt fünf Kinder, und wenn du Glück hast, mit dir.«
Nele grinste mich an. Ihr Augen funkelten vergnügt.
»Hör gut zu.«
Ich ließ mich nicht ablenken.
»Also ist alles in Ordnung?«, hakte ich nach.
»Auf den ersten Blick. Warten wir den Laborbericht ab.« Er sah Nele an. »Und in der Zwischenzeit ...«
»Kein Alkohol«, sagten wir beide gleichzeitig.
Wir verabschiedeten uns und trabten gemächlich den Weg zurück. November sprang um uns herum. Bei jedem Schritt gluckste in meinem Magen die Limonade, und neben mir keuchte Nele, obwohl wir noch keinen Kilometer gelaufen waren. Mir war danach, ein höheres Tempo anzuschlagen, aber wenn man nicht alleine ist, bestimmt der Langsamste die Geschwindigkeit.
Ich lief langsamer.
»Und, hat er dich ausgequetscht?«
Sie stieß die Luft durch die Nase.
»Er wollte alles über gestern und damals wissen, aber ich erinnere mich wirklich nicht. Gibst du mir bitte Tellys Nummer? Ich möchte mich bei ihm entschuldigen.«
»Ja, mach ich. Und was wollte er sonst so wissen?«
»Er hat mich die ganze Zeit nach meiner Zeit in Amerika ausgefragt. Wie sicher bist du, dass er kein Boulevardreporter geworden ist?«
»Du meinst, er bessert seine Rente mit Exmodeltratsch auf?«
»Er wäre nicht der Erste, der sich als Arzt tarnt. In Amiland hat mich mal ein Gynäkologe ausgehorcht, wie das Leben als Model so ist und wie ich die Stars so finde. Ich dachte, er will mir die Nervosität nehmen, und am nächsten Tag stand es in allen Klatschblättern.«

Ich steuerte im letzten Moment um November herum, der abrupt stehen geblieben war, um zu schauen, ob wir noch existierten.
»Was wolltest du denn beim Gynäkologen?«
Sie lachte.
»War ja klar …«
»Klar, war das klar. Weiß ich, wo der Georgie überall mit seinem kleinen Clooney war?«
»Hör auf, du Doofi!« Sie schlug mir lachend auf den Arm. »Glaubst du wirklich, die Stars haben nichts Besseres zu tun, als ein drittklassiges deutsches Model abzuschleppen?«
»Nein, huch, wieso sollten sie denn so was tun?«
Sie grinste und versuchte, mir einen Kuss aufzudrücken, ohne aus dem Tritt zu kommen. Sie erwischte nacheinander Hals, Wangenknochen und Ohr. Um die Sache zu vereinfachen, blieb ich auf dem Hügel neben der Villa stehen. Sie umarmte mich. Ich wartete, dass sie mich küsste, aber sie hielt mich nur fest. Unsere verschwitzten Shirts klebten aneinander. Ich spürte ihre Brüste und ihre Wärme. Mein Herz tat, was es in solchen Situationen immer machte. Die Sache würde mich noch früh ins Grab bringen.
»Paul«, flüsterte sie in mein Ohr.
»Hm«, machte ich und schnupperte an ihrem Haar.
»Lass uns irgendwo hingehen, wo es schön ist.«
»Wir könnten zum Felsen hochlaufen und uns den Sonnenuntergang anschauen.«
Sie lehnte den Oberkörper zurück, um mich besser sehen zu können. Die Sonne spielte in ihren Augen und ließ sie heller erscheinen.
»Ich meine, wenn die Villa verkauft ist. Ich will in einer Großstadt am Meer leben. Barcelona ist schön, aber das ist zu weit entfernt … was hältst du von Amsterdam?«
»Du meinst in Holland?«
Sie lächelte.

»Kennst du noch eins? Das ist eine gute Stadt, international, außerdem liegt sie am Meer und ist nur ein paar Stunden von hier entfernt.«

»Hm«, sagte ich. »Ja, klar, warum nicht.«

Sie nahm meine Hand und führte mich vom Weg runter ins Kornfeld. Wir gingen mitten durchs Feld. Wir waren keine zweihundert Meter vom Hof entfernt. Unten im Garten konnte ich Mor im Schatten unter dem Schirm sitzen sehen. Sie las ein Buch. Vor ihr stand ein Glas. Wahrscheinlich Eistee. Könnte ich jetzt auch vertragen. Mit einem ordentlichen Schuss.

Nele setzte sich und zog mich nach unten. Wir landeten inmitten von Korn, Gras, Gänseblümchen und Unkraut. Über uns kreiste der Bussard. Plötzlich ließ er sich fallen und schoss hinab zur Erde. Er verschwand aus meinem Sichtfeld, um wenig später wieder in die Luft zu steigen. Ich meinte, irgendwas in seinen Klauen zappeln zu sehen. Etwas pikste meine nackten Beine. Mein Puls beruhigte sich langsam. Nele schob ihre Finger zwischen meine.

»Es gibt nur ein Problem.«

»Dein Ex kommt nach und bringt die Kinder mit?«

Sie sah mich genervt an. Vielleicht war sie ja nicht die Einzige, die blöde Sprüche zur Ablenkung nutzte.

»Wir können Mor nicht hier draußen alleine lassen.«

»Und?«

»Wir nehmen sie mit.« Sie sah mich entschlossen an und nickte. »Stell dir doch mal vor, wir drei in einem Haus am Meer.«

»Könnte klappen«, log ich.

November gab ein Geräusch von sich.

»Oh, entschuldige«, lachte sie, »wir vier natürlich.« Sie drückte meine Hand. »Hilfst du mir, sie zu überreden?«

Ich meinte, ihre Augen glänzen zu sehen, und räusperte mich.

»Können's ja mal versuchen.«

Ich legte meine Hand unter ihr Kinn, strich mit einem Daumen über ihre Wange. Sie lehnte sich gegen mich. Ich legte meinen Arm um ihre Schultern und ließ uns nach hinten sacken, bis wir auf der warmen Erde lagen.
Ihre Augen funkelten mich an.
»Also Amsterdam?«
Ich nickte.
»Ja, super, ist ja nur eine Stunde von hier entfernt.« Ich kniepte ihr zu. »Wenn Rokko fährt.«
Sie legte ihre warme Handfläche auf meine Wange und sah mir aus nächster Nähe in die Augen.
»Mal ehrlich. Wenn ich nach Sibirien wollte, würdest du auch mitkommen, oder?«
»Was …? Sibirien …?? Du hast recht.«
Sie lachte. Ich küsste sie. Sie legte ihre andere Hand auf meine andere Wange. Meine Finger tasteten sich unter ihr Shirt, als November wie Godzilla durchs Korn geschossen kam und sich auf unsere Beine warf.
»He!«
Ich wollte ihn wegschieben und handelte mir einen begeisterten Gesichtsschleck inklusive Hundeatem ein. Als sich die Aufregung gelegt hatte, war die Magie weg, aber ich machte mir keinen Kopf. Wir hatten Zeit. Sogar genug, um Augenblicke loszulassen. Es würde neue geben, und diese Gewissheit war das Schönste, was ich mir wünschen könnte. Über uns der Himmel, um uns herum Korn, in meinem Arm Nele. Vor uns eine gemeinsame Zukunft. In dem Moment hätte mich der Weltfrieden kaum glücklicher machen können.
Es war nichts zu hören außer einem Motor in weiter Ferne. Wir redeten kaum, bis das Gespräch gänzlich einschlief. Nele atmete immer ruhiger. Ich hielt ihre Hand und sah dem Himmel beim Verfärben zu. Neleland. Mit ihr, bei ihr. Von Zeit zu Zeit warfen wir uns einen Blick zu, manchmal ein Lächeln. Früher hatten solche Phasen sich manchmal

über Wochen gezogen. Wochen, in denen wir einfach existiert hatten. Zusammen auf der Oberfläche treiben, ohne die Sache unnötig zu beschleunigen. Diese Erfahrung hatte mich später so manche Beziehung gekostet. Wenn man es gewohnt war, mit jemandem schweigen zu können, war Plappern das Ende jeder Hoffnung.
Wir blieben im Kornfeld liegen. Das Licht veränderte sich. Es wurde Abend. Ich hatte eine Hand auf Novembers warmem Fell und die andere auf Neles Bauch. Die Welt war woanders. Hier bei uns waren nur eine Frau, ein Mann und ein Hund. Die lagen beieinander und ließen die Zeit vergehen. Ob man das in Amsterdam konnte? Sich einfach im richtigen Augenblick hinlegen und liegen bleiben, bis es gut war?

Etwas kitzelte an meiner Nase. Ich öffnete meine Augen. Neles Gesicht hing vor meinem in der Luft. Hinter ihr war der Himmel orange.
»Wach auf«, lächelte sie. »Höchste Zeit, ins Bett zu gehen.«
Ich richtete meinen Oberkörper auf und erschlug eine Mücke an meinem Hals. Ich hatte Kopfschmerzen und einen üblen Geschmack im Mund.
Nele stand auf und streckte mir ihre Hände entgegen.
»Komm, wir brauchen eine Dusche.«
Sie zog mich auf die Beine. Die Welt war wieder da. Unten im Haus brannte Licht. Wir verließen das Kornfeld und gingen Hand in Hand den Hügel hinunter.
Als wir das Haus erreichten, sah sie mich an.
»Also, machen wir es?«
»Unbedingt.«
Sie stupste mich.
»Mor überreden.«
»Yep.«
Ich duschte zuerst, und als sie ins Bad verschwand und meinte, es könnte ein bisschen dauern, ging ich schon mal

nach unten. Ich holte mir ein Bier aus dem Kühlschrank und spülte mit dem ersten Schluck eine Kopfschmerztablette runter. Das Haus war ruhig. Dabei war jetzt eigentlich Fernsehzeit. Ich steckte den Kopf ins Wohnzimmer, der Raum war leer und der Fernseher aus. Ich fand Mor schließlich im Garten, wo sie im Licht einer Kerze las.
»Du verdirbst dir die Augen«, sagte ich und knipste die Außenbeleuchtung an.
Sie hob den Kopf.
»Mach es wieder aus, sonst kommen die Viecher.«
»Die fliegen nicht nach Licht, sondern nach Geruch.«
»Nur die, die nicht schon vom Licht angelockt wurden.«
Ich knipste das Licht wieder aus und musterte den leeren Tisch.
»Ein Glas Wein?«
»Gerade nicht, danke.«
»Soll ich dir den Sauger holen?«
»Nein, danke.«
Ich musterte sie. Dann setzte ich mich.
»Was machst du hier draußen?«
Sie klappte das Buch zu und legte es beiseite.
»Ein paar Gewohnheiten ändern.«
»Ach so.«
Sie überraschte mich mit einem wehmütigen Lächeln.
»Du machst das gut, Schatz.«
»Was denn?«
»Lieben.« Das Licht der Kerze ließ ihre Augen schimmern. »Aus meinem kleinen Jungen ist ein Mann geworden, und wenn ich dich so sehe, denke ich, schade, dass ich nicht noch mehr Kinder bekommen habe. Ich bin so stolz, dass ich dich großgezogen habe.«
Ich nahm ihre Hand und wusste nicht, was ich sagen sollte.
»Ich weiß«, sagte sie und drückte meine Hand. »Wenn Nele geht, musst du mitgehen. Ich will nicht, dass du sie noch einmal gehen lässt.«

Ich sah sie an. Diese Frau, die immer gewusst hatte, was mit mir war, noch bevor ich es selbst wusste. Die Frau, die mich mein Leben lang beschützt hatte, auch als sie selbst Schutz gebraucht hätte.

»Habt ihr schon darüber gesprochen?«

Ich nickte.

»Und?«, fragte sie.

»Amsterdam.«

»Schöne Stadt. Und gar nicht so weit weg.«

»Deswegen«, sagte ich.

Sie lächelte und sah in die Ferne. Irgendwo bellte ein Hund. Ein paar Insekten tanzten um die Kerze. Ein leichter Wind strich durch den Garten und ließ die Blätter der Bäume und Gräser rascheln. Mors Hand lag warm in meiner. Bei dem Gedanken, sie hier alleine zu lassen, zog sich mein Magen zusammen.

Aus der Küche drangen Geräusche.

»Jemand was zu trinken?«, rief Nele aus der Küche.

»Bier!«

»Für mich Eistee«, sagte Mor.

Ich warf ihr einen Blick zu. Sie schaute unschuldig zurück. Draußen lesen, kein Fernseher, kein Wein. Und bald kein Sohn mehr. Vielleicht übte sie schon mal loszulassen.

Nele kam in Hemd und Jeans in den Garten. Sie stellte die Getränke auf den Tisch, setzte sich, warf einen Blick auf unsere Hände, die noch immer ineinander lagen.

»Was wird das? Ein Sit-in?«

Mor sah sie streng an.

»Was auch immer das sein mag, solche Dinge machen wir hier bestimmt nicht.«

Nele lachte und nahm ihre andere Hand.

»Wir haben eine Überraschung für dich.«

»Schwanger kannst du so schnell ja nicht geworden sein.«

Nele lächelte süß und schlug die Augen nieder.

»Wir gehen nach Amsterdam.«

Mor lächelte.
»Ah, schön, soll ja eine tolle Stadt sein.« Mor hob ihr Glas. »Auf Amsterdam.«
»Und darauf, dass du mitkommst«, sagte Nele.
Mor schüttelte den Kopf.
»Das ist lieb, aber nein, das geht nicht.«
Nele ließ ihr Glas sinken.
»Wieso denn nicht? Amsterdam ist schön und ganz nah am Meer. Wir könnten uns ein kleines Haus mieten und zusammen dort leben.«
»Als Behinderte in der Großstadt? Nein, danke.«
Nele sah mich an.
»Die Städte haben hohe Auflagen, was Behindertenfreundlichkeit angeht«, sagte ich pflichtbewusst.
»So etwas kann nur ein Nichtbehinderter behaupten.« Sie streckte die Arme aus. »Das hier ist mein Zuhause. Hier bin ich frei. Hier kenne ich jeden. Keine Stadt kann mir das bieten, was ich hier habe.« Sie lächelte. »Vor allem jetzt, wo ich die Rakete habe. Himmel, wo sollte ich das Ding denn in der Stadt ausfahren?«
»Illegale Rollstuhlrennen, nachts, vermummt«, schlug ich vor.
Nele warf mir einen Blick zu. Okay, keine Witze. Sie sah wieder Mor an.
»Aber wir würden zusammen wohnen. Das wäre doch schön.«
Mor lächelte nachsichtig.
»Ach, Engelchen, das ist gut gemeint, aber in der Stadt wäre ich nur ein weiterer Krüppel. Ich bleibe hier. Das hier ist mein Zuhause.«
Ihr Blick fiel auf meine Bierflasche. Ich nahm einen Schluck und ließ meine Hand mit der Flasche unter den Tisch sinken. Lächerlich. Ich stellte die Flasche auf den Tisch zurück.
»Mach dir keine Sorgen um mich, ich komme schon klar.

Ich habe gelernt, ohne Bein zu leben, da schaffe ich es auch ohne Sohn.« Sie hob ihr Glas. »Himmel, wie ich mich für euch freue ... Auf die Liebe! Skål!«
Wir prosteten uns zu. Dann lehnte ich mich zurück, gab vor, die Sterne zu beobachten, und hörte zu, wie die beiden sich unterhielten. Ich hatte früher oft gedacht, dass ich jede Frau für Nele verlassen würde, aber so hatte ich mir das nicht vorgestellt.
Ein seltsames Geräusch drang aus der Küche. Es klang wie ... der Gesang von Eunuchen?? Nach ein paar Sekunden erkannte ich Modern Talking ... *You're my heart, you're my soul.* Mor und Nele verstummten und sahen mich an. Rokko, der Arsch. Neulich hatte er mir Hitlers *Wollt ihr den totalen Krieg* draufgeladen und mich beim Zahnarzt angerufen. Ich hatte Mühe gehabt, es Doktor Goldstein zu erklären.
Der Refrain begann von vorne. Ich eilte in die Küche, wo mein Handy über den Küchentisch hüpfte. Auf dem Display leuchtete die Handynummer der Neuen.
»Hallo. Ich hab was, und da es eilig klang, dachte ich, ich rufe sofort an.«
»Das ging aber schnell.«
»Ich habe einen Kontakt bei der Kripo Köln, auf den Sie sich berufen können. Er hat die Eigentümer des Escort-Services auf dem Kieker. In den letzten Jahren gab es mehrere Anzeigen wegen Nötigung, Erpressung und Körperverletzung, aber keine einzige Verurteilung.«
»Offenbar waren die immer unschuldig.«
»Klar«, sagte sie sarkastisch. »Außerdem ist eine der Damen mit zehn Gramm Koks erwischt worden. Zuerst sagte sie aus, dass ihr Chef ihr das Koks für die Kunden mitgegeben hatte. Eine Woche später widerrief sie die Aussage. Ich hab Ihnen den Namen zugemailt. Außerdem die Büro- und Handynummer von meinem Kontakt bei der Kripo Köln. Kriminalhauptkommissar Herbert. Ich habe ihn vorgewarnt, dass Sie sich vielleicht melden.«

»Danke. Sie haben was gut bei mir und sind um vierhundertdreiunddreißig Euro reicher.«
»Mehr war meine Nummer nicht wert?«
»Sie klingen enttäuscht.«
»Ich dachte, die wären wirklich verknallt in mich. Haben Sie Prozente abgezogen?«
»Nein.«
»Schade«, sagte sie. »Einen Tausender hätte ich angemessen gefunden.«
»Tja, tut mir leid. Aber es läuft ja noch die Wette, wer Sie zuerst ins Bett bekommt. Da kann man richtig Geld machen. Bei Schröder zum Beispiel steht die Quote 1 zu 1000.«
»Hören Sie auf ...«
»Nein, wirklich, wenn wir jeder hundert Euro setzen und Sie sich einen Abend mal so richtig betrinken ...«
»Ich lege jetzt auf«, sagte sie. »Grüßen Sie Ihre Mutter von mir. Und Ihre Freundin.«
»Mach ich, und vergessen Sie nicht: 1 zu 1000!«
Sie legte auf. Ich löschte Modern Talking vom meinem Handy und fand dabei auch gleich ein Foto von Helmut Kohl. Rokko hatte es mit seiner Telefonnummer verknüpft. Er wusste schon immer, wie er mich auf die Palme bringen konnte.
Als ich wieder in den Garten kam, unterhielten sich die beiden über das Leben in New York. Sprich, Nele erzählte davon, und Mor quetschte sie nach Informationen über Promis aus. Ich staunte, wie gut sie in diesem Bereich auf dem Laufenden war. Als Mor kurz zu mir rüberschaute, ertappte sie mich beim Gähnen.
»Da ist aber einer müde.«
»Ja, ich glaube, ich geh gleich ins Bett.«
Ich warf Nele einen kurzen Blick zu.
»War ein langer Tag«, sagte sie sofort.
Mor lächelte. Wir räumten den Tisch ab und gingen rein. Als November merkte, dass niemand den Kühlschrank an-

steuerte, trottete er zu seiner Decke und ließ sich dort fallen wie Andy Möller bei einem Windhauch. Wir küssten Mor Gute Nacht und gingen die Treppe hoch. Sie knarrte bei jeder zweiten Stufe, und ich fragte mich, wer das Haus instand halten würde, wenn ich vierhundert Kilometer weit weg war.

Wir gingen zusammen ins Bad. Ich duschte, Nele putzte Zähne. Ich putzte Zähne, Nele duschte. Dann taperten wir in Handtücher gehüllt ins Schlafzimmer.

»Sie hat's ganz gut aufgenommen, oder?«, sagte ich und warf mich aufs Bett.

»Sie spielt uns was vor«, sagte Nele und rubbelte ihre Haare trocken. Ihre Brüste hüpften vor meinen Augen.

»Glaube ich nicht. Klar ist sie traurig, aber sie weiß genau, wozu sie nein sagt. Sie hat ja schon in der Großstadt gelebt, und damals ist sie extra hier rausgezogen. Ist übrigens voll Porno, dir zuzuschauen.«

Sie hörte auf, sich abzutrocknen, und warf das Handtuch auf einen Stuhl.

»Das kann man nicht vergleichen«, sagte sie. »Sie ist damals ja nur hier rausgezogen, weil sie mit dir schwanger war, und wie will sie ihre Einkäufe organisieren, wenn du weg bist? Wer repariert den Rollstuhl? Wer macht die Sachen am Haus?«

Sie schüttelte den Kopf, knipste das Licht aus und kroch zu mir unter die Decke. Ich presste mich an ihren Rücken, sie schob ihre Ferse zwischen meine Waden.

»Ich werde Mohammed bitten, für sie einzukaufen, und Rokko verdonnere ich dazu, den Hausmeister zu geben.«

»Nimm lieber Anita. Die ist super in der Villa.«

»Ich nehme beide, dann kann er keine Scheiße bauen, während sie hier ist.«

Draußen über den Feldern schrien die Raubvögel. Ich streichelte Neles Haar und vermisste das Gefühl, mit meiner Hand durch ihre Locken zu fahren. Mir war nach einer Zigarette, dabei hatte ich noch nie geraucht. Merkwürdig, was das Leben manchmal so auspackte.

Nele kuschelte sich enger an mich. Ich bekam eine Erektion. Sie gähnte.

»Bin echt erledigt. Aber wenn du unbedingt mit mir schlafen willst, warte ein paar Minuten, dann kannst du mit mir machen, was du willst.«

»Mach ich eh schon.«

Sie drehte ihren Kopf und schielte mich über ihre Schulter an.

»Keine ausgefallenen Wünsche?«

»Doch. Träum was Schönes.«

Im schwachen Licht strahlten ihre Zähne, aber sie sah wirklich müde aus. Wie man halt so aussah, wenn man fast durchgemacht, tierisch gesoffen, sich geprügelt und dann den ganzen Tag geschuftet hatte.

»War ein schöner Tag mit dir«, flüsterte sie.

»Dito«, sagte ich und nahm ihre Hand.

»Ich bin froh, dass wir wieder zusammen sind.«

»Ich auch.«

Bald wurden ihre Atemzüge schwerer. Ihre Hand wurde schlaff. Ihr Mund öffnete sich. Ich sah zum Fenster und dachte an Mor, die da unten alleine in der Küche saß. Ich dachte an meinen Hund, den ich als Welpen bekommen hatte. Ich dachte an ein Leben ohne Rokko. Ohne Anita. Ohne mein Zuhause.

Ich schloss meine Augen und versuchte, an etwas Schönes zu denken. Als ich meine Hand auf Neles Bauch legte, gelang es.

zwei

»Links!«

Rokko riss das Lenkrad herum und bog in eine Allee ein, die von ebenso vielen Geschäften wie Bäumen gesäumt wurde. Der Renault-Fahrer, den wir geschnitten hatten, zeigte uns einen Vogel. Rokko winkte fröhlich. Er hatte Spaß. Da war er der Einzige. Die Straßen waren verstopft, und alle schienen schlecht gelaunt und unter Zeitdruck. Dazu kam, dass der GT kein Navi hatte. Wir irrten umher wie Schweinchen Babe in der Großstadt. An einer Tankstelle hatten wir eine Karte gekauft, aber die Straßenführung schien sich seit Fertigstellung der Karte geändert zu haben. Es war wie Segeln im sechzehnten Jahrhundert. Es bisschen Sonnenpeilung, ein bisschen Horizont checken, ein bisschen Rückenwind, und trotzdem kein Land in Sicht. Vor einer Stunde hatte Rokko mich ganz normal zur Arbeit abgeholt, bloß, dass wir am Revier vorbei und in Richtung Köln gefahren waren. Es war ewig her, seit ich hier gewesen war, und ich hatte vergessen, wie schlimm der Verkehr und die Stimmung waren. Überall begegnete uns der Mensch mit seinen Allüren. Gestresst, wütend hupend und ohne erkennbaren Grund aufs Lenkrad einschlagend. Schon nach wenigen Minuten wünschte ich mich aufs Land zurück. Rokko dagegen war in Topform. Er schrie Verwünschungen aus dem Fenster, zeigte die Faust und schlängelte sich durch die Blechlawine wie ein Aal durch Gelatine.

Als er es mal wieder allen an einer Kreuzung gezeigt hatte, lachte er laut auf.

»Hast du das gesehen?? Ich bin so obergeil«, lachte er. »Ich meine, echt, ich bin die Oberhammerkrönung, Alter! Manchmal überrasche ich mich selbst!«
»Bist der Größte.«
Er grinste.
»Hat Anita geplaudert, ja?«
Ich verdrehte die Augen und lotste uns weiter durch die Stadt. Es war wie eine Schnitzeljagd ohne Hinweise, aber wir kamen der Sache näher. Die Gegend wurde nobler, und schließlich hielten wir in einer Allee. Auf der Straße spielten fünf Kinder. Die Vorgärten waren gepflegt. Die Autos in den Einfahrten waren überwiegend Luxuskarossen. Wir schauten beide zum Haus Nummer fünfzig. Ein paar hundert Quadratmeter Wohnfläche, das Doppelte an Garten. Schön eingezäunt. Der Traum eines jeden Spießers. Eines Spießers mit Geld, das er in weibliche Begleitung investierte. In der Auffahrt stand ein Porsche, der uns verriet, dass der Eigentümer wahrscheinlich zu Hause war. Vielleicht hatte er heute auch nur den Zweitwagen stehen lassen.
»Warte hier.«
Ich stieg aus und drückte die Beifahrertür leise ins Schloss. Die Menschen in dieser Gegend hatten eine Menge Geld bezahlt, um ihre Ruhe zu haben. Ruhe war hier ein Zeichen von Wohlstand. Auf dem Land gab es das billiger. Vielleicht sollte ich Stille verkaufen. Vielleicht würden unbespielte CDs mein großer Durchbruch sein. Ich atmete durch und versuchte, hinter den Fenstern der Nummer fünfzig irgendwas zu erkennen. Nichts bewegte sich dort. Ich ertappte mich bei der Hoffnung, dass niemand zu Hause war. Ich ging los. Hinter mir stieg Rokko aus dem Wagen. Ich blieb stehen und sah ihn an.
»Ich sagte doch …«
»Was soll der Scheiß?«, unterbrach er. »Glaubst du, ich mach dir den Fahrer?«
Ich starrte auf das Wagendach des GT.

»Mensch, was ist das – eine Delle? Warte hier, du Depp.«

Ich öffnete das brusthohe weiße schmiedeeiserne Zauntor und ging durch den Vorgarten. Als ich einen Blick über die Schulter warf, stand Rokko auf der Beifahrerseite und tat, als würde er mir nachschauen, während er das Wagendach scannte.

Auf dem Klingelschild stand Laue. Im Haus bimmelte eine tiefe Glocke. Nach einiger Zeit hörte ich leise Geräusche auf der anderen Seite der Tür. Die Tür schwang auf, und vor mir stand ein gepflegt wirkender Fünfzigjähriger im Anzug. Er war um die eins achtzig und tief gebräunt. Er hatte ein schmales, spitzes Gesicht und wache hellblaue Augen, die mich freundlich musterten.

»Kann ich Ihnen helfen?«

»Herr Roland Laue?«

»Wer will das wissen?«

Ich zückte meinen Dienstausweis.

»Polizei.«

Er atmete scharf ein. Ich zeigte ihm meine Handflächen.

»Nichts passiert. Es sind bloß ein paar Fragen. Dauert keine Minute.« Ich achtete auf seine Augen. »Tut mir leid, dass ich so mit der Tür ins Haus platze.«

Er blinzelte.

»Worum geht es?«

»Um die Anzeige, die Sie gegen die Begleitagentur zu Protokoll gegeben haben.«

Seine Augen huschten nicht etwa verschämt an mir vorbei, um zu sehen, ob die Nachbarn schauten. Er nickte bloß und musterte mich.

»Entschuldigen Sie, kann ich Ihren Ausweis bitte noch mal sehen?«

»Natürlich.«

Ich zeigte ihm den Ausweis. Er sah ihn sich genau an und ließ mich dann eintreten.

»Ich muss eigentlich in die Firma ...«

»Dauert nicht lange«, versprach ich und folgte ihm durch große, helle Räume, die spartanisch, aber teuer eingerichtet waren. Viel afrikanische Kunst. Wir gingen durch ein Wohnzimmer und von dort in eine helle Küche. Die Sonne schien durch eine ganze Fensterfront herein. Auf dem Küchentisch standen frische Schnittblumen.

»Kann ich Ihnen etwas Kaltes anbieten?«

»Champagner.«

Er verharrte am Kühlschrank und warf mir einen Blick zu. Ich lächelte.

»Kleiner Scherz.«

»Ah«, sagte er und lächelte ebenso freundlich. »Man könnte wirklich einen vertragen, aber ...« Er zog die Schultern entschuldigend hoch und öffnete den Kühlschrank. »Wasser?«

»Perfekt.«

Er holte eine Flasche Sprudel aus dem Kühlschrank, an dem eine afrikanische Maske als Magnet hing.

»Sie mögen Afrika?«

»Bitte?« Er folgte meinem Blick. »Ach das, nein, meine Eltern liebten den Schwarzen Kontinent. Das ganze Haus ist voll davon, und ich bringe es nicht übers Herz, was wegzuschmeißen. Manchmal denke ich, ich lebe in einem Museum.«

»Ein Elternmuseum. Keine schlechte Idee.«

Jetzt bekam ich ein richtiges Lächeln.

»Ja, das hätten viele verdient.« Er schenkte ein und stellte das Glas vor mich hin. »Also, wie kann ich Ihnen helfen?«

Ich atmete durch. Gleich würde ich etwas über Nele erfahren.

»Sie haben gegen diesen Escort-Service und Ihre Begleiterin Anzeige erstattet, aber die Anzeige gegen die Begleiterin später wieder zurückgezogen. Warum?«

Er stand einen Augenblick still, dann stellte er die Wasserflasche in den Kühlschrank und schloss die Tür.

»Sie hat sich entschuldigt.«

Ich sah ihn überrascht an.
»Eines Morgens stand sie vor der Tür, genau wie Sie heute. Sie hatte einen Blumenstrauß dabei und hat sich entschuldigt. Sie meinte, sie habe an dem Abend zu viel getrunken und dachte, ich würde sie … na ja, Sie wissen schon.«
»Und Sie haben nicht … na ja, ich weiß schon?«
Er lächelte schwach, wie über einen Witz, den nur er verstand.
»Sie ist nicht mein Typ.«
»Warum engagieren Sie sie, wenn sie nicht Ihr Typ ist?«
»Weil sie hübsch ist? Hören Sie, ich weiß, was Sie denken, und in den meisten Fällen wahrscheinlich zu Recht, aber diesmal nicht. Ich brauche manchmal eine attraktive Frau an meiner Seite, wenn ich zu gesellschaftlichen oder geschäftlichen Empfängen gehe. Punkt.«
Ich nickte und sah mich um. Das Haus schien von einer Frau eingerichtet worden zu sein, aber er wirkte bei dem Thema völlig unbefangen. Vielleicht war er ja geschieden und noch nicht über die Trennung hinweg. Vielleicht engagierte er ja deswegen junge, hübsche Exmodels ohne jeden Hintergedanken. Vielleicht war er ja mehr so der väterliche Freund. Vielleicht gab's den Yeti.
»Worum geht es? Sie steckt doch hoffentlich nicht in Schwierigkeiten?«
»Nein, nein. Würde es Ihnen etwas ausmachen, den Tathergang noch einmal zu schildern?«
Er schaute auf seine Armbanduhr, die wahrscheinlich mehr gekostet hatte, als ich im Jahr verdiente.
»Sie begleitete mich zu einem Geschäftsessen. Es war ziemlich langweilig. Zahlen, Statistiken, so was. Nach dem Essen ging sie auf die Toilette und kam nicht wieder. Ich dachte, sie wäre gegangen, das ist mir schon mal passiert, allerdings bei einer anderen Agentur. Irgendwann ging ich nachschauen und fand sie in einer der Kabinen.« Er sah meinen Blick und winkte ab. »Die Tür war nicht abgeschlossen,

und sie war komplett angezogen. Ich öffne also die Tür. Sie sitzt völlig regungslos da. Ich frage sie, ob alles in Ordnung ist. Sie reagiert nicht. Ich berühre sie an der Schulter, und im selben Moment rastet sie aus. Sie schreit mich an und schlägt nach mir, also wirklich, sie war völlig außer sich, und ich weiß bis heute nicht, warum.«
Ich stellte mir Nele vor, wie sie alleine auf einer Restauranttoilette saß. Gefangen in irgendwas, das ich nicht verstand. Meine Finger schmerzten.
»Hatte sie an dem Abend viel getrunken?«
»Kann sein, ich habe nicht darauf geachtet, ich war die ganze Zeit im Gespräch.«
Eine Hummel flog träge gegen die Fensterscheibe. Meine Lippen waren trocken. Ich trank einen Schluck Wasser. Herr Laue beobachtete mich.
»Sie machen sich Sorgen um sie.«
Ich nickte, ohne zu zögern.
»Sie hatte wieder so einen Filmriss.«
Ich wusste nicht, warum ich ihm das erzählte. Er nickte verständnisvoll.
»Haben Sie Wechselwirkungen in Betracht gezogen? Alkohol in Verbindung mit … Sie wissen schon.«
»Was denn?«
»Medikamente, Drogen. Die meisten Mädchen nehmen was, um durch den Abend zu kommen. Nett sein ist harte Arbeit.«
Ich nickte.
»Ist Ihnen an dem Abend ansonsten irgendwas Merkwürdiges aufgefallen?«
Er schüttelte den Kopf.
»Bis zu dem Moment, wo mir auffiel, dass sie verschwunden war, war es ein Geschäftsessen wie jedes andere.« Herr Laue sah auf seine Uhr. »Ich bin wirklich spät dran.«
Ich stellte das Glas auf den Tisch. Ein Schlüssel wurde draußen in die Haustür gesteckt. Schritte näherten sich, und ein

gut aussehender Mann im selben Alter wie Herr Laue betrat die Küche. Als er mich sah, blieb er stehen und schaute mich überrascht an.

»Oh! Hallo.«

Ich legte meine Karte auf den Tisch.

»Also, vielen Dank. Hier ist meine Nummer. Wenn Ihnen etwas einfällt, rufen Sie mich bitte an.« Ich schaute den Neuankömmling an. »Guten Tag. Polizei. Wir suchen Autodiebe, die sich in der Gegend herumtreiben. Haben Sie was beobachtet?«

Er runzelte die Stirn.

»Hm, nein, wann denn?«

Herr Laue lachte mich an.

»Das ist wirklich sehr freundlich von Ihnen, aber vor Thomas habe ich keine Geheimnisse.«

Der Mann schaute zwischen uns hin und her.

»Geheimnisse?«

»Polizeihauptmeister Hansen glaubt, ich würde mit Escort-Mädchen ins Bett gehen.«

»Ach, wirklich?« Thomas sah Herrn Laue an, dann sah er mich an, dann wieder Herrn Laue. Irgendwie schien das komisch zu sein. »Vielleicht kann ich zu deiner Verteidigung beitragen.« Er küsste Herr Laue auf den Mund und sah mich an. »Hilft das bei Ihren Ermittlungen?«

Herr Laue feixte ganz offen.

»Sie sehen, ich habe keine Geheimnisse vor Thomas, im Gegenteil, er ist das Geheimnis, zumindest für meine Geschäftspartner. Damit es so bleibt, engagiere ich weibliche Begleitungen. Es ist wesentlich einfacher, mit Männern Geschäfte zu machen, wenn sie mich für hetero halten. Wenn Sie mich jetzt entschuldigen würden? Ich komme so ungern zu spät.«

»Natürlich. Vielen Dank für Ihre Zeit und, Thomas, ... danke für die Show.«

Thomas grinste.

»Für die Polizei doch gerne.«
Als ich zur Tür ging, folgte mir Herr Laue.
»Hat sie mittlerweile einen anderen Job?«
»Ja.«
»Freut mich. Passen Sie gut auf sie auf. Sie ist ein nettes Mädchen.«
»Mach ich. Danke.«
Als ich zum GT kam, war von Rokko nichts zu sehen. Ich sah mich um. Nichts. Die Straße war leer. Die Kids, die eben noch hier gespielt hatten, waren auch verschwunden, aber man hörte lautes Geschrei hinter einem der Häuser. Es klang fröhlich. Ich lehnte mich an den Wagen und dachte über eine Welt nach, in der Schwule Frauen mieten mussten, um mit Heteromännern Geschäfte zu machen. Vielleicht waren die Geschäftspartner ja auch schwul und hatten ebenfalls ihre Alibifrauen dabei. Vielleicht war die ganze Sache von Escort-Agenturen ausgeheckt worden, um den großen Reibach zu machen. Vielleicht ...
Rokko kam hinter einer Hecke hervorgeflogen und stieg mehrere Meter hoch in die Luft. Er blieb einen Augenblick in der Luft stehen, dann verschwand er wieder hinter der Hecke. Ich blinzelte.
Schon kam er an derselben Stelle wieder hochgeflogen, drehte einen Salto und verschwand. Kinder grölten. Ich stieß einen Pfiff aus.
Als er wieder hochgeflogen kam, winkte er mir zu. Wenig später kam er aus einem der Vorgärten heraus und stolzierte grinsend auf mich zu.
»Mann, die Yuppiekids haben ein Trampolin im Garten und denken, sie haben's drauf. Da musste das Landei ihnen mal zeigen, wo Vattern den Most holt.«
»Bring's zurück.«
Er schaute mich überrascht an.
»Was denn?«
»Das Geld.«

»Mann, ich bin doch nicht zum Wetten hier.«
»Deswegen bringst du es ja zurück.«
Er sah mich einen Moment lang empört an, musste dann aber grinsen.
»Worum geht's hier? Politisch korrekt sein oder pädagogisch wertvoll?«
»Mach's einfach.«
»Nee, im Ernst, ist doch besser, die lernen möglichst früh, die Fresse nicht zu weit aufzureißen. Wenn die das erst später in Papas Firma lernen, geht das Familienunternehmen gleich pleite. Dagegen sind zwanzig Euro doch geschenkt. So gesehen habe ich Ihnen geholfen. Hey, das ist Sonderpädagogik!«
Ich sah ihn an. Wie er grinsend dastand. Ein zu groß geratener Michel aus Lönneberga, der sich standhaft weigerte, erwachsen zu werden. Gott, wie ich ihn liebte, aber so was durfte man ihm nie direkt sagen.
Ich streckte die Hand aus und schnipste mit den Fingern.
»Okay, du Sack, dann gib mir einen Zehner.«
»Was?« Er sah mich fassungslos an. »Die gottverdammte Hälfte???«
»Ohne mich wärst du gar nicht hier.«
»Ohne mich gäbe es gar kein Geld zum Verteilen!«
»Ohne dich hätte ich jetzt keine Schuldgefühle gegenüber den Kindern.«
»Ohne mich … Ach, scheiße.« Er musste lachen. »Kann ich's anschreiben lassen? Ich will Anita auf dem Heimweg noch irgendwas kaufen.«
»Klar.«
Wir stiegen ein. Er fluchte über die Hitze, die sich im Wagen gestaut hatte. Ich versenkte mich in die Karte und sah ihn etliche Ampeln lang nicht an. Nele auf dem Klo. Ein Leben ohne meinen besten Freund. Es war alles ein bisschen viel, und der Tag war noch jung.

Nach gefühlten weiteren hundert Einbahnstraßen und ebenso vielen Ampeln fanden wir die Adresse. Rokko steuerte in eine Parklücke auf der anderen Straßenseite und machte den Motor aus. Dann drehten wir uns um und schauten durch die Heckscheibe zur Hausfassade rüber. Ein achtstöckiges graues Bürohaus mit einer verglasten Vorderfront. Es war kurz vor neun, und Menschen strömten in das Gebäude. Mehrere teure Autos parkten auf den dazugehörigen Privatparkplätzen, unter den Fahrzeugen war auch ein aufgemotzter Jaguar, der vor Chrom nur so blitzte. Wir guckten uns an. Dann stiegen wir aus und gingen auf das Gebäude zu. Als wir den Jaguar passierten, schüttelte Rokko ungläubig den Kopf.

»Wie asi muss man sein, einen solchen Wagen aufzumotzen? Mann, die Karre ist Understatement, da kann man doch kein *Chrom* dranpacken! Wie kann man nur so etwas Schönes so verunstalten?«

Er war ehrlich empört.

Fünfzig Meter neben uns lag ein Mensch auf einer Parkbank. Ein Mann. Seine Hand hing schlapp auf den Asphalt herunter. Neben der Hand stand eine leere Flasche. Menschen in Anzügen eilten vorbei, ohne ihn anzuschauen. Ich wusste, dass ich, wenn ich hier lebte, auch an ihm vorbeigehen würde, ohne ihn wahrzunehmen.

»Bringen wir's hinter uns.«

Wir fügten uns in den Menschenstrom ein und betraten das Gebäude. In der Empfangshalle herrschte reges Treiben. Die Frau hinter der Theke hatte alle Hände voll zu tun. Wir nutzten das Gewusel, um unbemerkt den Fahrstuhl am Ende der Halle anzusteuern. Die Firmenschilder und die Gespräche im Fahrstuhl verrieten uns, dass viele Medienunternehmen im Haus untergebracht waren. Prima. Unten machte man politisch korrekte Beiträge, und zwischendurch fuhr man in den achten Stock zu Cologne Service for Men.

Als der Fahrstuhl im siebten Stock anhielt und wir als Einzige nicht ausstiegen, warfen uns die anderen beim Rausgehen Blicke zu. Rokko konnte es nicht lassen. Er packte sich zwischen die Beine.
»Mann, hab ich Stau!«
Die Fahrstuhltür schloss sich. Ich verdrehte meine Augen. Er grinste. Der Fahrstuhl fuhr trotzdem weiter.
Wir betraten einen langen, hellen Flur, der leicht nach Zigarettenqualm roch. Es gab nur zwei Türen. Neben der einen hing ein geschmackvolles Firmenschild der Escort-Agentur. Wir drückten auf die Klingel, die Tür summte, und wir traten in einen ebenso geschmackvoll eingerichteten Empfangsraum. Hinter einem Tisch saß eine attraktive Frau Anfang dreißig. Sie strahlte uns an und zeigte tolle Zähne.
»Darf ich Ihnen helfen?«
Ich wollte meinen Dienstausweis rausholen, aber Rokko holte stattdessen das Landei hervor.
»Och, ey, wir brauchen ein paar Mädels für 'ne Party. Mein Freund hier hat ein paar Leuten das Leben gerettet und kriegt einen Preis, da gibt's dann so 'ne Gala, und da kann man ja nicht alleine rumhängen.«
Sie lächelte mich an.
»Gratuliere.«
»Jaja, er is'n Held«, sagte Rokko, »aber ich warne Sie: Jubeln Sie uns keine Nutten unter!«
Das Lächeln der Schwarzhaarigen bröckelte kein bisschen, als sie ihn freundlich ansah.
»Hier oben bekommen Sie exklusive und exquisite Begleitung. Die Nutten sitzen ein paar Etagen tiefer.«
Rokko runzelte die Stirn. Er schob sein Kinn vor und holte Luft. Ich zückte meinen Dienstausweis und kam ihm zuvor.
»Polizei. Wir würden gerne die Eigentümer sprechen.«
Sie warf einen Blick auf den Ausweis.

»Bitte warten Sie hier. Ich schau mal, ob jemand da ist.« Sie warf Rokko einen Blick zu. »Ich glaube allerdings nicht, dass Polizisten sich unsere Preise leisten können.«
Sie zeigte Rokko ihre schönen Zähne und verschwand durch eine graue Tür am Ende des Raums.
»Mannomann ...«, murmelte Rokko.
»Willkommen in der Großstadt«, sagte ich. »Kann's losgehen?«
»Immer.«
Wir folgten der Schönen durch die Tür und traten in ein elegantes Büro mit einer langen Fensterfront, die bis zum Boden reichte. Vor dem Fenster ein massiver Eichenholzschreibtisch, in einer Ecke stand eine Designercouch mit Kaffeetisch und davor zwei Ledersessel, die bequem aussahen. Alles hatte Stil. Vielleicht gehörte der verchromte Jaguar da unten doch eher einem Dotcom-Millionär.
Rokkos neue Freundin stand vor dem Schreibtisch. Dahinter saß ein Mann. Er war um die fünfzig und hatte etwas aufgesetzt Gepflegtes. Er trug einen Anzug und einen schmalen Schnurrbart. Als er uns sah, war er plötzlich schwer damit beschäftigt, Unterlagen von der Schreibtischoberfläche verschwinden zu lassen.
In einem der Ledersessel saß ein großer, breiter Glatzkopf. Er trug weite Hosen und eine dünne Sommerjacke. Er sah uns überrascht an, sprang auf die Beine und kam uns entgegen. Rokkos Freundin verließ den Raum.
»Kickboxer«, murmelte Rokko.
Die Glatze verstellte uns den Weg. Er war ein Stück größer als ich, wesentlich schwerer und wirkte zu massig, um schnell zu sein, aber das konnte täuschen. Ich zeigte ihm meinen Ausweis.
»Polizei. Wir hätten gern den Geschäftsführer gesprochen.«
»Raus.«
Ich schaute Rokko an.
»Hast du deinen Dolmetscher dabei?«

»Hab ich vergessen.«
»Mist.« Ich sah die Glatze wieder an. »Sprechen Sie Deutsch?«
Der Kopf der Glatze drehte sich zwischen uns hin und her. Als er Rokko anschaute, guckte eine Tätowierung aus seinem Hemdkragen hervor. Sah aus wie ein Kreuz. Ich sah zu dem Schnurrbartträger rüber, der immer noch damit beschäftigt war, Unterlagen in Schubladen zu verstauen.
»Sind Sie der Geschäftsführer?«
Der Glatzkopf trat einen Schritt näher und verstellte mir die Sicht.
»Verpiss dich!«
»Oder was?«, fragte Rokko.
Ich wollte ihm einen Blick zuwerfen, aber ich traute mich nicht, den Glatzkopf aus den Augen zu lassen. Seine Hände gingen zur Jacke. Rokko lachte hämisch.
»Was hast du denn da? Teleskop? Elektro? Ich kann nur hoffen, du hast beides – du wirst es brauchen.«
»Was ist denn da los?«, rief der Schnurrbart.
»Die Wichsa wolln nich gehn«, sagte Glatze, ohne die Augen von Rokko zu nehmen.
»Wichser«, sagte Rokko genüsslich.
Ich trat endlich einen Schritt nach rechts, damit Glatze uns nicht gleichzeitig beobachten konnte.
»Wir könnten ihm zehn Euro wegen Beamtenbeleidigung abnehmen.«
»Fünfzig Prozent seiner Altersvorsorge?«
»Stimmt auch wieder.«
Ich trat noch einen halben Schritt zur Seite. Der Blick des Glatzkopfs blieb weiterhin auf Rokko haften. Vielleicht war er nicht so blöde, wie er aussah.
Der Schnurrbart kam auf uns zu.
»Was ist denn los?«
»Die sagen, die sind Bullen«, knurrte die Glatze.
Ich sah zum Schreibtisch. Er war wie geleckt. Die Glat-

ze hatte ihren Zweck erfüllt. Der Schnurrbart warf einen flüchtigen Blick auf meinen Ausweis und gab dann Glatze ein Handzeichen.
»Ich bin der Geschäftsführer. Entschuldigen Sie bitte den unfreundlichen Empfang. Normalerweise melden sich die Besucher an.« Er lächelte glatt. »Was kann ich für Sie tun?«
»Sie wissen, dass Ihr Personal einen verbotenen Gegenstand mit sich herumträgt?«
Rokko starrte Glatze an, der seinerseits zurückstarrte. Der Geschäftsführer zeigte uns seine Handflächen.
»Ruhig Blut, Freunde, kann man doch alles besprechen.«
»Ich bin nicht Ihr verdammter Freund«, knurrte Rokko.
»Seit wann leiten Sie die Agentur?«, schaltete ich mich ein.
»Wieso?«
Rokko mischte sich wieder ein.
»Scheiße, beantworte doch einfach die Frage.«
Diesmal warf ich ihm einen Blick zu. Guter Bulle, böser Bulle hatten wir voll drauf. Bloß, dass es eher Dorfbulle, Aggrobulle war. Ich wusste, dass Rokko scharf darauf war, ein paar Großstadtgangstern in den Arsch zu treten. So waren alle auf dem Dorf, immer bereit, die Minderwertigkeitskomplexe gegenüber den wirklich coolen Stadtjungs abzuarbeiten.
»Seit fünf Jahren«, sagte der Geschäftsführer. »Ich hab die Agentur mitgegründet.«
»Wir suchen ein Mädchen, das vor einem Jahr bei Ihnen beschäftigt war.«
»So, so, ein Mädchen, ist ja mal was ganz Neues.«
Die Glatze grinste. Rokko verlagerte sein Gewicht.
»Rokko«, sagte ich, ohne den Geschäftsführer aus den Augen zu lassen. »Frau Reichenberger. Sie hat hier gearbeitet.«
Er legte seinen Kopf schief und überlegte.
»Sagt mir nichts.«

Ich zog Neles Fotos aus der Tasche und hielt es ihm vor die Augen. Nach einem kurzen Blick nickte er.

»Ach, die.« Wieder legte er den Kopf schief. »Die war nur kurz bei uns.«

»Und?«

Er zuckte die Schultern.

»Sie machte ein paar Jobs und verschwand dann wieder.«

»Wieso?«

»Hören Sie, die Frauen kommen und gehen, ja? Manche probieren es nur mal aus, weil's schnelles Geld ist, aber dann merken sie, wie hart der Job ist, und hören wieder auf. Viele, die hier aufkreuzen, erfüllen unsere Kriterien nicht, und die, die gut sind, bleiben im Schnitt nur ein Jahr dabei. Tracy war ein paar Monate bei uns, und seitdem habe ich sie nie wieder gesehen.«

»Dafür können Sie sich aber prima an sie erinnern.«

Er zog die Schultern hoch.

»Sie sah gut aus. Ein Exmodel. Die Kunden waren verrückt nach ihr, weil sie ein paar Promifotos in ihrer Setcard hatte. Die wollten unbedingt mit dem Mädchen ausgehen, das mit den Hollywoodstars ausgegangen war. Was hat sie denn verbrochen?«

»Irre«, sagte die Glatze und musterte das Foto in meiner Hand.

Ich sah ihn an.

»Wieso irre?«

Er warf seinem Chef einen schnellen Blick zu und wischte sich das Grinsen aus dem Gesicht. Ich kämpfte gegen das Verlangen an, ihn zu treten. Nele hatte Zeit mit solchen Arschlöchern verbracht. Die wussten Dinge über sie, die ich nicht wusste.

Rokko starrte die Glatze an.

»Mach's Maul auf, oder wir fahren aufs Revier. Mit dem Scheiß, den du da in der Jacke hast, und deinen Vorstrafen wird's ein schönes Paket.« Er gab dem Geschäftsführer sei-

nen Schützenfestblick. »Anschließend kommt das Finanzamt, dann kommt die Sitte, und dann kommen wir noch mal. Wollen doch mal sehen, was geht.«
»Übrigens«, mischte ich mich ein, »schöne Grüße von Kriminalhauptkommissar Herbert. Er hätte da eine Zehn-Gramm-Frage. Wenn ich ihn anrufe, schaut er sich die Sache noch mal an.«
Der Geschäftsführer winkte nonchalant ab.
»Damit hatte ich nichts zu tun. Wir sind ein seriöses Unternehmen, wir unterziehen unsere Mitarbeiter keinem Drogentest. Manche der Mädchen nehmen halt Drogen, so wie viele andere Mädchen auch. Was die in ihrer Freizeit machen, geht uns nichts an, und natürlich können wir nicht verhindern, dass da mal was genommen wird oder sie sich in unsere Kunden verlieben, das unterliegt alles nicht unserer Obhutspflicht.«
»Mir kommen gleich die Tränen«, murmelte Rokko.
»Wieso? Schauen Sie mal.« Er deutete auf ein paar Fotos an der Wand. »Sehen Sie? Alles Kunden von uns, die geheiratet haben.«
Ich riskierte einen Blick und sah nichts als unattraktive alte Männer mit attraktiven junge Frauen. Wenn Fotos sprechen könnten, hätten wir jetzt eine Menge Akzente gehört. Der Geschäftsführer nickte, als würde er uns wirklich überzeugen wollen.
»Wir bieten niveauvolle Begleitung für gesellschaftliche Anlässe. Würden wir dabei Sex oder Drogen verkaufen, würde unser Ruf leiden, und das wäre kontraproduktiv fürs Geschäft.«
»Tracy«, erinnerte ich ihn. »Wieso nennt Ihr Mitarbeiter sie irre?«
»Es war bloß ein Missverständnis«, wiegelte er sofort ab. »Sie meinte, ein Kunde hätte sie angefasst. Er sagte, er wollte ihr nur helfen. So etwas passiert. Manchmal sind die Grenzen zwischen einer erotischen Begleitung und einer

sexuellen Handlung fließend. Ist ein Küsschen noch korrekt? Eine Hand, die um die Taille gelegt wird? Ab wann wird ein Kompliment schlüpfrig?«

»Wenn ich 'ne moralische Instanz brauche, ruf ich Sie an. Was ist, wollen Sie die Fragen lieber auf der Wache beantworten?«

Er streckte mir seine Handflächen entgegen.

»Was sollte ich denn machen? Die hat dem Kunden die Nase gebrochen. Die Nase. In einem öffentlichen Lokal.« Er sah uns der Reihe nach an, damit wir auch ja wussten, wie hart das für ihn gewesen war. »Der Kunde hat sie angezeigt und leider auch uns. Als könnten wir was dafür.« Er schaute entrüstet drein. »Natürlich mussten wir ihr daraufhin kündigen.« Er sah meinen Blick und zuckte die Schultern. »Unsere Kunden lieben Diskretion, und es ist schlechte Publicity, wenn sie in der Öffentlichkeit verprügelt werden.«

»Irre«, sagte die Glatze.

Irgendwas flimmerte vor meinen Augen. Ich zog meinen Kopf zwischen die Schultern, stieg auf seine Füße, stieß ihm meinen Schädel ans Kinn und schlug ihm so hart ich konnte auf den Solarplexus. Er taumelte stöhnend zurück, lief gegen die Couch, knickte ein und setzte sich.

Rokko fasste mich am Arm. Die Glatze rollte sich langsam auf die Seite und hustete. Ein Teleskopschlagstock rutschte ihm aus der Jacke und fiel mit metallischem Klang zu Boden. Rokko grinste.

»Sag ich doch.« Er trat gegen den Schlagstock. Das Ding kullerte über den Boden und verschwand hinter dem Schreibtisch. Er sah mich kurz an und wandte sich dann wieder dem Geschäftsführer zu, der das Ganze regungslos verfolgt hatte. »So. Da hätten wir unerlaubten Waffenbesitz, Körperverletzung, Widerstand gegen die Staatsgewalt, Beschäftigung eines Arschlochs, dessen Körper das Symbol einer verfassungswidrigen Organisation schmückt, und das ist erst der Anfang – hör ich jetzt was?«

Er zeigte uns wieder die Handflächen.
»Jungs, kommt schon, das hier tut mir leid.«
»Was? Dass Sie bewaffnete Nazis beschäftigen und Frauen ausbeuten?«
Irgendwas verzog sich in seinem Gesicht.
»Was soll ich tun? Die einen wollen schöne Frauen, die anderen wollen Geld. Ich helfe beiden bloß zu bekommen, was sie sich sonst woanders holen würden. So ist die Welt. Ich hab sie nicht erfunden.«
»Ich kotz gleich«, murmelte Rokko und behielt die Glatze im Auge.
»Gab es weitere Vorfälle dieser Art?«
»Nicht, dass ich wüsste.«
»Hatte sie Freunde oder Kollegen, denen sie besonders nahestand?«
»Ich weiß es nicht.«
»Okay, ab auf die Wache. Schauen wir mal, was Kriminalhauptkommissar Herbert zu der Sache sagt.«
Sofort nickte er. Er tat erst gar nicht, als wäre es ihm erst jetzt eingefallen.
»Tracy wohnte in einem der Agenturapartments, die wir den neuen Mitarbeitern zur Verfügung stellen. Sie teilte sich die Wohnung mit einem der anderen Mädchen. Vielleicht weiß die was.«
»Name und Anschrift.«
»Tja, ich weiß nicht … Nicht, dass die Kleine mich nachher anzeigt … Sie wissen ja, Datenschutz.«
Ich trat einen Schritt auf ihn zu. Rokko schob sich dazwischen und legte mir eine Hand auf die Brust.
»Wieso wartest du nicht draußen? Ich komm gleich.«
Ich starrte den Geschäftsführer kurz an, dann drehte ich mich um, ging raus und schlug die Tür hinter mir zu. Ich marschierte an der Empfangsdame vorbei, die mir einen schönen Tag wünschte, und verschwand im Fahrstuhl.
Als ich auf die Straße kam, war der Penner verschwunden.

Ich ging zu der Bank und setzte mich. Niemand würdigte mich eines Blickes. Ich lehnte mich zurück und versuchte, meinen Atem zu kontrollieren. Die Sonne schien. Menschen gingen zur Arbeit. Ein Fahrradbote fuhr vorbei. Irgendwo lachte ein Kind. Meine Hände zitterten.
Hundert nicht schauende Passanten später kam Rokko aus dem Gebäude und sah sich um. Als er mich entdeckte, kam er grinsend auf mich zu.
»Mann, ich hatte ganz vergessen, wie du im Außendienst bist. Da kommt ja voll das Tier durch.«
»Tut mir leid.«
»Scheiße, wieso? Das ist *cool!* Mischen wir die City auf! Schau mal, was Onkel Rokko hier hat.«
Er wedelte mit einem Zettel. Ich schnappte nach dem Papier. Eine Handynummer.
»Wo ist die Adresse?«
»Mann, das ist die Nummer der Süßen vom Empfang.« Er grinste breit. »Bloß um in Übung zu bleiben.«
Ich sah ihn an. Offensichtlich hatte Anita noch nicht mit ihm gesprochen.
»Für dich hab ich auch eine«, sagte er und zog einen anderen Zettel hervor. »Hier sind Name und Adresse von ›Tracys‹ ehemaliger Mitbewohnerin.«
Ich schnappte mir den Zettel. Die Adresse sagte mir nichts. Den Namen dagegen kannte ich. Momo Hassler. Die Frau, die mit den zehn Gramm Kokain erwischt worden war.
Als wir in den GT einstiegen, kam die Glatze aus dem Gebäude und sah zu uns rüber. Rokko erschoss ihn mit einem Finger, steckte den Schlüssel ins Schloss, doch bevor er startete, grinste er mich an.
»Mann, und all die Jahre machst du einen auf Innendienstschlaffi.«
»Tut mir leid.«
»Jaja, versprich mir nur, dass wir ab und zu in die Stadt fahren.«

Er lachte und drehte den Zündschlüssel. Ich vergrub mich in die Straßenkarte und lotste uns durch die Stadt. Ich versuchte, mich gegen weitere Überraschungen zu wappnen.

Nach einer weiteren Irrfahrt, die uns zweimal über die Rheinbrücken führte, fanden wir die Adresse in einer Nobelstraße, die überwiegend aus Geschäften und modernen Bürogebäuden bestand. Das Haus erwies sich als ein vierstöckiges verglastes Gebäude. Ein kleiner Vorgarten – alles darin blühte und war so akkurat gestutzt wie auf der Landesgartenschau.

Rokko musterte das Haus.

»Die Geschäfte scheinen zu laufen.«

Wir betraten den marmornen Hausflur und gingen an Briefkästen vorbei, die wie kleine Safes aussahen. Ein Fahrstuhl brachte uns lautlos in den vierten Stock, wo wir vor einer massiven Tür stehen blieben, auf der ein kleines Schild hing. Anja und Momo wünschten uns einen schönen Tag.

Ich drückte die Klingel. Das Mädchen, das öffnete, trug einen Kimono und zwei von diesen Hausschuhhasen an den Füßen. Sie war Ende zwanzig, hatte einen Schmollmund, einen Pagenschnitt und zu große Brüste für ihre Körpergröße. Sie wäre sehr hübsch gewesen, wenn sie nicht so angewidert dreingeschaut hätte. Noch bevor ich den Dienstausweis hob, sah ich in ihren Augen, dass sie Bescheid wusste. Der Geschäftsführer hatte angerufen und sie gebrieft.

»Polizei. Momo Hassler?«

Sie warf einen flüchtigen Blick auf den Ausweis und schob ihre Unterlippe vor.

»Was gibt's denn?«

Ich improvisierte.

»Das wissen Sie doch.«

Sie warf einen Blick den Flur hinunter, trat dann einen Schritt zurück und ließ mich eintreten. Wir folgten ihr in ein sonnendurchflutetes Loft, das teuer eingerichtet war. In einer Ecke des Raums stand eine Ledergarnitur, in einer Ecke ein Eichenesstisch und drum herum vier schwindsüchtige Designerstühle. Von dem Raum gingen Türen in Küche, Flur und auf die enorme Sonnenterrasse ab. Momo setzte sich auf einen der Designerstühle und klemmte sich die Hände zwischen die Knie. Rokko stellte sich ans Fenster und sah nach draußen. Ich unterzog den Stuhl vor ihr einer skeptischen Musterung.

»So ein Drama wegen der doofen zehn Gramm«, sagte sie und zog eine Flunsch.

Wir sagten nichts. Momo schaute von einem zum anderen.

»Ich hab doch gesagt, ich kenn den Verkäufer nicht. Was wollen Sie denn noch?«

Ich ließ sie ein bisschen zappeln, bevor ich antwortete.

»Von Ihnen vielleicht nichts.«

Hoffnung blitzte in ihrem Gesicht auf. Ich setzte mich auf den Stuhl vor ihr und hoffte, er würde ein paar Minuten halten.

»Es dreht sich um eine Ihrer Kolleginnen aus der Agentur. Wir suchen sie.«

Ich zeigte ihr Neles Foto. Sie zog eine Grimasse.

»Tracy.«

Mein Herz klopfte, als ich das Foto wieder in meine Brusttasche schob.

»Und weiter?«

Sie schob die Unterlippe wieder vor und zog die Schultern hoch.

»Keine Ahnung. Der Name ist doch eh falsch.« Zum ersten Mal entdeckte ich so etwas wie Interesse in ihrem Blick. »Was hat sie angestellt?« Sie sah mein Gesicht und winkte schnell ab. »Geht mich ja nichts an.«

»Genau, beantworte einfach die Fragen«, knurrte Rokko. Momo zog einen neuen Schmollmund. Und dann erfuhren wir, dass sie und Tracy ein paar Monate zusammengewohnt hatten und es vom ersten Tag an nicht funktioniert hatte. Tracy war arrogant, ein Exmodel aus Amerika, meinte, sie sei was Besseres, mochte keine Fremden in der Wohnung, aber Momo brachte sich gerne mal jemanden mit. Tracy brauchte Ordnung, Momo nicht so. Die Chemie hatte nicht gestimmt. Nach ein paar Monaten hatte Tracy ihre Sachen gepackt und war ausgezogen. Momo hatte sie noch ein paarmal in der Agentur gesehen, sonst kein Kontakt.

»Worüber haben Sie sich gestritten?«, fragte ich.

»Wegen allem eigentlich«, sagte sie und kaute auf ihrer Lippe.

»Hat sie sich mit jemandem getroffen? Kollegen, Freunde, Liebhaber?«

»Nee, die war doch immer bei ihrem Vater. Der war hier irgendwo im Heim.« Sie runzelte die Stirn und schob die Unterlippe vor. »Hat sie zumindest behauptet.«

Irgendwo in der Wohnung öffnete sich eine Tür. Rokko richtete sich auf und sah zum Flur.

»Wer kommt da?«

»Ein neuer Kollege«, sagte sie sarkastisch.

Schritte näherten sich, und kurz darauf trat ein barfüßiger Mittzwanziger in die Küche. Er sah aus wie ein Sportler. Bei jedem Schritt bewegten sich die Muskeln unter seiner Haut, als würden sie einen Ausweg suchen, auf seinem Bauch saß ein Sixpack wie aufgenäht. Seine Strubbelfrisur saß perfekt, dafür hatte er vergessen, seine Zehennägel zu reinigen. Eine Narbe auf der Wange, Stecker in Bauchnabel und Brustwarzen rundeten das Bild ab. Das alles konnte man so deutlich erkennen, weil er nichts trug außer einer Shorts, einer Perlenkette um den Hals und einem Joint in der rechten Hand. Er wirkte verschlafen und kratzte sich mit der freien Hand am Bauch. Als er uns sah, blieb er schlagartig stehen.

Rokko grinste ihn an wie ein Hai einen Schwimmer.

»Dann musst du Anja sein.«

Ich schnupperte.

»Ich rieche was …«
Rokko schüttelte den Kopf.
»Du musst dich irren. Niemand wär so blöd, vor Polizisten Drogen zu konsumieren.«
»Stimmt. Das wäre ja so, als würde man mit einem geklauten Fahrzeug in eine Verkehrskontrolle fahren.«
»Oder schlimmer.«
Ich nickte und sah Momos Kollegen an.
»Wir waren mitten im Gespräch. Vielleicht könnten Sie uns noch zehn Minuten alleine lassen?«
Er lächelte verkrampft und ging rückwärts aus dem Raum. Der Rückweg ging wesentlich flotter. Ich wandte mich wieder Momo zu.
»Was können Sie uns über den Abend sagen, an dem Tracy ausgerastet sein soll?«
Momo zog eine neue Flunsch. Ich hielt mich bereit, um sie aufzufangen, falls das Gewicht ihrer Lippen sie vornüberkippen ließ.
»Was heißt denn ›sein soll‹?«, nölte sie. »Wer behauptet denn so was? Die war doch völlig durchgeknallt. Hundert Pro ist die da ausgerastet.«
Ich sah sie überrascht an.
»Sie waren dabei?«
»Brauch ich doch nicht. Ich kenn die doch, die hat sich doch immer aufgeregt, die hat den Job nicht kapiert.«
»Was nicht kapiert?«
»Na, wie's funktioniert. Vielleicht wollen ein paar von den Typen am Anfang nur 'ne Begleitung, aber wenn du nett bist und gut aussiehst, denken die doch alle an das eine. Plötzlich wird aus dem Gentleman ein Mann mit'm Ständer, und du bist die Schlampe, die es für Geld tut. Wer das nicht kapiert, kapiert's nie.«
»Mann«, sagte Rokko.
Sie sah ihn an.
»Aufwachen, Chef, noch nie was von Gleichberechtigung

gehört? Wenn ich ein Mann wäre, und Frauen würden mich fürs Ficken bezahlen, wär ich doch Ihr Vorbild.«
Rokko runzelte die Stirn und lehnte sich zu mir rüber.
»Wir nehmen sie mit aufs Revier«, flüsterte er hübsch laut. »Nach ein paar Tagen in der Zelle verpfeift sie ihren Dealer bestimmt.«
Zwischen Momos Augen erschien eine Falte.
»Ich hab Ihnen doch alles gesagt.«
»Aber nichts, was uns hilft«, erinnerte ich sie.
Sie leckte sich zweimal über die Lippen.
»Ich weiß noch was anderes.«
»Darauf wette ich«, murmelte Rokko.
Momo funkelte ihn wütend an.
»Einer meiner Stammkunden ist Politiker. Der ist in der CDU, verheiratet, hat Kinder.«
Irgendwo in der Wohnung wurde eine Klospülung betätigt.
»Und?«, fragte ich.
»Vielleicht war das Koks ja für ihn? Wäre das was für Sie?«
Escort-Service als Drogenkurier. Ich nahm mir vor, den Kollegen bei der Kripo Köln anzurufen. Währenddessen legte Momo unser Schweigen als Interesse aus und nickte eifrig.
»Damit können Sie was anfangen, oder?«
»Ein Tag in der Stadt, schon Drogenring mit Prominenten gesprengt«, murmelte Rokko.
»Uns interessiert nur Tracy«, sagte ich.
Beide sahen mich enttäuscht an. Währenddessen ging die Klospülung zum zweiten Mal.
»Sie sagten eben, sie sei durchgeknallt. Wieso?«
Momo sah mich trotzig an.
»Wieso?«, äffte sie mich nach. »Vielleicht, weil ich sie eines Tages im Schrank gefunden habe?«
»Im Schrank.«
»Jaaa«, sagte sie, als hätte sie Angst, wir würden ihr das nicht

glauben. »Ich komm nach Hause, denk, keiner da, dann hör ich diese Geräusche. Ich dachte, es wäre vielleicht 'ne Taube, die fliegen hier manchmal rein, aber, na ja, jedenfalls hörte ich dieses seltsame Geräusch, es kam aus dem Schrank. Als ich den Schrank öffne, liegt sie da drin. Sie hat mich bloß so angeschaut, also bin ich weg.«
»Sie hat nichts gesagt?«
Sie schüttelte den Kopf.
»Sag ich doch, durchgeknallt. Ich meine, hallooo, ich komm nach Hause, und meine Mitwohntusse liegt im Schrank und chillt, ein ganz normaler Feierabend.«
Sie rollte die Augen. Ich atmete durch.
»Was passierte dann?«
»Na, nichts.« Sie deutete auf ihre linke Brust. »Ich hatte ein Date, also bin ich los, und als ich sie am nächsten Tag wieder sah, war sie wie immer.«
»Und was hat Tracy zu der Sache gesagt?«
»Hab sie nicht gefragt.«
Ich starrte sie an.
»Sie finden Ihre Mitbewohnerin im Schrank und wollen nicht wissen, was mit ihr los ist?«
Momo schmollte wieder.
»Bin ich Psychiater? Was glauben Sie, wie viele von diesen Tussen ich schon gesehen habe? Die wollen schnelles Geld verdienen, aber sich dabei bloß nicht die hübschen Fingerchen schmutzig machen, und wenn sie die Sache dann kapiert haben, werfen sie sich die falschen Pillen ein, und wupp, liegst du eben mal im Schrank und chillst.«
Ich füllte meine Lungen langsam mit Luft und versuchte, nicht daran zu denken, wie Nele sich gefühlt haben musste. Ich ließ die Luft wieder durch die Nase rausströmen. Momo sah zu Rokko, doch er hatte seinen Bullenblick aufgesetzt und wartete. Ich räusperte mich.
»Hatte sie an dem Abend was getrunken?«
»Weiß ich doch nicht.«

»Drogen?«
»Weiß ich nicht.«
»Hatte sie an dem Tag einen Kunden?«
»Nee, die hatte kaum Kunden. Die war wählerisch.«
Aus ihrem Mund klang es wie leprakrank.
»Um welche Uhrzeit haben Sie sie gefunden?«
Sie dachte nach. Dabei schob sie ihre Unterlippe weiter vor. Sie sah aus wie ein schmollender Barsch.
»Tja, ich hab die Termine immer so um acht, neun. Dann war es 'ne halbe Stunde davor. Darum hatte ich es ja eilig. Die Typen verzeihen einem nichts. Kommste zu spät, gibt's Ärger.«
Ich spürte Rokkos Seitenblick, behielt aber Momo im Auge.
»Und wann war das?«
»Sag ich doch, um acht oder so.«
»Der Termin«, sagte ich und versuchte, nicht zu schreien. »Vor einem Monat? Vor zwei Monaten? Drei? War es draußen warm oder kalt?«
»Ach so.« Sie guckte zur Decke, als sie nachdachte. »Muss so im Frühling gewesen sein.« Sie runzelte die Stirn. »Hat das damit zu tun, dass sie sich im Schrank versteckt?«
»Sagen Sie es mir.«
»Woher soll ich das wissen? Aber wieso nicht, im Frühling legen die Irren ja gern mal 'ne Schippe drauf.« Sie senkte den Kopf etwas. »Die Kunden übrigens auch, kann ich Ihnen sagen.«
Sie kniepte uns zu. Ich bekämpfte den Drang, sie an der Unterlippe zu packen und durchzurütteln. Vielleicht hatten das schon zu viele getan.
»Sie haben also nie mit ihr über diesen Abend gesprochen?«
»Sag ich doch.«
»Und ist so etwas noch mal passiert?«
»Keine Ahnung, aber wundern würd's mich nicht. Die war Model gewesen, die schnallte einfach nicht, dass die Show

vorbei war. Letztens wohnte hier 'ne Schauspielerin. Die dachte, das Leben wär ein Film oder so. Nach dem dritten Job fing die an, Tabletten zu fressen wie 'n Türke Döner. Jetzt ist sie weg, und Tarzan ist da, aber der muss sich den ganzen Tag den Kopf zurauchen, um klarzukommen. Mal schauen, was als Nächstes kommt, ja, aber eine ist immer da: Momo.« Sie tippte sich an die Stirn. »Ich hab's eben gecheckt.«

Neben mir gab Rokko ein Geräusch von sich. Ich behielt Momo im Blick.

»Sie sind keine große Hilfe, Momo.«

Ich stand auf. Rokko stand ebenfalls auf. Ich zog eine Karte aus der Tasche und legte sie auf den Küchentisch.

»Falls Ihnen noch was einfällt ...«

Momo stand auf und schob die Lippe unglaublich weit vor.

»Was ist denn nun mit der Koks-Sache ...?«

»Keine Ahnung. So läuft's eben. Man zieht sich ein paar Sachen rein, und wupp, sitzt du mal eben im Knast und chillst.«

Sie runzelte die Stirn. Wir verließen die Wohnung. Als die Tür hinter uns ins Schloss fiel, hörten wir, wie die Kette vorgelegt wurde. Rokko grinste mich an.

»Mann, hast du die Lippe gesehen?? Diese Frau gehört in einen Teich!« Er machte einen Karpfen nach. »Und Tarzan erst ... Hast du die Anabolikapickel auf seinen Schultern gesehen?« Er schüttelte den Kopf. »Mann, noch keinen Tag hier, und wir könnten bereits mehrere Drogenringe sprengen.«

Ich nickte bloß. Als wir in die Hitze hinaustraten, bekam ich Kopfschmerzen. Ich fühlte mich, als wäre ich seit Tagen auf den Beinen, dabei war gerade erst Mittag. Ich folgte Rokko zum Wagen, während er gut gelaunt Optionen für Momos Lippe enthüllte. Als wir den GT erreichten, lehnte ich mich dagegen und versuchte, tief durchzuatmen. Rokko musterte mich über das Wagendach.

»Bist du sicher, dass du das alles wirklich wissen willst?«

Ich klapperte mit dem Türgriff. Er bewegte sich nicht.
»Mann, sie war ewig weg, und du weißt, wie sie aussieht, klar hatte sie in der Zwischenzeit ein paar Typen. Sogar du hattest Frauen. Willst du echt alles wissen?«
Ich klapperte noch mal am Türgriff. Er rührte sich immer noch nicht. Mein Gesicht brannte wie nach einem Tag in der Sonne. Die Vorstellung von Nele in einem Schrank ... Dennoch hatte sie weder Mor noch mich angerufen. Hatte sie wieder einen Filmriss gehabt? Aber man wachte doch nicht im Schrank auf und dachte sich nichts dabei. Wobei ... nach einem Gelage mit Rokko war ich mal unter meinem Bett aufgewacht und hatte keine Ahnung, wie ich da hingekommen war. Vielleicht vertrug sie einfach keinen Alkohol. Klar.
Während mir weitere Möglichkeiten durch den Kopf rauschten, holte ich mein Handy aus der Tasche und rief Mor an. Es klingelte fünfmal, bevor sie ranging und mir verriet, dass sie zu Hause am Herd stand und Nele mit Anita noch oben an der Villa war, und ja, es gehe ihr gut, sie habe sie eben noch gesehen. Ich küsste in den Hörer, unterbrach und atmete durch. Rokko kam um den Wagen herum und fragte mich, ob alles okay wäre. Ich stimmte dem zu. Meine Stimme klang komisch. Ich sah zu Momos Wohnung hoch. Neben der Terrasse war ein weiteres Fenster, und aus dem schaute die obere Hälfte eines Kopfes hervor. Als Tarzan merkte, dass ich zu ihm hochsah, ging der Kopf in Deckung. Ich nahm das Handy und wählte die nächste Nummer. Es klingelte, bis die Mailbox ansprang. Ich wählte noch mal. Diesmal ging sie kurzatmig ran. Im Hintergrund bellte November.
»Na, endlich!«, lachte sie. »Hab mir schon Sorgen gemacht, wieso ich heute keine SMS bekomme. Ich dachte, du wärst mit 'ner Kellnerin durchgebrannt.«
Als ich ihre Stimme hörte, lief mir ein Schauer über die Haut.
»Hatte viel zu tun. Wie läuft's bei euch?«

»Gut, wir fangen gleich an zu streichen.«
»Ich liebe dich«, sagte ich.
Daraufhin blieb sie ein paar Augenblicke still.
»Danke«, flüsterte sie. »Das ist so schön zu hören, aber wieso sagst du mir das am Telefon?«
»Konnte nicht warten.«
»Sagst du es mir bitte heute Abend noch mal?«
»Ja.«
»Versprochen?«
»Ja.«
Wir schwiegen. November hörte auf zu bellen. Jetzt hörte man die Singvögel im Garten. Eine Amsel beschwerte sich über irgendwas. Jemand rief Neles Namen, und nachdem sie mir versprochen hatte, mir später zu zeigen, wie sehr sie mich liebt, beendeten wir das Gespräch. Rokko warf mir einen Blick zu. Ich wählte wieder. Es klingelte zweimal, dann gickelte Mor in den Hörer.
»Du wirst noch so anhänglich wie mit fünf. Weißt du noch, wie du mir immer nachgelaufen bist? Wie eine kleine Ente warst du. Quak, quak, quak, immer hinter mir her.«
»Mor?«
»Ja, Schatz?«
»Ich liebe dich.«
Sie lachte ein fröhliches, überraschtes Lachen.
»Das ist lieb von dir.«
»Und ich bin stolz auf dich«, sagte ich. »Ich kenne niemanden, der Rückschläge besser wegsteckt als du. Du bist mein Vorbild. Das wollte ich dir schon lange sagen.«
Ich hörte ihren Atem.
»Paul, was ist mit dir?«, fragte sie besorgt.
Was war mit mir? Was war mit der Welt? Ich sehnte mich danach, mit den beiden im Garten unter dem Schirm zu sitzen und über die Felder zu schauen.
Ich beruhigte Mor, küsste in den Hörer und unterbrach die Verbindung.

Rokko musterte mich.
»Nach Hause?«
Ich nickte. So schnell wie nur möglich. Doch auf dem Rückweg gerieten wir in einen Stau. Man kam nur im Schritttempo voran, dennoch war der Verkehr laut und hektisch, und die Luft stank nach Abgasen. Wir rollten in ruckartigen Schüben daher. Rokko nutzte die Gelegenheit, rief auf dem Revier an und atmete erleichtert auf. Hundt war heute nicht im Kabuff gewesen, und so war unsere Abwesenheit und Gernots Doppelschicht nicht aufgeflogen. Ich nickte. Egal. So ziemlich alles. Ich fühlte mich platt. Nele. Im Schrank. Wovor hatte sie bloß so viel Angst gehabt?
Rokko schlug mir auf die Schulter.
»Mann, jetzt zieh nicht so eine Fresse. Sie ist zu dir zurückgekommen. Das ist alles, was zählt.«
Ich musste fast lächeln.
»Wer hätte gedacht, dass du mal was Schlaues sagst.«
»Na, ich!«
Er grinste mich an, entdeckte eine Lücke auf der Nebenspur und erklärte der Stadt den Krieg.

Rokko schubste mich aus dem Wagen und erklärte mir, dass ein Kratzer genügte, um die Töle frühzeitig in die Hundehölle zu bringen, dann raste er schotterspritzend vom Hof. Ich blieb stehen und sah mich um, doch November kam nicht. Das wurde langsam zur Gewohnheit.
Oben bei der Villa wuselten Menschen herum. Ich erkannte Bennis BMW, ein paar Mofas und Anitas Motorrad. Einer der Jungs entdeckte mich und winkte mir zu. Ein anderer machte es ihm nach. Ich winkte zurück wie John-Boy Walton und ging den Hügel hoch. Als ich das Grundstück erreichte, kam mir November mit fliegenden Ohren entgegen und sprang winselnd an mir hoch. Ich sank auf die Knie und umarmte ihn.
»Ich dich auch, Süßer, ich dich auch.«

Sein Fell war weich und sauber. Mor oder Nele mussten ihn gewaschen und gebürstet haben. Sein Atem dagegen stank nach Rattenburger, aber ich drückte ihn an mich. Wie immer schien er Bescheid zu wissen. Er blieb stehen und ließ mich an sein warmes Fell. Ein kleiner Halt in einer merkwürdigen Welt. Fünfunddreißig Kilo Freund. Zweifelsfrei. Immer.

»Ist was ganz Besonderes mit uns beiden. Wenn die anderen das wüssten, ich kann dir sagen ...«

Er sah etwas im Gebüsch. Sein Kopf zuckte herum, und sein Blick fixierte einen Punkt, den ich nicht sehen konnte. Schon war ich vergessen. Von einer Ratte ausgestochen. So war das manchmal mit der Liebe.

Ich öffnete die Arme und hoffte, dass es bei ihm nicht neun Jahre dauern würde. Er sauste in die Büsche. Ich ging zur Villa. Überall grüßten mich Kids. Der verlorene Sohn kehrte heim. Mor saß im Garten unter der Buche und raspelte Mohrrüben. Als sie mich ansah, wurde ihr Blick besorgt.

»Geht's dir gut, Schatz?«

»Kann man denn heutzutage niemandem mehr sagen, dass man ihn liebt, ohne gleich Probleme zu haben?« Ich drückte ihr einen Kuss auf die Wange und schaute mich um. »Wo ist Nele?«

Und da hörte ich ihre Stimme. Sie drang aus dem Wohnzimmerfenster, und *sie schrie jemanden an!* Ich starrte Mor mit offenem Mund an. Sie lächelte.

»Alles in Ordnung.«

Ich lief los, sprang an der Mauer hoch, hielt mich am Fensterrahmen fest, warf einen Blick ins Wohnzimmer und sah ... Nele und Anita. Die beiden trugen nichts außer einer Plastiktüte auf dem Kopf, blaue Müllsacke und Slips. Nele hielt eine Teleskopstange mit einer Farbrolle in der Hand und schimpfte mit Anita, die lachend an der Wand lehnte. Zwischen ihnen lag ein umgekippter Eimer, aus dem Farbe auf den Teppich gelaufen war.

»Baumarktpornos«, sagte ich. »'ne echte Marktlücke.«
Als sie sich umdrehten, sah ich, dass beide von oben bis unten weiß gesprenkelt waren.
»Es gibt da so Löcher in den Wänden, man nennt sie Türen«, scherzte Anita.
Nele strahlte mich an.
»Hey, Hübscher. Machst du mit?«
Als ich ihr Lächeln sah, fiel die Anspannung von mir ab wie ein nasser Sack. Ihre Augen funkelten, und ich war bereit zu glauben, dass ich mir den Tag bisher nur eingebildet hatte. Eine Welle der Zuversicht überrollte mich. Egal, was passierte, ich würde mein Leben mit ihr verbringen. Mein ganzes Leben. Vielleicht jeden Tag.
Ich zog mich am Fensterbrett hoch, kletterte in den Raum und umarmte Nele. Dann umarmte ich Anita. Anschließend hatte ich genug Farbe an mir, um eine Wand allein durch Anlehnen zu streichen. Ich wurde auf Besichtigungstour geschleppt. Die Küchenwände strahlten weiß. Sie hatten das Linoleum entfernt, und darunter waren alte Dielen zum Vorschein gekommen, die natürlich noch bearbeitet werden mussten. Sagenhaft, was ein frischer Anstrich und ein Holzboden bewirkten. Hätten die Fensterscheiben nicht in allen Graffitifarben geglänzt, wäre es wie bei *Schöner Wohnen* mit schönen Frauen gewesen. Mit schönen, gut gelaunten Frauen. Sie alberten herum und schnitten mir einen Müllsack zurecht. Ich hätte schwören können, ich war der Einzige, der sich Gedanken machte.
Ich stieg gerade aus meiner Hose, als mein Handy klingelte. Auf dem Display blinkte eine Nummer ohne Foto. Vielleicht gingen Rokko die Bilder aus.
»Ja?«
»Paul, wie geht's?« Nissens Stimme drang gut gelaunt aus dem Hörer. »Ich dachte, ich rufe dich sofort an. Die Laborergebnisse sind da.«
»Das ging aber schnell.«

»Hab ein bisschen Druck gemacht, ich dachte, es würde dich interessieren, dass deine Zukünftige immer noch kerngesund ist.«
Erleichterung durchlief mich.
»Wirklich?«
»Man könnte neidisch werden. Wenn du mir eure Faxnummer gibst, faxe ich euch die Ergebnisse rüber.«
Ich warf einen Blick zu Nele rüber und senkte die Stimme. »Ich wollte eh gleich eine Runde laufen. Ich könnte auf dem Weg vorbeischauen.«
»Gut«, sagte er. »Ich mix dir schon mal eine Limonade. Ich hab schon gemerkt, dass du nicht mehr ohne auskommst.« Er lachte. »Also, bis gleich.«
Ich packte das Handy weg und erklärte den beiden, dass ich kurz wegmüsste, steckte circa ein Dutzend Drückebergersprüche ein, rief meinen Hund und machte mich auf.

November lag vor der Veranda im Gras und kaute auf etwas herum, das Nissen ihm zugeworfen hatte. Vielleicht Teile eines alten Patienten. Wir saßen mit einem Glas Zitronensaft auf der Veranda. Als wir das Wetter ausdiskutiert hatten, hielt Nissen eine kurze Abhandlung über Neles perfektes Blutbild, dann hob er die Augenbrauen.
»Also, Paul, was gibt's?«
Ich erzählte ihm von dem Stadtausflug. Von dem schwulen Kunden, dem Escort-Service und Momo, von Neles Ausraster und dem Drogenverdacht. Als ich zu der Stelle kam, wo Nele im Kleiderschrank gelegen hatte, senkte er den Kopf und sah mich über den Brillenrand an.
»Im Schrank?«
Ich nickte.
»Ich glaube, sie hat vor irgendetwas Angst.«
»Und wovor?«
»Weiß ich nicht, aber man versteckt sich doch nur, wenn man Angst hat.«

»Hm.« Er ließ seinen Blick durch den Garten schweifen und kratzte sich am Hals. »Von wie vielen dieser Aussetzer wissen wir jetzt – vier? Und da sie sich an nichts erinnert, könnten es durchaus mehr sein. Es wäre gut zu wissen, was der Trigger ist.«

»Trigger? Sie meinen, wie am Joystick?«

Jetzt war er es, der mich verständnislos ansah. Ich machte eine Faust und rotierte damit über meine Handfläche.

»Wie beim Computerspiel, das Teil mit dem man ... egal. Trigger?«

»Der Auslöser«, sagte er. »Irgendwas löst diese Filmrisse aus.«

»Alkohol?«

»Vielleicht«, sagte er. »Es könnte aber auch eine Überreaktion auf ein traumatisches Erlebnis sein, wie zum Beispiel den Tod ihres Vaters. Wusstest du, dass viele Menschen erst krank werden, wenn sie dürfen?

Ich sah ihn bloß an. Er nickte.

»Alleinerziehende, Unternehmer, Künstler, Menschen, die sich nicht krankschreiben lassen können, verschleppen regelmäßig ihre Krankheiten, bis das Kind nicht mehr krank, der Job erledigt oder die Tournee vorbei ist. Erst dann erlauben sie sich, krank zu werden, und dann erwischt es sie richtig, weil sie es zu lange verschleppt oder verdrängt haben. Es wäre möglich, dass das jetzt alles passiert, weil Nele sich zum ersten Mal seit Jahren entspannt. Vielleicht, weil sie wieder in Deutschland ist und sich hier sicherer fühlt, vielleicht, weil sie wieder bei dir und deiner Mutter ist, vielleicht aber auch, weil ...« Er holte Luft. »Weil Hans tot ist. Vielleicht hat sie nur so lange durchgehalten, wie er sie brauchte. Was ich damit sagen will, ist, vielleicht wird es schlimmer.«

»Sind aber eine Menge Vielleichts.«

Er sah mich leicht ungehalten an.

»Die menschliche Psyche ist nun mal kompliziert. Eigentlich gibt es nichts Komplizierteres. Niemand kann exakt vorhersagen, wie genau sich welches Trauma auswirkt.«

Ich stöhnte innerlich.

»Wieso denn Trauma? Eben sagten Sie doch, dass sie einfach nur erschöpft ist. Das kann schon sein. Sie wirkt ausgebrannt. Vielleicht braucht sie tatsächlich ein bisschen Ruhe, wer weiß, was sie in den letzten Jahren alles durchgemacht hat. Die Modelbranche ist bestimmt nicht ohne.«

Er nickte.

»Richtig. Schon als sie wegging, hielt ich es nicht für die allerbeste Idee. Diese Mädchen sind alle noch in der Pubertät, sie zweifeln an sich, ihr Körper verändert sich und wird ihnen fremd, aber plötzlich will die ganze Welt genau diesen Körper. Sie sind unsicher, essen zu wenig, beginnen zu rauchen, schlucken Diätpillen und Fettblocker, nehmen Drogen und erleben Sachen, die man in dem Alter nicht erleben sollte. Wenn man dann noch ohne Bezugspersonen in einer fremden Umgebung ist und an den Falschen gerät, prost, Mahlzeit. Weißt du eigentlich, wie viele von diesen jungen Dingern sich das Leben nehmen oder in Suchtkliniken landen?« Er nickte mir zu. »Aber das bedeutet nicht automatisch, dass die Ursache in der nahen Vergangenheit liegt. Vergessen wir nicht, dass ihre Mutter früh gestorben ist.«

Da ging's wieder los. Die gute alte Kindheit. Jeder, der ein Problem hatte, musste bis zur Geburt durchleuchtet werden. Neulich hatte der Anwalt eines Vergewaltigers sich allen Ernstes vor Gericht auf das Geburtstrauma seines Mandanten berufen. Was kam als Nächstes? Das Trauma der Zeugung?

»Sie glauben also, Nele hat Filmrisse, weil ihre Mutter vor über zwanzig Jahren einen Unfall hatte?«

Er lächelte fein.

»Darum heißt es ja posttraumatisch. Hat sie noch diese Albträume?«

Ich nickte. Er machte eine Da-hast-du-es-Handbewegung. »Die hat sie seit dem Tod ihrer Mutter, richtig?«

Ich versuchte, ruhig zu bleiben. Er beobachtete mich, als wüsste er genau, wie es in mir aussah. Was er wahrscheinlich tat.

»Paul, ich weiß, du magst diese Psychogespräche nicht, aber posttraumatischer Stress hat nun mal keine Halbwertzeit. Wenn ein Kind auf diese Art ein Elternteil verliert, ist das ein Trauma, das ein Kind nicht alleine aufarbeiten sollte, aber soweit ich weiß, hat Nele damals keine professionelle Hilfe bekommen.«

»Vielleicht hat sie es ja auch ohne Therapie auf die Reihe gekriegt, so was soll's geben.«

»Natürlich«, sagte er sarkastisch. »Bis auf die Tatsache, dass sie umkippt und Leute angreift, ist sie ja völlig im Gleichklang mit sich.«

Ich sah ihn überrascht an. Sarkasmus war ich nicht von ihm gewohnt.

Er machte eine Handbewegung.

»Entschuldige. Deine Panik vor Psychologie kann einen wirklich auf die Palme bringen. Und du bist ja nicht der Einzige.« Er ließ seinen Blick wieder durch den Garten schweifen. »Als Neles Mutter starb, habe ich Hans nahegelegt, Nele professionelle Hilfe zu geben, aber seine Panik vor einer Therapie war, glaube ich, noch größer als deine.«

Ich sah zu November hinunter, der immer noch an dem Skelett nagte, und versuchte runterzukommen. Als mein Vater uns das zweite Mal verließ, hatte Mor mich zu Nissen geschickt, damit ich mich mal so richtig aussprechen konnte. Wir führten Gespräche über meine Gefühle. Ich kann nicht behaupten, dass es mir nicht geholfen hat, aber die Wut auf meinen Vater blieb. Wochenlang rannte ich mit dieser Wut herum, bis zu dem Tag, wo Rokko vorschlug, ich solle mir vorstellen, dass er mein Vater ist, und ihn verprügeln. Es wurde wild. Wir prügelten uns wie nie wieder in unserem Leben. Danach weinte ich eine Zeit lang. Und dann fühlte ich mich zum ersten Mal wieder besser. Seit diesem Tag wusste ich, dass man nicht immer alles verstehen musste, manchmal half es, erst mal wütend zu werden, und vielleicht war es genau das, was Nele gerade machte – wütend werden. Vielleicht würde sie sich jetzt, wo sie Telly verprügelt hatte, genauso beruhigen, wie ich mich damals nach der Schlägerei beruhigt hatte. Aber Nissen war sechzig Jahre lang Arzt, Vertrauensmann und Beichtvater für Generationen im Umkreis von zwanzig Kilometern gewesen und kannte uns beide seit der Geburt. Er mochte uns. Mir war klar, dass alles, was er sagte, zu Neles Bestem war, also sollte ich ihm zumindest zuhören. Falls irgendwas mit ihr nicht stimmte, würde er mir helfen, ihr zu helfen. Falls ich ihn nicht so nervte, dass er mich vorher von der Veranda warf.

»Was, wenn sie doch einen Tumor hat? So was kann doch aufs Gehirn drücken und epileptische Anfälle auslösen.«

»Das hier sieht aber nicht nach einem epileptischen Anfall aus. Es sieht eher so aus, als würden angestaute Emotionen freigelassen werden.«

Ich lehnte mich zurück und versuchte darüber nachzudenken. Er nahm sein Glas, trank einen großen Schluck und stellte es wieder ab. Er holte ein Taschentuch aus der Hosentasche, wischte sich damit über den Nacken, steckte es wieder in die Tasche und sah mich an.

»Wie sieht's aus mit Drogen?«

Ich zuckte die Schultern. Nele hatte in Amerika bestimmt ihre Erfahrungen mit Drogen gemacht, und wer wusste schon, ab wann eine Partydroge noch Party war. Aber sie hatte nichts genommen, seitdem sie wieder da war. Zum einen hätte ich es gemerkt, zum anderen hätte sie es mir gesagt. Hätte sie doch, oder?

»Paul?«

Ich sah ihn an.
»Sie nimmt keine Drogen.«
»Wir müssen ja nicht darüber reden, aber bevor du gehst …«
Er drückte wieder die Fingerspitzen gegeneinander. »Hör's dir erst an, bevor du dich aufregst.«
Ich ahnte, was er vorschlagen würde. Konnte nur eine Form von Therapie sein.
»Ich glaube, es wäre gut für Nele, wenn sie die Hilfe eines guten Therapeuten in Anspruch nehmen würde. Ich denke, ich kenne da auch den richtigen für sie.«
»Wenn Sie glauben, das hilft, fragen wir sie, ob sie Lust hat.«
Er senkte den Kopf und sah mich über den Rand der Brille an.
»Der, den ich meine, arbeitet in einer Klinik in Ahrweiler.«
Ahrweiler? Das war ein ganzes Stück weit weg. Ich brauchte einen Augenblick, bis ich es verstand.
»Sie meinen … sie soll da bleiben?«
»So etwas braucht ein bisschen länger als ein EKG.«
Ich fragte mich, ob er vielleicht langsam senil wurde. Der Gedanke, Nele in einer psychiatrischen Klinik einzuliefern, war einfach zu bizarr. Scheiße. Er meinte es gut mit ihr. Ich sollte also ernsthaft darüber nachdenken, wieso er so etwas vorschlug.
Ich drückte meine Hände gegen die Schläfen. Er sah mich milde an.
»Kopfschmerzen?«
»Ist alles ein bisschen viel heute.«
»Wir können ja morgen weiterreden.«
»Ja«, sagte ich und stand sofort auf. Ich wollte nichts als weg.
»Denkst du darüber nach?«
»Ja«, sagte ich genervt.
»Gut«, sagte er. »Denn alles, was wir über diese Anfälle sicher wissen, ist, dass die Pausen dazwischen kürzer werden.

Worauf das hinausläuft, kann man sich ja denken. Stell dir einen Vulkan vor, der vor sich hin brodelt, von Zeit zu Zeit ein kleiner Ausbruch, aber die Frage ist: Wann kommt der große Knall? Und was dann? Greift sie wieder jemanden an? Verletzt sie ihn diesmal? Wird sie selber verletzt? Ich weiß, dass es in deinen Ohren furchtbar klingt, aber …«, er schaute mich über den Rand der Brille an, »manchmal hilft es, eine Zeit lang aus der Verantwortung gelassen zu werden. Vielleicht ist es genau das, was sie im Schrank gesucht hat.«

Als ich zur Villa zurückkam, hatte Mor bereits das Essen fertig. Wir aßen im Garten ein spätes Abendessen, während die Sonne über den Feldern versank. Die beiden Frauen plauderten über die Restaurierung der Villa und Amsterdam. Ich sagte nicht viel, trank dafür umso mehr.

November hatte sich unter dem Tisch auf meine Füße gelegt. Wie immer schien er was zu spüren. Auch Nele warf mir hier und da einen Blick zu, aber außer meiner Hand forderte sie nichts von mir. Sie machte sich sicher so ihre Gedanken über das komische Verhalten ihres Freundes. Irgendwann würde sie mich danach fragen, und ich hatte nicht die geringste Ahnung, was ich ihr dann sagen sollte. Hi, Süße, was hältst du von einem neuen Zimmer? Mit gepolsterten Wänden. Gott, mir rauchte der Schädel. Alles, was ich wollte, war, fünf Stunden lang auf den Fernseher zu glotzen, ohne ein Wort zu sprechen. Langsam verstand ich, warum das Ding so erfolgreich war.

Als wir abwuschen, legte Nele mir ihre nassen Hände auf die Wangen und sah mir aus nächster Nähe in die Augen.

»Alles in Ordnung?«

»Bin platt.«

»Wollen wir eine Runde laufen?«

Ich schüttelte den Kopf. Mir war nicht nach laufen. Es ging mir so schon alles zu schnell.

»Hallo«, sagte sie. »Atme mal zwischendurch.«
Ich füllte meine Lungen mit Luft und ließ sie langsam wieder entweichen. Neles Blick war warm und verständnisvoll. Ich sah sie ein bisschen verschwommen. Ich würde bald eine Brille brauchen. Brille. Klar sehen. Durchblicken. Jaja, was man nicht so alles dachte, wenn man erledigt war.
»Ist bestimmt schwer für euch. Da tauche ich plötzlich auf und bringe alles durcheinander …«
»Blödsinn.«
Sie lächelte.
»Wir sind ja nicht aus der Welt. Es sind ja nur ein paar Stunden mit dem Zug, da kann man auch mal spontan sein.«
Ich sah die Liebe in ihrem Blick und das Gefühl von Schuld, weil sie hier alles durcheinanderbrachte. Sie würde mir nie glauben, wie froh ich darüber war.
November kam herangetapst, drängte sich zwischen uns und setzte sich auf meine Füße. Nele lachte. Ich zog sie an mich und hielt sie fest.
Als wir uns voneinander lösten, fühlte ich mich besser.
»Supertherapie.«
Sie lächelte.
»Ja?«
Sie verabreichte mir noch eine Dosis, und als wir uns diesmal voneinander lösten, hatte ich eine Erektion. So schnell wurde das Leben wieder einfach.
»Ich hab eine Idee«, sagte sie.
»Hm.«
»Ich geh ins Bett und lese ein Buch.«
»Wollt ich gerade vorschlagen.«
Sie setzte mir die Kuppe ihres Zeigefingers auf die Brust.
»Und du machst dir einen schönen Abend mit Mor. Seitdem ich wieder da bin, hattet ihr kaum Zeit füreinander. Behalt aber dein Handy im Auge. Ich rufe dich an, bevor ich einschlafe.«
»Und dann?«

»Wirst schon sehen.«
Sie gab mir einen Kuss und wollte sich lösen. Ich zog sie wieder an mich und umarmte sie. Ich fühlte ihre Wärme und ihren Pulsschlag, roch ihren Geruch, der wie eine Aura um sie lag. Ich küsste ihr Ohr.
»Baby, fühlst du dich wohl?«
»Sehr«, flüsterte sie.
»Hast du vor irgendwas Angst?«
Sie bog sich nach hinten und sah mich überrascht an.
»Wovor sollte ich denn Angst haben?«
»Ich weiß nicht, ich frage bloß, weil … Ich weiß ja nicht, was du in den letzten Jahren so alles erlebt hast. Kann es sein, dass da noch was kommt?«
Ihr Blick wurde reserviert.
»Du meinst, jemand …«
Ich sah sie bloß an. Sie schüttelte den Kopf.
»Da kommt keiner.«
»Gut, und sonst? Falls du dir irgendwie Sorgen machst, sagst du es mir, ja?«
Sie musterte mich eingehend.
»Paul, ich mache mir keine Sorgen, im Gegenteil.«
Ich versank in ihrem Blick und wusste nicht, was ich sagen sollte. Ach, übrigens, ich habe dich überprüft. Ich war heute in Köln, du hast noch mehr Filmrisse gehabt, dein letzter Kunde mochte dich, Nissen will dich in die Klapse stecken, aber sonst ist alles beim Alten, ich liebe dich.
Ich holte gerade Luft, als November laut und vernehmlich auf meine Füße furzte. Nele lachte. Dann kam der Geruch.
»O Gott!«, stöhnte sie.
November gab ein merkwürdiges Geräusch von sich und flüchtete in den Garten. Wir lachten. Wir stellten uns ans Fenster und hielten die Nasen ans Fliegengitter. Nele schwor, dass sie nur vor einer Sache Angst hat, nämlich der, dass November so was noch mal macht. Wir alberten herum, der Augenblick wurde hell und leicht. Als ich ihr

versprochen hatte, mir einen schönen Abend mit Mor zu machen, verschwand sie die Treppe hoch.

Ich räumte die Küche auf, schnappte mir das nächste Bier und fütterte November, als der wieder reinkam, um zu sehen, ob die Luft rein war. Er warf sich wie ein Verhungerter auf das Essen, da er heute am Tisch leer ausgegangen war. Nachdem er Mor bei der Zubereitung etwas vom Tisch geschnappt hatte, versuchte sie nun wieder, ein bisschen Disziplin einzuführen.

»Das Leben ist kein Ponyhof«, erklärte ich ihm und leerte die Bierflasche. Als ich eine neue aus dem Kühlschrank holen wollte, stellte ich fest, dass kein Bier mehr da war. Ich schnappte mir einen Bitterino und ging ins Wohnzimmer, wo der Fernseher flackerte. Mors TV-Pause hatte nicht lange gehalten.

Auf dem Bildschirm trat ein halb nackter Mann einen anderen und brach ihm das Schienbein. Mor saß in ihrem Sessel und strickte. Die Nadeln klackerten beruhigend aneinander. Neben ihr lehnten die Krücken an der Wand. Vor ihr stand ein halb volles Glas. Sah aus wie Wein. Auch die Pause war vorbei.

»Wow, du kannst ja gleichzeitig stricken und fernsehen.«

»Die Handlung ist halt spannend. Nimmt einen richtig mit.«

Ich ließ mich in den freien Sessel fallen, legte das Handy in Sichtweite ab und warf einen Blick zum Bildschirm, wo eine Gruppe Asiaten in Lichtgeschwindigkeit aufeinander einschlug. Im Hintergrund lag ein toter Elefant.

»Was zum Teufel guckst du denn da? Und ohne Ton.«

Sie warf einen Blick zum Bildschirm, ohne dass die Stricknadeln den Rhythmus verloren.

»Ich brauche keinen Ton, um zu wissen, was die sagen.«

»Ich könnte dich bei *Wetten, dass …?* anmelden. Wetten, dass meine Mutter alle Dialoge dieses Filmes ohne Drehbuch mitsprechen kann?«

Sie ließ die eine Nadel los und kratzte sich den Stumpf.
»Was wohl andere Sechzigjährige abends machen?«
»Dasselbe. Fernsehen und saufen. Schau dir die Einschaltquoten an. Irgendjemand muss das alles ja gucken, und nüchtern geht's nicht.«
»Du meinst, ich trinke wegen des Fernsehprogramms?«
»Wäre 'ne Erklärung.«
Sie schnappte sich die Nadel und strickte weiter.
»Man könnte eine Sammelklage gegen die Sender einreichen.«
»Zusammen mit wem? Du kennst hier doch niemanden. Wenn wir in einer Stadt wohnen würden, hättest du viel mehr Kontakt zu anderen Menschen.«
Sie lächelte.
»Netter Versuch, aber du liegst falsch. Gesunde Menschen wollen mit Krüppeln nichts zu tun haben, egal wo. Die denken, ich wär behindert.«
»Ach so«, sagte ich und sah auf den Stumpf.
Mor warf mir einen tadelnden Blick zu.
»Mir fehlt bloß ein Bein. Es hat Jahre gedauert, bis die Leute hier anfingen, mit mir wie mit einem normalen Menschen zu reden. Glaubst du, ich habe Lust, diese Jahre noch mal durchzumachen?«
»Keine Sorge, in der Stadt reden die Leute auch nach Jahren nicht miteinander. Da wirst du nicht diskriminiert.«
Sie zog eine Grimasse und warf einen Blick zur Tür, aber es war nur November, der hereingetrottet kam.
»Wo ist Nele?«
»Mit einem Buch im Bett. Wir dachten, dass ich mich mal wieder in deinem Leben blicken lassen sollte. Verrückt, oder? Wir wohnen im selben Haus, aber seitdem sie wieder da ist, haben wir uns kaum noch zu zweit gesehen. Meinst du, das ist in normalen Familien auch so?«
Sie runzelte die Stirn.
»Was meinst du denn mit normal?«

»Stimmt auch wieder«, sagte ich. Mir war danach, mich zu besaufen. Ich schnappte mir ihr Glas und probierte nach Jahren mal wieder Weißwein. Es hatte sich nichts geändert. Angewidert stellte ich das Glas wieder ab. »Haben wir echt kein Bier mehr da?«

»Rokko hat alles weggetrunken.«

»Ich knall ihn morgen ab. Was haben wir sonst da?«

»Aquavit, Rotwein, Weißwein.«

Ich ging in die Küche und holte den Schnaps und zwei Gläser, aber als ich zurückkam und Mors Glas füllen wollte, schüttelte sie den Kopf.

»Für mich nicht, danke.«

Ich füllte mein Glas.

»Was ist los?«

»Nichts. Ich will nur keinen Schnaps.«

»Na dann, skål!«

Der eiskalte Schnaps brannte in meiner Kehle. Ich füllte das Glas wieder auf, und mir kam ein Gedanke.

»Glaubst du, dass Nele heimlich trinkt? Ich meine, wäre es möglich?«

Das Klackern verstummte. Mor hob die Augenbrauen und sah mich an.

»Fragst du mich als Expertin?«

»Nein, du trinkst ja nicht heimlich.« Ich runzelte die Stirn. »Oder du bist die schlechteste heimliche Trinkerin der Welt.«

Sie musterte mich ausdruckslos. Ich sprach schnell weiter. »Also, wenn Nele heimlich trinken würde, woran würde ich das merken?«

»Lutscht oder kaut sie gerne?«

Ich hob meine Augenbrauen.

»Drops, Lakritze, Kaugummi ...«, fügte sie hinzu, ohne eine Miene zu verziehen.

Ich schüttelte den Kopf.

»Dann trinkt sie nicht heimlich«, sagte sie. »Da ihr den halben Tag lang knutscht, würde dir ihre Fahne auffallen.«

»So einfach kann man heimliche Trinker überführen? Mehr knutschen? Das nenne ich doch mal einen sinnvollen Alkoholtest. Genial!«
Ich hob mein Glas, prostete ihr zu und leerte es in einem Zug. Als ich es wieder füllen wollte, nahm Mor es mir weg und schob es außer Reichweite.
»Du verträgst keinen Schnaps, schon vergessen?«
»Ich hatte einen harten Tag«, sagte ich und füllte das andere Glas.
Auch das nahm sie mir weg.
»Erzähl mir davon. Du kannst damit anfangen, was heute Nachmittag mit dir los war, und gleich damit weitermachen, was heute Abend mit dir los ist. Und wenn du mir alles erzählst, gebe ich dir vielleicht einen aus.«
Sie klackerte mit ihren Fingernägeln gegen eines der Schnapsgläser. Ich umriss den Stadtausflug und gab danach das Gespräch mit Nissen so gut ich konnte wieder. Sie hörte sich alles aufmerksam an, bis sie hörte, dass Nissen Nele einen Klinikaufenthalt nahelegte.
»Mit welcher Begründung?«, fragte sie überrascht.
Ich zog die Schultern hoch.
»Er denkt, dass Nele sich und andere gefährdet, und solange wir den Grund nicht wissen, will er sie eben einlochen.« Ich zog eine Grimasse. »Er nennt das ›aus der Verantwortung lassen‹.«
Sie sah mich merkwürdig an.
»Und was glaubt er, ist die Ursache für Neles Verhalten?«
Ich zuckte die Achseln.
»Stress, Verdrängung, keine Ahnung. Vielleicht die Zeit in Amerika, vielleicht der Tod ihres Vaters, vielleicht der Tod ihrer Mutter, vielleicht das Wiedersehen mit ihrem Elternhaus, scheiße, vielleicht ist es ja der Sauerstoff, immerhin hat sie jedes Mal geatmet ...«
Mor hörte nicht mehr zu. Ihr Mund war leicht geöffnet, und ihr Blick klebte über dem Fernseher an der Wand. Ich

nutzte die Gelegenheit, um einen Schluck Aquavit aus der Flasche zu trinken, und wartete darauf, dass sie mich zurechtwies, doch es erwischte sieben Asiaten, bevor sie ihren Blick von der Wand löste. Sie streckte die Hand nach der Fernbedienung aus, schaltete den Fernseher aus und sah mich ernst an.

»Paul, jetzt hör mir mal zu.«

»Ja.«

»Vielleicht hat er recht.«

»Spinnst du?«, entfuhr es mir.

Sie verpasste mir einen Blick.

»Entschuldige«, sagte ich. »Womit?«

Sie warf einen Blick zur Tür, lauschte einen Augenblick, und dann senkte sie die Stimme, bevor sie weitersprach.

»Was weißt du von dem Unfall von Neles Mutter?«

»Sie fiel die Treppe herunter und brach sich das Genick. Hab gestern noch die Akte gelesen.«

»Und an was erinnerst du dich?«

Ich zuckte die Achseln.

»Wir waren zusammen auf der Beerdigung. Danach war Nele eine Zeit lang stiller.«

»Sie hat fast ein halbes Jahr nicht gesprochen.«

»Echt?« Ich sah sie überrascht an. »Daran erinnere ich mich gar nicht mehr.«

Im selben Moment fiel es mir wieder ein. Wie wir am See gesessen hatten und Nele keine meiner Fragen beantwortet hatte. Wie sie meinem Blick ausgewichen war. Wie selten sie draußen gewesen war.

Mor räusperte sich und sah zur Tür.

»Was ich dir jetzt sage, bleibt aber unter uns.«

Ihr Tonfall war ernst. Ich richtete mich im Sessel auf.

»Erzähl.«

»Die offizielle Unfallversion ist nicht ganz richtig. Charlotte fiel nicht alleine die Treppe runter.«

Ich sah sie verwirrt an.

»Sondern?«
»Als sie fiel, hatte sie Nele auf dem Arm.«
Ich sah sie überrascht an.
»Woher weißt du das?«
»Hans hat es mir erzählt.« Sie warf einen kurzen Blick zu den Schnapsgläsern, ließ aber beide stehen und sah mich wieder an. »Nele schlief oft unten ein, dann musste sie jemand nach oben ins Bett tragen. Da Charlotte es mit der Bandscheibe hatte, war das eigentlich immer Hans' Aufgabe, aber an dem Tag, an dem sie starb, ist er vor dem Fernseher eingeschlafen. Er wurde erst wach, als Nele schrie. Als er in den Flur kam, lagen beide am Fuß der Treppe, Charlotte war tot, Nele hatte keinen Kratzer. Als Charlotte fiel, muss sie versucht haben, Nele zu schützen.« Ihre Augen wurden feucht. »Ich weiß nicht, wie oft ich dich anschließend unsere Treppe hochgetragen habe. Jedes Mal habe ich an Charlotte gedacht, und ich hatte Angst, dich zu verlieren.«
»Warum hast du mir das nie erzählt?«
»Ich habe Hans versprochen, es keinem zu erzählen.« Sie blinzelte ein paarmal und atmete tief durch. »Er hat sich sein Leben lang Vorwürfe gemacht, dass er an dem Abend eingeschlafen ist.«
Ich wurde nicht schlau draus.
»Verstehe ich nicht. Wieso braucht man da eine offizielle Version?«
Mor sah mich dunkel an.
»Um Nele zu schützen.«
»Wieso? Sie kann doch nichts dafür.«
»Woher willst du das wissen? Es muss einen Grund gehabt haben, dass Charlotte stürzte. Vielleicht hat Nele sich nur schlafend gestellt, vielleicht wollte sie noch nicht ins Bett und hat herumgezappelt, vielleicht hat sie Charlotte irgendwie abgelenkt, und auch wenn nicht, sie war dabei, als ihre Mutter starb. Einem Kind fällt es schwer, einen sol-

chen Verlust zu begreifen, und wenn Kinder etwas nicht verstehen, stellen sie nicht die Erwachsenen infrage, sondern sich selbst. Hans hatte Angst, dass Nele sich ihr Leben lang die Schuld an Charlottes Tod gibt, darum lag Nele offiziell in ihrem Bett und schlief.«

Ich sah sie skeptisch an.

»Und das hat funktioniert?« Ich rechnete kurz nach. »Sie war damals fünf. Lässt man sich da wirklich noch so leicht manipulieren?«

Mor lächelte schwach.

»Was glaubst du, wie oft ich dir eine kindgerechte Version von etwas erzählt habe, das du noch nicht wissen solltest. Alle Eltern tun das. Wir schwindeln zu euerm Besten, und es funktioniert so gut wie immer.«

Ich dachte drüber nach und trank dabei einen weiteren Schluck aus der Flasche.

»Trink nicht aus der Flasche«, sagte Mor automatisch.

Ich stellte die Flasche ab.

»Ich habe manchmal gemerkt, wenn du mich anschwindelst.«

»Mag sein«, gab sie zu. »Aber du wusstest nie wieso, und deswegen hast du dich nie damit auseinandersetzen müssen, dass meine Rente nicht anerkannt wurde, wir eine Zeit lang die Raten für das Haus nicht zahlen konnten und die Bank uns vor die Tür setzen wollte.« Sie sah mich tiefgründig an. »Oder dass dein Vater eines Tages wieder vor der Tür stand.«

Mein Herz blieb stehen.

»Er war noch mal hier?«, flüsterte ich. »Wann?«

»Als du zehn warst.«

Ich sah sie entgeistert an.

»Und das erzählst du mir heute?«

»Er war betrunken und abgebrannt«, sagte sie und musterte mich unerschütterlich. »Ich hatte Angst, dass er sich einquartiert, um ein bisschen Vater, Mutter, Kind zu spielen, und dann wieder verschwindet, wenn er sich erholt hat. Du weißt, wie es beim letzten Mal lief.« Sie musterte mich düster, dann wurde ihr Blick weicher. »Wenn du ihn sehen willst, brauchst du es nur zu sagen. Ich gebe dir seine Nummer, und ihr könnt euch treffen.« Sie hob einen Finger. »Aber das entscheidest du, nicht er.«

Ich versuchte, das alles auf die Reihe zu bekommen, und griff wieder nach der Flasche. Mor schlug meine Hand weg und schob mir ein Glas rüber. Ich schenkte mir ein und kippte den Schnaps runter. Als mein Vater damals verschwand, hatte ich mich lange Zeit gefragt, ob er meinetwegen weggegangen war. Mor hatte er ja geliebt, also blieb nur ein Grund übrig. Mor hatte mir immer wieder erklärt, dass es nicht an mir, sondern an ihm lag, doch es hatte lange gedauert, bis ich ihr glaubte. Und vielleicht glaubte ich es bis heute nicht ganz. Kinder suchten die Schuld bei sich selbst. Gab Nele sich die Schuld am Tod ihrer Mutter? War das der wahre Grund für ihre Albträume? Mir fiel der Tag ein, als ich Mor zum ersten Mal ohne Bein sah. Der Schock, den es in mir auslöste, dass meine unbesiegbare Mutter plötzlich im Krankenhausbett vor mir lag und das Laken dort, wo ihr rechtes Bein sich befinden sollte, flach auf der Matratze lag.

Am selben Morgen hatten wir uns gestritten, weil ich keine Hausaufgaben für die Schule gemacht hatte, und ich hatte mir gewünscht, dass sie stirbt. Dieser Moment im Krankenhaus hatte mir das Wissen eingebrannt, dass jederzeit etwas Schlimmes passieren konnte, aber ich hatte nicht den Eindruck, dass ich seitdem latente Schuldgefühle mit mir herumtrug. Und warum nicht? Weil ich Mor sofort gebeichtet hatte, dass ich schuld an ihrem Unfall war. Sie hatte mir das nicht nur ausgeredet, sondern auch verziehen, und meine Schuldgefühle waren sofort verschwunden. Wahrheit war stärker als Lüge. Zumindest für mich. Das bedeutete nicht, dass es für alle anderen auch so sein muss-

te. Vielleicht funktionierte Verdrängen und Verschleiern ja auch super. Prima. Lügen wir doch alle 'ne Runde. Gott, die Gedanken flatterten mir durchs Hirn wie aufgescheuchte Hühner. Was für ein beschissener Tag.
»Vielleicht war es doch nicht so schlau, Nele damals zu belügen, oder? Wer weiß, was sie sich die ganze Zeit für Gedanken macht. Mit der Wahrheit wäre sie vielleicht besser gefahren.«
Mor sah mich düster an.
»So etwas kannst du nur behaupten, weil du selber keine Kinder hast.«
Vielleicht hatte sie recht. Vielleicht war ich nur sauer, weil sie mir das verheimlicht hatte. Den ganzen verdammten Tag hörte ich mir jetzt schon an, dass andere Menschen etwas über Nele wussten, das ich nicht wusste. Es sollte genau andersherum sein. Was für ein Tag. Ich musste dringend ins Bett und hundert Jahre schlafen.
Wie aufs Stichwort blinkte mein Handy. Ein Foto von Nele mit herausgestreckter Zunge erschien auf dem Display. Sie musste sich fotografiert und es einprogrammiert haben, ohne dass ich es merkte. Vielleicht gab es noch irgendwo im Landkreis einen Menschen, der nicht an meinem Handy herumfummelte.
»Ja, Schatzi?«
Scheißschnäpse.
»Ich schlafe schon halb«, murmelte sie schläfrig.
»Ich komme.«
Ich unterbrach. Mor schüttelte den Kopf.
»Lieber Himmel, sie liegt da oben und ruft hier unten an? Kein Wunder, dass wir Atomkraftwerke brauchen. Na, dann los. Ach, übrigens, als sie heute oben in der Villa war, habe ich ihre Sachen durchsucht.«
Ich war gerade dabei, mich aus dem Sessel zu stemmen, und verharrte auf halber Strecke.
»Was?«

Sie sah mich unschuldig an.
»Ich dachte, vielleicht nimmt sie Medikamente. Du weißt, ich kenne ja alle Nebenwirkungen und Wechselwirkungen mit Alkohol.«
»Du kannst doch nicht einfach ...«
»Sie war fast ein Jahrzehnt in den USA«, unterbrach sie mich, »dem Mekka der Tablettenabhängigen. Da drüben verschreibt man Schulkindern Prozac. Was glaubst du, verschreiben die den Erwachsenen?«
»Und, was gefunden?«
»Nein. Ich wollte nur, dass du es weißt.«
»Toll.« Ich ließ mich wieder in den Sessel plumpsen und warf einen Blick zur Schnapsflasche. »Übrigens sind ihre Blutwerte auch in Ordnung.«
Sie runzelte die Stirn.
»Welche Blutwerte?«
»Nissen hat sie untersucht. Sie ist kerngesund.«
Sie musterte mich.
»Wieso erzählst du mir so was nicht?«
»Hab ich doch.« Ich runzelte die Stirn. »Oder ...? Hab ich nicht? Scheiße, was weiß ich ...« Ich streckte meine Hand aus in Richtung Schnapsglas. »Eins schwör ich dir: Und wenn ich hundert Jahre alt werde, diesen Tag vergesse ich bestimmt nicht.«
Mor schob mir das Glas entgegen. Ich nahm die Flasche und schenkte mir ein.
»Das ist aber dein Letzter.«
»Tag? Na dann, skål!«
»Mach nicht solche Witze«, sagte sie.
Ich kippte das Zeug runter, stellte das Glas ab, umarmte Mor und drückte ihr einen fetten Kuss auf die Wange.
»Meine Lieblingsmutti.«
Sie verzog das Gesicht und hielt meine Hand fest, als ich mich aufrichtete.
»Willst du seine Nummer?«

Ich zuckte die Schultern.
»Weiß nicht.«
»Schatz, du weißt, dass ich mich nie zwischen euch stellen würde. Es ist völlig in Ordnung für mich, wenn ihr euch trefft. Eigentlich warte ich seit Jahren darauf, dass du mich fragst.«
Da saß sie. Eine Frau in einem Trainingsanzug. Die mich liebte. Und die mich immer noch belog. Ich wusste, dass es sie verunsichern würde, wenn ich Kontakt zu ihm hatte. Es würde sie an ein anderes Leben erinnern. Ein Leben als Nichtbehinderte. Ein Leben als attraktive Frau. Ein Leben, das vorbei war. Und dennoch, würde sie mich jederzeit unterstützen, wenn ich Kontakt zu meinen leiblichen Vater haben wollte. Mütter.
»Ich überleg's mir.« Ich gab ihr einen Schmatzer auf die Wange. »Gute Nacht.«
»Schaf schön, Schatz.«
An der Tür warf ich einen Blick zurück. Die Nadeln klackerten wieder, aber Mor starrte auf einen imaginären Fleck oberhalb des Fernsehers. Der Tag gab jedem zu denken.

Als ich ins Zimmer kam, sah ich neben dem Bett den bunten Fotokarton aus der Villa. Er war offen, Fotos lagen auf dem Boden. Im schwachen Licht erkannte ich auf einigen der Bilder die typische Familienfoto-Silhouette – Vater, Mutter, Kind.
Nele bewegte sich träge.
»Hey ...«, murmelte sie. »Das hat aber gedauert ...«
»Hab mich mit Mor festgequatscht.«
»Ach, schön.« Ihre Zähne blitzten kurz auf. »Du kannst ja gleich wieder runtergehen, aber leg dich bitte zu mir, bis ich eingeschlafen bin.«
Während ich mich auszog, dachte ich an ihre Albträume. Vielleicht würde sie erst wieder ruhig schlafen können, wenn sie die Wahrheit kannte. Vielleicht spürte sie, dass

etwas nicht stimmte. Gott, war mir danach, ihr alles zu erzählen. Mir fehlte ihre Meinung. Aber wer weiß, was es auslösen würde. Ich sollte gründlich nachdenken, bevor ich etwas in Gang setzte, was sich nie wieder rückgängig machen ließ. Vielleicht waren Kinder nicht die Einzigen, die man schützen musste. Vielleicht … oder auch nicht. Scheiße. In meinem Kopf war alles Chaos.
Ich rutschte unters Laken. Sie kuschelte sich an mich, legte ihr Gesicht auf meine Brust und schob die Ferse an ihren Platz.
»Wie fandst du das Bild?«
»Süß.«
Ich spürte ihr Lächeln.
»Ich hatte erst ein anderes im Sinn, aber ich weiß ja nicht, wo du dein Handy so rumliegen lässt …« Sie wollte noch was sagen, gähnte dann aber mittendrin. »Habt ihr euch gut unterhalten?«
Gut unterhalten … Gute Unterhaltung …
»Ich hab sie noch mal bearbeitet mitzukommen.«
»Und?«
»Glaub nicht.«
»Wir kriegen sie schon noch rum.«
»Vielleicht. Schlaf schön, Süße.«
»Wolltest du mir nicht noch etwas sagen?«
Ich erstarrte.
»Was?«
»Du hast es am Telefon versprochen, schon vergessen?«
»Was denn …? Ach so. Ich liebe dich.«
»Die pure Leidenschaft …«, gickelte sie.
»Bin müde. Träum was Schönes.«
»Von dir«, sagte sie und drückte mir einen Kuss auf den Hals.
Dann lagen wir ruhig da. Schweigen machte sich breit. Draußen auf den Feldern war es heute still. Ich schloss die Augen, musste sie aber wieder öffnen, weil das Chaos in

meinem Kopf sofort zunahm. Mein Vater. Gott. Wie häufig hatte ich Nele beneidet, dass sie wenigstens noch gute Erinnerungen an ihre Mutter hatte.

»Kannst du nicht schlafen?«

Ich drehte Nele mein Gesicht zu. Im schwachen Mondlicht wirkten ihre Augen groß und schwarz.

»War schon halb dabei«, log ich.

Nach einem Augenblick stemmte sie sich auf einen Ellbogen und musterte mich.

»Du warst schon den ganzen Tag so komisch. Erzähl es mir.«

Das Mitgefühl und die Liebe in ihrer Stimme zerrten an mir. Ich biss mir auf die Lippen. Die Worte lagen mir auf der Zunge. Aber ich wusste einfach nicht, was richtig war. Schweigen ... Reden ... Lügen ... Mein Vater ... Neles Mutter ... Nele im Schrank ... scheiße. Der Tag brach mit voller Wucht über mir zusammen. Etwas Warmes rollte mir über die Wange und fiel aufs Bettlaken. Nele rutschte näher und legte mir eine Hand auf die Wange.

»Hey, Baby, du weinst ja ...«

Ich presste mein Gesicht an ihren warmen Hals. Nele streichelte meinen Kopf.

»Paul«, flüsterte sie, »sag mir, was dich bedrückt.«

»Mein Vater ...«, begann ich und musste ein paarmal durchatmen, bevor ich weitersprechen konnte, »... war wieder hier.«

»Wann?«

»Als ich zehn war. Mor hat es mir verschwiegen.«

Sie küsste mich aufs Haar und streichelte meinen Kopf.

»Sie wollte dich beschützen. Keine Mutter schaut einfach zu, wie ihr Kind verletzt wird ...«

Nele verstummte. Ihre Hand blieb regungslos auf meinem Kopf liegen. Ich nickte an ihrem Hals.

»Ich weiß«, flüsterte ich.

Sie rutschte tiefer und sah mir in die Augen.

»Willst du ihn sehen?«
»Weiß nicht.«
Ich schloss die Augen.
»Baby, ich glaube, ich würde es gut finden, wenn du ihn mal triffst. Du denkst schon so lange an ihn, aber du weißt ja eigentlich nichts von ihm. Vielleicht wäre es gut, ihn mal zu besuchen und Klarheit zu kriegen. Ist doch viel besser, wenn du all das, was dir seit Jahren im Kopf herumgeht, mal loswerden kannst, und wer weiß, was passiert. Ich meine, er ist dein Vater.«
»Bin müde.«
»Gut«, sagte sie leise. »Ich will nur, dass du weißt, dass du ihn nicht alleine besuchen musst. Wenn du möchtest, komme ich mit und warte draußen. Du musst nie wieder was alleine machen, wenn du nicht willst.«
Nie wieder.
»Danke«, flüsterte ich.
»Gern. Schlaf schön.«
Sie drückte ihre Lippen auf meine. Wir küssten uns sanft und dann noch mal nachdrücklicher. Sie schob ihre Zungenspitze zwischen meine Lippen, und von einer Sekunde auf die andere brannte die Luft vor Leidenschaft. Ich saugte an ihrer Zunge, presste meinen Mund auf ihren und klammerte mich an sie wie an eine Rettungsleine. Sie fasste mir ins Haar, rieb ihren Körper gegen meinen und stöhnte leise. Mein Schwanz wurde hart. Ohne ihre Lippen freizugeben, presste ich mich zwischen ihre Beine. Sie spreizte sie, zog mich näher, griff nach unten und setzte mich an. Ich zögerte, sie war noch nicht richtig nass.
»Komm«, flüsterte sie rau.
Ihre Augen funkelten. Sie zog mich näher. Ich drang mit Gewalt in sie. Es tat weh. Es tat gut. Wir stießen uns so hart wir konnten, küssten, leckten, bissen, kratzten und stöhnten. Es ging um jetzt oder nie, um alles oder nichts. Um Leben oder Tod. Wir fickten, als sei es der letzte Ausweg, und

flüsterten raue nackte Worte. Das Zimmer roch nach Verzweiflung, doch nach und nach hörten wir auf zu sprechen. Hörten auf zu kratzen. Bewegten uns langsamer. Begannen uns zu sehen.
Ich legte meine Hände auf Neles Wangen.
»Ich will Kinder mit dir«, flüsterte ich.
Sie blinzelte.
»Viele«, sagte ich. »Und sie sollen alle so werden wie du.«
Ihre Augen füllten sich. Tränen liefen ihr über die Wangen. Ich hielt sie in den Armen, stieß langsam in sie. Es fühlte sich an, als würde sich ein Kreis schließen.
Als Nele in meinen Armen kam und meinen Namen sagte, war es das Intensivste, was ich jemals empfunden hatte. Ich fühlte jeden Nerv in meinem Körper. Ich spürte ihren Blick wie Berührungen und sah die feinen Linien der Liebe, die von ihr ausgingen und mit mir verbunden waren. In diesem Moment wusste ich, dass ich lieber sterben würde, als diese Linien in irgendeiner Form zu beschädigen.
Danach lagen wir wie gefallen da. Gesättigt. Übersättigt. Ich war unfähig, mich zu bewegen. Völlig verausgabt. Strom im Raum. Jede Berührung zu viel. Ich konnte gerade noch ihre Hand halten.
Bald wurden ihre Atemzüge ruhig und regelmäßig. Während ich zuhörte, wie sie einschlief, spürte ich jeden Herzschlag. Ihren. Meinen. Ihren. Meinen. Unseren. Ihren. Meinen. Ihren. Meinen. Manchmal schlugen unsere Herzen ein paar Schläge synchron. Dann wurden sie wieder asynchron. Loslassen. Warten. Wiedersehen.
Ich schloss die Augen. Bilder blitzten auf. Die Glatze. Momo. Tarzan. Rokko am Steuer. Telly im Klo. Mein halb nacktes Mädchen im Müllsack. Nissen im Garten. Mor. Neles Mutter. Mein Vater. Hans. Ich fühlte mich, als würde ich einen Film über mein Leben sehen. Leider hatte jemand anderes die Fernbedienung. Die Bilder sprangen vor und zurück. Gefühle und Fragen jagten herum, doch eine Sache

flackerte immer wieder auf. Klarheit. Wahrheit. Vielleicht musste man Kinder schützen, aber irgendwann hatte jeder ein Recht auf die ganze und reine Wahrheit. Nichts konnte schlimmer sein als die dauerhafte Ahnung, dass man etwas Wichtiges über sein Leben nicht wusste. Irgendwann sollte man Bescheid wissen, um ein Leben in Frieden und Harmonie leben zu können.

Ich öffnete die Augen. Der Mond war ein Stück gewandert. Neles Atemzüge kamen tief und regelmäßig. Ich fühlte mit klarer Gewissheit, dass ich sie an diesem Tag zum letzten Mal in meinem Leben angelogen hatte. Ich würde ihr nie wieder etwas Wichtiges verschweigen. Ich wollte sie nie anlügen und nie von ihr belogen werden müssen. Morgen würde ich ihr alles erzählen, doch vorher gab es eine Sache zu klären. Ich rollte mich aus dem Bett und rutschte auf etwas Glattem aus. Ich konnte mich gerade noch an der Wand abfangen. Nele atmete ruhig weiter. Ich suchte den Boden ab und sah, dass ich auf die Fotos getreten war. Ich schob sie wieder zusammen, schlüpfte in eine Hose, öffnete die Tür und schnalzte leise. Nach wenigen Augenblicken hörte ich Novembers Decke unten in der Küche rascheln. Er kam die Treppe hochgetapst, steckte seine Schnauze neugierig ins Zimmer und sah mich erwartungsvoll an. Ich winkte ihn ins Schlafzimmer und gab ihm den Befehl, ins Bett zu hüpfen. Er ließ sich nicht zweimal bitten. Als er sich neben Nele ausgebreitet hatte, schaute er mich an, als ob noch was käme. Aber da kam nichts. Ich gab ihm das Zeichen, liegen zu bleiben, nahm meine Kleidung und zog die Tür leise ins Schloss.

Die Küche war leer. Im Wohnzimmer flimmerte die Kiste. Während ich mich in der Küche anzog, spuckte mein Handy Freizeichen aus.

Als Rokko endlich ranging, klang er ziemlich zufrieden mit sich und der Welt. Der Hintergrundkulisse nach befand er sich im Schaukelstuhl.

»Mann, Alter, was ist?«
»Ich brauch dich.«
»Das sagen sie alle. Mal auf die Uhr geschaut? Es ist gleich eins, in einer Stunde hat Anita Feierabend ...«
»Komm her.«
Ich unterbrach und steckte meinen Kopf ins Wohnzimmer, wo Mor immer noch vor der dunklen Mattscheibe strickte.
»Ich geh noch mal weg. Hast du ein Auge auf Nele?«
Sie unterbrach das Stricken und sah mich überrascht an.
»Wo willst du denn um die Uhrzeit noch hin?«
»Ich treffe mich kurz mit Rokko. Bin in einer Stunde wieder da. Hast du dein Handy parat?«
Sie deutete zu der Ladestation, die auf einem Schemel am Fenster stand.
»Ist sie noch wach?«
»Nein, sie schläft. November liegt bei ihr im Bett. Wenn sie wach wird oder irgendwas ist, ruf mich sofort an.«
Sie sah mich wieder mit ihrem Mor-Blick an.
»Trink aber nichts mehr.«
»Versprochen.«

Rokko fuhr unkonzentriert. Einmal musste er in letzter Sekunde nachkorrigieren, sonst hätten sich noch ein paar Kreuze zu den bereits vorhandenen in den S-Kurven gesellt.
»Und was wollen wir da?«
Ich starrte aus dem Fenster und antwortete nicht. Er riss den Wagen durch eine weitere Kurve.
»Aha«, sagte er. »Und warum kann das nicht bis morgen warten?«
Ich sagte nichts. Er sagte Scheiße. Dann sagte er nichts mehr, bis wir vor dem Haus vorfuhren. Er knipste die Scheinwerfer aus und ließ den Wagen die letzten Meter rollen, bevor er sanft abbremste. Vor einem eingezäunten Grundstück von erstaunlichen Ausmaßen, das von mehreren indirekten

Lichtern beleuchtet wurde, blieben wir stehen. Der Vorgarten hatte nicht nur mindestens zweihundert Quadratmeter, sondern auch einen kleinen See, der vor sich hinplätscherte. Das Haus hatte einen verglasten Dachgiebel und wirkte wie aus dem Ei gepellt. Es hätte ins Werbeprospekt eines Immobilienmaklers aufgenommen werden können, wenn nicht der Garten voller Gartenzwerge gewesen wäre.
Rokko streckte sich vor und sah neben mir durchs Beifahrerfenster zum Haus hinüber.
»Mein lieber Scholli. Wer wohnt denn da? Elvis?«
»Telly.«
Er sah mich überrascht an.
»In dem Ding? Hat er geerbt?«
»Scheint so.«
Er rutschte wieder in seinen Sitz zurück.
»Und was wollen wir hier mitten in dieser gottverdammten Nacht? Ich sag's gleich: Wenn Anita Feierabend hat, bin ich weg.«
»Heul doch.«
Ich stieß die Tür auf und stieg aus. Ich schob das Messingtor auf und hörte Rokko hinter mir herfluchen, als er mir folgte. Ich drückte auf die Klingel. Nach einem Augenblick gingen irgendwo im Haus Lichter an. Ich klingelte noch mal. Rokko stellte sich neben mich.
»Ist es wieder so weit? Kleiner Außendienstkoller?«
Im nächsten Moment öffnete Telly die Tür und schaute überrascht vom einen zum anderen. Er trug einen Bademantel, sah aber nicht aus, als hätte er geschlafen.
»Paul. Rokko. Später Besuch, Jungs, was gibt's?«
»Hast du 'ne Minute?«
Er sah auf die Uhr.
»Hat das nicht Zeit bis morgen?«
Ich sah ihn bloß an. Er schlug seine Augen nieder und trat in den Flur zurück.
»Na, wenn es so eilig ist.«

Wir folgten ihm durch den Flur in ein großes Wohnzimmer, das von Elektronik beherrscht wurde. In einer Ecke der Großbildfernseher, in einer anderen stand ein Apple mit einem Dreißig-Zoll-Monitor. Die Essecke war in Eiche gehalten, und zum Chillen gab es eine Ledersofagarnitur. Keine Designerware, aber nicht billig.
»Wollt ihr was trinken?«
Ich setzte mich auf die Armlehne der Ledercouch und musterte Telly. Rokko schloss die Wohnzimmertür, lehnte sich dagegen und verschränkte die Arme. Niemand sprach. Telly schaute zwischen uns hin und her und zog unbewusst den Bademantel enger um seinen Leib.
»Also, Jungs, was ist los?«
»Wie war das genau damals mit Frau Reichenberger?«
»Mit wem?«
»Scheiße«, sagte ich. Meine Stimme klang rau.
»Ach so, Neles Mutter«, sagte Telly schnell. »Das hab ich dir doch schon gesagt.«
»Dann erzähl es eben noch mal.«
»Wieso denn?«, fragte er, aber er konnte meinem Blick nicht standhalten. Er setzte sich auf die Kante eines Sessels und schaute zu Boden.
»Telly, hattest du eigentlich jemals eine richtige Beziehung?«
Er sah mich vorsichtig an.
»Ja. Ich war verheiratet.«
»Das wusste ich nicht.«
»Na ja, es war vor deiner Zeit und hielt auch nicht so lange.«
»Hast du sie geliebt?«
Er nickte.
»Sehr.«
»Dann kennst du das Gefühl, dass du dein ganzes Leben mit einer bestimmten Frau verbringen und sie beschützen willst, egal was passiert.«

Er sah mich aufmerksam an.
»Ja.«
»Ich will mein Leben mit Nele verbringen und sie beschützen, aber ich kann nicht. Irgendwas ist mit ihr, und mein Gefühl sagt mir, dass ich sie im Stich lasse, wenn ich es nicht herausfinde. Wusstest du, dass sie seit dem Tod ihrer Mutter Albträume hat?«
»Das tut mir leid.«
»Und heute Abend erfahre ich so nebenbei, dass es zwei Versionen vom Unfallhergang gibt und du die offizielle mitgestrickt hast. Das bedeutet, dass du mich vor ein paar Tagen belogen hast.«
Er sah wieder zu Boden.
»Ich stelle dir jetzt ein paar Fragen zum Ablauf jenes Abends, und ich bitte dich, verarsch mich nicht.«
Er nickte, ohne aufzusehen.
»Hatte Neles Mutter Nele wirklich auf dem Arm, als sie verunglückte?«
»Ja.«
Ich atmete durch.
»Gibt es dafür Beweise?«
»Herr Reichenberger hat das gesagt.«
»Laut seiner eigenen Zeugenaussage hat er aber geschlafen, als es passierte. Kann Nele nicht von dem Krach wach geworden und erst dann zu ihrer Mutter gegangen sein?«
Er hob seinen Kopf und sah mich ratlos an.
»Äh ... Weiß ich nicht. Wäre möglich.«
Ich stand auf, trat näher und setzte mich auf den Sessel vor ihm.
»Okay. Dann erzähl mir mal haargenau, was an dem Abend passiert ist, und zwar von Anfang an.«
»Ich bekam einen Anruf von Bernd, dass ...«
»Bernd wer?«
»Koppelmann. Kennste nicht, der war schon in Rente, als du dazukamst.«

»Okay, weiter.«
»Er rief mich an und sagte, dass es bei den Reichenbergers einen Unfall gegeben habe und ich hinkommen solle. Ich zog mich an und ...«
»Warte mal. Er hat dich zu Hause angerufen?«
Sein Blick zuckte kurz zu mir hoch, er zog den Kopf ein und starrte wieder zu Boden.
»Ja, ich hatte Feierabend.«
»Wieso ruft er dich an, wenn du nicht im Dienst bist?«
»Ich glaube, er wollte seinen Partner dabeihaben. Früher im Außendienst hast du doch auch nichts ohne Rokko unternommen.«
»Glorreiche Zeiten«, murmelte Rokko an der Tür.
Ich behielt Telly im Blick.
»Wenn ihr ein Team wart, hattet ihr doch die gleiche Schicht, also hatte Koppelmann auch schon dienstfrei.«
Telly zog die Schultern hoch. Der Bademantel verrutschte und gab seine knochigen Knie frei.
»Ja, sicher.«
Mein Herz klopfte schneller. Zwei Polizisten treffen sich nach Feierabend, um einen Unfallhergang zu verschleiern. Die Sache stank zum Himmel.
»Weiter«, sagte ich.
»Als ich eintraf, lag Frau Reichenberger am Fuß der Treppe. Sie war eindeutig tot. Nele lag auf ihrer Mutter und klammerte sich an sie. Herr Reichenberger war ziemlich neben der Spur, also sagte Bernd, ich soll mich um Nele kümmern, damit er den Unfall aufnehmen konnte.«
Das schlechte Gewissen drang ihm aus jeder Pore. Ich lockerte meinen verspannten Nacken.
»Also hast du sie in die Küche gebracht, und da seid ihr wie lange geblieben?«
Telly versuchte ein Lächeln.
»Weiß ich nicht. Es kam mir lange vor. Ich bin nicht gut im Hinterbliebene-Trösten.«

»Du musst das aber wissen. Du hast den Unfallbericht geschrieben.«
»Nein«, sagte er sofort, »ich hab ihn bloß unterschrieben. Bernd hat ihn aufgesetzt.« Er sah meinen Blick und schüttelte den Kopf. »So macht man es doch manchmal im Team.«
Das stimmte. Manchmal nahm Rokko etwas auf, und ich führte es weiter. Das Problem war bloß, dass Telly mich beim ersten Gespräch belogen hatte und ich ihm kein Wort mehr glaubte.
»Wann kam der Notarzt?«
»Weiß nicht, aber zeitgleich mit den Sanis.«
»Woher willst du das wissen? Du warst in der Küche.«
»Ich sah sie durch das Küchenfenster.«
»Und wann ungefähr? Kam er eher schnell, oder hat es gedauert?«
»Paul, bei aller Liebe, das ist ewig her.«
Ich starrte ihn an. Niemand sagte was. Er sah an mir vorbei, dann wieder zu mir.
»Kommt schon, Jungs, was ist denn los?«
Ich hatte nicht schwer Lust, ihm eine zu scheuern.
»Telly ... Ich hab einen seltsamen Tag hinter mir, alles, was ich will, ist, nach Hause ins Bett, aber ich sag dir eins: Ich geh hier nicht raus, bis du mir erzählt hast, was damals wirklich passiert ist.«
»Was?« Er runzelte die Stirn und versuchte, empört zu wirken. »Also, erst greift Nele mich an, und du machst mir deswegen Vorwürfe, und jetzt kommst du mitten in der Nacht her und drohst mir ...«
Rokko klopfte mit der Faust gegen die Tür.
»Mann, Telly, mach schon, ich will zu meiner Süßen.«
Telly schaute zu ihm rüber.
»Ich hab euch doch schon alles gesagt!«
Ich beugte mich vor.
»Du hast ein schlechtes Gewissen. Du weißt es, und ich

weiß es. Entweder du erzählst mir jetzt die verfluchte Wahrheit, oder ich rufe Hundt an und verrate ihm, dass du seit Jahren Stammgast im Roten Haus bist und die Prostituierten vor seinen Razzien warnst.«
Sofort wich alles Kämpferische aus seinem Blick. Er sah mich mit großen Augen an.
»Das würdest du nicht tun.«
»Rokko«, sagte ich, ohne Telly aus den Augen zu lassen, »hast du Hundts Nummer in deinem Handy?«
»Klar doch.«
»Meinst du, der ist noch wach?«
»Der schläft doch nie.«
»Ruf ihn an und sag ihm, dass wir hier einen Spitzel haben, der Dienstgeheimnisse gegen sexuelle Dienstleistungen tauscht.«
Ich hörte, wie Rokkos Klamotten hinter mir raschelten. Telly sah mich entsetzt an.
»Hey, Paul, was soll das? Wir sind doch Kollegen.«
»Deswegen find ich es ja scheiße, dass du mich anlügst.«
Er sah zu Boden und schwieg. Ich warf Rokko einen Blick zu.
»Ruf an.«
»Nein, warte«, sagte Telly, ohne den Kopf zu heben.
Ich wartete darauf, das Telly weitersprach. Gerade, als ich Druck ausüben wollte, begann er, leise zu sprechen.
»Ihr kennt das ja, wenn man zu einem Unfallort gerufen wird und das Gefühl hat, dass irgendwas nicht stimmt.«
»Und?«
»Ich schob es damals auf die Situation, ich meine, ich kam gerade aus dem Bett, und Frau Reichenberger war eine wirklich nette Frau, und da lag sie tot auf der Treppe.«
»Jaja. Und?«
»Na ja, es wirkte irgendwie gestellt.«
Ich starrte ihn an.
»Wie meinst du das?«

Er zog die Schultern hoch. Seine Augen huschten über den Teppich bis zur gegenüberliegenden Wand und blieben dort haften.
»War nur so ein Gefühl, aber das ist mir auch erst richtig aufgefallen, als ich von dem Anruf erfuhr.«
»Was denn für'n Anruf, verflucht noch mal?!«
Er sah mich erschrocken an, als ihm klar wurde, dass er mir eine völlig neue Information gegeben hatte. Ich rutschte näher.
»Telly, mach's Maul auf, oder ich schwör dir ...«
Meine Stimme versagte.
»Sie hat den Notruf gewählt.«
»Scheiße! Eben hast du behauptet, dass er dich zu Hause angerufen ...« Ich verstummte, als mir aufging, dass Telly *sie* gesagt hatte. »Neles Mutter?«
Er nickte bedächtig und wich meinem Blick aus. Mein Herz schlug heftiger. Gleich würde es mir aus der Brust fallen. Eine Frau wählt den Notruf, und wenig später hat sie einen Unfall. Solche Zufälle gab es einfach nicht. Szenarien schossen mir durch den Kopf, doch keine meiner Schlussfolgerungen war möglich, außer ... Aber das konnte nicht sein.
Rokko kam näher, blieb vor uns stehen und schaute verwirrt zwischen uns hin und her.
»Scheiße, reden wir hier über Mord, oder was?« Er starrte Telly an. »Alter, hast du einen Mord gedeckelt?«
Telly ließ den Kopf hängen.
»Ich hab gar nichts gemacht«, flüsterte er. »Und ihr könnt mir auch nichts. Die haben mich reingelegt damals, aber es ist alles verjährt.«
»Mord verjährt nicht, du Arsch!«
Rokko trat noch näher an die Couch. Schlagweite.
»Rokko«, sagte ich atemlos.
»Ich habe niemanden ermordet!«, empörte sich Telly. »Ich hab doch nur das Protokoll unterschrieben, das ist viel-

leicht Strafvereitelung im Amt. Das verjährt nach zehn Jahren, ich hab's von einem Anwalt prüfen lassen.«

Ich blinzelte mehrmals, um endlich klar zu sehen. Es konnte nicht sein, doch es gab keine andere Erklärung. Hans hatte uns all die Jahre was vorgemacht. Die ganze Zeit war der trauernde Witwer ein Mörder gewesen. Es musste eine Erklärung geben, es *musste*, denn er hatte Neles Mutter so geliebt, dass er sich nie wieder von ihrem Tod erholt hatte. Er hatte sich nie wieder mit einer anderen Frau eingelassen. Er … Meine Hände schmerzten. Ich zwang mich, sie zu entspannen und meinen Verstand zu benutzen.

»Ich fass es ja nicht! Du steckst so was von fett in der Scheiße!«, sagte Rokko. Vielleicht erkannte Telly etwas in seinen Augen, denn er hob die Hände und plapperte los.

»Ich hab nichts getan! Reichenberger war's! Sie hat versucht, Hilfe zu rufen, dann hat er sie umgebracht und die Treppe runtergeworfen, um einen Unfall vorzutäuschen.«

Rokko sah mich an. In seinen Augen stand die reine Verwirrung. Wer weiß, was in meinen stand. Er wandte Telly sein Gesicht zu und schob den Kiefer vor.

»Kannst du das beweisen?«

»Wenn ich könnte, hätte ich es schon damals getan. Als ich den Unfall aufnahm, wusste ich doch gar nicht, dass Neles Mutter angerufen hatte. Ich hab das doch erst am nächsten Tag erfahren, was hätte ich denn da tun sollen? Den Ehrenbürger der Stadt, der gerade seine Frau verloren hatte, auf Verdacht einsperren? Bernd hat mich reingelegt! Mein eigener Partner! Die haben an alles gedacht! Es gab keine Beweise!«

»Woher willst du das wissen?«, knurrte Rokko. »Hast du etwa eine Obduktion durchgeführt?«

Ich winkte schlapp ab.

»War 'ne Urnenbestattung.«

Telly nickte eifrig.

»Die haben sie sofort eingeäschert. Ich sag doch, die haben an alles gedacht.«

»Wer hat diesen Notruf entgegengenommen?«, fragte ich.

»Stevie.«

»Bosko?«

Er nickte.

Stevie Bosko hatte, vor Rokko und mir, das Kabuff am längsten bewohnt. Vor acht Jahren war er in Rente gegangen.

»Wieso hat er an dem Abend nicht sofort auf den Notruf reagiert?«

»Er hat nur Geräusche gehört, dann wurde aufgelegt. Als er zurückrief, ging Reichenberger ran und meinte, Nele hätte mit dem Telefon gespielt.«

Eis lief mir das Rückenmark runter. Wenn das stimmte, hatte Hans Nele als Alibi für den Mord an ihrer eigenen Mutter benutzt.

Rokko rückte noch näher an Telly heran.

»Wenn Stevie dir das erzählt hat, dann hattest du doch deinen Zeugen.«

Telly lächelte bitter.

»Ich brauchte einen Tag, um mir klarzumachen, dass ich meinen eigenen Partner verpfeifen musste. Als ich am Tag drauf Stevie sprechen wollte, war er nicht erreichbar. Er hatte sich Urlaub genommen. Er tauchte erst wieder auf der Beerdigung auf, und dort wusste er plötzlich nicht mehr, wovon ich rede. Keiner wusste, wovon ich geredet habe. Man hat mir geraten, die Klappe zu halten.«

Rokko starrte Telly an.

»Die haben kassiert. Und du auch. Hast dir hier ’ne schöne Hütte hingestellt.«

»Das ist das Haus meiner Frau!«, sagte er und stand tatsächlich auf. »Sprich nicht so über das Erbe meiner Frau!«

Wie ein kleiner empörter Pinscher stand er vor Rokko. Ich musste raus, bevor alles zum Teufel ging. Ich stand auf.

»Telly, du kündigst.«

»Was?«

»Du bist kein Polizist mehr.«

»Und das sagst du?!« Sein Gesicht verzerrte sich zu einer wütenden Fratze. »Du hättest den Ehrenbürger natürlich auf Verdacht eingelocht und für immer A7 geschoben! Dir ist ja alles total egal! Du hängst dahinten im Kabuff und scheißt auf alles!« Ich erwischte seine Nase. Er jaulte auf und fiel rückwärts auf das Sofa.

»DEINETWEGEN HAT NELE ZWANZIG JAHRE LANG AN IHREM VERSTAND GEZWEIFELT!!«

Rokko packte mich an den Schultern, aber ich platzierte noch einen Tritt, bevor er mich wegriss. Telly jaulte auf und zog die Beine an. Sein Bademantel entblößte dürre, bleiche Beine. Der Anblick ernüchterte mich. Ich hielt still.

»Schon gut, lass mich los«, sagte ich kraftlos.

»Sicher?«, keuchte Rokko an meinem Ohr.

Ich stand einfach da, bis er losließ. Er behielt mich im Auge, doch ich ging los, wollte nur noch raus.

»Es gab doch keine Beweise!«, stöhnte Telly.

»Halt's Maul«, sagte Rokko.

Ich taumelte durch den Flur, riss die Haustür auf und rannte nach draußen. Ich sog meine Lungen voll mit frischer Luft und kämpfte gegen die Übelkeit an. Rokko kam dicht hinter mir aus dem Haus. Er knallte die Tür zu und folgte mir durch den Vorgarten. Unterwegs trat er einen Gartenzwerg in den künstlichen See. Er versank mit einem Platschen. Ich lehnte mich gegen den Gartenzaun und versuchte, die Übelkeit runterzuschlucken. Eine stille, schöne Spätsommernacht. Vielleicht war es in einer solchen Nacht passiert. Ein Ehestreit. Ein Mensch stirbt. Ein Kind sieht was. Ich wusste, dass Kinder dazu neigten, Misshandlungen zu leugnen, um eine geliebte Person zu beschützen. Vielleicht hatte Nele alles tief in sich begraben, um ihn nicht zu verraten. Vielleicht hatte er ihr gesagt, dass sie ihn sonst auch noch verliert. Vielleicht war es das, was aus ihr herauswoll-

te. Seit über zwanzig Jahren. Mir war danach, wieder reinzugehen und Telly fertigzumachen, aber jetzt ging es nur noch um Nele.
»Fahr mich nach Hause.«
Rokko schaute mich entgeistert an.
»Telly deckt einen Mord, und du willst pennen? Wir müssen doch irgendwas tun!«
»Morgen.«
Ich ging zum Wagen. Er folgte und schloss auf. Wir stiegen ein, er steckte den Schlüssel ins Zündschloss, machte aber keine Anstalten, den Wagen zu starten.
»Mann, ist dir nicht klar, was das bedeutet? Neles Eltern haben Streit. Sie ruft die Polizei, er will sie aufhalten, sie kämpfen, sie stirbt, er täuscht einen Haushaltsunfall vor. Er schmiert Koppelmann, damit der für ihn die Spuren verwischt. Stevie hat kassiert, und wer weiß, wer noch alles mit drinsteckt. Telly glaube ich auch kein Wort. Es klang zwar eben ganz flüssig, aber er hatte auch verdammt viel Zeit, den Text zu üben.«
»Das ist jetzt nicht wichtig.«
Er sah mich entgeistert an. Ich zog mein Handy hervor. Mor ging sofort ran.
»Hey, alles ruhig?«
»Sie schläft, ich stricke, und bei dir?«
»Bin noch mit Rokko unterwegs, ich komme aber jetzt.«
»Beeil dich, Schatz, ich will ins Bett.«
Sie küsste in den Hörer und unterbrach die Verbindung. Ich steckte das Handy weg und sah zum Haus rüber. Hinter einem der Fenster bewegte sich eine Gardine.
»Seit wann ist Mord nicht mehr wichtig?«, knurrte Rokko.
Ich sah ihn an.
»Seitdem nicht alle Opfer tot sind. Neles Mutter ist tot, aber Nele lebt. Wenn wir die Sache falsch anpacken, wird die Geschichte öffentlich, und dann wird alles hundertfach in den Medien durchgekaut. Wie würdest du dich fühlen,

wenn du dich wie 'ne Sau durchs Mediendorf jagen lassen müsstest, nur, um Telly oder ein Arschloch wie Stevie zu belasten?«

»Und was ist mit Koppelmann? Soll der etwa davonkommen?«

»Ist er schon. Er ist letztes Jahr gestorben.«

»Scheiße.«

»Ja, genau, scheiße! Weißt du noch damals auf Streife? Weißt du, wie wir uns aufgeregt haben, wenn sich mal wieder alle auf den Täter gestürzt haben, um dem armen Jungen zu helfen, und dabei das Opfer komplett vergessen wurde? Genau das wird passieren. Für den großen deutschen Schauspieler werden Entschuldigungen gesucht werden, und Nele wird man ihr unstetes Leben vorwerfen. Der Bundesverdienstkreuzträger gegen das durchgeknallte Exmodel. Weißt du, wie das endet?«

»Ja, aber ...«

»Nichts aber. Unsere Aufgabe ist Opferschutz.« Ich starrte ihm in die Augen. »Siehst du das anders?«

»Nein, verdammt.«

»Dann fahr endlich los.«

Er musterte mich, dann drehte er kopfschüttelnd den Zündschlüssel. Der Motor erwachte mit leisem Brummen.

»Vielleicht hat er das Haus ja doch nicht geerbt. Ich überprüfe das morgen.«

»Mach das.«

»Wenn er nicht geerbt hat, machen wir ihn fertig.«

»In Ordnung.«

»Gut.«

Er schob den ersten Gang rein. Mein Handy vibrierte. Ich zog es aus der Tasche. Auf dem Display blinkte Tellys Nummer. Ich drückte den Anruf weg. Der GT setzte sich in Bewegung. Ich warf noch einen letzten Blick zum Haus. Telly stand am Fenster und hatte eine Hand gehoben. Für einen Augenblick dachte ich, er wollte auf uns schießen, dann erkannte ich das Telefon in seiner Hand. Mein Handy klingelte wieder. Ich riss es ans Ohr.

»Wenn du mich noch ein einziges Mal anrufst, komm ich wieder rein!«

Ich wollte unterbrechen, doch im Hintergrund hörte ich Menschen schreien.

»Du glaubst es nicht!«, schrie Gernot. »Wir haben sie!!«

»Wen?«

»Die Bande!! Sie ist in einem schwarzen Mercedes unterwegs! Die wollen zur A3! Alle Fahrzeuge sind auf der Straße und jagen sie!«

Adrenalin schoss in meine Adern wie ein Stromschlag.

»Wo?!«, rief ich.

Er ratterte Koordinaten runter. Ich schrie Rokko an, und schon waren wir unterwegs. Rokko heizte wie ein Kamikazeflieger durch die Nacht, während ich mich an die Festhaltegriffe klammerte, das Handy ans Ohr presste und live an der Verfolgungskoordination teilnahm. Ich verstand nicht wie, aber Hundt hatte die Bande tatsächlich auf frischer Tat ertappt. Als er ihnen den Fluchtweg verstellt hatte, hatten sie ihn seitlich gerammt und waren durch seine Barrikade gebrochen. Jetzt jagte alles, was Dienst hatte, und noch ein paar Leute mehr hinter ihnen her. Wie es schien, war jeder Polizist des Landkreises auf der Straße, und alle funkten fröhlich durcheinander, ohne Rücksicht auf Funksperren. Hundt war verletzt, und Gernot versuchte, die Sache vom Revier aus zu koordinieren.

Ich klemmte mir das Handy zwischen die Beine und hielt mich fest. Neben mir grinste Rokko glücklich.

»Waschtag!«, brüllte er durch das Röhren des Motors. Er nahm seine Hand für eine halbe Sekunde vom Lenkrad, um nach rechts zu zeigen.

Wir rasten auf eine Kreuzung zu. In der dunklen Nacht sah man deutlich helle Scheinwerfer, die auf der Zubringerstraße auf uns zugerast kamen. Ein einzelnes Paar Schein-

werfer, gefolgt von jeder Menge weiterer Scheinwerfer, die jedoch ein ganzes Stück zurücklagen. Mein Blut kochte. Irgendjemand würde heute bezahlen müssen.
»Mann, die haben ein Höllentempo drauf!«, schrie Rokko. Schon schoss ein schwarzer Mercedes vor uns auf die Fahrbahn und schlingerte über den Asphalt. Für einen Augenblick dachte ich, es würde ihn von der Straße tragen, doch dann fing er sich und beschleunigte. Der Wagen hatte getönte Scheiben. Unmöglich zu erkennen, wie viele drinsaßen.
Wir folgten mit zwanzig Metern Abstand, und ich versuchte, die Kennzeichen zu erkennen, doch die Kennzeichenbeleuchtung war abgeschaltet.
»Näher ran!«
Der GT-Motor brüllte wütend, aber wir kamen nicht näher. Wenn es eine gerade Strecke gewesen wäre, hätten wir eh keine Chance gehabt. Wir blieben nur deswegen dran, weil die Landstraße kurvig war und Rokko den Heimvorteil ausspielte.
»Mann, der kann fahren!«
Er klang fast anerkennend. Wir schossen in die Kurven, doch jedes Mal, wenn wir aus der Kurve herauskamen, waren wir kein Stück näher als zuvor.
»Der Fahrer ist von hier!«, schrie er. »Guck, wie der die Kurven fährt!«
Das Handy leuchtete zwischen meinen Beinen. Ich griff danach, ohne den Haltegriff loszulassen.
»Ja!«
»Seid ihr das da vorne?«, rief Schröder.
»Ja!«
»Lasst sie fahren! Drei Kilometer weiter haben wir eine Sperre aufgebaut! Zwei Fahrzeuge stehen quer!«
»Die werden nicht halten!«
»Ihr Problem! Hundt will, dass ihr sie fahren lasst, verstanden?!«

»Verstanden!« Ich ließ das Handy sinken. »Mach langsam! Da vorne kommt eine Straßensperre!«
»Wo?«, rief Rokko, ohne die Augen von der Straße zu nehmen.
»Zweieinhalb Kilometer!«
»So weit kommt der nicht!«
Er riss am Lenkrad und brachte uns durch die nächste Kurve, ohne auch nur einen Kilometer langsamer zu werden.
»Rokko! Nur gucken, nicht anfassen!«
»Mann, siehst du es nicht?«, schrie er. »Der ist zu schnell! Gleich kommt die S-Kurve. Entweder der Typ kann fliegen, oder er ist platt! Festhalten!«
Wir schossen auf den Eingang der Kurve zu. Die Rücklichter des Mercedes leuchteten auf. Rokko gab Vollgas und krachte in das Heck des Fahrzeugs. Ich wurde nach vorne geschleudert, der Gurt schnitt in meine Brust. Rokko bremste hart ab. Vor uns schoss der Mercedes in die erste Biegung. Die Rücklichter blitzten mehrmals auf. Rokko bremste den GT runter und schlitterte in die Kurve. Ich wurde gegen die Tür gepresst und wartete darauf, dass wir uns von der Erde lösten, aber wir blieben auf den Rädern. Rokko gab wieder Gas.
Wir beschleunigten aus der Kurve heraus und sahen den Mercedes vor uns seitwärts über die Straße schlingern. Der GT machte einen Satz nach vorne und grub seine Schnauze mit einem lauten Knirschen in die Seite des schwarzen Wagens. Das Fahrzeug rutschte über die Straßenbegrenzung und verschwand zwischen den Bäumen wie ein schwarzer Torpedo. Rokko stieg auf die Bremse. Die Scheinwerfer flatterten wild durch die Nacht, als wir mit heulenden Reifen an der Stelle vorbeischlitterten. Kaum stand der Wagen, rammte er den Rückwärtsgang rein, drehte sich im Sitz und gab Gas.
Als wir zu der Stelle zurückkamen, wo der Wagen über die Böschung geflogen war, sahen wir eine Schneise im Gebüsch. Sie führte direkt auf zwei Bäume zu, aber vom Mer-

cedes war nichts zu sehen. Er musste genau zwischen die Bäume hindurchgepasst haben.
»Gibt's doch nicht«, fluchte Rokko und trat das Pedal durch. Wir schossen von der Straße durch die Lücke zwischen den Bäumen. Der Unterboden und die Karosserie des GT bekamen einiges ab, aber Rokko war wie ein Bluthund auf frischer Fährte. Wir fanden den Wagen etwa fünfzig Meter weiter. Er lag auf dem Dach. Ein Scheinwerfer brannte noch. Zwei Gestalten krochen heraus. Wir schlitterten auf die beiden zu und kamen kurz vor ihnen zum Stehen. Als wir aus dem GT sprangen, kam einer der Typen taumelnd zum Stehen. Rokko trat ihm die Beine weg.
»POLIZEI!!«
Der Typ auf meiner Seite hatte Blut im Gesicht und wirkte benommen. Ich ließ mich mit den Knien auf ihn fallen und hörte, wie ihm die Luft entwich. Mit einer Hand presste ich sein Gesicht auf die Erde, mit der anderen riss ich ihm die Arme auf den Rücken. Er wehrte sich.
»POLIZEI! KEINE BEWEGUNG!«
Stöhnend erschlaffte der Typ. Während ich ihn nach Waffen abtastete, warf ich einen schnellen Blick zu Rokko rüber. Er kniete ebenfalls auf seinem Mann und hatte ihm die Hände auf den Rücken gebogen.
»Hast du was zum Fesseln?«
»Nein.« Er zog seinem Mann eine Pistole aus der Jacke. »Ja, was haben wir denn hier?« Rokko überprüfte die Waffe. »Geladen.« Er musterte den Typ unter ihm. »Bist ein richtiger Killer, was?« Er beugte sich vor und musterte das Gesicht, dann fasste er ihn an den Haaren und drehte sein Gesicht ins Scheinwerferlicht. »Kennst du den?«
Ich sah einen hageren, bärtigen Mann Mitte dreißig. Er sah aus, als hätte er schon lange nichts Gutes mehr erlebt.
»Nie gesehen.«
»Und deinen?«
Ich schüttelte den Kopf. Rokko sah sich um.

»Dann läuft hier noch einer rum. Nur ein Einheimischer kann so fahren.«
Wir saßen im Lichtkegel wie auf dem Präsentierteller, aber die Endorphine ließen mich die Sache optimistisch sehen. Ich war bereit, bei der kleinsten Bewegung aus den Blöcken zu gehen und jemandem in den Arsch zu treten.
Aber nichts bewegte sich.
Das Einzige, was zu hören war, war das Knacken des Motors neben uns und das leise Stöhnen unter uns. Sirenen kamen näher. Der Bärtige unter mir zuckte.
»Ganz ruhig ... gleich kommt ein Krankenwagen ...«
Er lag wieder still. Schon bald drangen von der Straße Geräusche zu uns. Autotüren klappten, Menschen riefen.
»Hier unten sind Rokko und Paul!«, rief ich. »Achtung, hier laufen noch welche rum!«
»Die sind bewaffnet!«, schrie Rokko.
Dann warteten wir und lauerten auf Geräusche. Mein Herz pumpte weiter Adrenalin durch meinen Körper und puschte mich auf. Ich achtete auf die Büsche und glaubte, die Bewegung jedes Blatts zu sehen. Zwei Lichtkegel kamen näher, und wenig später sahen wir Schröder und Kiel. Beide hatten sie Taschenlampen bei sich und waren in Zivil. Sah aus, als kämen sie direkt aus dem Schaukelstuhl.
»Alles klar?«
»Lampen vom Körper weg!«
Die Lampen bewegten sich seitwärts.
»Habt ihr die anderen?«
Kiel zeigte in Richtung Straße.
»Einer liegt da oben. Muss rausgeschleudert worden sein.«
»Einer von hier?«
Schröder nickte.
»Ludwig Kaikowski.«
»Lude«, sagten Rokko und ich gleichzeitig und schauten uns an.
Kiel reichte uns Fesseln. Ich schob sie über die Hände mei-

nes Gefangenen und zog die Schlinge zu. Ich warf einen Blick zu Rokko rüber, der seinem Typen ebenfalls die Armbänder anlegte. Wir waren zeitgleich fertig und standen auf.
»Wenn die sich bewegen, baller ihnen ins Bein. Wo liegt Lude?«
Kiel versuchte, cool zu bleiben, und nickte die Böschung hoch.
»Da oben.«
»Na los.«
Wir gingen mit Schröder den Weg zurück. Ich warf Rokko einen Blick zu.
»Baller ihnen ins Bein?«
Er sagte nichts, bis Schröder neben einem Baum stehen blieb, der von den Scheinwerfern des Streifenwagens hell erleuchtet wurde. Neben dem Baum lag ein Mann. Er schien überall zu bluten. Es war tatsächlich Lude. Der stille Lude, der früher in der Schule nie den Mund aufbekommen hatte. Der im Sport nichts hinbekommen hatte. Der keine Freunde gehabt hatte. Jetzt hatte er sich welche besorgt. Die falschen. Seine Nase war gebrochen, und er blutete aus dem Mund. Sein rechtes Bein war unnatürlich abgewinkelt, er umklammerte seinen Brustkorb mit beiden Händen. Sein Gesicht sah im Scheinwerferlicht trotz des Blutes bleich und schmerzverzerrt aus. Ich erinnerte mich, wie er mir einmal geholfen hatte, Frösche zu fangen. Die Erinnerung ließ den Blutrausch zerplatzen wie einen nassen Ballon.
»Hast du ihn auf Waffen untersucht?«, fragte Rokko.
»Äh ... wieso denn?«, fragte Schröder.
»Wieso denn?«, äffte Rokko ihn nach. Er hockte sich hin und tastete Lude ab, der bei jeder Berührung stöhnte. »Lude, hast du den Verstand verloren? Betterman hat dir damals Nachhilfeunterricht gegeben.«
»Und die Klassenfahrt bezahlt«, sagte ich.

Rokko zerrte an ihm. Lude krümmte sich und stöhnte lauter. Ich sah ihn als Junge auf dem Schulhof stehen, meistens alleine, und legte meine Hand auf Rokkos Schulter.
»Komm wieder runter.«
»Die haben angefangen!« Er zerrte heftig. Lude stöhnte. Ich wollte gerade einschreiten, als Rokkos Hand mit einer Walther PP hervorkam. Er warf Schröder einen wilden Blick zu, sah Lude wieder an, im Licht der Scheinwerfer funkelten seine Augen. »Wen wolltest du denn abknallen? Mich? Oder noch ein paar Rentner?«
Lude machte den Ansatz zu sprechen, aber als er Luft holte, verzerrte sich sein Gesicht, und er sackte wieder zusammen. Sah nach Rippenbrüchen aus. Rokko deutete zu der Stelle hoch, an der die anderen lagen.
»Und was sind das da für Wichser? Kriegt man solche Freunde in der Stadt? Hast du deinen Verstand verloren, du Penner? Am liebsten würde ich dir die Kniescheibe wegpusten, aber du hast ja nur noch eine.«
»Mensch, Rokko«, sagte Schröder und sah sich nervös um.
»Mach nur so weiter«, sagte ich. »Kommt bestimmt gut vor Gericht.«
Ein wildes Licht loderte in seinen Augen.
»Dieses Arschloch kriegt drei Jahre und davon zwei auf Bewährung. Er ist schneller wieder aus dem Knast als Bettermann aus der Reha.«
»Wenn du so weitermachst, kommt er noch schneller raus, und du gehst dafür mit rein.«
Ich deutete zur Straße hoch, wo ein Ü-Wagen des regionalen Fernsehsenders auftauchte. Die mussten Polizeifunk gehört haben. Die Türen des Ü-Wagens öffneten sich, und eine attraktive Moderatorin platzte heraus, dicht gefolgt von einem Kamerateam. Gleich dahinter kam der Streifenwagen der Malik-Brüder angeschlittert. Ich legte meine Hand auf Rokkos Schulter.
»Komm schon, wir haben die Schweine.«

Rokko senkte den Blick und sah Lude an.
»Davon werden die Bettermanns nicht wieder gesund.«
»Davon auch nicht.«
Schröder stellte sich zwischen uns und das Kamerateam und warf Rokko nervöse Blicke zu.
»Komm schon, Rokko, echt...«
Rokko starrte Lude an.
»Diese Arschlöcher kommen immer zu leicht davon...«
»Anita ist schwanger.«
Er brauchte einen Moment, bevor er seinen Kopf hob und zu mir hochsah.
»Was?«
»Du wirst Vater, du Depp.«
Er blinzelte ein paarmal.
»Scheiße, woher willst du das wissen?«
»Sie hat es mir gesagt.«
Er runzelte die Stirn und sah mich ein paar Sekunden lang regungslos an. Dann stand er auf.
»Und, wieso zum Teufel erfahr ich das von dir?«
Eine Frage, die Anita mir vermutlich auch stellen würde.
»Sie hat Angst, es dir zu sagen«, improvisierte ich. »Sie glaubt, du willst das Kind vielleicht nicht. Hast ja oft genug gesagt, dass du noch nicht so weit bist.«
Er starrte mich an.
»Willst du mich verarschen?«
»Nein. Gratuliere. Du wirst Vater. Und wenn du jetzt Lude am Leben lässt, kannst du sogar bei der Geburt deines Sohnes dabei sein.«
»Tochter«, sagte er automatisch.
Er warf einen Blick zu Lude runter, dann sah er zum Kamerateam rüber, das ungeschickt hinter der Moderatorin durch die Büsche auf uns zugestolpert kam. Als er mich wieder ansah, war das irre Flackern aus seinem Blick verschwunden. Er grinste. »Du wirst Patenonkel.«
»Danke.«

Wir umarmten uns. Neben uns atmete Schröder erleichtert auf und gratulierte. Wenig später gab Rokko der attraktiven Moderatorin einen von Dorfcharme sprudelnden Lagebericht. Er sprach davon, dass gesunde Dorfmenschen in die Stadt gingen und dort zu Mutanten mutierten. Immer mehr Kollegen tauchten auf. Gernot musste einen Rundruf gestartet haben, die gesamte Schaukelstuhl-Besatzung stand mittlerweile herum und schaute grimmig. Sogar Gunnar hatte sich herbewegt. Ein großer Abend für uns alle. Die Neue war auch eingetroffen, aber nicht mal sie versuchte, den Tatort abzusperren. Es latschten so viele Leute herum, als sei Kirmes.
Immer mehr Reporter trafen ein und zwei weitere TV-Teams von Regionalsendern. Alle standen Schlange, um ein Interview von Rokko und mir zu bekommen. Wir fertigten einen nach dem anderen ab. Rokko war groß in Form. Er stellte die Priorität der Resozialisierung gegen die der Prävention infrage. Täter bekämen eine Therapie, was aber bekamen die Opfer? Krankenhausaufenthalte und lebenslange Angstphobien. Für Straftaten unter Drogeneinfluss gab es Strafnachlass, war das nicht eine Diskriminierung der Bürger, die nüchtern blieben? Rokko rief dazu auf, der Opfer zu gedenken, und zwar nicht nur der des Krieges, sondern auch der vielen alltäglichen Opfer krimineller Taten. Dass er bei seiner ausgedehnten Moralpredigt die Pistole noch in der Hand hielt, gab dem Ganzen den letzten Schwung Lokalkolorit.

Eine Stunde später war alles vorbei. Der Mercedes war abgeschleppt, die TV-Teams folgten den Tätern auf dem Weg ins Krankenhaus, und die Lokalreporter waren bereits in ihre Redaktionen zurückgekehrt, um ihre Textbeiträge zu bearbeiten. Die meisten Kollegen waren in den Schaukelstuhl zurückgefahren, um den Sieg zu begießen, die Nachtschicht hatte mit der Spurensicherung alle Hände voll zu

tun. Die Stadtreinigung begann, die Straße zu säubern, und soeben lud ein Abschleppwagen den GT auf die Rampe. Rokko stand etwas abseits und telefonierte mit Anita. Er grinste von einem Ohr zum anderen.
Vor dreißig Minuten hatte ich Schröder dabei erwischt, wie er sich das Kennzeichen des Fluchtwagens unter sein Hemd geschoben hatte, und seitdem hatte ich versucht, den Unfallort zumindest so weit abzusichern, dass keine Souvenirs geklaut wurden. Die Wirkung des Adrenalins ließ langsam nach.
Als ich Rokko telefonieren sah, dachte ich an Mor. Sie machte sich bestimmt schon Sorgen. Ich klopfte gerade meine Taschen nach meinem Handy ab, als Hundt eintraf. Sein rechter Arm hing in einer Schlinge, um den Kopf hatte er einen Verband, aus dem seine Haare wirr hervorstanden. Sein Anzug war schmutzig und zerrissen. Ein Sanitäter lief fluchend neben ihm her. Hundt ignorierte ihn, ging grußlos an allen vorbei, sah die Böschung hinunter und warf dann einen Blick auf den letzten Ü-Wagen, der sich soeben auf den Weg gemacht hatte. Seine Schultern schienen sich zu straffen, als er auf uns zukam. Rokko verabschiedete sich von Anita. Hundt blieb vor uns stehen, seine grauen, leblosen Augen musterten mich.
»Versteht ihr einen einfachen Befehl nicht?«
»Wir haben sie auf die Straßensperre zugetrieben, aber dann sind sie von der Straße abgekommen.«
»Danach brauchten wir sie nur noch aufzusammeln«, mischte Rokko mit.
Hundt schaute zum GT, an dem die Spuren des Zusammenstoßes nicht zu übersehen waren. Sein starrer Haifischblick kehrte zurück.
»Wir sprechen uns noch.« Er sah die Neue an. »Mitkommen.«
Er drehte sich um und ging die Böschung hinunter zur Schneise. Die Neue folgte ihm kopfschüttelnd. Wir schau-

ten ihnen nach, und ich suchte meine Taschen weiter nach meinem Handy ab.
»Tut mir leid um den Wagen.«
»Jetzt kann ich ihn immer als den Wagen in Erinnerung behalten, der die Bande zur Strecke gebracht hat.« Er kniepte mir zu. »Ich muss mir eh einen neuen kaufen, wenn die Kleine kommt.« Er hob die Arme zum Himmel. »O Mann! Papa Rokko hat die Schweine erwischt!« Er holte tief Luft und grinste von einem Ohr zum anderen. »Hätt ich doch bloß 'ne Zigarre …«
Meine Taschen waren leer.
»Scheiße, ich hab mein Handy verloren.«
Er grinste.
»Na dann, viel Spaß beim Suchen.«
Ich schaute in Richtung Waldschneise und zu den Büschen dahinter. Die Nadel im Heuhaufen wäre einfacher zu finden gewesen.
»Gib mir mal deins«, begann ich und verstummte, als der Abschleppwagen den Motor startete. »He, warte!«, rief ich und lief los.
Ich krabbelte auf die Ladefläche und in den GT. Ich fand mein Handy unter dem Beifahrersitz, sprang zurück auf die Straße und winkte dem Fahrer, dass er losfahren konnte. Im selben Augenblick leuchtete das Display. Die Zentrale.
»Hansen. Paul Hansen.«
»Äh … ja, hallo, Paul, hörst du mich? Hallo??«
Gernot, immer noch im roten Bereich.
»Ist noch einer entwischt? Sag nur, wo. Wir kriegen sie alle.«
»Paul! Dein Haus brennt.«
»Blödmann.«
»Im Ernst. Dein Haus brennt. Tut mir leid.«
»Mein …« Ich richtete mich auf. »Machst du Witze?«
»Die Feuerwehr ist unterwegs. Ich dachte, du …«
Ich ließ das Handy sinken und drehte mich um. Ich sah

etwas am Horizont. Ich sprang auf die Motorhaube des nächststehenden Streifenwagens und schaute in die Richtung, in der unser Haus lag. Da war unübersehbar ein Feuerschein am Himmel. Ich sprang von der Haube.

»ROKKO!«

Als er mich grinsend anschaute, fiel mir ein, dass der GT gerade auf dem Abschleppwagen die Straße runterrollte. Sein Grinsen erlosch, als ich die Fahrertür eines Streifenwagens aufriss und hinters Steuer rutschte. Der Schlüssel steckte nicht. Ich sprang wieder raus.

»Schlüssel!«

Rokko kam schnell näher.

»Was!«

»Mein Haus brennt, verflucht noch mal! Den Schlüssel!«

Einer der Malik-Brüder warf mir seinen Schlüssel zu. Ich warf ihn weiter zu Rokko, rannte um den Wagen und sprang auf den Beifahrersitz. Rokko rutschte auf den Fahrersitz.

»Dein Haus?«

»Ja, verdammt, fahr!«

Er startete, rammte den ersten Gang rein und gab Gas. Der Wagen machte einen Satz nach vorne. Wir flogen fast von der Straße. Ich sah, dass ich acht Anrufe in Abwesenheit hatte. Alle von Mor. Mein Gesicht wurde kalt.

Ich rief Mor an. Sie ging nicht ran. Ich rief zur Sicherheit die Feuerwehr. Die war unterwegs. Rokko drückte das Pedal durch. Wir flogen über die Landstraße. Ich rief wieder Mor an. Nichts.

Je näher wir kamen, desto mehr dachte ich, dass mit der Rauchwolke etwas nicht stimmte. Als wir um die letzte Kurve geschossen kamen, sahen wir es. Das Haus brannte, ja, und zwar lichterloh. Aber es war nicht unser Haus, sondern Neles. Die Villa flackerte hell. Flammen schlugen aus dem Dach, eine große schwarze Wolke türmte sich darüber auf und ging nahtlos in die Nacht über.

Rokko riss am Lenkrad. Der Streifenwagen bockte um die Kurve, schoss den Hügel hoch, und schon schlitterten wir auf das Grundstück. Fast hätten wir Mor umgefahren, die im Rollstuhl saß und mit aufgerissenen Augen auf das Haus zeigte. Sie rief irgendetwas. Rokko ging in die Bremsen. Ich sprang aus dem schlitternden Wagen.
»Was ist?«
Sie gestikulierte wild zur Villa.
»Nele!«
Sie rief noch etwas, doch ich rannte bereits durch die Haustür. Die Hitze nahm mir den Atem, alles war voller Rauch. Hinter mir rief jemand meinen Namen. Ich rannte durch den Flur ins Wohnzimmer.
Und da saß sie.
Inmitten der Flammen saß sie regungslos da und schaute sich eine brennende Wand an, wie ein Museumsbesucher ein Gemälde. Sie trug nichts als eine kurze Hose, ein T-Shirt und ihre Laufschuhe. Sie schien direkt aus dem Bett gesprungen zu sein. Die Schnürsenkel waren nicht zugebunden. Einer davon hatte Feuer gefangen.
»Nele! Komm! Wir müssen raus!«
Als ich ihren Arm berührte, wirbelte sie herum. Ein Schatten schoss auf mich zu. Ich blockte den Schlag. Sie warf sich gegen meine Beine. Ich verlor das Gleichgewicht und zog sie mit mir. Als ich auf dem Boden landete, fiel sie auf mich, etwas knackte in meinem Arm.
»GEH WEG!«, schrie sie und schlug nach meinem Gesicht. Ich wehrte ihre Schläge ab und rollte mich auf sie.
»Hör auf! Ich bin's! Paul!«
»LASS ... MICH ... LOS!«, ächzte sie und schlug weiter. Ihre Augen brannten. »GEH ... WEG!«
Irgendwo im Haus krachte etwas.
»Nele!«, rief ich. »Wir müssen ...«
Sie fletschte die Zähne und versuchte, mir ihre Stirn ins Gesicht zu stoßen. Ich schlug ihre Arme zur Seite und er-

wischte sie dabei am Kinn. Ihre Zähne klackerten gegeneinander. Ihr Hinterkopf schlug hart auf den Boden. Sie verdrehte die Augen und wurde schlaff.
Ich rollte mich auf die Knie, aber als ich mit ihr aufstehen wollte, pendelte mein Arm schlapp herunter. Mir wurde schlecht. Meine Augen tränten. Die Hitze nahm mir den Atem. Ich packte Neles Hand und schleppte sie in Richtung Flur. Wieder stürzte irgendwo etwas ein. Funken flogen. Ein Hitzeschwall kam mir entgegen. Da kam Rokko hereingelaufen.
»Was!«
»Nele!«
Er riss sich Nele auf die Arme und lief vor mir her. Ich presste meinen linken Arm mit dem rechten an meinen Körper und folgte ihm nach draußen. Nach der Hitze im Haus war die Nachtluft wie Creme auf der Haut.
Rokko trug Nele ein Stück vom Haus weg und legte sie neben der Gartenmauer auf die Erde. Ich ließ mich daneben auf die Knie fallen. Neles Gesicht war voller Ruß. Ihre Haare waren angekokelt, ihre Laufschuhe schwelten. Ein dünnes Blutrinnsal tropfte aus ihrem Mund auf das Shirt. Ich zog ihr Shirt hoch und rollte sie herum, um sie auf Wunden zu untersuchen. Die einzige Wunde, die ich fand, hatte ich ihr selbst zugefügt. Ich riss an ihren Schuhen.
Mor kam herangefahren und ließ sich aus dem Rollstuhl gleiten.
»O nein ...«, flüsterte sie atemlos.
Ich warf ihr einen schnellen Blick zu.
»Was zum Teufel ist passiert??«
»Ich weiß es nicht. Ich habe sie nicht gehen hören. Auf einmal sah ich den Feuerschein. Ich hab dich angerufen und bin losgefahren.«
Ich riss Nele die schwelenden Schuhe und Socken herunter. Ihre Füße schienen in Ordnung zu sein. Sie konnte nicht lange im Haus gewesen sein. Ich atmete auf.

»Nele, Süße, dir ist nichts passiert, alles wird gut.«
Ich kam endlich auf den Gedanken, sie in die Seitenlage zu rollen. Als ich ihr Gesicht untersuchte, schlug sie die Augen auf. Ihr Blick war verschwommen und orientierungslos.
Mor legte ihre Hand auf Neles Wange und streichelte sie.
»Keine Angst, Engelchen, Mor, Paul und Rokko sind bei dir. Es ist alles gut. Wir passen auf dich auf.«
»Nicht wehtun«, sagte Nele. Ihre Stimme klang hell, wie die eines Kindes.
Mor starrte Nele mit offenem Mund an. Rokko sah sich um.
»Nicht Mama wehtun ...«, sagte Nele.
Sie sah uns bittend an. Tränen liefen ihr über die Wangen. Sie rollte sich zusammen und lutschte am Daumen. Ich roch den stechenden Geruch von Urin. Eis breitete sich in mir aus.
Mor warf mir einen verwirrten Blick zu und legte dann ihre Hände schützend auf Neles Bauch.
»Engelchen, niemand tut dir oder deiner Mama weh. Hier sind nur Mor und Paul und Rokko. Wir passen auf dich auf. Hier kann dir niemand wehtun.«
Martinshörner kamen näher. Fahrzeuge kamen den Hügel hoch. Ich nahm Neles Hand.
»Süße, ich bin's, Paul«, ich drückte ihre Hand. »Keine Angst, alles wird gut.«
Ein Streifenwagen schlitterte aufs Grundstück. Plötzlich fiel mir ein, was nicht stimmte. Ich sah mich um.
»Wo ist November?«
Mor sah mich an. Im selben Moment krachte das Dach der Villa in sich zusammen, und eine riesige Stichflamme schoss in den Nachthimmel. Wir duckten uns und starrten ins Feuer.
Als der Rettungswagen kam, hob ich die Hand. Der Wagen hielt neben uns, zwei Sanitäter sprangen heraus. Sie beugten sich über Nele. Ich beantwortete ihre Fragen und

behielt Mor im Auge, die entsetzt zum Haus schaute. Tränen liefen über ihre Wangen, während sie sich eine Hand vor den Mund hielt. Die Sanitäter holten die Trage aus dem Wagen. Ein Notarzt traf ein. Ich senkte meinen Kopf und brachte meinen Mund an Neles Ohr.
»Halt durch, Baby, halt durch.«

Der Rettungswagen raste durch die Nacht. Ich hielt Neles Hand und fragte mich, welcher Wochentag war. Ich sah aus dem Seitenfenster in den Himmel und versuchte, die Milchstraße zu erkennen. Ich suchte mein Handy, um eine SMS zu schreiben. Ich suchte irgendwas, das noch so war, wie es gewesen war. Etwas, an dem ich mich kurz festhalten konnte.
Nele lag angeschnallt auf der Trage. Sie schlief. Der Notarzt hatte ihr eine Beruhigungsspritze und eine Sauerstoffmaske verpasst. Ich versuchte nachzudenken, aber jeder Gedanke zerrann mir zwischen den Fingern. Ich versuchte, auf Bulle zu schalten und in Ermittlungsthesen zu versinken – Ehemann bringt Ehefrau im Streit um, Tochter sieht es und verdrängt es, um nicht den Verstand zu verlieren. Und verliert ihn. Oder teilt ihn auf. Oder.
Ich neigte mich vor und prüfte den Sitz der Sauerstoffmaske. Der Sani warf mir einen Blick zu, sagte aber nichts. In der Ausbildung hatten wir einen Kollegen, der war bei einem Einsatz in ein brennendes Haus gelaufen, weil er ein schreiendes Kind gehört hatte. Nach einer gefühlten Minute kam er mit einer Katze auf dem Arm wieder raus und erholte sich nie wieder von der Rauchvergiftung, die er in dieser Minute erlitten hatte. Die Gefahr, die von Rauch ausging, hing von vielen Faktoren ab: Gasanteil, Rußpartikel, Lufttemperatur. Aber der Notarzt meinte, Nele würde wahrscheinlich keine bleibenden Schäden zurückbehalten. Ich war mir da nicht mehr so sicher.

Nach hundert Jahren Fahrt hielt der Rettungswagen endlich. Der Sani sprang raus und öffnete die Hintertüren. Als ich heraussprang, bremste ein Streifenwagen hinter mir. Rokko schnellte aus dem Wagen. Außer ihm war niemand zu sehen.
»Wo ist Mor?«
»Kommt mit Mohammed nach.«
Wir halfen den Sanis mit der Trage. Neles Gesicht wirkte blass und schmal. Ich drückte ihr einen Kuss auf die Wange.
»Hab keine Angst, alles wird gut.«
Einer der Sanis klopfte mir auf die Schulter. Rokko lief vor. Als wir die Notaufnahme betraten, wandten sich uns an die hundert Gesichter zu: mehrere Kamerateams und Reporter, Polizisten, eines der Bandenmitglieder und genervtes Krankenhauspersonal. Ein paar Patienten waren auch darunter.
»Rechts!«, sagte Rokko.
Ich half, die Trage auf einen der Behandlungsräume zuzulenken.
»Hey!«, sagte einer der Sanis.
»Passt schon«, sagte der andere.
Hinter uns ging ein Mordsgeschrei los, und bevor wir noch die Tür erreicht hatten, befanden wir uns in einem Blitzlichtgewitter. Ein Fotograf hielt seine Kamera direkt vor Neles Gesicht. Rokko tauchte aus dem Nichts auf, der Fotograf stöhnte und verschwand von der Bildfläche. Rokko warf die Kamera auf die Trage.
Wir schossen in den Behandlungsraum, ließen die Trage los und drehten uns zur Tür. Rokko trat gegen eine Kameralinse. Ich schlug ein Mikro beiseite und legte einer schicken Frau im Kostüm eine Hand auf die Brust. Sie protestierte lauthals, als ich sie rückwärts durch die Tür schubste. Rokko schlug die Tür zu und baute sich davor auf.
»Mann!«, sagte er.
Einer der Sanis nickte mir zu.

»Gleich kommt ein Arzt.«
»Danke, Jungs.«
Die Sanis verschwanden durch eine Nebentür, und wenig später betrat eine Ärztin den Raum durch dieselbe Tür. Sie hatte tiefe Furchen im Gesicht und ein Klemmbrett in der Hand. Als sie uns sah, lächelte sie. Doktor Weinheim. Wir waren mit ihrem Sohn zur Schule gegangen.
»Rokko, Paul, wusste gar nicht, dass ihr wieder im Außendienst seid.« Sie sah Nele an. »Ist das die Rauchvergiftung?«
»Nein«, sagte ich heiser, »das ist meine Frau.«
Sie hob die Hand, trat an die Trage und besah sich Nele.
»Wieso ist sie bewusstlos?«
»Sie hatte so etwas wie einen epileptischen Anfall. Vielleicht ausgelöst durch einen Tumor. Kann man sofort ein CT machen?«
»Epilepsie?«, fragte sie. »Ist das diagnostiziert?«
»Nein.«
Doktor Weinheim musterte mich.
»Und das bedeutet …?«
»Dass wir auf Nummer sicher gehen.«
Während Doktor Weinheim Nele untersuchte, erzählte ich ihr von Neles Aussetzern. Die Aggressionen ließ ich dabei außen vor. Die ganze Zeit spürte ich Rokkos Blick, aber er sagte nichts.
Es kam ein weiterer Arzt dazu und warf einen Blick auf meinen Arm. Er tat weh. Aber noch mehr schmerzte die Erkenntnis, dass alles außer Rand und Band geraten war. Es schien keine Regeln mehr zu geben. Die Grenzen hatten sich verschoben, und ich wusste nicht, wohin.

eins

Es roch antiseptisch und nach verbrannten Haaren. Die Wanduhr zeigte sieben Uhr morgens. An einem normalen Tag hätte Rokko mich jetzt zur Arbeit abgeholt, stattdessen saß ich auf einem Stuhl und hörte zu, wie ein Krankenhaus erwachte. Draußen im Gang quietschten Turnschuhe. Im Zimmer hörte man das leise Summen der elektronischen Geräte. Im Bett schlief mein Mädchen. Hinter dem Bett kam ein Schlauch aus der Wand, der in ihrer Nase verschwand. Um ihre Brandwunden zu versorgen, hatten die Schwestern an einigen Stellen ihren Schädel rasiert. An diesen Stellen klebten jetzt Pflaster. Nele sah mitgenommen aus, aber Doktor Weinheim meinte, sie hätte Glück gehabt. Sie hatte eine leichte Gehirnerschütterung, aber es gab keine Anzeichen einer Rauchvergiftung, und vor allem: keine Spur eines Gehirntumors. Doktor Weinheim hatte sie in die Röhre geschoben und uns zumindest diesbezüglich Gewissheit gegeben. Das Einzige, was ich sonst noch mit Sicherheit wusste, war, dass sie schlief. Regungslos mit halb offenem Mund. Ihre Brust hob und senkte sich regelmäßig. Aus schulmedizinischer Sicht war sie gesund. Die Ärzte wollten sie dennoch zur Beobachtung dabehalten und einen Lungenfunktionstest machen. Die Krankenschwester auf der Station hatte mir geraten, nach Hause zu fahren, da Nele nicht vor morgen früh aufwachen würde. Aber das hatte ich schon mal gedacht.

Ich prüfte den Sitz ihres Fingerclips, mit dem die Sauer-

stoffanteile in ihrem Blut gemessen wurden. Der Clip saß gut. Gestern Abend hatte Mor sich von Mohammed herfahren lassen. Die Information, dass Neles Mutter umgebracht worden war, hatte sie schwer getroffen. Sie war mit Hans über zwanzig Jahre befreundet gewesen. Irgendwann hatte ich sie gebeten, nach Hause zu fahren und sich auszuschlafen. Vor einer halben Stunde hatte sie mir eine SMS geschickt, dass sie gleich vorbeikommen wolle.
Ich kontrollierte den Clip noch mal. Er saß noch immer gut. Mein Kopf war immer noch leer. Es war, als hätte mein Hirn die Gesamtleistung runtergefahren, um den Reaktor vor einer Kernschmelze zu schützen. Aber es gab auch gute Nachrichten. November lebte. Als Nele losgezogen war, um die Villa anzustecken, hatte sie ihn im Zimmer eingesperrt. Ein Hoffnungszeichen. Immerhin bedeutete das, dass sie sogar, wenn sie durchdrehte, noch wusste, dass November ein Freund war. Anders als bei mir.
Vor meinen Augen ratterten die Jahre vorbei und beleuchteten jede Erinnerung aus einer neuen Perspektive. Ich sah die Bilder, wie Nele am Grab ihrer Mutter stand. Das Begräbnis war das größte Medienereignis, das das Dorf je erlebt hatte. Dutzende Fernsehteams, bekannte Schauspieler und Fernsehstars waren vor unserem kleinen Friedhof vorgefahren, um einer Frau die letzte Ehre zu erweisen, die das Glück hatte, mit einem großartigen Künstler und liebevollen Familienvater verheiratet zu sein, wie der Pastor salbungsvoll betonte. Sogar der Kultusminister schrieb einen Brief. Es gab Artikel und Reportagen in den Boulevardblättern, im Fernsehen, und alle hatten sie dieselbe Aussage: der arme Witwer und das tapfere Kind. Ich erinnerte mich, wie er bei seinem ersten öffentlichen Auftritt nach der Beerdigung stehende Ovationen erhielt, als er mit Nele an der Hand bei einer Preisverleihung die Bühne betrat. Mor und ich hatten dieses Ereignis damals live im Fernsehen verfolgt. Wenn ich daran dachte, bekam ich Kopfschmerzen.

Die Zimmertür öffnete sich einen Spalt. Mor steckte den Kopf herein. Sie sah mich an und zog den Kopf wieder raus. Ich stand auf. An der Tür drehte ich mich noch mal um. Ich ertappte mich dabei, das Zimmer nach scharfen Gegenständen abzusuchen. Die Sache war aus dem Ruder gelaufen.

Der lange Flur war fast leer. Mor ließ sich mühsam auf einen der harten Plastikstühle sinken. Neben ihrem Bein stand eine volle Plastiktüte auf dem Fußboden. Sie fasste die Prothese mit beiden Händen, um das Kniegelenk auszurichten, und klopfte dann auf den Stuhl zu ihrer Rechten. Irgendwo plärrte leise ein Radio, irgendwo lästerten zwei Schwestern über einen Patienten. An der gegenüberliegenden Wand war ein Fleck. Jemand hatte eine Mücke erledigt.

»Wie geht es ihr?«

»Schläft immer noch. Beruhigungsmittel.« Ich setzte mich und stieß meinen Fuß gegen die Tüte. »Was ist da drin?«

»Ich hab ihr ein paar Sachen mitgebracht«, sagte Mor und schüttelte ihren Kopf. »Gibt es wirklich keinen Zweifel? Ich kann es einfach nicht glauben, dass Hans ...«

»Ich will nicht über ihn reden.«

Mor bedachte mich mit einem Blick, den ich noch nie an ihr gesehen hatte. Sie presste ihre Hände aneinander, und ihre Augen wurden feucht.

»Es ist nicht, dass ich ihn schützen will. Es ist nur, als würde mein Gedächtnis nicht stimmen, als müsste ich alles neu überdenken. Ich meine, wir ... wir haben so viel über Charlottes Tod gesprochen, er hat manchmal geweint und ... Er kann mir das doch nicht alles nur vorgespielt haben.« Sie sah zu Boden. »Sein Schmerz muss doch echt gewesen sein.«

Ich widerstand dem Drang, sie anzuschreien. Sie konnte nichts dafür. Sie kannte keine Täter. Sie wusste nicht, wie oft sie sich bemitleideten. Manche handelten im Affekt, andere auf Droge, keiner hatte es je gewollt, und schuld waren immer die anderen. Die Ehefrau, die eine eigene Meinung hatte, das Kind, das nicht aufhörte zu weinen, der fremde

Typ, der in einer lauten Kneipe *Was?* gefragt hatte, sie alle hatten es nicht anders gewollt.
Mor atmete schwer. In dem hellen Licht sah sie aus, als wäre sie um zehn Jahre gealtert. Ich legte meinen Arm um ihre Schultern.
»Hast du überhaupt geschlafen?«
»Nicht viel.« Sie lächelte kläglich. »Bei uns ist die Hölle los. Die ganzen Reporter fragen nach dir und Nele. Sie haben sogar meinen Rollstuhl gefilmt, und …«, sie holte tief Luft, »… wenn ich die Augen schließe, sehe ich Charlotte vor mir.«
Sie begann stoßweise zu atmen. Ich drückte sie an mich.
Eine Schwester kam den Gang hinunter. Ich behielt sie im Auge. Vor ein paar Stunden hatte jemand einer Krankenschwester eine Kamera in die Hand gedrückt und ihr fünf Hunderter für ein Foto von uns geboten. Seitdem hatten wir ein Zimmer am Ende des Flures, so musste man nur eine Richtung verteidigen, falls die Presse eine neue Offensive startete. Es konnte eigentlich nur eine Zeitfrage sein, denn wie ich hörte, hatten Rokko und ich mittlerweile bundesweite Berühmtheit erlangt. TV-Teams und Reporter hatten Sturm geklingelt, bis ich mein Handy ausgestellt hatte. Meine großen fünfzehn Minuten liefen da draußen ohne mich ab.
Bevor die Schwester in eines der Zimmer abbog, warf sie uns einen neugierigen Blick zu. Ich sah sie böse an.
»Glaubst du, er hat sie wirklich umgebracht? Gibt es keinen Zweifel? Ich meine, in all den Jahren habe ich kein einziges Mal mitbekommen, dass die beiden Streit hatten. Kann es kein Unfall gewesen sein?«
Ich erzählte ihr, was es an Indizien gab. Es konnte ein Unfall gewesen sein, aber dagegen sprach Hans' Verhalten und der Notruf. Niemand vertuschte grundlos einen Unfall, niemand rief den Notruf und fiel wenig später eine Treppe runter. Die Frage war eigentlich nur, ob es Mord oder Tot-

schlag gewesen war.
»Und was glaubst du?«
»Scheiße, was weiß ich? Bei den Indizien wäre er vor Gericht vielleicht wegen Mordes verurteilt worden, ist doch völlig egal, was mit Hans ist, er ist tot. Aber Nele liegt da drin und ...«
Meine Stimme erstickte. Ich atmete durch und sah an die Decke. Mor nahm meine Hand.
»Fahr nach Hause, dusch und schlaf ein paar Stunden. Ich bleibe so lange hier.«
Ich schüttelte den Kopf.
»Ich geh nicht weg. Immer, wenn ich weggehe, passiert's. Ist dir das nicht aufgefallen? Immer, wenn ich sie alleine lasse, passiert's.«
»Du kannst nicht die ganze Zeit auf sie aufpassen.«
»Warum nicht?«
»Ach, Paul ...« Sie sah mich so zärtlich an, dass mir Tränen in die Augen schossen. »Wir wussten es nicht.«
Ich nickte, aber ich sah die Wahrheit in ihren Augen: Mit fünf hatte man meinem Mädchen den Glauben an ihre Wahrnehmung genommen, und wir hätten es merken müssen. Irgendwann hätten wir es merken müssen. Wir hatten nicht hingeschaut.
Ich stand auf, warf einen Blick in Neles Zimmer und setzte mich. Mor nahm meine Hand. Die Schwester lief wieder den Gang entlang und beäugte uns, bevor sie in einem der Zimmer verschwand. Irgendwo erklang das typische Geräusch von Fahrstuhltüren. Eine Frau kam in den Gang gebogen und nahm Kurs auf uns. Sie trug eine getönte Brille und bequeme Kleidung. In dieser Richtung gab es nur das Ende des Flurs. Oder uns.
»Zu wem wollen Sie?«, rief ich ihr entgegen.
Die Frau antwortete nicht, sondern kam weiter auf uns zu. Ihre Kleidung war weit genug, um eine Kamera zu verstecken. Etwas flimmerte vor meinen Augen.

Ich stand auf.
»Paul!«, mahnte Mor. »Sie sieht uns nicht.«
Ich sah genauer hin. Hinter den dunklen Gläsern ihrer Brille konnte ich jetzt ihre Augen erkennen, die ins Leere starrten. Sie legte ihren Kopf schief und sah in meine Richtung.
»Station A 30?«
»Da müssen Sie eine Etage höher«, sagte Mor. »Sie sind eine Etage zu früh ausgestiegen.«
Ich nahm den Arm der Frau.
»Ich helfe Ihnen.«
»Danke, das ist nett.«
Ich drehte sie behutsam um, wir nahmen Fahrt auf und steuerten den Fahrstuhl an. Sie stieg ein und bedankte sich noch mal. Die Türen schlossen sich, und ich verspürte Scham. So schnell ging das also. Man hatte einen schlechten Tag, und schon musste der Erstbeste dran glauben.
Als ich mich umdrehte, war der Flur leer und Mor verschwunden. Ich fand sie in Neles Zimmer. Sie saß auf dem Stuhl neben dem Bett und gab mir ein Zeichen, draußen zu bleiben, also setzte ich mich wieder in den Gang. Die Mücke hing immer noch an der Wand. Eine Zeit verging, dann nahm ich energische Schritte wahr. Ich hob den Kopf. Anita und Rokko kamen den Gang entlang. Als sie mich sahen, lächelte Anita und umarmte mich.
»Wie geht es ihr?«
»Sie schläft noch«, sagte ich und sah zu Rokko, der den Gang im Auge behielt.
»Was ist?«
»Die Schwester am Eingang hat mich mit ihrem gottverdammten Handy geknipst!«
Rokko. Ein Tag berühmt und schon genervt.
Anita ließ mich los.
»Ich schau mal zu ihr rein.«
»Mor ist schon drin.«
»Gut.«

Sie drückte mir einen Kuss auf die Wange und verschwand ins Zimmer. Ich ließ mich wieder auf den Stuhl sinken. Rokko setzte sich daneben.

»Wie ist der Plan?«

»Welcher Plan?«

»Wir müssen doch irgendetwas tun.«

»Und was?«

»Keine Ahnung.«

»Dann nerv nicht.«

Ich starrte auf die Wand. Die Mücke tröstete mich. Es gab Schlimmeres, als blöd zu sein. Man konnte blöd und tot sein.

Rokkos Gesicht schob sich vor meins.

»Dicker, vom Rumhängen wird die Sache nicht besser.«

Ich schloss die Augen. Er ließ sich davon nicht beeindrucken.

»Sollen wir Telly noch mal fragen? Vielleicht hat er uns noch nicht alles gesagt.«

Ich öffnete meine Augen wieder und sah in seinen nichts als Tatendrang. Ich wusste, ich könnte ihm alles abverlangen. Rokko. Mein Freund. Seit meiner Jugend. Er würde alles für mich tun. Wenn ich bloß wüsste, was.

»Rokko, die Sache ist gelaufen.«

Er sah mich düster an. Die Geschichte passte ihm nicht. Willkommen im Club.

Irgendwann kam Anita aus dem Zimmer. Sie küsste mich, versprach mir, dass alles gut werden würde, und zog mit Rokko ab, der immer noch davon überzeugt war, dass man irgendetwas tun müsste. Mor ging wenig später. Vorher versprach sie mir, später mit Essen vorbeizukommen, dann ließ sie sich von Mohammed nach Hause fahren. Ich ging ins Zimmer und setzte mich neben das Mädchen, das ich liebte.

Am Nachmittag schneiten ein paar Ärzte herein, die aussahen, als kämen sie direkt von der Uni. Sie schauten sich Nele an, sagten gut, gut und hmhm und standen ein bisschen herum, bevor sie weiterzogen wie ein ferngesteuerter Nomadenstamm. Kaum waren sie weg, klopfte es an der Tür. Ich erwartete, Mor zu sehen, aber stattdessen steckte Nissen den Kopf zur Tür herein. Ich hielt einen Finger vor meine Lippen und deutete auf den Flur. Er zog sich zurück. Ich warf einen Blick auf Nele, ging raus und zog die Tür leise hinter mir zu. Nissen saß auf einem der Stühle und atmete schwer. Zwei Patienten standen im Flur und unterhielten sich, eine Krankenschwester, die ich bisher noch nicht gesehen hatte, kam auf uns zu. Bevor sie ins gegenüberliegende Zimmer verschwand, lächelte sie mich an. Starrummel.
Ich setzte mich neben Nissen.
»Deine Mutter hat mich angerufen und mir erzählt, was passiert ist. Wie geht es ihr?«
Ich starrte ihm in die Augen.
»Sie wussten es. Sie wussten die ganze Zeit, dass Nele dabei war, als ihre Mutter starb. Deswegen das Gequatsche von Neles Kindheit. Deswegen wollten Sie sie gleich in die Klinik stecken.«
Er nickte zerknirscht und hob entschuldigend die Schultern.
»Tut mir wirklich leid. Ich dachte, Hans wollte sie schützen. Deswegen hatte ich ihm versprochen, es für mich zu behalten.«
»Ja, klar sollten Sie das für sich behalten, und raten Sie mal, wieso! Der Arsch wollte nicht, dass Nele mit jemandem redet, weil sonst herausgekommen wäre, dass er ein verfluchter Mörder ist. Er wollte sich bloß selbst schützen! Hat ja auch prima geklappt. Alle halten die Fresse, und er kann unbehelligt weiterleben, meine Güte!«
Nissen nahm seine Brille ab, kniff die Augen zusammen und rieb sich die Nasenwurzel.

»Gibt es keinen Zweifel daran, dass er Charlotte getötet hat? Es fällt mir schwer zu glauben, dass er zu so etwas fähig gewesen sein soll.«
Ich starrte ihn wütend an.
»Wenn Sie hergekommen sind, um über dieses Arschloch zu reden, gehen Sie wieder!«
Er schaute mir ein paar Sekunden regungslos in die Augen. Dann setzte er die Brille wieder auf und nickte.
»Entschuldige. Also, wie geht es ihr?«
Ich sagte ihm, was ich wusste. Während er zuhörte, ließ er seinen Blick wie einen Scanner über mich laufen. Als ich verstummte, nickte er mir zu.
»Hast du eine Ahnung, warum sie die Villa angesteckt hat?«
»Da ist es passiert. Der Tatort.«
»Ja, aber wieso gestern Abend? Was war der Auslöser?«
»Weiß ich nicht, aber bevor ich das Haus verließ, haben wir...«
Ich fragte mich, wie ich ihm erklären konnte, was passiert war. Ein kurzes Gespräch, Sex, ein Abend mit dem Fotoalbum ihrer Kindheit. Es klang unspektakulär, aber ich wusste, dass der Moment, in dem Neles Hand regungslos auf meinem Haar liegen geblieben war, der Augenblick gewesen war, in dem sie sich an irgendwas erinnert hatte. Wäre ich geblieben, wäre sie nicht losgegangen. Oder vielleicht doch. Aber es wäre vielleicht nicht so schlimm geworden. Oder noch schlimmer. Scheiße.
Ich lehnte mich zurück. Die Mücke hing immer noch an der gegenüberliegenden Wand. Sie war definitiv tot. Endlich etwas, das ich mit Sicherheit wusste.
»Gut«, sagte Nissen. »Reden wir nicht um den heißen Brei herum. Ich hoffe, dir ist jetzt klar, dass sie Hilfe braucht.«
»Klar, ab in die Klapse.«
Er schüttelte genervt den Kopf.
»Vergiss mal kurz deine Vorurteile. Die Klinik, die ich mei-

ne, ist spezialisiert auf Traumatherapie. Die können ihr helfen.«
»Vielleicht wird es jetzt auch so besser«, sagte ich. »Vielleicht war das Feuer die Handlung, die bislang noch gefehlt hat. Vielleicht hat sie die Sache gestern Nacht zu Ende geführt.«
Seine hellen Augen ruhten wieder auf mir.
»So etwas wie eine Katharsis, die über Nacht aus einem wehrlosen Kind eine wehrhafte Erwachsene macht? So etwas gibt es nicht. Das muss man sich Schritt für Schritt erarbeiten. Nele braucht professionelle Hilfe.«
»Sie braucht aber auch Liebe und ein sicheres Umfeld.«
»Ach, und weil es bei dir so verdammt sicher ist, hat sie letzte Nacht ihr Elternhaus angezündet und wäre dabei fast gestorben ...« Er funkelte mich plötzlich zornig an. »Ich weiß, was du willst, aber du bist nicht dafür qualifiziert. Liebe ersetzt kein Fachwissen. Sie hat mehrere Menschen angegriffen und ein Haus angezündet. Was denkst du eigentlich, was passiert, wenn sie vor Gericht landet? Jeder Richter würde sie einsperren.«
»Und deswegen soll ich sie vorher selber abliefern oder was?«
Ein Stück den Flur hinunter steckte ein Patient den Kopf aus seinem Zimmer und sah sich nach dem Grund für den Krach um. Als ich ihn ansah, verschwand er wieder in sein Zimmer. Ich sog Luft durch die Nase, füllte meine Lungen und ließ die Luft langsam wieder durch den Mund hinausströmen. Nissen beugte sich vor und bohrte seinen Blick in meinen.
»Paul. Diese Aussetzer sind Hilferufe.« Er streckte eine Hand aus und zeigte auf die Zimmertür. »Seit über zwanzig Jahren schleppt sie das Geheimnis alleine mit sich herum, und jede Minute, die sie da drin liegt, macht sie alles mit sich selbst ab. Alle ihre diesbezüglichen Glaubenssätze stammen noch aus ihrer Kindheit. Du glaubst, dass deine

Liebe reicht, aber es gibt Orte in ihr, da warst du nie. Tief drin ist sie allein und fühlt sich schuldig, oder sie hat Angst, und wenn man ihr nicht jetzt hilft, wo alles aufbricht, kann es schlimmer werden. Sie kann sich was antun. Oder jemand anderem.«

Ich sah an ihm vorbei und heftete meinen Blick erneut auf die gegenüberliegende Wand.

»Gut.« Nissen griff die Armlehnen, stemmte sich auf die Beine und legte mir einen Umschlag auf den Schoß. »Lies das und ruf mich an. Aber lass dir nicht ewig Zeit damit.« Er ging den Flur hinunter. Ich schaute ihm nach, bis er um die Ecke verschwand. Ich hatte ihn noch nie so wütend gesehen.

Als ich ins Zimmer kam, schlief Nele immer noch. Ich setzte mich und hörte ihr beim Schlafen zu. Draußen zog der Tag vorbei. Ein schöner Tag. Wahrscheinlich spielten Eltern mit ihren Kindern im Park. Man ging spazieren, joggte, aß im Garten. Ein ganz normaler Tag. Es war, als wäre ein riesiges Ufo vorbeigeflogen, und nur wir hatten es gesehen.

Nele verschlief den kompletten Tag. Die Ärzte meinten, es läge an dem Beruhigungsmittel, aber für mich wirkte es, als hätte sie sich die ganze Zeit gegen eine Welle der Erschöpfung gestemmt und war jetzt unter ihr zusammengebrochen. Die Müdigkeit lag wie eine bleierne Decke über ihr. Sogar ihre Haut wirkte kraftlos. Ich sah Falten in ihrem Gesicht, die ich noch nie gesehen hatte.

Abends brachte Mor Essen und was zu lesen. Sie blieb eine halbe Stunde an Neles Bett, während ich mich im Bad frisch machte. Als sie weg war, schaute Karl-Heinz vorbei. Er brachte Blumen von den Kollegen und erkundigte sich nach Neles Wohlbefinden. Er berichtete, dass Rokko und ich berühmt seien, und reichte mir ein paar Zeitungen. Bundesweit waren wir das lustige Dorfbullenduo. Starsky und Hutch für Landeier. Das Foto von Rokko vor seinem zerstörten GT passte da voll ins Bild. Fehlte nur noch ein dämliches Foto von uns beiden. Jemand Debiles hatte der Presse mal einen Schnappschuss von der letzten Faschingsparty verkauft. Rokko war als Sundance gegangen, ich als Butch. Anita hatte sich in Boa und Abendkleid zu unseren Füßen gelegt. Das Foto wurde medial ausgeschlachtet und tauchte noch Jahre später auf, wenn es um echte Polizeilandeier ging. Als krönender Abschluss ließ Hundt mir ausrichten, dass es keine Strafanzeige wegen Brandstiftung geben würde. Karl-Heinz versprach, mir alle Fernsehberichte aufzunehmen, dann grüßte er noch mal von allen und ging.

Danach schaute Rokko vorbei und blieb lange neben mir sitzen. Wir redeten wenig. Um zwei musste er los, Anita aus dem Schaukelstuhl abholen. Er versprach, morgen wiederzukommen. Ich blieb sitzen. Ich wartete.

null

Der Sommer verabschiedete sich über Nacht. Freitagabend ging man mit offenem Fenster zu Bett. Samstagmorgen wachte man auf und fror. Ein kalter Ostwind bescherte uns die ersten Anzeichen des Winters. Direkt aus dem Sommer in den Winter. Ich versuchte, das nicht als Metapher zu sehen.

Als Nele am Samstagvormittag aufwachte, hatte sie mehr als dreißig Stunden am Stück geschlafen. Die Sonne schien ins Zimmer, aber auch sie wirkte kraftlos. Ich stand am Fenster und sah hinaus, und als ich dann wieder zum Bett schaute, waren ihre Augen offen. Als sich unsere Blicke trafen, war es, als würde jemand das Licht anschalten. Alles wurde heller und wärmer. Ich merkte, wie meine Mundwinkel auseinanderstrebten, und spürte, wie der Raum voller wurde. Mein Mädchen war wieder da.

»Hey, Süße, wir sind im Krankenhaus, du bist umgekippt und hast eine leichte Gehirnerschütterung. Das Ding in deiner Nase versorgt dich mit Sauerstoff. Das Ding am Finger misst die Sauerstoffanteile in deinem Blut. Es ist Samstag. Du hast einen ganzen Tag verschlafen. Wie fühlst du dich?«

Sie leckte sich über die Lippen und hob ihre Hand. Sie besah sich den Fingerclip. Sie betastete den Sauerstoffschlauch und wischte sich vorsichtig über die Mundpartie, dabei befühlte sie mit der Zunge ihre geschwollene Lippe.

»Groggy«, sagte sie heiser und schien in sich reinzuhorchen. Sie leckte sich wieder über die Lippen. »Durst.«

Ich holte ihr ein Glas Wasser aus dem Bad, fuhr die Rückenlehne des Bettes hoch, schob ihr ein Kissen in den Rücken und hielt ihr das Glas hin. Sie nahm es kraftlos und trank langsam. Einige Wassertropfen liefen ihr übers Kinn und verschwanden im Ausschnitt ihres Nachthemds. Sie leerte das Glas komplett.
»Noch eins?«
Sie schüttelte den Kopf. Ich setzte mich auf den Stuhl. Ihre Augen blieben an meinem verbundenen Arm hängen, dann senkte sie ihren Blick, bevor ich etwas darin lesen konnte, und hob die freie Hand, um ihr Gesicht zu befühlen. Sie fuhr sich über ihre Haare, befühlte vorsichtig die Pflaster, dann fuhr sie weiter zu ihren Augenbrauen, und schließlich befühlte sie die Lippe noch mal. Bestandsaufnahme nach einem Crash.
»Was ist passiert?«
»Die Villa ist abgebrannt.«
Sie sah mich merkwürdig an.
»Die Villa …?«
Ich nickte. Ihr Blick kehrte sich nach innen, dann huschte er zu meiner Armschlinge, dann sah sie mir in die Augen.
»Wirklich?«
Ich nickte.
»Du hast sie angezündet, sie hat lichterloh gebrannt. Erinnerst du dich wieder an nichts?«
Sie reagierte nicht. Ich wollte meine Frage gerade wiederholen, als sie mich mit einem traurigen Blick bedachte.
»Ich bau nur noch Scheiße.«
»Ach was, kannst doch mit deinem Eigentum machen, was du willst. Eigentlich bin ich erleichtert, jetzt brauchen wir nicht mehr zu renovieren. Das wäre noch ’ne richtige Plackerei geworden.«
Sie senkte den Blick auf ihre Hand mit dem Clip. Sie berührte den Clip mit den anderen Fingern und spielte damit. Draußen flogen zwei Möwen vorbei. Sie glitten einfach

nebeneinander durch die Luft. Leichtigkeit. Zweisamkeit. Fliegen.
Nele sah mich ausdruckslos an. Ihre Augen waren groß und dunkel.
»Sag mir die Wahrheit. Ist es ein Tumor?«
Ich schüttelte meinen Kopf, erleichtert, dass ich irgendwas mit Sicherheit sagen konnte.
»Definitiv nicht. Die haben gestern eine CT gemacht. Kein Tumor.«
Sie wirkte kein bisschen erleichtert, und für einen Augenblick fragte ich mich, ob ich ihr nicht einfach alles erzählen konnte, aber im selben Moment durchlief mich ein Gefühl der Unsicherheit.
Ich nahm ihre Hand.
»Süße, was weißt du von gestern Abend? Wir haben miteinander geschlafen und was passierte danach …?«
Sie senkte ihr Kinn auf die Brust und antwortete nicht.
»Kriegst du wirklich nichts mit, bevor es passiert? Keinerlei Vorwarnungen? Irgendwelche Anzeichen? Wird dir schlecht? Hast du Schmerzen? Irgendwas?«
Sie wich meinem Blick aus.
»Ich muss mal.«
»Sekunde.«
Ich sah unters Bett. Nichts. Ich sah in den Schrank. Nichts. Als ich mich dem Bett zuwandte, hatte sie die Bettdecke beiseitegeschlagen, ihre Beine hingen aus dem Bett.
»Bleib liegen. Hier gibt's sicher irgendwo 'ne Pfanne.«
Sie wischte sich den Clip vom Finger, hängte den Schlauch beiseite und rutschte aus dem Bett.
»Oh«, machte sie und hielt sich am Bett fest.
»Deswegen ja.«
Sie sah zu Boden und musterte ihre Zehen.
»Ich will ins Bad.«
Ich nahm ihren Arm und begleitete sie. Als sie sich am Waschbecken festhielt, ließ ich sie los.

»Ruf, wenn du mich brauchst.«
Als die Tür zufiel, meinte ich ihre Stimme gehört zu haben. Ich verharrte und lauschte an der Tür.
»Hast du was gesagt?«
»Tut mir leid«, flüsterte sie. Durch die Tür klang ihre Stimme gedämpft und verzweifelt. Mein Herz schmerzte.
»Mir auch.«
»Es wird nie aufhören«, flüsterte sie so leise, dass ich sie kaum hören konnte.
Ich legte eine Handfläche auf das Türblatt.
»Doch, wird es.«
Ich meinte, sie hinter der Tür weinen zu hören. Ich fasste die Türklinke und verharrte, als ich ihren Urinstrahl hörte. Ich ließ die Klinke los und biss die Zähne zusammen. Gestern Abend erst hatte ich geschworen, sie nie wieder zu belügen, und jetzt verschwieg ich ihr schon wieder etwas. Ich warf einen Blick zu Nissens Kuvert rüber.
Die Spülung ging. Wenig später öffnete sich die Tür. Ohne mich anzusehen, schlurfte Nele zum Bett und kroch unter die Decke. Ich steckte ihr den Clip auf den Finger. Sie zog ihre Hand weg. Als ich ihr den Sauerstoffschlauch hinhielt, schüttelte sie den Kopf. Ich legte beides weg und setzte mich auf den Stuhl. Ich wusste nicht, was ich sagen sollte. Ich nahm ihre Hand. Sie zog sie nicht weg. Ich schob meine Finger zwischen ihre.
»Süße, eines weißt du ja: Was auch immer los ist, du bist nicht alleine.«
Sie stieß die Luft durch die Nase aus und sah mich verzweifelt an.
»Manchmal …« Sie stockte kurz und warf mir einen kleinen schwarzen Blick zu. »Manchmal träume ich, aber ich weiß nicht …«
Ich wartete, aber sie sprach nicht weiter.
»Was weißt du nicht?«
Es schien, als würde sie etwas sagen wollen, drehte dann

aber ihren Kopf von mir weg und sah zum Fenster. Ich drückte ihre Hand.
»Während du schliefst, war Nissen hier. Er hat uns ein paar Prospekte über eine therapeutische Institution dagelassen. Er hält es für eine gute Idee, wenn wir uns die mal anschauen. Er glaubt, die können dir da helfen.«
Sie drehte mir ihr Gesicht zu und musterte mich wieder mit diesem dunklen, mutlosen Blick.
»Und was dann? Träume ich dann nie mehr? Können die das garantieren, oder was?«
Ich nickte. Es war nicht die Zeit für Zweifel.
Sie sah wieder an die Decke.
»Ich bin so kaputt«, flüsterte sie.
»Wir kriegen das hin.«
»Wie denn? Es wird immer schlimmer …« Ihre Augen begannen zu glitzern. Eine Träne löste sich und rollte ihr über die Wange. Sie fiel hart und schwer auf das Laken. »Manchmal kann ich es in mir fühlen …«
»Was denn?«
Sie schloss die Augen. Ich drückte ihre Hand.
»Ach komm, Süße, wir haben doch keine Geheimnisse voreinander, oder?«
»Geheimnisse«, sagte sie, als bekäme sie nicht genug Luft. Ihr Körper spannte sich an. Ihre Augenlider zuckten. Ihre Züge wurden weich. »Papa sagt, es ist ein Geheimnis«, sagte die Kinderstimme von der Villa.
Nele öffnete die Augen und musterte mich wie ein Kind, das etwas Wichtiges erklären wollte. »Ich hab Mama gesagt, dass es Monster gibt, und dann hat Papa Mama schlafen lassen.«
Ich starrte sie an, unfähig etwas zu sagen. Sie nickte wieder mit dieser kindlichen Ernsthaftigkeit.
»Nachts kommen Monster. Es ist ein Geheimnis, hat Papa gesagt, keiner darf es wissen.«
Die Welt blieb stehen.
Der Schock über die Leichtigkeit, mit der mir alles klar

wurde, nahm mir den Atem. Papa. Geheimnis. O Gott … *Nein … nein …*

Nele schloss die Augen. Ich spürte, wie ihre Hand aus meiner herauszugleiten drohte, und schloss meine Finger um ihre.

»Nele …«, flüsterte ich. »Die Monster sind weg.«

Ihre Lider flatterten.

»Weg?«, fragte sie unsicher.

»Ja. Hier bin nur ich, Paul, und ich passe auf dich auf. Hier – spürst du das?« Ich drückte ihre Hand leicht. »Ich bin viel stärker als die Monster.«

Ihre Augenlider flackerten wieder. Plötzlich drückte ihre Hand zu, und als sie die Augen öffnete, brannte ihr Blick vor Zorn. Er wurde schlagartig von einer verzweifelten Hilflosigkeit ersetzt, die mein Herz erschütterte. Ihr Körper entspannte sich. Sie schloss die Augen. Ihre Hand wurde ruhig, und ihr Gesicht friedlich.

Etwas stieg mir die Kehle hoch. Ich schluckte es runter und versuchte zu atmen. Ich wollte ihren Namen sagen, aber Tränen schossen mir in die Augen und erstickten alles. Ich schob einen schwachen Finger auf ihr Handgelenk. Ihr Puls raste. Gott …

Mein Körper begann zu zittern. Ich atmete tief ein, behielt die Luft in den Lungen, zählte bis dreißig und ließ sie langsam wieder zwischen meinen Lippen hinausströmen. Ich wiederholte das ein paarmal, bis das Zittern nachließ. Die ganze Zeit lag sie regungslos da, ihre Hand schlapp in meiner.

»Nele, weißt du noch, wie wir November bekommen haben? Weißt du noch, wie klein er war, als wir ihn vom Tierheim geholt haben? War er nicht süß?«

Sie bewegte sich nicht. Ihr Gesicht blieb völlig regungslos. Ich wusste nicht, ob sie mich hörte. Ich fasste ihre Hand fester, beugte mich vor und legte ihr meine andere Hand auf die Wange.

»Süße, weißt du noch, wie er auf uns zugehüpft kam und Mor meinte, November sei ein Känguru?«
Ihre Pupillen bewegten sich leicht.
»November . . .«, flüsterte sie.
Ihre Stimme war zu leise, um sicher zu klingen.
»Ja, November. Weißt du noch, wie lange es gedauert hat, bis wir ihn stubenrein hatten? Er hat immer ins Zimmer gemacht, und wenn ich sauer wurde, hast du mir gesagt, dass er nichts dafür kann, weil er noch so klein ist. Süße, das war die Wahrheit. Du hattest recht. Er war ein Welpe, und deswegen hatte er keine Schuld. Er wusste es einfach nicht besser, weil er noch so klein war.« Ich beugte mich weiter vor und nahm ihr Gesicht in meine Hände. »Baby, was auch immer passiert ist, du warst ein Kind, und Kinder haben keine Schuld.«
Ihre Lippen begannen zu zucken und wurden schneeweiß, als sie sie zusammenpresste. Sie öffnete ihre Augen und musterte mich. In ihren Augen stand der blanke Schrecken. Ich legte alles, was ich hatte, in meinen Blick und beugte mich so weit vor, dass mein Mund fast ihre Lippen berührte.
»Nele, du hast keine Schuld.«
Sie schluchzte auf. Ihre Hände legten sich um meinen Nacken. Sie versteckte ihr Gesicht an meiner Brust und klammerte sich krampfhaft an mich, während ihr Körper bebte. Ich hielt sie, so fest ich konnte. In meiner Brust brannte ein Feuer.
»Wir kriegen das hin«, flüsterte ich ihr ins Haar. »Ich verspreche dir, alles wird gut. Vielleicht kannst du das nicht glauben nach all der Zeit, aber ab heute wird alles besser. Du bist nicht mehr alleine. Es tut mir so leid, dass ich nichts gemerkt habe, aber jetzt weiß ich Bescheid, und du wirst nie wieder damit alleine sein, nie wieder . . .«
Ich redete weiter, versprach Dinge, die man nicht versprechen sollte, garantierte Sachen, die man nicht garantieren konnte. Ich versprach dem Mädchen, das ich liebte, nichts

weniger, als dass ich sie retten würde. Irgendwann ließen ihre Krämpfe nach. Sie hörte auf zu zittern. Ihre Atemzüge wurden regelmäßiger. Ihre Tränen trockneten auf meinem Hals.

»Warum liebst du mich so?«, flüsterte sie.

Ich löste mich etwas, damit ich ihre Augen sehen konnte. »Soll ich alles aufzählen?«

Sie drehte ihren Kopf weg und sah zum Fenster. Ich wartete, dass sie mich wieder ansah oder etwas sagte. Tat sie nicht. »Tu ich doch schon immer«, sagte ich.

Sie sagte nichts. Also gut. Ich räusperte mich.

»Ich liebe dich, weil du lachst, wenn du dich erschreckst. Ich liebe dich für jedes überfahrene Tier, das wir zusammen begraben haben. Ich liebe dich für die Art, wie du November liebst. Ich liebe dich, weil du mich geliebt hast, als ich dick war. Ich liebe dich, weil du eine gute Mutter sein wirst. Ich liebe dich, weil …« Ich stand auf, ging um das Bett herum, kniete mich neben das Bett und verstellte ihr den Blick zum Fenster. »Ich liebe dich, weil ich deinetwegen ein besserer Mensch sein will. Du glaubst, du bringst die Dinge hier durcheinander, aber ich war noch nie glücklicher. Nele, ich liebe dich. So wie du bist. Du bist gut und liebenswert.« Ich nickte. »Ja, genau, liebenswert. Du bist wirklich aller Liebe wert – Mors, Anitas, Rokkos, Novembers und meiner.«

Eine einzelne Träne löste sich aus ihrem linken Auge und lief über ihre Wange. Eine Hand kam unter dem Laken hervorgerutscht. Ich schob ihr meine entgegen. Unsere Finger glitten ineinander. Wir sprachen nicht, aber was ich in ihrem Blick sah, ließ mein Herz schneller schlagen. Hoffnung.

Wir saßen da, bis ihre Lider schwer wurden. Schließlich fielen ihr die Augen zu. Ich hielt ihre Hand und hörte zu, wie sie einschlief. Als sie tief atmete, ließ ich ihre Hand los und ging zum Fenster. Ich öffnete es und steckte meinen Kopf hinaus. Der Wind war kühl und frisch. Ich presste meine Augen zusammen, legte mir eine Hand auf den Mund und unterdrückte einen Schrei, der sich seinen Weg durch meine Brust bahnte. Ich sah sie als Dreijährige vor mir, wie wir uns im Sandkasten kennengelernt hatten. Ein kleines Wesen voller Neugier. Und doch hatte es in ihrem Leben Monster gegeben. Und ich hatte es nicht gemerkt. All die Jahre nicht. Die ganze Zeit war sie damit allein gewesen. Ein Gefühl von Schuld legte sich über mich. Hass schoss mir ins Blut, durchlief mich wie ein elektrischer Stoß. Die Haare auf meinen Armen richteten sich auf. Ich schmeckte Blut in meinem Mund und versuchte, meine Kiefer zu entspannen. Mein Atem ging stoßweise. Tränen schossen mir in die Augen. Ich gab die Gegenwehr auf, legte die Hände über meinen Mund und weinte still um eine Welt, in der Männer Kinder sexuell missbrauchten.

Wie konnten sie nur.

Wie konnten sie nur.

Jemand schrie. Ich öffnete die Augen. Unten ging eine Familie über die Wiese auf den Parkplatz zu. Vater, Mutter, Kinder. Sie hielten sich an der Hand. Die Kinder rissen sich los und stürmten laut lachend auf einen schwarzen Saab zu. Der Junge erreichte den Wagen als Erster und riss die hintere Tür auf, doch er wartete, bis seine kleinere Schwester ebenfalls den Wagen erreicht hatte. Er zögerte, bis sie die Tür auf der anderen Seite öffnete, dann kletterten sie zeitgleich ins Auto und schlugen jubelnd die Türen zu. Der Mann legte seinen Arm um die Schultern der Frau. Gemächlich spazierten sie auf den Wagen zu. Wahrscheinlich froh, eine ruhige Sekunde zu zweit zu haben, vielleicht müde von dem frühen Aufstehen und der Energie der Kinder, vielleicht bewusst, welch ein Glück sie hatten. Eine Familie. Eine glückliche Familie.

Ich wischte mir über die Augen und warf einen Blick über die Schulter. Neles Gesicht ruhte entspannt auf dem Kissen. Sie träumte nur nachts. Nachts, als er gekommen war. Hans. Einmal waren Nele und ich eine Woche alleine mit ihm an der Nordsee gewesen. Wir hatten mit ihm nackt gebadet und zu dritt im Zelt geschlafen. Und die ganze Zeit war das Monster dabei gewesen.

Unten rollte der Saab vom Parkplatz. Ich sah ihm nach, bis er auf die Hauptstraße einbog. Es war, als hätte die Welt ihre Farben verändert, und ich könnte die Konturen nicht mehr klar erkennen.

Ich ließ das Fenster offen, ging zum Bett zurück, setzte mich und nahm Neles Hand. Ich spürte ihren Herzschlag, fühlte, wie das Blut durch ihren Körper strömte. Durch das Fenster drang frische Luft ins Zimmer. Es roch nach Spätherbst. Der Winter würde nicht mehr lange auf sich warten lassen.

epilog

»Polizeinotruf.«

»Ich hab da mal eine Frage«, sagte eine weibliche Stimme. »Vor zwei Wochen wurde in unseren Wagen eingebrochen, und jetzt laufen hier drei Typen über die Straße und grölen rum, und die gucken sich auch Autos an.«

»Geht es um Ruhestörung oder um Autodiebe?«

»Na, um Ruhestörung. Wir haben denen gesagt, die sollen mal ruhig sein, aber die reagieren nicht auf uns. Und wie gesagt: Unser Auto haben sie auch ganz komisch angeguckt.«

»Komisch angeguckt?«

»Ja, mehrmals!«

»Verstehe. Wir haben da eine Militärübung in der Nähe, ist es in Ordnung, wenn wir Ihnen ein paar Panzer vorbeischicken?«

In der Leitung wurde es still. Hinter mir wurde gekichert.

»Und die Luftwaffe, natürlich«, fügte ich hinzu, was hinter mir neues Gekichere auslöste.

»Ich würde gerne mit Ihrem Vorgesetzten sprechen.«

»Und ich würde gerne mit Prince auftreten. Ist doch toll, wenn man Träume hat.«

Die Frau legte auf. Hinter mir brach Gelächter aus. Ich nahm das Headset ab und stand auf. Rokko speicherte meinen letzten Notruf im Best-of-Ordner. Schröder, Mattes, Gernot, Karl-Heinz und Schmidtchen applaudierten. Die Neue stand neben der Tür an die Wand gelehnt und lächelte.

Schröder schlug mir auf die Schulter.

»Komm, einen noch.«
Ich schüttelte den Kopf.
»Das reicht.«
Gestern war Vollmond gewesen. Zum Abschied hatten sich alle Verrückten noch mal zusammengerottet. Der Junge wollte immer noch ficken, Rastamann immer noch Halle Berry klarmachen, dazu die üblichen Verdächtigen. Die Weihnachts-CD war fast komplett, und das Frühjahr hatte erst begonnen.
Ich sah mich ein letztes Mal im Kabuff um, dann verließen wir das Revier unter jeder Menge blöder Kommentare und gingen über den Parkplatz auf unser neues Büro zu. Als wir in den Streifenwagen einstiegen, sah Rokko mich über das Wagendach hinweg an.
»Fast zehn verfluchte Jahre im Kabuff ... Mann, wenn du was durchziehst, dann aber richtig.«
»Danke.«
Er verdrehte die Augen und stieg ein. Der Dienstwagen sprang erst beim zweiten Mal an und klang wie eine Nähmaschine. Rokko stöhnte angewidert, aber wir rollten vom Hof und fädelten uns in den Verkehr ein. Die Fahrzeuge vor und hinter uns passten sich sofort unserem Tempo an. Die erste Streife seit einem Jahrzehnt, aber ich spürte sofort das vertraute Gefühl des Asphalts unter meinem Hintern. Es fühlte sich gut an. Wir würden über die Straße rollen, Präsenz zeigen und den Bürgern signalisieren, dass sie nicht alleine waren. Wir würden Kaffeepausen einlegen, pädagogisch auf Radfahrer einwirken, Komatrucker aus dem Verkehr ziehen und verdächtige Personen kontrollieren. Das alles würden wir tun, während wir auf die Einsätze warteten, um die es wirklich ging. Wir würden warten und hinschauen.
Rokko schob eine CD rein. Beim ersten Gitarrenriff musste ich lachen. *Highway to Hell.* Ich fuhr mein Fenster runter und hängte eine Hand raus. Eine verlockende Frühlings-

brise strömte herein. Ein halbes Jahr war es her, seitdem die Villa abgebrannt war. Die Trümmer waren geräumt, das Grundstück wurde neu bebaut, wir hatten einen neuen Nachbarn. Benni war dabei, sich da oben ein Haus hinzustellen. Manchmal kamen die Kids zu uns runter, erstaunlicherweise oft dann, wenn Mor gerade zu viel gekocht hatte. Es war nicht die einzige Veränderung im Dorf. Nissen war seiner Marlies gefolgt. Man hatte ihn auf der Veranda gefunden. Im Stuhl sitzend, ein Glas Zitrone vor sich. Letzte Woche war ein junger Arzt vor Ort gewesen, um sich die Praxis anzuschauen. Er sah aus wie Brad Pitt. Die Bauersfrauen würden in Zukunft wahrscheinlich öfter schwächeln.
Eine weitere Immobilie hatte den Besitzer gewechselt. Mor hatte Gunnar den Schaukelstuhl abgekauft und ihn in Rente geschickt. Wir hatten das Lokal renoviert, und zum ersten Mal seit Kriegsende konnte man auf die Toilette gehen, ohne sich vorher impfen zu lassen. Außerdem gab es kaltes Bier und warme Küche. Mors Kochkunst war zwar Perlen vor die Säue, aber sie ließ es sich nicht nehmen, den fleischfressenden Bauern persönlich ein Tofuomelett vorzusetzen. Ich wusste nicht, ob es schlau war, eine Alkoholikerin zur Kneipenbesitzerin zu machen, aber ein Blick in ihr Gesicht genügte. Ich hatte sie nie glücklicher gesehen.
Vielleicht auch, weil ich mich mit meinem Vater getroffen hatte. Ich war nach Hamburg gefahren, wir hatten uns in einem Café verabredet, drei Stunden Kaffee getrunken und über das Leben geredet. Es war ein komisches Gespräch gewesen. Zwei Fremde, die versuchten, sich nicht anmerken zu lassen, wie nervös sie waren. Danach hatten wir uns die Hand gegeben, und als ich ins Taxi gestiegen war, um wieder zum Bahnhof zu fahren, war mir klar gewesen, dass ich ihn nicht wiedersehen musste. Er hatte mich gezeugt, aber er gehörte nicht zur Familie. Familie waren Menschen, die füreinander da waren. Dazu gehörte er nicht. Und auch

wenn Mor versucht hatte, sich nichts anmerken zu lassen, war ihre Erleichterung nicht zu übersehen gewesen.
Auch im Revier hatte sich was getan. Hundt lag mit einem Magengeschwür im Krankenhaus, und da die Neue Dienstranghöchste war, hatten wir den ersten weiblichen Chef der Reviergeschichte. Außerdem hatte Telly den Dienst quittiert. Alle wunderten sich. Fast alle. Rokko wollte ihm immer noch ans Leder, aber um ihm Beihilfe nachzuweisen, hätte man den Mord beweisen müssen. Die damit verbundene Untersuchung wollte keiner Nele zumuten.
Nele.
Seit sechs Monaten war sie in einer Klinik in Ahrweiler. Letzten Herbst hatte ich meinen Jahresurlaub genommen, um die ersten vier Wochen bei ihr bleiben zu können. Ich hatte mir ein Pensionszimmer direkt neben der Klinik genommen und jeden Tag mit ihr verbracht. Seitdem hatte ich sie jedes Wochenende besucht, bis sie anfing, jedes zweite Wochenende bei uns zu verbringen. In der Klinik hatte sie weitere Aussetzer gehabt, aber bei jedem Besuch merkte man ihr die Erleichterung an. Sie war in guten Händen.
Nach Einschätzung der Therapeuten hatte sie auf den Missbrauch mit einer Spaltung ihrer Persönlichkeit reagiert, und der Mord an ihrer Mutter hatte den Bruch gefestigt. Die Drohung ihres Vaters war wahr geworden: Mama hatte das Geheimnis erfahren und war eingeschlafen, also durfte es niemand je erfahren. Und so hatte sie alles noch tiefer in sich vergraben, um uns zu schützen. Die Ärzte vermuteten, dass der Anblick ihres kranken Vaters der Trigger gewesen war, der das Aufbrechen des Traumas ausgelöst hatte. Die Wahrheit wollte ans Licht, und Nele hatte darauf mit Schocks und Wut reagiert. Die Therapeuten redeten von Brüchen … Abspaltung … multiplen Identitäten, und vielleicht hatten sie recht, aber für mich gab es nur eine Nele. Meine.

Wir hatten nicht wieder von Amsterdam gesprochen, aber ich würde mit ihr gehen, egal wohin. Auch wenn es immer mehr Gründe gab zu bleiben, denn Nele war mitschwanger. Sie liebte Anitas Bauch. Die beiden konnten stundenlang über Erziehung reden. Wenn sie mal wieder steilgingen, stöhnten Rokko und ich wie waidwunde Tiere, aber innerlich lächelte ich. Vielleicht würde sie ihr Patenkind aufwachsen sehen wollen. Vielleicht würde sie auf den Geschmack kommen, und eins war klar: Nirgends auf der Welt gab es einen besseren Ort, um Kinder aufwachsen zu lassen. Wir hatten Platz, Natur, Freunde, jede Menge Babysitter und einen Hund. Ja, ein Kind. Eine eigene Familie. An mir sollte es nicht scheitern.
Rokko drehte die Musik leiser.
»Mann, der erste Tag. Lass uns irgendjemanden verhaften.«
»Wen denn?«
»Egal.«
»Wir brauchen einen Grund.«
»Ach, scheiße.«
Ich musste lachen. Mein Handy vibrierte. Auf dem Display leuchtete ein Foto von Nele auf. Die SMS bestand aus zwei Wörtern. Mir war nach Kragehops. Morgen würde sie nach Hause kommen und eine ganze Woche am Stück bleiben. Ich würde sieben Tage mit ihr verbringen. Sieben Mal mit ihr einschlafen. Sieben Mal mit ihr aufwachen. Aufwachen. Ja. Wenn ich an die letzten neun Jahre dachte, kam es mir vor, als ob auch ich auf eine Art verschiedene Persönlichkeiten hatte. Eine mit Nele. Eine ohne sie.
Ich schrieb eine SMS zurück, legte das Handy weg und drehte die Musik voll auf. Wir sangen den Kehrreim laut mit, was uns Blicke der anderen Verkehrsteilnehmer einbrachte, aber, he, auch Polizisten waren Menschen, sie brauchten Spaß, sie machten Fehler, sie liebten. Und wie. Ich sah meinen headbangenden Freund neben mir, dachte an Mor und an meinen Hund, ich dachte an spielende Kinder im Garten,

an eine Ferse zwischen meinen Waden und an einen weiteren Tag mit ihr. In diesem Moment war ich glücklich. Ich wusste nicht, wie man die Vergangenheit veränderte, aber was die Zukunft anging, machte ich mir nichts vor.
Am Horizont leuchtete ein goldenes Frühlingslicht, die Luft roch nach Blüten, und für einen Augenblick war ich mir sicher, dass die Götter uns liebten. Uns alle.

Wir waren am Leben.

Danke für Beihilfe

Anke + Anja + Annelie + den Antagonisten + Barbara, Bette, Bernhard, Sonja & Walter + Barthman & Amira + Bernd + 2bild + Andreas Biesenbach + Caro, Lillo & Jacques + Claudia + Dana, Roland & Lion + Alex Dörrie + Eckes + Elke + Frauke y las señoritas! + Harald Braun + Familie Herbert + Karin & den Mädels + Kathrin, Jens & Lasse + Kees und dem Rest der Jungs von Sprit + Anke Köwenig + Mädchenhaus Köln + Najette & den Chokokeksen + Nicole & Stan + Selim + Simin + Sussie, Marianne, Stine & Rene + Claudia von Spreckelsen + Sophia Kleinbongard + Stahl Entertainment + Steel + Suzana + Tatjana + Tracy + Uni.

Und …
allen Mitarbeitern der Verlagsgruppe Lübbe.

Sowie …
allen Besuchern & Veranstaltern der *Beziehungswaise*-Tour.

Und Dir. Für die potenzielle Option.

»BEZIEHUNGSWAISE hat genau das, woran es anderen Romanen oft fehlt: Charme, Humor, Niveau und Tiefgang.« STERN

Michel Birbæk
BEZIEHUNGSWAISE
Roman
495 Seiten
Gebunden mit Schutzumschlag
ISBN 978-3-7857-2283-1

Lasse ist ein Comedian, dem Erfolg und Humor abhanden gekommen sind. Mit seiner Karriere geht es bergab bzw. flussab, denn mittlerweile moderiert er Seniorennachmittage auf der MS-Karrieretod, wie er das Clubschiff nennt. Doch nicht nur seine Karriere leidet, auch mit der Liebe lief es schon mal besser: Er führt eine zweitklassige Beziehung mit einer erstklassigen Frau. Seit sieben Jahren sind sie zusammen, doch beide sind beruflich viel unterwegs – und sie schlafen nicht mehr miteinander. Als Lasse ein Casting gewinnt und Tess ein Jobangebot in China bekommt, können sie ihre Probleme nicht länger ignorieren. Liebe oder Karriere? Sex oder Freundschaft? Lasses schwerkranker Vater jedenfalls fordert einen Heiratsantrag von Lasse an Tess ein …

Gustav Lübbe Verlag

»Wenn es ein Buch über Trauer gibt, bei dem man gute Laune bekommt, dann dieses.« BRIGITTE

Brendan Halpin
ALL ABOUT DAD
Roman
272 Seiten
ISBN 978-3-404-15901-7

Seinen Vater erst mit vierzehn kennenzulernen ist nicht einfach. Aber es ist auch nicht einfach, plötzlich eine Tochter im Teenageralter zu haben. Halpin erzählt die Geschichte von zwei unterschiedlichen Menschen, die sich miteinander arrangieren müssen: Rosalind, die bei einem Unfall ihre Mütter verloren hat, und Sean, der vor Jahren mal Samen gespendet hat.